The Mystery Collection

THE KILLING GAME

顔のない狩人

アイリス・ジョハンセン／池田真紀子 訳

23

二見文庫

THE KILLING GAME

by

Iris Johansen

ルイジアナ州立大学FACES研究所のN・アイリーン・バローに、心からの感謝を。前作に引き続き、私の突飛な質問にいつも丁寧に、辛抱強く、ユーモアを交えて答えてくれた。

そしてもう一人、時間と助言を惜しみなく与えてくれた、コブ郡救急消防隊のエンジニア、ハロッド・カーソンに心の底からの感謝を捧げたい。

顔のない狩人

主要登場人物

イヴ・ダンカン……………………復顔像製作の専門家
ジョー・クイン……………………アトランタ市警の刑事
ジョン・ローガン…………………コンピューター会社を経営する大富豪
サンドラ・ダンカン………………イヴの母親
ロバート・スパイロ………………FBI行動科学課の捜査官
チャーリー・キャザー……………スパイロの部下
マーク・グルナード………………テレビのレポーター
ジェーン・マグワイア……………十歳の少女
フェイ・シュガートン……………ジェーンの里親
バーバラ・アイズリー……………児童相談所の所長
サラ・パトリック…………………犬の調教師
ドン…………………………………殺人者

1

一月二十日　午前六時三十五分
ジョージア州タラディーガの滝

骨は長いあいだ、地中に埋まっていた。ジョー・クインにもそのくらいはすぐにわかる。人骨ならいやというほど見てきた。しかし、長いといってもどれくらいだろう。

ジョーはボスワース保安官を振り返った。「発見したのは？」

「二人組のハイカーだ。昨夜遅く、偶然見つけたらしい。幾日か前から豪雨が続いてね、土砂が流されて露出したんだな。いやはや、あの嵐ときたら、山の半分を滝壺に落として去っていったよ。ものすごい集中豪雨だった」保安官はいぶかしげに目を細めてジョーの顔を見つめた。「この件が耳に入るや、アトランタから飛んできたってわけか」

「ええ」

「アトランタ市警の事件と関連があると？」

「それはまだなんとも」ジョーは口ごもった。「いや、ないでしょう。この骨は成人のものだ」

「すると、子どもの遺体を探してるのかね」

「ええ」毎日。毎夜。片時も忘れず。ジョーは肩をすくめた。「暫定報告書には、成人ものか子どものか、書いてありませんでしたから」

ボスワースは腹立たしげに訊き返した。「だから？　ここではあんな報告書はめったに書かないものでね。この地域は犯罪とは無縁だ。アトランタとは違う」

「それにしても、肋骨《ろっこつ》にナイフの傷があることくらいは見ればわかるでしょう。しかしまあ、おっしゃるとおり、アトランタとこのあたりでは少しばかり事情が違う。人口はどのくらいです？」

「呼ばれもせずにやってきて、人を小馬鹿にするのはよせよ、クイン。うちの警察だってしっかりやっている。都会の刑事によけいな助言をされるのはかえって迷惑だ」

まずいな。ジョーは疲労感とともにみずからの過ちを悟った。まる一日近く一睡もしていないが、言いわけにはならない。地元警察にいわれのない八つ当たりをされたからといってこちらもやり返すのは、得策ではないだろう。おそらくこのボスワースという男も優秀な警察官なのだろうし、ジョーが彼の仕事ぶりを非難するようなことを口にするまでは、丁寧に応対してくれていたのだ。「これは失礼しました。悪気があって言ったことではありません」

「いや、こっちにしてみれば腹が立つよ。あんたには、こういう町が抱える悩みなんか、想像もつかないだろうからね。毎年、いったい何人の観光客がここへ押しかけてくると思う？　そのうちの何人がこの山で行方不明になったり、怪我をしたりすると思う？　ここには殺人鬼も麻薬の密売人もいないが、われわれは市民一人ひとりの安全を守らなければならないうえに、公園で勝手にキャンプをしては谷から転げ落ちるアトランタのにわかハイカーの面倒まで――」

「わかった、わかりましたよ」ジョーは降参するように片手を上げた。「こうして謝ってるでしょう。あなた方の苦労を馬鹿にする気などありませんでした。実を言えば、少しばかりうらやましいくらいで」ジョーは連なる山々や滝を見晴らした。立入禁止のテープを張ったり捜索をしたりしているボスワースの部下の姿が斜面のあちこちに見えていても、そこからの景色はやはり信じがたいほど美しかった。「こんなところに住んでみたいな。毎朝、こういう静けさのなかで目を覚ますなんて、きっと気持ちのいいものでしょうね」

ボスワースの表情がいくらか和らいだ。「ここは神の森さ。インディアンは昔、あの滝を〝月光がきらめき落ちる場所〟と呼んでいた」むずかしい顔に戻って続ける。「こんなふうに人骨が見つかったことなどない場所だ。きっとアトランタの人間のものだろう。ここの住民が別の住民を殺して死体を地中に放りこむとは思えん」

「おっしゃるとおりかもしれません。死体を運ぶには遠い距離ですがね。しかし、この手つかずの森の奥に埋めれば、そう簡単に発見されずにすむ」

ボスワースはうなずいた。「そう、集中豪雨で土砂崩れが起きたりしなければ、見つかるのは二十年か三十年も先だったかもしれないな」

「わかりませんよ。すでにそのくらいの年数ここに埋まっていたものかもしれませんからね。さてと、お仕事の邪魔はこれくらいにしておきます。検視官が遺骨を調べにくるころでしょうから」

「来るのは検視医だ。地元の葬儀屋でね」ボスワースは早口に付け加えた。「だが、ポーリーは自分の手に負えないとわかれば、快く支援を受け入れる男だよ」

「この件は手に負えないでしょうね。僕だったら、アトランタ市警の病理学研究室に書面で協力を依頼しますよ。よほどのことがなければ協力してくれるはずです」

「あんたから話を通してもらえないだろうか」

「それはちょっと。ひとこと言っておくくらいのことは喜んでしますが、実は、ここに来たのは、個人としてなので」

ボスワースが眉《まゆ》をひそめた。「そうは聞いてなかったぞ。きみはバッジをちらつかせて、いきなり質問を始めた」次の瞬間、彼はふいに目を見開いた。「驚いた、きみはクインじゃないか」

「秘密でもなんでもありません。ちゃんと名乗りましたよ」

「ああ、だが、ぴんとこなかった。あんたの噂《うわさ》なら何年も前から聞いてる。あの骸骨男だろう。三年前、コウェタ郡に現れて、発見された二体の人骨を調べた。それに、ヴァルドスタ近くの沼から骸骨が引き上げられたことがあった。そのときもあんたは出かけていった。そうだ、チャタヌーガの近くで骨が発見されたときだって――」

「まさに人の口に戸は立てられない、ですね」ジョーはからかうように微笑んだ。「もっとほかに話すことはあるでしょうにね。しかし、だからなんです？　僕はアトランタ市警の伝説の刑事に仕立て上げられているとか？」

「いや、単なる好奇心の的さ。あんたはあの子どもたちを探してるんだろう。フレイザーが、殺したことは認めたものの、遺体を埋めた場所を最後まで白状しなかった子どもたちを」ボスワースは眉間《みけん》に皺《しわ》を寄せた。「もう十年近く前の事件だ。ふつうならあきらめる」

「子どもたちの両親はあきらめていません。遺体を見つけ、きちんと葬ってやりたいと願っている」ジョーは人骨を見下ろした。「被害者の多くは、どこかの誰かの家族なんですよ」

「そうだな」ボスワースは首を振った。「子どもか。幼い子どもを殺す理由なぞ、私には想像もつかない。考えただけで吐き気がしてくる」

「同感です」

「私にも子どもが三人いてね。もしうちの子が同じ目に遭えば、私だってやはりあきらめられないだろう。そんな悲劇がうちの家族に降りかからないことを祈るのみだな」ボスワースはしばらく押し黙っていた。「あの事件の捜査は、フレイザーが処刑された時点で終わったはずだろう。それなのに、非番の時間を使って子どもたちの遺体探しにいまだに奔走するとは、立派なものだな」

　探しているのは一人。イヴの娘だ。「いや、立派なんてものじゃない。いても立ってもいられないだけです」ジョーは目をそらした。「おつきあいくださって感謝します、保安官。おたくの検視医とアトランタ市警の連絡役が必要になったら、どうぞ電話を」

「わかった、ありがとう」

　ジョーは切り立った斜面を下りかけて足を止めた。相手がよその町の警察官だからといって気を遣うのはよそう。この事件がボスワースの手に負えないことは明らかだ。この分では、仕事を心得た誰かが現場に到着するころには、証拠物件はすでに損なわれているだろう。

「一つ二つ、アドバイスをしても?」

ボスワースが警戒するようにジョーを見やった。

「誰かに遺体と現場周辺の写真を撮らせたほうがいいですよ」

「これからやろうと思っていた」

「いや、すぐにやったほうがいい。おたくの捜査員が懸命に物的証拠の捜索をしているのはわかります。しかし、あの様子では、発見するものより破壊するもののほうが多そうですよ。金属探知器を使うべきです。地中に証拠が残っている可能性がありますから。それから、遺骨を掘るのは法考古学者に、昆虫の死骸や幼虫を調べるのは昆虫学者に任せたほうがいい。いまさら昆虫学者を呼んでも手遅れかもしれませんが、やって損はありません」

「うちにはそういう専門家がいない」

「どこかの大学に依頼して、専門家を派遣してもらうといいでしょう。しくじって面子《めんつ》を失うよりはいい」

ボスワースはしばらく考えていたが、やがてぼそりと答えた。「検討しよう」

「ご自由に」ジョーはふもとの砂利道に停めた自分の車を目指して斜面を下りた。

また無駄足だった。もともと望み薄ではあったが。しかし、確かめずにはいられなかった。一つも漏らさず確かめなければいられなかった。いつか幸運が訪れて、ボニーが見つかるだろう。かならず探し出してみせる。探し出すしかない。

ボスワースは斜面を下っていくクインの後ろ姿を見送った。悪い男ではない。いくぶん冷たくとっつきにくい印象ではあるが、それは都会の悪党どもを相手にしてきたせいなのだろう。ありがたいことに、大都会と違ってこの地域には変質者はいない。ここで暮らしているのは、方正に生きようとする善良な人々だけだ。

骸骨男か。ボスワースは小さな嘘をついた。クインは好奇心の的どころではなく、まさに伝説の男だった。以前はＦＢＩの捜査官だったが、フレイザーが処刑されたあと辞職した。いまはアトランタ市警に所属していて、優秀な刑事と聞いている。タフで清廉な刑事。いまどき、誘惑に屈しない都会の警察官などそうはいない。ボスワースがレイブン郡に留まる理由の一つはそれだった。クインの顔に表れていた諦観《ていかん》や失望をみずから味わうのはごめんだった。あの男はまだ四十にもなっていないだろうに、まるで地獄を見て戻ってきたような顔つきをしていた。

ボスワースは人骨に目をやった。クインは毎日のようにこんなものと向き合っているのだ。それどころか、みずから探して歩いている。持っていきたいなら持っていけばいい。ボスワースとしては、この骨を他人の手に押しつけられるものならそうしたいところだった。都会の変質者が起こしたいまわしい事件に彼の町の住民が巻きこまれるなど――

無線のブザーが鳴り、ボスワースは送話ボタンを押した。「はい、ボスワース」

「クイン！」

ジョーが振り返ると、崖のてっぺんにボスワースが見えた。「何か？」

「こっちへ戻ってくれ。保安官補から無線で連絡があってね。奥の尾根でさらに遺体が見つかったそうだ」ボスワースはそこで口ごもった。「正確には、遺骨だ」

ジョーは身をこわばらせた。「何体？」

夜明けの薄明かりのなか、ボスワースの丸い頬は青ざめ、茫然《ぼうぜん》としているように見えた。

「いまの時点で八体だ。保安官補によると、小さな子どもの骨が一つ含まれている」


タラディーガの死体が掘り起こされた。

ドンはテレビを消し、椅子の背にもたれて、今後の影響をとくと考えた。

彼の知るかぎり、彼の犠牲者が発見されるのはこれが初めてだった。つねに万全の注意を払い、几帳面に行動し、少々の手間はいとわずにやってきた。そう、タラディーガの場合には、大いに手間をかけた。あそこに埋めたのはすべて彼がアトランタで殺した者たちで、当時、彼のいちばんのお気に入りだった墓場まではるばる運んだのだ。

それが、丹念な捜索の結果ではなく、自然のなせる偶然から、発見された。

それとも、神のなせる業《わざ》か？

宗教の狂信者なら、彼に裁きを下すために神の手があの墓を暴いたと叫ぶだろう。

彼は笑みを浮かべた。聖人ぶった狂信者など、好きにさせておけばいい。神というものが本当に存在するなら、ぜひとも対決してみたいものだ。それこそ、いまの彼にはおあつらえむきの刺激だった。

タラディーガの人骨が発見されても、さほど不安は感じなかった。あの殺しをしたころには、証拠一つ残さない術《すべ》をすでに身につけていた。たとえ微細な証拠を残していたとしても、雨と土砂が洗い流してくれたことだろう。

初めのころは、そこまで慎重ではなかった。興奮にわれを忘れ、恐怖は生々しかった。狩りの意外な成り行きを期待して、手当たりしだいに獲物を選びもした。しかし、そんな愚かさからはとうに卒業した。それどころか、最近では手順が定まりすぎて、刺激がなくなった。殺しのスリルがなければ、生きる理由もない。

彼はふいに考えるのをやめた。もう幾度となく考えたことだ。充足感は殺しそのものによってもたらされることを忘れてはいけない。それ以外はすべて添えものなのだ。もし刺激が欲しいなら、手ごわい相手を選べばいい。家族のある者、愛され、その死が悔やまれる人物。タラディーガの獲物が発見されてしまった以上、あの場所は、単に今後の成り行きを楽しみに見守るもの、ばらばらの断片を元どおりに組み立てようと四苦八苦する警察の様子を興味と好奇心をもって見守るべきものとあきらめるしかない。

タラディーガには誰と誰を埋めたっけ？　金髪の売春婦、黒人のホームレス、通りで体を売っていた十代の少年はなんとなく覚えている……それと、幼い少女も。

不思議なものだ。その瞬間まで、その幼い少女のことは彼の記憶からすっぽりと抜け落ちていた。

五日後

アトランタ市警病理学研究室

「年齢は七歳から八歳、性別は女。十中八九、白人だ」検視官ネッド・ベイジルは、ジョージア州立大学の法人類学者フィル・コムデン博士から届いた報告書を机に広げ、目を走らせた。「判明してるのはそのくらいだな、クイン」

「どのくらい地中に埋められていた？」

「断定はできない。八年から十二年といったところだろう」

「なら、こっちでもっと調べる必要があるな」

「いいか、これはアトランタの事件じゃない。人骨が見つかったのはレイブン郡だ。本来なら、うちの署長には法人類学者に調査させる権限だってないんだぞ」

「復顔像製作を勧告してもらえないか」

ベイジルはその言葉を予期していた。子どもの骨が運びこまれたときから、わかりきっていたことだった。「これは俺たちの事件じゃない」

「いや、いまからはそうさ。タラディーガでは九体が発見されている。復顔したいのはそのうちの一体だけだ」

「しかしな、マクスウェル署長にしたって、こんな厄介な事件に自分から首を突っこみたいとは思わないだろう。勧告しても却下されるだけだよ。そもそも子どもの骨を持ちこむのを許可したのだって、努力だけはしてるってところをお義理にでも見せておかないと、行方不明児童捜索団体がうるさいからなんだ」

「見せかけだけじゃ足りない。この子どもの身元をどうしても知りたいんだ」

「人の話を聞いてるのか。無理だと言ってるだろう。あきらめろ」

「この女の子の身元を知りたい」

まったく、頑固な奴だな。これまでにも何度かクインと会ったことがあるが、そのたびにベイジルはこの刑事に惹きつけられた。物静かで人当たりがよく、鋭気がないとも受け取れる外見の裏側に、剃刀《かみそり》のように鋭い知性と明敏さが隠されていることを、ベイジルはよく知っていた。海軍の特殊部隊の経験があるとどこかで聞いたことがあるが、この男なら納得がいく。「勧告はしないよ、クイン」

「そこをなんとか頼めないだろうか」

ベイジルは首を振った。

「なあ、悪いことなんか一度もしたことがないってわけじゃないだろう、ベイジル?」クインが静かに訊いた。「他人には知られたくないことの一つや二つはあるだろう?」

「あったらなんだ?」

「あったら、突き止めてやる」

「それは脅迫か」

「そうさ。賄賂《わいろ》を贈ってもいいが、あんたは受け取らないだろう。まじめな男だからな……僕の知るかぎりでは、だが。しかし、誰にだって後ろ暗いことはある。それを突き止め、利用してやる」

「卑劣な奴だな」

「だから勧告しろよ、ベイジル」

「私には後ろ暗いことなど――」

「確定申告書に嘘を記入したことは?　仕事が溜まってるのを言いわけに、大事な報告書を出すのを怠ったことは？」

くそ、所得金額を正直に申告する人間なんかいやしない。しかし、公務員が虚偽申告をすれば、解雇の理由にもなりかねなかった。それにしてもクインはどうやってそんなことを――

いや、クインなら調べ上げるだろう。ベイジルは唇をきつく結んだ。「どうせ、推薦する復顔彫刻家の名前も添えておけって言いたいんだろう」

「ああ」

「イヴ・ダンカンか」

「当たりだ」

「そうだろうと思ったよ。おまえが彼女の娘を捜してるって話なら、市警の人間は誰でも知ってる。署長はなおさらうんとは言わないだろうな。この前の政界がらみの事件のおかげで、ダンカンはいまや超有名人だ。彼女を巻きこめば、マスコミが騒ぎ立てる」

「あれからもう一年以上になる。いまさら誰も騒ぎやしない。そのへんは僕がうまくやるよ」

「しかし、彼女は南太平洋のどこだかに行ってるんじゃなかったのか」

「戻ってくるさ」

たしかに戻ってくるだろうとベイジルは思った。イヴ・ダンカンの経歴を知らないアトランタ市警職員はいない。私生児として生まれたものの、逆境を跳ね返し、スラムの生活から抜け出した。しかし大学卒業を間近に控え、ようやく世間並みの暮らしを手にしようとした矢先、痛ましい悲劇が彼女を襲った。娘のボニーが連続殺人犯の餌食《えじき》になったのだ。遺体は発見されずじまいだった。犯人のフレイザーは、殺害を認めた十二人の子どもの遺体をどこに葬ったか、場所を明かさないまま処刑された。そのときを境に、イヴは、生きている子どもであろうと、死んだ子どもであろうと、行方不明の子どもを捜すことに人生を賭《か》けてきた。イヴはジョージア州立大学の芸術学部に再入学して卒業し、いまでは復顔彫刻家として活躍している。加齢復顔とスーパーインポーズ法の技術を持ち、いずれの分野でも一流と評されている。

「何を迷ってる?」クインが訊いた。「彼女の腕のよさなら、あんたはそれこそよく知ってるんじゃないのか」

否定はできない。病理学研究室でも、これまで幾度かイヴに復顔を依頼している。「しかし、彼女に頼めばよけいなお荷物もついてくる。マスコミが放っておくわけが――」

「だから、それは僕がなんとかすると言ってるだろう。彼女を推薦してくれ」

「考えてみるよ」

クインは首を振った。「待てない」

「市警が航空運賃を出すとは思えない」

「それも任せてくれていい。とにかく、勧告書を出してくれ」

「強引だな、クイン」

「それが僕の自慢の才能の一つでね」クインは皮肉めいた笑みを唇に浮かべた。「あんたに迷惑はかけない」

それは大いに疑問だとベイジルは思った。「私の時間が無駄になるだけだ。マクスウェル署長が許可するはずがない」

「いや、許可するはずさ。認めないなら、きみの出した勧告書をマスコミに公開すると言うからね。マスコミに知られずにイヴに復顔をさせるか、アトランタ市警の署長はなぜいたいけな少女の殺人事件の解決に取り組もうとしないのかとマスコミに叩かれるか、二つに一つってわけだ」

「おまえ、首になるぞ」

「覚悟のうえさ」

どうやら、どんな犠牲を払うことになっても引き下がる気はなさそうだった。ベイジルは肩をすくめた。「しかたないな、勧告しよう。市警から放り出されるきみを見送るのも悪くない」

「よし」クインは出口に向かった。「一時間後に勧告書を取りにくる」

「これから昼飯なんだ。二時間後にしてくれ」ちっぽけな勝利。だが、どんなに小さくとも完敗よりはましだ。「ダンカンの娘だと思ってるんだな。そうだろう？」

「さあな。その可能性もある」

「なのに、当の母親に復顔をさせる気か。残酷な男だな。もし本当にボニー・ダンカンだったら？　彼女に与える衝撃の大きさを考えてはみたか？」

返ってきた答えは、ドアの閉まる音だけだった。

三日後
タヒチ南方の島

彼が来る。

胸が高鳴った。心臓が速くなる。興奮を抑えきれない。イヴ・ダンカンは深呼吸を一つして、着陸場に下りてくるヘリコプターを見守った。まったく、天使ガブリエルを待ちわびているわけでもあるまいに。来るのはたかがジョーではないか。

たかが？　ジョーは友人であり、彼女の心を引き裂きかけたあの悪夢をともに乗り越えた同志であり、彼女の人生の拠り所の一つだった。心躍らせるだけの理由はある。

ドアが開き、彼がヘリコプターから降り立った。驚いた、あんなに疲れた顔をして。彼の顔にはいつ見ても表情と呼べる表情はなく、親しくない者の目には何を考えているのかわからないように映る。だが、イヴは知っていた。幾千ものできごとを共有した彼女の記憶には、多くの感情を物語るほんの小さな気配――ちょっとした視線の動き、口もとの微妙な変化――がひと通り刻みこまれている。彼の唇の両端には深い皺が増え、骨張った顔はいくぶん青ざめて見えた。

それでも、あの目は変わっていなかった。

そして、彼女の姿を認めた瞬間、彼の顔を輝かせた微笑みも……

「ジョー……」イヴは彼の腕に飛びこんだ。安堵《あんど》。懐かしさ。一体感。はかりしれない安らぎ。

ジョーはしばらく彼女を抱きしめていたが、やがて肩に手を置いてそっと押しやると、鼻の頭に軽いキスをした。「そばかすができてるぞ。ちゃんと日焼け止めを塗ってたか？」保護者気取り。兄貴風。いたわり。ものの二分で、離れていた何カ月間かが消え去った。イヴは彼を見上げて微笑みかけ、金縁の眼鏡を押し上げた。「もちろん塗ってたわ。でもこの島では日焼け止めなんてたいして役に立たないのよ」

ジョーはイヴの頭のてっぺんから爪先《つまさき》までまじまじとながめた。「そんな短パン姿だと、浜辺の遊民って感じだな」そう言って首をかしげる。「それに、リラックスして見える。完全にとはいかないが、この前会ったときみたいに肩に力が入っていない。どうやらローガンはきみを存分に甘やかしたらしいな」

イヴはうなずいた。「ええ、とてもよくしてもらってる」

「それだけか？」

「詮索《せんさく》はよして。あなたには関係のないことよ」

「つまり、あいつと寝てるってことだな」

「そうは言ってないでしょう。それに、寝てたらどうだというの？」

ジョーは肩をすくめた。「別に。この前の復顔が招いたあの災難のあと、きみはひどいありさまだった。ローガンに惹かれるのも無理はないさ。群がるマスコミの手からきみをさらい、南太平洋の自分の島にかくまった億万長者。きみがまだベッドにもさらわれていないとしたら、そのほうが不思議だし、ローガンがしつこく誘っていないとしたら、それこそ信じがたい話だよ」

「私は誰かにさらわれたりはしないわ。自分のことは自分で決めるの」彼女は首を振った。「ローガンの陰口はそのくらいにして。あなたたちときたら、いがみ合うピットブル二頭って感じね」そう言い、先に立ってジープのほうへ歩きだす。「だいいち、この島にいるあいだは、ローガンがあなたのホストなのよ。せめて文明人らしくしていてね」

「保証のかぎりではないな」

「ジョー」

彼はにやりと笑った。「努力はする」

イヴはほっと溜息をついた。「向こうを発つ前にママには会った？」

「会ったよ。きみによろしくと言っていた。いなくて淋《さび》しいって」

イヴは鼻に皺を寄せた。「きっと口だけね。ロンのことで頭がいっぱいだもの。あの二人、あと何カ月かしたら結婚するって話は聞いた？」

ジョーがうなずく。「きみはどう思ってるんだ？」

「どういう答えを期待してるの？　これほど嬉しいことはないわ。ロンはいい人だし、ママにも幸せが訪れてもいいころよ。苦労してきたもの」いや、苦労などという言葉では足りなかった。イヴの母親はスラムで育ち、長いあいだコカイン中毒に苦しみ、十五歳のとき、同じ悪夢の世界にイヴを産み落とした。「誰かがそばにいてくれるのはいいことよ。ママはそばにいてくれる人をいつも求めていたけど、私は忙しくて、娘らしいことの一つもしてあげられなかったから」

「きみは精一杯のことをしてきたじゃないか。お母さんにとっては、娘というより母親みたいな存在だった」

「いいえ、ずっと母を恨んでいて、何もしてあげられなかった。ボニーが生まれてからよ。母との溝にようやく橋を架けられたのは」ボニー。娘が生まれたのを境に、すべてが一変した。ボニーはイヴの世界と、そこに住む人々を変えた。「ママのためにはこれでよかったのよ」

「きみはどうなんだ？　きみにはお母さんしかいない」

イヴはジープのエンジンをかけた。「仕事があるわ」そう言って彼に笑みを向けた。「あなたもいる。私に怒鳴っていないときにかぎって、だけど」

「ローガンは挙げなかったな。いいぞいいぞ」

「揚げ足を取る気？　ローガンのことだってとても大切に思ってる」

「そうだとしても、きみを独り占めにはできていないわけだろう」ジョーは満足げにうなずいた。「ま、できっこないとは思っていたが」

「そうやってローガンの話ばかりするなら、道端に落としていくわよ。タヒチまでヒッチハイクでもするのね」

「それは勘弁してくれ。この島にはボート一つありゃしない」

「そう、そのとおり」

「わかった。弱みを握られちゃしかたない」

ええ、そうでしょうね。ジョーが弱い立場におかれるなど、めったにあることではない。

「ダイアンは元気？」

「元気だ」ためらい。「実は最近ほとんど会っていない」

「刑事の妻も大変ね。またむずかしい事件を抱えてるの?」

「過去最大の難事件だな」彼の視線は海へとさまよった。「いずれにしろ、ダイアンには会わない。三カ月前、離婚が成立した」

「え?」イヴは愕然《がくぜん》とした。「どうして黙ってたの?」

「話すほどのこともないからね。ダイアンは最後まで刑事の妻という役割に慣れることができなかった。こうしたほうが彼女のためなんだよ」

「ママも何も言ってなかったのはどうしてかしら」

「内緒にしておいてくれって僕が頼んだからさ。きみは心身を休めるためにここに来ているんだから」

「驚いたわ、ジョー。それに残念」イヴはしばし黙りこんだ。「私のせい?」

「どうしてきみのせいだってことになる?」

「あなたは私の友だちだった。私を助けてくれた。そのために撃たれて負傷した。危うく死にかけたのよ。ダイアンが私に腹を立ててたことは知ってるわ」

ジョーは否定しなかった。「あのことがなくても離婚してただろう。そもそも結婚すべきじゃなかったんだ。初めから間違いだった」ジョーは話題を変えた。「ここに来てから、どんな仕事をしてたんだい?」

イヴはもどかしい思いでジョーの顔を見た。離婚は彼の心に傷を残したはずだ。その傷を癒《いや》したかった。ただ、ダイアンとのことが話題になると、彼はいつも口数が少なくなる。その話はおいおい聞き出そうとイヴは思い直した。「仕事はあまりしてないの。スーパーインポーズの仕事と、加齢画像の製作がほとんど」そう言って顔をしかめる。「ここに来てすぐわかったわ。ほとんどの司法機関は、アメリカ本土在住の復顔彫刻家を望むのよ。こんなところにいては連絡がつきにくいものね。おかげで暇をもてあまして、ふつうの彫刻作品をいくつか作ったくらいよ」

「いい作品ができた?」

「まあまあのできね」

「納得のいくできではないのか?」

「どことなく……落ち着かないの」

「大部分の人間は、頭蓋骨に肉づけするほうが不気味だと思うだろうな。ローガンはなんと言ってる?」

「ローガンはふつうの彫刻を作るのは私のためになると信じてる。きっとそのとおりね」

「自分でもためになっていると思うかい?」

「いいえ。何かが……何かが欠けてる感じ」

「目的が、だろ」

ジョーに見透かされていても、意外だとは思わなかった。彼はイヴのすべてを理解している。「そう、行方不明の人を救うという目的がね。同じ時間を、身元のわからない人を家族のもとに返す役に立てることだってできるわけだもの。ローガンは、少し距離をおいたほうがいいと言うの。仕事は辞めたほうがいい、私にとって最悪の職業選択だからと考えてるのよ」

「で、きみはなんと答えたんだ？」

「他人のことに口出しするなって」イヴは眉間に皺を寄せた。「あなたにも同じことを言わせてもらうわ。二人とも、いいかげんにわかってくれればいいのに。あなたがたにどう思われようと、私は私のしたいようにするって」

ジョーは笑った。「それは間違いないだろうな。ローガンもそこは理解しているだろう。ところで、作品を見せてくれるだろう？　復顔像以外のきみの作品を一度も見たことがない」

「あとで見せてあげてもいいわ」イヴは彼をひとにらみした。「ローガンの前でお行儀よくできたら、ね」イヴは大きな白亜の農園風屋敷に続く私道にジープを乗り入れた。「彼は素晴らしくよくしてくれてるの。その気遣いをあなたに台無しにされるのはごめんだわ」

「いい屋敷だ。きみの仕事場は？」

「ローガンがすぐ前の海岸に研究室を建ててくれたの。ねえ、そうやって話をそらそうとしても無駄よ。ローガンの前ではおとなしくしてくれるわね？」

「やけにローガンをかばうな。僕の記憶では、ローガンは自分の面倒は自分で見られる男のはずだが」

「私はね、友人をかばうたちなの」

「ただの友人か？」ジョーは目を細めて彼女の顔色を探った。「恋人ではなく？」

イヴは目をそらした。「恋人は友人にもなりえるわ。よけいな詮索はよして、ジョー」

「恋人なんて言われると困るのか？　それとも、もう困ったことになってるのか？　あいつが強引すぎるとか？」

「違うわ。強引なのはあなたよ」イヴは屋敷の前にジープを停め、飛び降りた。「もうやめて」

「いいさ。もう答えをもらったようなものだからね」ジョーは後部座席からスーツケースを下ろした。「ひと風呂浴びてさっぱりすれば、もっと寛大な気分にもなれるだろう。いますぐローガンと対決してもらいたいかい？　それとも、この疲れた頭を休める場所に案内してくれるのかな？」

寛大になってくれるほうがいいに決まっている。「あとで一緒に夕食をどうぞ」

「正装しなくちゃいけないなら、僕は厨房でいただくよ。このスーツケース一つ分しか着替えを持ってきていない」

「何言ってるの？　私はそういう形式ばったことが嫌いだって、あなたも知ってるでしょ。たしかに日に何度か着替えはするけど、それはここがあんまり暑いからよ」

「どうかな。きみもすっかり有閑族に仲間入りしたようだから」

「ローガンは有閑族なんかじゃないわ。少なくともこの島では違う。私がアトランタに住んでいたときと同じ、形式ばらない生活をしてるわよ」

「ローガンもそのへんはわきまえてるってことだな」

「それに、彼は熱心に仕事をしてるわ。アメリカにいたときと変わらない勤勉ぶりよ。だから、くつろげるときは徹底的にくつろぐの」イヴは玄関前で足を止めた。「ねえ、ここへ来たのはなぜなの、ジョー？　休暇？」

「いや、厳密には違う」

「どういうこと？」

「まあ、有給休暇は何週間分か溜まってるよ。きみがこの常夏の楽園を満喫しているあいだも、僕は夜を徹して働いていたからね」

「だったら、厳密に言えば休暇ではないっていうのはどういうわけ？　なんのために来たの、ジョー？」

「きみに会いにだよ」

「でも、なぜいま？」

ジョーは微笑んだ。「きみを連れて帰るためさ、イヴ」

イヴが書斎に入っていくと、窓の外を眺めていたローガンが振り返った。「奴は？」

「部屋に案内したわ。夕食のときに会えるはずよ」イヴは鼻に皺を寄せた。「待ちきれないって顔ね」

「まさか」

イヴは溜息を漏らした。彼女にとって大切な二人の男の機嫌を損ねないように、こうしてひたすら気を配らなければならないとは。「タヒチで落ち合ってもよかったのよ。だけど、あなたも彼に愛想よくすると約束したでしょう」

「向こうの出方にもよるよ」ローガンは手を差し伸べた。「おいで。きみの手の感触を確かめたい」

イヴは部屋の奥へ進み、彼の手を取った。「どうしたの？」

ローガンは答えなかった。「きみも私も、彼が来た理由を察している。まだその話はしていないのかね？」

「私を連れ戻すために来たとしか聞いてないわ」

ローガンは悪態をついた。「で、きみはなんと答えた？」

「何も」

「行ってはだめだ。わからないのか？　前と同じ、暗い穴の底に落ちるだけのことだぞ」

「そんなに暗い場所ではなかったわ。仕事があった。生き甲斐《がい》があった。あなたにはどうしても理解できないようだけど、ローガン」

「きみを失うはめになるらしいことはわかる」彼の手に力がこもった。「ここで幸せに過ごしていたろう？　私といて幸せだったろう？」

「ええ」

「だったら行かないでくれ。ハーメルンの笛吹男が奏でる調べには耳をふさげ」

イヴは胸が締めつけられるような思いで彼を見つめた。彼を傷つけたくない。不屈の精神とずば抜けた頭脳を備え、人を惹きつけずにはおかないジョン・ローガン。一大企業の社長であり、並はずれた実業家であるローガン。その彼にこんな傷つきやすい一面があるとは、夢にも思わずにいた。「永久にいると約束してここに来たわけじゃないわ」

「永久にいてもらいたいんだ。私は初めからそのつもりだった」

「そんなこと、一度も言わなかったじゃないの」

「不用意にそう言えば、とたんにきみは逃げ帰ると思ったからだ。だが、いまはこうして打ち明けている」

そのまま言わずにいてくれたらよかったのにとイヴは思った。なおも決断がむずかしくなる。

「この話はまたあとでしましょう」

「きみはもう決めたんだな」

「まだよ」イヴはこの美しい静穏な島に愛着を感じはじめていた。ローガンとの暮らしにもすっかり慣れた。彼との日々は、気遣いと思いやり、そして穏やかさにあふれていた。焦りも感じはじめているのは確かだが、それはやがて消えるのではないだろうか。「まだ決めていない」

「あの男は決断を迫るだろう」

「自分のことは自分で決めるわ。ジョーもそれはわかってる」

「いや、あいつは頭がいい。きみのことを知り尽くしている。きみをアメリカへ連れ戻せるならなんだって言うだろう。あの男には耳を貸すな」

「耳を貸さないわけにはいかないわ。いちばんの親友なのよ」

「親友だって?」ローガンはイヴの頰にそっと指先を滑らせた。「だとしたらなぜ、彼はきみを打ちのめしかねない世界に連れ戻そうとする? 頭蓋骨や殺人事件を日々目にしながら、きみはいつまで正気を保てるだろう?」

「誰かがやらなくてはいけない仕事よ。私なら、いまも子どもの行方を捜しているたくさんの父親や母親に、心の区切りをつけさせてあげられる」

「それはほかの誰かに任せればいい。きみは立場が近すぎる」

「ボニーのことがあるから？　だけど、そのためにかえって私はあの仕事に向いてるんじゃないかしら。子どもを家に連れ帰りたいほかの人々のために、なおいっそう力を尽くすことができる」

「おかげできみはワーカホリックだ」

イヴは顔をしかめてみせた。「この島では違うわ。暇をもてあましてるくらい」

「そこが不満なのか？　私とアメリカに戻ってもいいんだぞ。モントレーの私の家に行こう」

「この話はまたあとにしましょう」イヴは繰り返した。

「わかった」ローガンは熱く甘いキスをした。「クインより先に話をしたかっただけだ。きみには選ぶ権利がある。もし私が提示した選択肢が気に入らないなら、別の道を探ろう」

イヴは彼を抱きしめた。「夕食のときにまた」

「考えてみてくれよ、イヴ」

イヴはうなずき、書斎をあとにした。考えずにいられるわけがない。ローガンは大切な存在だった。これは愛だろうか。愛とはなんだろう？　自分はボニーの父親を愛していると彼女は信じた。だが、あのときの彼女はたった十五歳だった。あとになって、あの気持ちは、一時の感情にすぎなかったと、非情な世の中で誰かにすがりたいという欲求にすぎなかったと悟った。あれ以来、何人もの異性と出会ったが、そのなかの誰一人として大切な相手とは思えず、仕事に追われる日常にたちまち呑みこまれて遠ざかった。だが、ローガンはかけがえのない存在と思えたし、彼は自分以外の事物や人に彼女を奪われまいと奮闘している。彼なら彼女の情熱を呼び覚ますことができるだろう。彼女を思いやり、気遣ってくれている。彼を失うことになれば、心が痛むだろう。そうだ、これは愛に違いない。

しかし、いまは心理分析などする気にはなれなかった。ジョーと話をしてからでも遅くはない。研究室に行き、八歳のときに父親に連れ去られたリビー・クランドールの加齢写真の製作でもして、時間をつぶそう。

イヴは廊下を進み、研究室に続くフレンチドアに向かった。陽射しが眩《まぶ》しい。この島では、何もかもが太陽の光を受けて輝き、一点の曇りもない。ローガンはイヴの人生も同じように保ちたいと望んでいる。暗闇を押しのけ、つねに陽の当たる場所に彼女をおいておきたいと。彼に委ねればいい。悲しみを忘れればいい。ボニーの記憶が薄れるに任せればいい。行方知れずのほかの子どもたちを救う仕事も、ほかの誰かの手に預ければいい。

だめだ。できない。絶対にできない。ボニーをはじめ、奪われた子どもたちは、織物の糸のように彼女の人生や夢に織りこまれ、彼女の大きな一部を、いや、彼女の大部分を占領していた。

ローガンは彼女を知り尽くしている。それを思うと、彼女の真実をいまだ受け入れようとしないことが信じられなかった。

彼女の居場所は、暗闇のなかにこそあるという真実を。

アリゾナ州フェニックス

暗闇。

ドンはつねに暗闇を好んだ。すべてを包み隠してくれるからではなく、未知のものに対する期待をかきたてるからだった。夜の闇が訪れると、何もかもが姿を変えると同時に、彼の目には万事が明らかに映る。サン・テグジュペリの著作にも、そんな一節がなかったか。

そうだ、思い出した……

日中《ひなか》の破壊的な思索が終わるころ、真に大切な事物がふたたびくっきりと輪郭を現す。そして人は、細切れの自己を寄せ集め、大樹の穏やかさをもって成長する。

彼は細切れになどなっていないが、それでも夜は彼に平穏と力を与えた。穏やかさはほどなく消えるだろうが、力は、まるで一千人の聖歌隊の合唱のように彼の全身に響きわたる。

聖歌隊。ふとした喩《たと》えが別の考えを導き出したことに気づき、彼はふと笑みを浮かべた。

運転席で背筋を伸ばす。女が玄関から現れた。挑戦を求めて慎重に選んだ結果がその女だった。あの女は、この前の獲物よりよほど刺激的だろう。デビー・ジョーダン、金髪、三十一歳、既婚、二人の子どもの母親。PTAの会計係を務め、美しいソプラノの声を持ち、ヒル・ストリート・メソジスト教会の聖歌隊の一員だった。これから聖歌隊の練習に出かけるところだ。

ただし、彼女が練習に現れることはない。

2

食卓についたジョーとローガンは礼儀正しく振る舞っていたが、イヴは二人のあいだに敵意を察していた。いたたまれなかった。嘘や偽りは大嫌いだった。二人を見ていると、海面下にあまりにも多くを隠しながら、いつ衝突するかわからないままじりじりと近づいていく二つの氷山が思い浮かぶ。

もう耐えられない。デザートは省略だ。

イヴはふいに席を立った。「いらっしゃいよ、ジョー。散歩に行きましょう」

「おや、私は置いてきぼりか」ローガンがつぶやいた。「不作法もいいところだ。まだ食事もすんでいないというのに」

「僕はすんだよ」ジョーは立ち上がってナプキンを置いた。「それに、そうさ、あんたは置いてきぼりだ」

「そうか。まあ、せいぜい退屈しながら待っているとしよう。きみがイヴに何を言う気か、予想はついているからね」ローガンはそう応酬して椅子の背にもたれた。「遠慮はいらない。きみはそのために来たんだろう。私はイヴが戻ってからゆっくり話をさせてもらうよ」

「退屈する余裕があるかな」ジョーは足早に出口に向かった。「内心びくびくしてるくせに」イヴは急ぎ足でジョーのあとを追って廊下に出た。「ちょっと、あんなこと言うことないじゃないの」

「いや、あるね」ジョーはにやりとした。「我慢の限界さ。今夜の僕は行儀よくしすぎだ。消化に悪い」

「ここは彼の家なのよ」

「それを思うとなおさら腹が痛くなる」ジョーはフレンチドアに向かった。「浜辺を歩こう」

イヴにしても、家のなかにいたくはなかった。空気が張りつめて、息苦しいほどだった。バルコニーに出るのを待ちかねたように靴を脱ぎ捨て、ジョーが同じように靴と靴下を脱いでスラックスの裾《すそ》をまくり上げるのを待った。その様子を眺めていると、自分のモーターボートに乗っている彼を最後に見たときのことを思い出す。上半身裸で、カーキ色のスラックスの裾をふくらはぎまでまくり、笑い声をあげて、まともに前を見ずにイヴやダイアンのほうを振り返りながら、ボートを操って湖を横切るジョー。「あの湖畔の別荘はまだ手放していないんでしょう?」

ジョーはうなずいた。「バックヘッドの家は慰謝料代わりにダイアンに譲った」

「じゃ、いまはどこに住んでるの?」

「分署の近くのアパートだ」そう答えて、浜辺に向かうイヴの後ろから歩きだす。「アパートで充分さ。どうせ家にはほとんどいないんだから」

「そうでしょうね」ひんやりと柔らかな砂に爪先が埋もれる。気分が晴れた。打ち寄せる波の音は耳に快く、ジョーと二人きりでいると心が安らいだ。たがいに相手を知り抜いている。一人でいるも同然だった。いや、正確には違う。ジョーが誰か、どんな存在か、一緒にいて忘れる瞬間などなかった。二人はまるで……二つの歯車のようだった。「ろくに休みも取っていないんでしょう。疲れた顔をして」

「今週は忙しかったんだ」ジョーがイヴと歩調を合わせ、二人はしばらく無言で歩き続けた。

「タラディーガの話はお母さんから聞いてるか？」

「タラディーガ？」

「聞いていないだろうと思ってた。新聞はどこもさかんに書き立ててるが、お母さんはきみが飛んで帰りたくなるような話は耳に入れまいとするだろうから」

イヴは身がまえた。「何があったの？」

「滝のそばの崖で九体の人骨が発見された。そのうちの一つは幼い女の子のものだ。白人の」

「幼いって……いくつくらい？」

「七歳か八歳」

イヴは息を呑んだ。「地中に埋められていた期間は？」

「発見直後の推定では、八年から十二年だ」ジョーはためらった。「ボニーと決まったわけじゃないよ、イヴ。ほかの骨はどれも成人のものだった。わかっているかぎりでは、フレイザーが殺したのは子どもだけだ」

「わかっているかぎりでは、でしょう。フレイザーは何一つ話そうとしなかった」イヴの声が震えた。「あの男は黙って笑みを浮かべるばかりで、何も話そうとしなかった。あの子を埋めたことは認めたけど、それがどこなのか――」

「まあまあ」ジョーはイヴの手を取り、そっと握った。「落ち着けよ、イヴ」

「落ち着いてなんかいられないわ。ボニーが見つかったかもしれないというのに、平然としていろと言うの？」

「いや、期待するなと言いたいんだ。発見された子どもはもっと年長かもしれない。地中にあった期間は、もっと長いかもしれないし、短いかもしれない」

「だけど、あの子かもしれないのよ」

「それは可能性の一つにすぎない」

イヴは目を閉じた。ボニー。

「別人の可能性だってある」

「ボニーを家に連れて帰れる」イヴはかすれた声でつぶやいた。「あの子を家に連れて帰れるんだわ」

「イヴ、人の話を聞けよ。まだたしかなことは何一つないんだ」

「ちゃんと聞いてるわよ。決まったわけじゃないこともわかってる」それでも、この長い歳月を経て、これほど可能性の高い話がもたらされたのは初めてだ。ボニーが見つかるかもしれないのだ。「歯形から身元がわからないかしら？」

ジョーは首を振った。「どの骨にも歯はなかった」

「なんですって？」

「警察は、犯人は被害者の身元がわからないように歯を抜いたと推測している」

イヴは顔をしかめた。抜け目ない犯人だ。残酷だが、抜け目がない。フレイザーも悪知恵に長《た》けた男だった。「まだDNAは採取できるはず。検査できる量の試料が採れるかしら」

「骨髄からいくらか採取できた。研究室が抽出を始めてるよ。ただ、きみも知っているように、結果が出るのは少し先になる」

「この前使ったあの民間の研究所に頼めないかしら」

「テラー研究所なら、もうDNA鑑定を引き受けていないよ。この前の事件のあと、研究所にマスコミが押しかけた。あれでいやけがさしたらしい」

「じゃ、結果が出るのはいつ？」

「最低でも数週間」

「だめよ。そんなに待ってられない。すぐにでも知りたいわ」イヴは深々と息を吸った。

「私に復顔像を造らせてもらえない？」

「本気か」

「もちろん、本気よ」彼女の掌のなかでボニーの顔が命を取り戻す様子を見つめたい……

「神経が参ってしまうかもしれないぞ」

「かまわないわ」

「僕はかまう」ジョーは声を荒らげた。「きみが苦しむ姿は見たくない」

「私なら平気」

「平気なわけがないだろう。いまだってどうかなりそうなくせに」

「どうしてもやらせてもらいたいのよ、ジョー」

「わかってる」ジョーは海に目をやった。「だから来たんだ」

「じゃ、やらせてもらえるよう手配してくれるのね」

「手配ならもうした」

「よかった」

「これまでの僕の人生で最大の過ちだって気がするよ」

「いいえ、あなたは正しいことをしたのよ。思いやりのある行為だわ」

「ふん、それは気休めか」ジョーは屋敷のほうに歩きだした。「こんなに自分勝手なことをするのは生まれて初めてだよ」

「ね、事件について、ほかに知ってることは？」

「細かいことは飛行機のなかで話す。明日の午後、タヒチを発つ便の切符を二枚用意した。早すぎるか？」

「いいえ」ローガン。ローガンに伝えなければ。「今夜のうちに荷造りをするわ」

「ローガンに打ち明けたあと、だろ」

「そう」

「僕から話してもいいぞ」

「馬鹿なこと言わないで。ローガンには私の口から聞く権利があるわ」

「悪かった。きみが少しヒステリックになっているように見えたものだから。きみのためにと――」

「無意味な言葉だわ。ヒステリーっていうのは、南部のご令嬢のためにある言葉よ。スカーレット・オハラだってヒステリックだったかもしれない。あいにく、私はお嬢様じゃないの」

ジョーは微笑んだ。「その調子だ。さっきまでとは違って、いつものきみに戻ってる」

そうだろうか。この島を離れることをローガンに打ち明けなくてはならないと思うと気が重く、ほかの感情が心に入りこむ隙《すき》はなかった。しかし、その務めを終えて一人きりになったとき、きっと悲しみはふたたび彼女の全身に襲いかかるだろう。

立ち向かうしかない。悲嘆と闘えばいい。何年もそうしてきたのだ。今度だって大丈夫だ。怖いものはもう何一つない。

彼女の手には、ボニーを取り戻すチャンスが握られているのだから。

アリゾナ州フェニックス

デビー・ジョーダンの手に蠟燭《ろうそく》を握らせてから、彼女のために掘った穴に遺体を落とす。さんざん痛めつけてやった。犠牲者を苦しませたいという幼稚な欲求など、とうに忘れたと思っていた。しかし殺しのあいだに、彼はふいに悟った。これじゃ面白くない。次の瞬間、彼はわれわれを忘れた。目もくらむような怒りに駆られて、彼女を刺し、引き裂いた。殺しの快感が失われたら、彼に何が残る？　これからどう生きていけばいい？

不安を押し隠せ。心配はない。いつかこの日がくることは、わかりきっていた。答えのない問題ではない。新鮮味とやりがいを取り戻す方法を考えればすむことだ。

デビー・ジョーダンは、彼の恐れる永遠の退屈と暗闇の到来を告げる使いなどではない。だから、気のすむまで傷つけてやったところで、彼に罰が下るわけではない。

ああ、やはり傷つけてしまった。

イヴは静かに打ち寄せる波をじっと見つめた。何時間か前、ローガンと話をしたあと浜に走り出て、そのままずっとこうして座り、心のざわめきがおさまるのを待っている。

この世は見知らぬ他人がもたらす悲しみであふれている。そのうえ、大切な人を傷つけなくてはならないなんて。

「話したんだな」

振り返ると、ジョーがすぐそこに立っていた。「ええ」

「なんと言っていた?」

「ほとんど何も。ボニーかもしれないと言ったとたん、黙ってしまったわ」イヴは悲しげに微笑んだ。「どうやっても対抗できない切り札を出されてしまったなと言っていた」

「そのとおりさ」ジョーが傍らに腰を下ろす。「ボニーは間違いなく、僕らの人生でいちばん大事なものだからね」

「いいえ、私の人生で、だわ。あなたはあの子と会ったことさえないのよ、ジョー」

「それでもボニーを知っている。きみから山ほどいろんなことを聞いたからね。まるで自分の娘みたいな気がしてる」

「ほんと? あの子が生きるってことをどれだけ愛していたか、話したかしら? あの子はね、毎朝私のベッドに飛び乗ってきてこう尋ねたわ。今日は何をするの、今日は何を見るのって。あの子は全身から愛を発散しているようだった。私は怒りと貧しさで息が詰まりそうになりながら育った人間よ。だからよく不思議に思ったわ。どうしてボニーのような子を授かったんだろう、私にはもったいない子だってね」

「いや、きみはボニーの母親にふさわしかった」

「ええ、あの子が産まれたあと、ふさわしい母親になろうと努力はしたけれど」イヴは笑みを作った。「ごめんなさい。あなたの言うとおりね。こんな話、あなたの負担になるだけだわ」

「そんなことはないさ」

「いいえ、そうよ。私一人で背負うべき重荷だわ」

「何を言ってるんだ。きみが心を痛めれば、周囲の誰もが同じように心を痛める」ジョーは砂を掌にすくった。指のあいだを砂がさらさらと流れ落ちていく。「ボニーはそばにいる。僕らみんなのそばに」

「あなたの心も痛むの、ジョー？」

「もちろんだ。いまさら変わると思うかい？　きみと僕は長いことずっと同じように苦しんできた」

ボニーが消え、悪夢が訪れたときからずっと。当時ジョーはＦＢＩにいて、若く、いまほど冷笑的ではなく、衝撃を受けたり恐怖を感じたりする隙もあった。彼は彼女の傷を癒そうとしたが、あのいまわしい日々、世界のどこを探しても慰めなど見つからなかった。それでも彼は、永遠に這い上がれないと思った失意の底からたった一人で彼女を連れ戻し、自分の足でふたたび立ち上がれるようにしてくれた。イヴはしかめ面をしてみせた。「あなたはどうしていつまでも私にまつわりつくのかしらね。私はろくな友だちじゃないのに。自分の仕事のことしか考えない女よ。それに自己中心的もいいところ。そうでなければ、あなたとダイアンがうまくいっていないことくらい察していたはずだわ。なぜそうやって我慢してくれるの？」

「僕だって不思議になることがある」ジョーは考えこむように首をかしげた。「たぶん、きみに慣れたんだろうな。新しく友だちを作るのは面倒だ。それくらいなら、きみで我慢するほうがいい」

「あら、優しいのね」イヴは両膝《ひざ》を胸に抱き寄せた。「あの人を傷つけてしまったわ、ジョー」

「ローガンは強い男だ。立ち直るさ。きみをそそのかしてこの島へ連れてきたときから、永遠に引き止めてはおけないと覚悟していたはずだよ」

「そそのかしたわけじゃないわ。私のためを思ってくれただけ」

ジョーは肩をすくめた。「そうかもしれないな」そう言って立ち上がると、イヴの手を引いて同じように立ち上がらせた。「行こう。屋敷まで一緒に歩くよ。いつまでもここにいてもしかたない」

「ずっといたことを知ってたの？」

「屋敷から駆け出していくところを見かけたんだ。だからテラスで帰りを待っていた」

「ずっと?」

ジョーは笑みを浮かべた。「差し迫った約束がほかにあるわけじゃないからね。しばらく一人になりたいだろうと放っておいたが、そろそろベッドに入ったほうがいいと思って」

闇のなか、彼はずっとあそこに立ち、手を差し伸べるべき時をじっと待っていた。黙って揺るぎもせず。ふいにイヴは、自分も強くなったように、楽観的になれたように感じた。

「屋敷には戻らないわ。代わりに研究室まで送って。仕事が残っているの。すぐに終わるけれど荷造りはそのあとね」

「手伝おうか」

イヴは首を振った。「一人で大丈夫」イヴは数百ヤード先の小さな建物を目指して歩きだした。「取りかかるのを先延ばしにしてただけだから」

「帰るのはやめたのか」

「まさか」イヴは研究室のドアを開け、明かりをつけた。「悲しいし、帰りたくないとは思うけど」机のコンピューターの前に座る。「さ、一人にしてちょうだい。この加齢画像を完成させなくちゃいけないの。リビーのお母さんにとっては長い年月だった。もうあきらめかけてるのよ」

「いい研究室だ」ジョーは室内を見まわしていた。薄茶色の長椅子、そこにいくつも置かれたオレンジと金色のクッション、書棚に並ぶ額縁入りの写真。「きみらしいな。ところで、制作した彫刻は?」

イヴは大きなピクチャーウィンドーの傍らに置かれた塑像台に目をやった。「あなたの胸像はまだ作りかけなの。でも、入口の脇の戸棚に、ママの完成像が入ってるわ」

「僕の胸像？」ジョーは像を見つめた。「驚いたな、僕そっくりだ」

「そう嬉しそうな顔をしないで。モデルが目の前にいなくても、あなたの顔なら自分の顔みたいによく知ってるもの」

「ああ、そうらしいな」ジョーは鼻の付け根にそっと触れた。「このちっちゃなこぶには誰も気づいてないと思ってた。フットボールの試合中に骨折した痕《あと》だ」

「そのときにちゃんと治療しておくべきだったわね」

ジョーは口もとをゆるめた。「もし治してたら、欠点のない男になっちまうと心配してやめたのさ」少しためらってから続ける。「ボニーの像はないんだな」

「作ろうとはしたの。でもできなかった。気がつくと、ぼんやり粘土を見つめてるばかりで」イヴは鼻の上の眼鏡を押し上げ、リビーの写真を画面上に呼び出した。「そのうち作るわ」

「そのくせ、例の少女の頭蓋骨の復顔はできると思ってるわけか」

どうやらジョーは、〝ボニーの頭蓋骨〟と言わないようにひどく気を遣っているらしい。

「だって、やらなくちゃいけないことだもの。やらなければならないと思えば、なんだってできるわ。さあ、出ていって、ジョー。仕事をさせて」

ジョーはのんびりと出口に向かった。「少しは寝ておけよ」

「加齢画像が完成したらね」イヴはリビーの母親と母方の祖母の写真を取り出した。丹念に観察する。ボニーのことを考えてはだめ。ローガンのことも。いまは全神経をリビーに注ぐ義務がある。八歳の少女の顔を十五歳に成長させなければならない。楽な仕事ではなかった。ほかのことに気を取られてはいけない。

ボニーのことを考えてはいけない。

「ジョーの胸像を仕上げられないのは残念だね」ボニーの声がした。

長椅子の上で寝返りを打つと、ボニーがジョーの胸像を見上げていた。いつもイヴの前に現れるときと変わらない様子だった。ジーンズ、Tシャツ、赤いくりくりの巻き毛。ただ、塑像台のそばに立っていると、ふだんよりも小柄に見えた。

「いまはもっと大切な仕事があるのよ」

ボニーは鼻のあたりに皺を寄せ、イヴを振り返った。「あたしを見つけたと思ってるんでしょ。いつも言ってるじゃない。あたしはもうあそこにはいないって。残ってるのは骨の山だけ」

「あなたの骨なの？」

「あたしにわかると思う？　あのことはもう覚えてないよ。ママだって忘れてほしいくせに」

「ええ、そうね」イヴは口ごもった。「でもあの男があなたを埋めた場所は知ってるんでしょう。教えて。あなたを家に連れて帰りたいの」

「だけどあたしは、あたしがあんな死に方をしたことをママに忘れてもらいたいの」ボニーは窓の前に立ち、海を見つめた。「ママと一緒にいたときのあたしと、いまのあたしだけを覚えていてほしいの」

「あなたの夢をってことね」

「幽霊だってば」ボニーが言い直す。「いつかママにも信じてもらえると思うけど」

「そんなことになったら、ママは精神病院行きだわ」

ボニーはくすくすと笑った。「まさか。ジョーが許さないよ」

イヴは頬をゆるめてうなずいた。「大騒ぎするでしょうね。あなたには悪いけど、そんなことにならないよう願うわ」

「あたしはかまわないよ。あたしのことは誰にも話さないほうが無難だろうから」ボニーは小首をかしげた。「こうして二人きりで過ごすのもいいものだよね。すごく大事な秘密みたいで。昔、内緒でいろんなことをしたね。ほら、おばあちゃんの誕生日に、キャラウェイ植物園に連れていって驚かせたじゃない？　何も言わずに車に乗せて、連れていっちゃった。あの春は花がとってもきれいだった。あれからあそこには行った？」

楽しそうに頬を上気させて、キャラウェイ植物園を駆けまわるボニー……。「いいえ」

「もう、いいかげんにして」ボニーが顔を曇らせた。「いまも花はきれいに咲いてるし、空はいまも青いんだよ。楽しまなくちゃ」

「はいはい、わかりました」

「いつもそう言うけど、結局口先だけ」ボニーはまた海を見つめた。「この島を離れるのが嬉しいんだね」

「仕事があるの」

「いずれにしろ、もうじき帰ることになってただろうな」

「それはどうかしら。ここにいると落ち着くの。陽射しもこの静けさも好き」

「ローガンのことも好きなんでしょう。だから傷つけたくない」

「でも、傷つけてしまったわ」

「ママがいなくなったら淋しいだろうけど、あの人なら大丈夫」ボニーは少し考えて続けた。「ジョーが迎えに来ることは知ってたよ。だけど——なんだかいやな予感がするの、ママ」

「ママがあなたを探そうとするといやがるのは、いつものことじゃないの」

「違う、違うよ……感じるの……邪悪な闇が迫ってる」

「あなたの頭蓋骨の復顔をやり抜けるか、不安なのね」

「ママにとって辛い仕事になるのは確かだろうけど、あたしが言ってるのはそのことじゃなくて……」ボニーは肩をすくめた。「どうせママは行くんでしょ。ほんと強情なんだから」そう言って壁に寄りかかる。「また眠って。これから荷造りだってしなくちゃいけないんだよ。ところで、あの加齢画像はいいできだね」

「ありがとう」イヴは冗談めかして付け加えた。「自画自賛ってことだわね」

「褒《ほ》めてもこれだもの」ボニーは悲しげに言った。「自分で褒めてるだけだと思ってる」

「あなたは夢なのよ、当然の結論だわ」イヴはしばらく黙っていた。「リビーの父親は荒っぽい人だったそうよ。腹いせにリビーを誘拐したらしいの。リビーはまだ生きてるのかしら。あなたのほうにはいない？」

ボニーはからかうように眉を吊り上げた。「夢のなかの話？　それとも死後の世界？　どっちかに決めてから訊いてよ、ママ」

「わかった、いまの質問は取り消し」

ボニーは輝くような笑みを浮かべた。「こっちにはいないよ。リビーを家族に返してあげられるかもしれないってことだね」

「やっぱり」イヴは体勢を変えて脇腹を下にすると、目を閉じた。「望みが充分にあると思えない仕事は引き受けないことにしてるの」

「客観的に考えてそう思った？」

「そうよ」

「勘じゃなく？」

「あなたの希望を砕くようで悪いけど、こうしてしょっちゅうあなたの夢を見ることを除けば、私はとても理性的な人間だと自認してるのよ」イヴはためらった。「ねえ、あなたも一緒に来てくれるわね？」

「あたしはいつだってママと一緒だよ」しばしの沈黙。やがてボニーは口ごもりながら言った。「だけど、今回は行けるかどうか、自信がないな。あの邪悪なもの……」

「見つかった骨はあなたなの、ボニー？」イヴはつぶやくように訊いた。「お願い。教えて」

「わからない。あの邪悪な闇が狙ってるのがママなのか、あたしなのか……」

目を覚ましたとき、水平線は青白く輝いていた。二十分ほどそのままベッドに横たわり、夜明けの光が大海原に音もなく広がっていくさまを眺めていた。奇妙だった。ボニーの夢を見た翌朝はいつもすっきりと目覚めるのに、今日は疲れが取れていない。わずかに不安も感じていた。精神分析医ならこう診断するだろう。娘の夢はカタルシスだ、狂気に陥ることなく喪失感を埋めようという心の反応だと。おそらく、その分析は当たっている。夢を見るようになったのは、フレイザーの処刑から一年ほど過ぎたころで、いつもイヴによい影響をもたらした。おかげで、どこかの分析医の診察を受けて夢を追い払う気にはならずにいる。愛の記憶が、人に害を及ぼすはずがない。

床に足を下ろす。くよくよするのはこれくらいにして、目の前のことに取りかかろう。それまでに荷造りをしなければ。八時にジョーと屋敷で会うことになっている。

そして、ローガンに最後の別れを告げなくてはならない。

「死にかけた友人の見舞いに行くみたいな顔つきだな」イヴが玄関ホールに歩み入ったとき、ローガンはちょうど階段を下りてくるところだった。「もう行くんだな?」

イヴは心に鞭打《むち》った。「ええ」

「クインは?」

「ジープで待ってるわ。あの、ローガン、私――」

「わかってる」ローガンはそっけなくさえぎった。「ほら、行こう」

「一緒に来るの?」

を警戒するような目で見るなよ。ヘリポートまでだ」そう言ってイヴの腕を取り、ドアのほうにそっと押しやる。「恋人を奪われた男みたいに打ちひしがれるつもりはないよ。そんな情けないことはしない。それどころか、こっちからきみを追い出してやる。二度と私の島へ戻ってくるんじゃないぞ」ローガンは自嘲ぎみに微笑んだ。「明日とか、来月とか、来年とかになれば別だがね。ついでに言っておくが、十年以内に滑りこめば、まあ、歓迎しないでもないな。それを過ぎたら、門前払いだ」

イヴはほっとして笑みを浮かべた。「ありがとう、ローガン」

「その礼は、罪悪感を軽くしてやったことに対してかね？　いいか、ここで一緒に過ごした思い出をそう簡単に忘れさせたりはしないぞ。私たちはこのうえなくうまくやっていたじゃないか」ローガンは玄関のドアを開けた。「きみは特別な女性だ、イヴ。失いたくない。私を恋人としては考えられないというなら、友人になるよ。慣れるには時間がかかるだろうが、いつかなれる。なってみせる」

イヴは背伸びをし、彼の頬に口づけをした。「いまでもあなたは私の友だちよ。ここに来たとき、私は魂が抜けたみたいだった。この一年、あなたほど忍耐強くて、私のために手を尽くしてくれた人はほかにいないわ」

ローガンは彼女を見下ろして微笑んだ。「まだあきらめたわけじゃないぞ。私はこの程度では引き下がらない。まだ奇襲作戦の第一段階が終わったばかりだ」

「ええ、あなたは決して途中であきらめない人だわ。そこがあなたの素晴らしいところの一つ」

「ほらな、もう私の真価を理解してくれている。そこを突破口に、作戦を押し進めるとしよう」ローガンは彼女の背を押してジープに向かった。車ではジョーが待っている。「急げ、ヘリコプターに乗り遅れるぞ」

ジープがヘリポートに滑りこんだとき、離着陸場にはすでにヘリコプターが停まっていた。

「ちょっと二人で話ができないかな、クイン」ローガンは丁寧にそう尋ねた。

ジョーはその言葉を予期していた。「先に乗ってベルトを締めていてくれ、イヴ。すぐに行くから」

イヴは警戒するような目を二人に向けたが、何も言わなかった。

ローガンは、イヴがヘリコプターに乗りこむのを見届けてから、口を開いた。「ボニーではないんだろう、え?」

「いや、可能性はある」

「卑劣な男だ」

ジョーは答えなかった。

「彼女がどれだけ傷つくことになるか、わからないわけではあるまい」

「ああ、わかってる」

「だが気にしちゃいないってわけだ。きみは彼女に帰ってきてもらいたかった。そのためにボニーを利用した」

「人骨が見つかったことを隠せば、イヴは僕を恨んだろう」

「首をへし折ってやりたい気分だ」

「だろうな。しかし、そいつは賢いやり方とは言えない。あんたはイヴが自分に感謝し、離れがたく思うように仕向け、成功した。だから最後の最後にぶざまな姿を見られたくはないはずだ。そんなことをすれば、ますます彼女を取り返すのがむずかしくなる」

ローガンは一つ深呼吸をした。「来週、私もモントレーの事務所に帰る」

「次はその手でくるだろうと思っていたよ」

「きみから目を離さないぞ。きみの瞬き一つ見逃さない。今度の復顔像製作が少しでもイヴの心に傷を残したら、きみの命はないと思え」

「結構。気はすんだか?」

ローガンはジープのエンジンをかけた。「いや、これはまだ序の口だ」

ジョーは走り去るジープを見送った。ローガンはタフな男だ。そして、心からイヴを愛している。ジョーが賛美する資質を、ローガンはいくつも備えていた——知性、公平さ、誠意。状況が違えば、そう、障害物でなければ、彼を好きになれていただろう。

残念だ。

あいにく彼は障害物だった。ジョーは特殊部隊にいたころ、障害物を前にしたときの対処を三種類学んだ。飛び越える。よけて進む。

あるいは、それが障害物でなくなるまで、叩いて押し潰す。


タヒチを発った飛行機が巡航高度に達するのを待ちかねたように、イヴはタラディーガのことをジョーに尋ねた。「何もかも知りたいの」イヴはわざとらしくジョーをにらみつけた。「ヒステリックになってるなんてまた言ってごらんなさい、今度は一発お見舞いしてやるから」

「未来永劫《えいごう》その言葉は使わないように気をつけるとしよう」ジョーがつぶやく。

「子どもの骨は一体だけだと言っていたわね」

「僕の留守のあいだにさらに遺体が発見されていなければね。それはないとは思うが。一帯をしらみつぶしに捜索していたから」

イヴは身震いした。九つの生命が奪われた。九人の人間が埋められ、捨てられたのだ。

「これまでに身元の判明した遺体は？」

「まだない。レイブン郡の住民かどうかさえわかっていないんだ。全州の行方不明者を片端から当たっている。ある程度絞りこんだところで、行方不明者と遺体のＤＮＡ型検査をすることになっている。どうやら犯人はあの崖の上を自分専用の墓地に使っていたらしいな」

「フレイザーがね」イヴは囁《ささや》くように言った。

「成人の遺体が八体、子どもはわずか一体だ」ジョーが指摘する。「フレイザーは十二人の子どもの殺害を認めた。成人を殺したとは一度も言っていない。死刑宣告を受けて、もはや洗いざらいしゃべったところで何も変わらないというときになってもだ」

「だからといって違うとはかぎらない。あの男がどんな罪を犯したか、誰にもわからないのよ。子どもたちの遺体を埋めた場所を探す手がかりを教えようともしなかった。親たちを苦しめたかったのよ。世界じゅうを苦しめようとしたのよ」

「望みは薄い。別の殺人鬼の犠牲者かもしれないと覚悟しておいたほうがいい」

「覚悟はできてるわ。捜査の糸口は？」

「三体の肋骨にナイフの傷痕が残っている。おそらくそれが致命傷になったんだろう。ほかの遺体の死因はわかっていない。ただ、犯人の〝署名〟らしきものが残っている。どの骨にも、右手に蠟のかすがこびりついていた」

「蠟？　どういう種類の？」

ジョーは肩をすくめた。「分析中だ」

「もう結果が出てもいいころよ。どうしてそう時間がかかるのかしら」

「政治さ。市長は、連続殺人鬼がうろついているとなればアトランタ市のイメージが落ちると気にしているし、マクスウェル署長は厄介な事件を抱えこみたくないと考えている。アトランタは過去にもウェイン・ウィリアムズとフレイザーという殺人鬼を生んだ。だから署長は、この事件はできればレイブン郡に押しつけたいと考えている。ところがあいにく、レイブン郡には市警並みの設備が揃っているわけじゃないから、署長としては最低限の協力を申し出ないわけにはいかなかったんだな。ちなみに、ＦＢＩの行動科学課も協力してくれている。タラディーガに出向いて、現場と人骨の分析を始めているよ」

「それなのに、私に復顔像製作を依頼する許可をよく取り付けられたわね」

「実を言うと、ちょっとした荒技を使ってね。署長は、きみに依頼しないと、自分がマスコミに狙い撃ちされるんじゃないかと恐れてるってわけさ」

「それは私だってごめんだわ」群がるマスコミからせっかく数千マイルの彼方に逃れたとい

うのに、またしても相手をしなくてはならないなんて。

「マスコミのことは心配しなくていい。僕の湖の別荘に設備を用意した」

「居場所はすぐにばれてしまうわ。情報はかならずどこかから漏れてしまうものよ」

ジョーはにやりと笑った。「連中の目をくらませる作戦がある。まあ、僕に任せておけよ」

彼に任せるしかなかった。イヴはシートの背に深々ともたれ、気を楽にしようとした。長旅になる。行く手で待ち受ける仕事に備えて、体を休めておいたほうがいい。

子どもの頭蓋骨が、命を吹きこまれるのを待っている。

ボニーなの？


「こっちだ」税関を通過すると、ジョーはイヴの腕をつかんだ。「到着ロビーには出られない。レポーターの大群が待ちかまえてる」そう言って傍らを歩く赤い制服を着た顧客サービス係に微笑む。「そうだろう、ダニー？」

「ええ、あれを振り切るのはひと仕事だ。さ、こっちへ」サービス係は非常口へ向かった。

「荷物はポーターに運ばせます」

「ね、どこに行くの？」階段を下りる途中でイヴは尋ねた。

「従業員の通用口さ。北ターミナルの前に出られる」ジョーが答える。「きっと情報が漏れてると思ってね。ダニーに電話しておいたんだ」サービス係の案内で、二人は長い廊下を抜け、ターミナル前の通りに出た。「ありがとう、ダニー」

「いや、礼なんか」サービス係はちょうど正面入口に現れたポーターに合図した。「あんたには借りがあるからね、ジョー」

イヴはターミナルのなかに戻っていくサービス係の後ろ姿を見送った。「とりあえず、マスコミはまいたわ。次は——ちょっと、何してるの?」

ジョーは通りのまんなかに立っていた。「僕ら専属のタクシーをつかまえるのさ」

灰色のオールズモビルが二人の前に停まった。運転席に女性の姿が見えた。

「ママ?」

サンドラ・ダンカンが微笑んだ。「スパイか何かになったみたいな気分。税関の先はやっぱりレポーターの山だった?」

「ええ、そのようです」ジョーは答えた。ポーターが荷物をトランクに入れる。

「今朝の新聞を見て、きっとそうなるだろうと思ったわ」

ジョーはポーターにチップを渡した。イヴは助手席に、ジョーは後部座席に乗りこんだ。ほどなく車は、空港の出口に向かって通りを走りだした。

「ジョーがママに電話を?」イヴは尋ねた。

「誰かが連絡してくれなくちゃ」サンドラはイヴに微笑んでみせた。「だって、私の娘は帰ることを母親に知らせようとは思わなかったらしいから」

「落ち着いたら連絡するつもりだったの」

「でもそのおかげで、ジョーの別荘に着くまでこうしてゆっくり話ができる」サンドラは値踏みするような目をイヴにちらりと向けた。「元気そうね。ほんの少し太ったかしら」

「たぶん」

「それに、そばかすができてる」

「ジョーにも言われた」

「日焼け止めを塗っていなくちゃだめでしょう」

「それもジョーに言われた」

「ジョーには良識があるって証拠ね」

「ママこそ元気そうだわ」それは本当だった。サンドラは若々しく粋に見え、生気と活力にあふれて輝くようだった。「ロンは元気？」

「ええ、とても元気よ」サンドラは目を輝かせた。「私につきあってると疲れるなんて言うのよ。たしかにあちこち引っ張りまわしてるけど。でも、しかたないわ。人生は短いのよ。せいぜい楽しまなくちゃ」

「仕事はどう？」

「順調」

「今日は平日よね。仕事を休ませてしまった？」

「ええ。だけど、私が出勤しなくてみんな安心したはずよ。朝刊にあんな記事が出たあとだもの、私が出勤したら裁判所にマスコミが殺到することくらい、予想がついたでしょうから」

「ごめんなさいね、ママ」

「首になったりはしないわよ。私の速記の腕は裁判所一だし、裁判所のほうもそれはわかってる。前もそうだったけど、この騒ぎもそのうちおさまるでしょうし」サンドラはジョーのほうを振り返った。「いまのところ、あなたの別荘目指してまっすぐ北に向かってるけど、途中でどこかに寄る?」

ジョーは首を振った。「いや、ただ、しばらく市内を適当に走ってもらえませんか。マスコミに尾行されているとまずい」

「わかったわ」サンドラはイヴを見やった。それから、まじめな顔つきになって言った。「ジョーの話では、可能性はそう高くないそうじゃないの、イヴ。ボニーではないかもしれない」

「頼りない希望でもないよりはましだわ」イヴは微笑んだ。「ねえ、そんなに心配しないで、ママ。大丈夫よ。何があっても、私なら平気」

「私は今回のことはあなたのためにならないと思ってるの。あの子のことは忘れなさい。いつかあなたがどうかしてしまうわ。私だってボニーを愛していた。だけど、甘んじて現実を受け入れるしかないと悟ったの」

母は現実を自分なりに解釈して受け入れ、そのことはどうやら母に幸せをもたらそうとしている。いや、強さを、だ。イヴは心をよぎったうらやましさを振り払った。「現実から目をそむけようとしているわけじゃないわ。自分の娘を捜し出し、安らかに眠らせてやろうとしているだけ」

サンドラは溜息をついた。「わかったわ。どうしてもというならやりなさい。私にできることがあったら電話して」

「ええ、約束する」サンドラは不安げな顔をしていた。イヴは母の腕に手を置き、そっと力をこめた。「心配するほどのことじゃないわ。二、三日もあれば復顔はすむし、それで白黒はっきりするんだもの」

サンドラは眉間に皺を寄せた。「その二、三日が百年に思えるときもあるものよ」


イヴ・ダンカンか。

ドンは新聞に掲載された彼女の写真をじっと見つめた。赤みがかった茶色の巻き毛が、美しいというよりも魅力的という形容が似合う顔を縁取っている。金縁の眼鏡の奥から、薄茶色の瞳がこちらを見上げていた。前の年にもこの同じ写真を見ながら、フレイザー裁判で気も狂わんばかりの形相をしていた女とは別人のようだと考えたことを思い出す。年齢を重ねたイヴ・ダンカンは、以前よりも強く、自信にあふれて見えた。山をも動かし、一国の政府を転覆させる強さを持った女。

その意志の力をいま、彼女は彼のいる方角へ向けようとしていた。むろん、当人はそうとは知らずにいる。彼女が望むのは、娘を捜し出すことだけ――その希望が、何年か前と同じ弱さを彼女に与えようとしている。

実際、あのとき、彼女を次の獲物にしようかとも考えた。だが、すぐにその思いつきは捨てた。フレイザー裁判に世の関心が集まっていたからだ。彼女は目立ちすぎる。充分な刺激を与えてくれ、しかも危険の少ない獲物なら、まだほかにいくらでもいた。

ただ、このところ物足りなくなりはじめている。

しかし、その悩みはすぐに解決できそうだ。彼はそう思って安堵を覚えた。イヴ・ダンカンは強くなった。彼に挑み、彼を清めてくれるだろう。丹念に計画を立てて彼女を追いつめ、すべての瞬間をありったけの感情の滴で満たし、徐々にゲームを盛り上げて、やがて訪れる最後の爆発で、彼の内に積もった倦怠《けんたい》や塵芥《じんかい》を一掃しよう。

彼は運命というものを固く信じていた。そして、イヴ・ダンカンは、彼のためにいまふたたび彼の前に現れたに違いないと思いはじめていた。彼女が初めて彼の人生を横切ったあのとき、誘惑に屈しなかったのは僥倖《ぎょうこう》だった。あのころの彼女は、ほかと大差ない、退屈な獲物だったろう。

だがいまならば、彼の救世主となれる。

3

「素敵」サンドラはコテージを見上げ、次に桟橋を見下ろした。「いいところじゃない、ジョー」

「そう思うなら、何度誘っても来なかったのはなぜです?」ジョーはトランクから荷物を下ろしながら言った。

「だって、私は都会生まれの都会育ちなのよ」サンドラは深々と息を吸いこんだ。「でも、ここなら我慢できそう。湖があんなにきれいに見えるってイヴが話してくれてたら、きっと来たわ」

「私は話したわよ」イヴが言い返した。「聞く耳を持たなかったのはママのほう」

「そうだったかしら。それにしても淋しいところね。湖畔にはほかの家はないの?」

「ないわ。ジョーはね、あの湖と周囲の地所を買い占めたの。土地のほんの一部だって売る気はないそうよ」

サンドラはジョーに向かっていたずらっぽく微笑んだ。「あら、意地悪だこと」

「ここにはプライバシーを求めて来るもので」ジョーはトランクを閉めた。「街にいるときは、いやでも大勢の人間に囲まれてますからね。この地所の名義は信託会社の名前になっていて、所有者が僕だということは誰も知らない。市警も知りません」ジョーはイヴに微笑みかけた。「ごく少数の親しい友人は別ですが」

「そうだったの。いずれにせよ、コテージは素敵だし、温かい雰囲気ね」

イヴは、急勾配の屋根がついたコテージを初めて見たときから気に入っていた。こぢんまりとして居心地がよく、窓がたくさんあって日光がふんだんに入り、外の景色もよく見晴らせる。「いらっしゃいよ、なかの様子も見て」

「アトランタに戻らなくちゃ。夕食までに帰らないと、ロンが心配するわ」

「電話すればいいじゃない」

サンドラは首を振った。「私だってお馬鹿さんじゃないのよ。ロンが一人で食事をするのに慣れてしまったら大変。明日、向こうから電話するわ。話はそのときにまた」サンドラはイヴをしっかりと抱きしめた。「お帰りなさい、イヴ。会いたかったわ」それから一歩下がると、ジョーを見つめた。「アトランタまで車で送りましょうか」

「いや、ジープが置いてありますから。自分で帰れます。ありがとう、サンドラ」

「いいのよ」サンドラは運転席に乗りこみ、エンジンをかけた。「じゃ、またね」

イヴは砂利道を遠ざかる車を見送ってから、ジョーを手伝って荷物を玄関ポーチに運び上げた。

「よくわからないな」ジョーは首を振った。「一年ぶりの再会だというのに、お母さんは恋人と食事をするといって帰っていく。きみはそれで平気なのか?」

「あなたにわからなくても無理はないわ。私と母はたがいをよく知ってるってことよ」地獄のような彼女の少女時代をともに過ごした人物でなければ、理解できないはずだ。過去の爪《つめ》痕《あと》はいまも残り、この先も消えることはないだろうが、イヴとサンドラはそれを乗り越えて信頼を築き上げた。「ママにとっては一人の男性と長くつきあうのは初めての経験なの。彼との関係を守ろうとするのは当然よ。ママはロンに夢中なんでしょ？」

「ああ、見るからにね」ジョーはコテージの鍵《かぎ》を開けた。「本人にはその自覚がないようだが」

「そのようね」イヴはためらった。「なんだか、ダイアンなしでここに来るのもおかしな感じ」

「どうして？　僕が結婚する前にも来てたじゃないか。いずれにせよ、ダイアンはあまりここが気に入っていなかった。都会のほうが好きだったんだ」

イヴはあたりを見まわし、ここへ来るといつもジョーのレトリーバーが跳ねるようにやってきて歓迎してくれたことを思い出した。「ジョージは？　アトランタのアパートにいるの？」

「いや、ダイアンのところだ。僕はめったに家にいない。ダイアンと暮らすほうがあいつも幸せさ」

「手放すのは辛かったでしょう」

「ああ。あの犬は好きだったからね」ジョーは玄関のドアを開け、コテージの片隅を指さした。

「まあ、すごい」ビデオカメラ、コンピューター、作業用のテーブル、塑像台。「どこからこんなものを?」

「アトランタのきみの研究室に空き巣に入ったのさ。去年、研究室がめちゃくちゃにされたあと、保険会社が入れた機材を一式運んできた。全部揃ってるはずだが」

「ええ、そのようね」イヴはなかに足を踏み入れた。「これだけあれば文句ないわ」

「きみの望みを叶えることこそ僕の生き甲斐だからね」ジョーは陽気に言った。「食料品もたっぷり蓄えておいた。それにしても寒いな」ジョーは暖炉に歩み寄り、薪《まき》の山の傍らにしゃがみこんだ。「帰る前に火をおこしていこう」

「帰るの?」

ジョーはうなずいた。「マスコミが探しているのはきみだ。この別荘はそう簡単には突き止められないだろうが、絶対安全とは言えない。偽の手がかりをあちこちにばらまく算段をしておかないと」ジョーは少し考えてから続けた。「サンドラにも、きみの仕事がすむまでここには来ないよう言っておくよ。マスコミはサンドラを尾《つ》けるかもしれない。積もる話をするなら、電話でしてくれ。いいね?」

「わかったわ」たった一つ、ジョーがまだ説明していないことがあった。「頭蓋骨はいつ届くの?」

「明日だ。いまはまだジョージア州立大学のドクター・コムデンの手もとにある。報告書を書いた人類学者だよ。市警から許可をもらって、明日の朝、受け取りに行き、午後からここへ持ってくる。予定が変わるようなら電話するよ」そう言ってジョーは玄関に向かった。

「それまで少し眠っておけ。飛行機のなかで、せいぜい一時間くらいうとうとしただけだろう」

「そうね」イヴはおずおずと付け加えた。「でもその前にローガンに電話して、無事に着いたと伝えておく」

「連絡を待ってるとは思えないな」

「でも、安心させたいの。そばにいないからというだけで、彼と完全に縁を切ってしまうつもりはないわ。彼には借りがあるもの」

ジョーは肩をすくめた。「きみがそう言うなら。ただし、彼と話して落ちこんだりするなよ。きみには睡眠が必要だ」

「ちゃんと眠るわ」

「約束だぞ。例の子どもの頭蓋骨を目の前にしたとき、きみがどう反応するか、僕にもきみにも予想できない。疲れていればなおさらだ。きみの神経が参ってしまうような事態は避けたい」

「参ったりしないったら」

「いいから、少しでも寝ろよ」ジョーはそう繰り返して出ていき、玄関のドアが閉まった。

イヴは窓際に立ち、コテージをぐるりと回ってジープが停めてある車庫に向かうジョーの姿を目で追った。まもなく私道にジープが現れたかと思うと、通りの先に消えた。

これで独りぼっちだ。

まるで冷たい湖水に触れでもしたように、ふいに陽射しが弱々しく、冷えびえと感じられた。対岸の松林の影が輪郭を失い、黒ずんだ毛布に覆われる。イヴは身震いし、燃えさかる暖炉に近づくと、両手を火にかざした。温もりは心地よく、少し前に体を襲った寒気を追い払ってくれた。

ただの思い過ごしだ。ママとジョーが帰る前と何一つ変わっていない。一人きりになるのが久しぶりだからだろう。あの島では、一人になることなどめったになかった。仕事をしているときでさえ、五分も歩けば会えるところにローガンがいた。

しゃんとしなきゃ。寒気は孤独からではなく、恐怖と不安と緊張からきたものだ。ジョーと同じく、問題の頭蓋骨を手にした瞬間に自分がどう反応するか、彼女自身にも予測がつかなかった。はたして戦慄《せんりつ》をはねのけることができるか、徹頭徹尾プロらしく対処できるか、自信がない。

もちろん、そうしなくてはいけない。そうでなくてはボニーに対して面目が立たない。いや違う、頭蓋骨の持ち主だった幼い少女に、だ。ボニーと思ってはいけない。そう決めてかかれば、この両手や判断力に彼女自身が欺かれることになりかねなかった。私情に流されることなく頭蓋骨を扱わねばならない。

しかし、そんな芸当ができたためしがあったろうか。そう思うと、哀しみがわきあがった。どんなときでも、身元不明の子どもの復顔をすれば胸が締めつけられた。作業が終わるころには神経がすり減っていた。それでも今回だけは自分の感情を完全に支配する必要がある。あの地獄の暗闇に足を取られることは絶対に避けなければならない。

忙しくして気を紛らわそう。行く手に待ち受けるもののことを考えないようにしよう。イヴは受話器を取り、ローガンの携帯電話の番号を押した。ローガンは出ない。代わりに留守番電話が応答した。

「もしもし、ローガン？　ジョーの別荘に無事着いたと報告したくて電話しました。元気でいるわ。頭蓋骨は明日届く予定よ。あなたのほうも元気だといいけれど。無理はしないでね」そう吹きこんで電話を切った。

ローガンと連絡が取れないことが、孤独感を募らせた。ただでさえ遠く感じていた彼との安全で健全な暮らしが、いよいよ遠ざかっていく。

何言ってるの。気持ちを切り替えなきゃ。湖畔の散歩でもして少し体を動かせば、きっと眠れるだろう。

スーツケースに入っている着替えは、どれも常夏の島向きのものだった。そこでイヴはジョーの寝室に入り、ジーンズとフランネルのシャツを拝借した。自分のテニスシューズを履き、ジョーのウィンドブレーカーを羽織る。ほどなく彼女は玄関を出て、階段を下りた。


一人きりらしい。

ドンは、湖に続く小道を早足でたどるイヴ・ダンカンを目で追った。両手はジャケットのポケットのなか、眉間にはかすかに皺を寄せている。

彼女は彼の記憶にあるよりも背が高かったが、サイズの合わないジャケットに包まれた体はひどくはかなく見えた。ただし、それは見かけだけだ。彼女の身のこなし、力のこもった顎の線からそのことが見て取れる。人の強さを決めるのは、多くの場合、肉体ではなく精神だ。簡単に倒せると思った獲物に猛然と抵抗された経験が幾度もある。あの女もきっとその類《たぐい》だろう。

空港での脱出劇はなかなかの見ものだった。だが、ストーカー歴の長い彼に、あんな手は通用しない。褒美《ほうび》を手にするためには、つねに相手の一歩先をいかなければならないことを、彼はとうの昔に学んでいた。

その褒美はすぐ手の届くところにある。イヴ・ダンカンの居場所を突き止めた。これでゲームを始められる。

ジョージア州立大学

「おはよう、ジョー。少し話がしたいんだが」

彼が科学部棟に足を踏み入れたとたんに廊下の壁から体を起こした長身の男を目にして、ジョーは思わず身がまえた。「インタビューならお断りだよ、マーク」

マーク・グルナードはにこやかに笑った。「話と言ったろう、インタビューじゃない。まあ、そっちから内部情報をくれるっていうなら――」

「ここで何してる?」

「きみがここに頭蓋骨を取りに現れるってことは、ちょっと勘を働かせればわかることさ。ほかのジャーナリスト連中がイヴ・ダンカンの追跡に血眼《ちまなこ》になってくれてて助かったよ。おかげでこうしてきみと二人きりで話ができる」

発見された人骨の在処《ありか》を愚かにも伏せておかなかったアトランタ市警を、ジョーは内心で罵《ののし》った。「いや、それは思い違いだな。僕は話なんかしないぞ、マーク」

「ドクター・コムデンの研究室までお供するくらい、かまわないだろう？　研究室に着いたらすぐさま退散するよ。きみに提案したいことがある」

「何を企んでる、マーク？」

「おたがいにとって利益になる話だ」グルナードはジョーと並んで歩きだした。「聞いてくれるだろう？」

ジョーは相手を観察した。マーク・グルナードに対しては、誠実で頭が切れるという印象を抱いていた。「わかった。聞こう」


「子どもの骨を引き取りにきたんだね？」ドクター・フィル・コムデンは立ち上がり、ジョーの手を握った。「報告書にたいしたことが書けなくて申しわけなかった」そう言って廊下の突き当たりのドアに向かう。「イヴ・ダンカンが復顔を担当するとか」

「ええ」

「復顔像は法廷では証拠として認められないよ。DNA鑑定を待つべきだ」

「しかし、それでは時間がかかりすぎます」

「たしかにそうだな」コムデンは先に立って研究室に入り、遺体安置室で使われるのと似た、一連の抽斗《ひきだし》の前に立った。「頭蓋骨だけ？」

「ええ。骨の残りは、市警の病理学研究室に返却してください」

「彼女は自分の娘だと思っているのかね？」

「可能性はあると考えています」

「酷な話だ」コムデンは取っ手をつかんで抽斗を開けた。「もはや救いようのない子どもの遺体を調べるだけでも辛いのに、それが自分の子どもかもしれないと思いながら——おい、どういうことだ？」

ジョーはコムデンを脇に押しのけ、抽斗をのぞいた。

イヴは一度目のベルで電話を取った。

「消えた」ジョーの不機嫌な声が聞こえた。

「え？」

「骨が消えた」

驚愕に、イヴの体がこわばった。「消えたって、どういうこと？」

「僕にわかるわけがないだろ。ドクター・コムデンの話では、昨夜、研究室を出たときには抽斗のなかにあったそうだ。ところが今日の昼には消えていた」

イヴは気を落ち着かせようとした。「病理学研究室の誰かが受け取りにきたとか」

「書類にドクター・コムデンの署名がなければ受け取れないよ」

「何か手違いがあって、署名がないまま——」

「ベイジルに電話した。遺骨の受取委任状は誰にも発行されていないそうだ」

イヴはめまいを覚えた。「だけど、誰かが——」

「いったい何がどうなってるのか、いま突き止めようとしているところだ。ただ、きみに待ちぼうけを食わせることになったら悪いと思ってね。何かわかったらまた連絡する」

「あの子は……またいなくなったのね」

「僕がかならず見つけるよ」束の間の沈黙。「悪趣味なジョークかもしれない。大学生っていうのは何をするかわからない連中だからね」

「学生が盗んだと思ってるの？」

「ドクター・コムデンはそう考えてる」

イヴは目を閉じた。「まさか」

「ちゃんと取り戻すさ、イヴ。昨夜から今日の昼にかけて、研究室の周囲にいた全員に話を聞くつもりだ」

「そう」イヴはぼんやりと答えた。

「何かわかったらまた連絡する」ジョーはそう繰り返し、電話を切った。

イヴは受話器を置いた。悲観することはない。遺骨はジョーがきっと見つけてくれる。たぶん、ドクター・コムデンの推測どおりなのだろう。そういう悪ふざけを面白がるような学生が――

電話が鳴りだした。またジョーだろうか。

「もしもし」

「可愛らしい子だったんだろう？」

「え？」

「さぞかしボニーを自慢に思っていただろうね」

イヴは凍りついた。「あなた誰？」

「なかなか思い出せなくて参ったよ。あんまりたくさんいたものでね。しかし、あの子を忘れるわけがない。特別な子だった。生きようと懸命に闘った。抵抗する子どもはほんのひと握りしかいないと知っていたかい？　大部分はただ受け入れる。子どもに関心を失ったのも、そういう理由でね。あれでは小鳥を殺すのと変わらない」

「誰なの？」

「ひとしきりぱたぱたしたあと、おとなしくなってしまう。しかしボニーは違った」

「嘘はやめて」イヴはかすれた声で言った。「あなた、相当頭がおかしいのね」

「ああ、並みの異常者でないことは確かだな。フレイザーとは違う。エゴというものはあるが、他人の手柄を自分のもののように吹聴したりはしない」

イヴは腹を殴られたような衝撃を覚えた。「娘を殺したのはフレイザーよ」

「おや、そうかな？　それなら、死体の在処をしゃべらなかったのはなぜだ？　フレイザーの犠牲者の死体はどこにある？」

「冷酷な人間だったからよ」

「知らなかったからさ」

「知ってたはずよ。残された者を苦しめたかっただけだわ」

「まったくそのとおり。ただし、自分がやったのでもない殺しを自白することで、自分の評判を高めようとしたのも本当だ。初めのうちは腹が立ったが、そのうち愉快になった。服役中のフレイザーと話だってした。新聞記者だと伝言を残してね。あの男がそんな絶好のチャンスを逃すはずがない。折り返し電話がかかってきて、警察にくれてやる情報をまた二つ三つ教えた」

「フレイザーはテディ・シムズ殺害の現行犯で逮捕されたのよ」

「彼がまったくの無実だとは言っていないだろう。シムズという子どもとそのほかの四件に関しては、本人の主張どおりフレイザーの仕業だ。しかし、それ以外はすべてこの私のものでね」電話の相手は少し間をおいてから続けた。「幼いボニー・ダンカンを含めて」

イヴの体は激しく震え、受話器を握っているのがやっとだった。落ち着かなくては。これはただのいたずら電話だ。そのへんの変質者のいやがらせだ。フレイザーの公判中にも似たような電話が幾度かかかった。しかしこの男の声は冷静で、自信ありげで、無関心とさえ聞こえる。話を引き出そう。嘘を暴いてやろう。「子どもを殺すのはつまらないんじゃなかったの？」

「あのころはいろいろ試していてね。子どもを常連に加える甲斐があるか、確かめようとしていた。ボニーは手応えを感じさせてくれたが、それに続く二人には失望させられた」

「なぜ――私に電話を？」

「きみとのあいだには絆《きずな》があるからね。違うかい？　私たちはボニーを共有している」

「してないわ」

「というよりも、私がボニーを所有している。いまも眺めているところだ。埋めたときにはもっと愛らしかったのに。悲しい運命だね。私たちはみな、骨の集まりになって終わる」

「いまも……眺めてるですって？」

「学校の遠足で出かけた公園で、こっちに歩いてきたあの子の姿が目に浮かぶよ。コーンにのった苺《いちご》のアイスクリームを食べていたな。赤い髪が陽射しを受けて輝いていた。生命にあふれていたよ。私は誘惑に屈した」

暗闇。気を失ってはだめ。

「きみにも同じ生命のきらめきがある。私にはわかる。ただ、きみはあの子よりもよほど強い」

「もう切るわ」

「おや、具合でも悪くなったのかな。ショックでそうなることはある。しかし、きみならすぐに立ち直るだろう。また連絡するよ」

「この人でなし。なぜなの?」

しばしの沈黙があった。「必要だからさ、イヴ。この軽いおしゃべりのおかげで、いよいよ確信が強まったよ。私にはきみが必要だ。きみの感情の波が津波のように伝わってくる。それが……たまらない快感だ」

「もう電話には出ないようにするわ」

「ふん、それは無理だな。あの子がいつ戻ってくるかわからないわけだからね」

「あなたの話は嘘ね。ほかにも大勢の子どもを殺したなら、なぜボニーだけをほかの大人と一緒に葬ったの?」

「あそこにはいままでに発見された以外にも埋めたはずだ。子どもは少なくとももう二人、埋めたような記憶がある。たしか……男の子が二人だ。ボニーより年長だった。十歳から十二歳くらい」

「見つかった子どもは一体だけよ」

「警察が見逃しているだけさ。谷底をさらえと言え。土砂崩れで流されでもしたんだろう」

電話は切れた。

壁にもたれていたイヴの体が床に崩れ落ちた。寒い。肌が氷のようだ。

神様。ああ神様。

何かしなくては。こうして体を丸めて怯《おび》えていてもしかたがない。

ジョー。ジョーに電話をしよう。

震える手で彼の携帯電話の番号をダイヤルする。

「来て」ジョーが電話に出るなり彼女は言った。「こっちに来て」

「イヴ?」

「来て――お願い、ジョー」

「おい、いったいどうした?」

そうだ、もう一つ伝えておかなくては。「タラディーガ。連絡して――谷底を捜索してって伝えて。男の子があと二人――埋まってる」イヴは電話を切り、壁に背中を預けた。何も考えてはいけない。ジョーが来てくれるまで、無感覚の衣にくるまっていることにしよう。気を失ってはだめ。喉もとまでせりあがった悲鳴を漏らしてはだめ。

とにかく、ジョーを待とう。

一時間後にジョーがやってきたときにもまだ、イヴは床で体を丸めていた。

ジョーはわずか四歩で部屋を横切り、彼女の傍らにかがみこんだ。「怪我でもしたか?」

「いいえ」

「なら、僕を死ぬほど怯えさせたのはなぜだ?」ジョーはぶっきらぼうに訊いた。彼女を抱き上げ、長椅子に運んでいく。「心臓が止まるかと思ったぞ。くそ、こんなに冷えきって」

「ショックよ。あの男は——ショックのせいだろうと言ったわ」

ジョーはイヴの左手をさすって温めようとしている。「誰がそう言ったんだ?」

「電話の男よ。いたずらだと思ったわ。あのころもよくかかってきたから。ボニーが——」喉が締めつけられて、しばらく言葉が続かなかった。「でも、いたずら電話ではなかった。タラディーガには連絡してくれた?」

「した」ジョーはそう答え、イヴのもう一方の手を取ってさすりはじめた。「それで?」

「ボニーの遺骨を持っていると言うの」無感覚の衣がほころび、イヴの体は震えはじめた。

「以前はあんなに可愛かったのにと——」

「落ち着け」ジョーはそばの椅子から薄手の毛布を取ってイヴの体をくるんだ。簡易キッチンに立ち、インスタントコーヒーを淹《い》れる。「まずは深呼吸だ。いいな?」

「わかった」イヴは目を閉じた。深く息を吸う。この胸の痛みを吐き出そう。不安を吐き出してしまおう。吸って。吐いて。このまま吐き出さずにいたら、胸が引き裂かれるだろう。

「目を開けて」長椅子の彼女の傍らに座ったジョーが見えた。「さあ、飲んで」

コーヒー。熱い。甘ったるい味。

ジョーはイヴがコーヒーを半分飲み終えるまで待ってから訊いた。「少しは落ち着いたか？」

イヴはぎこちなくうなずいた。

「じゃあ、さっきの話の続きを。ゆっくりだ。無理はするな。休みながらでいい」

三度の中断を経て、ようやく最後まで話し終えた。イヴが黙りこむと、ジョーはしばらく無言で彼女を見つめていた。「それだけか？　話はそれでおしまいか？」

「ひどい話だってことは充分わかったでしょ？」イヴは涙声で言った。

「ああ」ジョーはコーヒーのカップのほうに顎をしゃくった。「全部飲んで」

「冷めてしまったわ」

「お代わりを淹れよう」ジョーは立ち上がり、急ぎ足でキッチンへ戻った。

「ボニーを殺したのはあの男だわ、ジョー」

「単なるいたずら電話かもしれないだろう」

イヴは首を振った。「いいえ、あの男が殺したのよ」

「いまのきみは動転している。少し時間をかけてよく考えてみたほうがいい」

「よく考えるまでもないわ。だって、アイスクリームのことを知ってたのよ」

ジョーが顔を上げた。「アイスクリーム？」

「あの日、公園で、ボニーはコーンにのった苺のアイスクリームを食べていたと彼は言った」

「それはマスコミにも公表しなかった情報だな」ジョーがつぶやいた。

「フレイザーも知ってたわ。ボニーはコーンにのった苺のアイスクリームを食べていたと警察に話している」

「それに、ボニーの服装も正確に知っていた」

「新聞で読んで知ってただけかもしれない」

「だが、背中のほくろのことも知っていた」

イヴは脈打つこめかみを指先で揉《も》んだ。ジョーの言うとおりだ。フレイザーが犯人と断定された根拠はそれだった。だが、なぜあのときわずかの疑いも抱かなかったのだろう。「新聞記者だと偽って伝言を残し、フレイザーのほうから電話をかけさせ、犯行の詳細を教えたんだと言っていた。ありえる話だと思う？」

ジョーはしばらく考えていた。「ありえるな。フレイザーは、相手を選ばずインタビューに応じていた。弁護士は激怒してたよ。しかも、ジョージア州法には、面会室での会話を本人の許可なく録音してはならないという条文があるから、インタビューで何をしゃべったかは誰にもわからない。とはいえ、わざわざ録音する必要もなかったろうな。フレイザーは罪を認めていたからね。裁判の行方はわかりきっていた」

「彼は被害者を埋めたと供述したけど、遺体は一つも発見されなかったのよ」

「遺族にとっては大問題だが、検察にしてみればさほど重要な事柄ではなかった」

そう、そのとおりだ。フレイザーが罪を認めたあと、遺体の捜索を続けてくれと検察に懇願するのは、まるで煉瓦の塀に頭をぶつけるようなものだった。「大事なことなのに」

ジョーはうなずいた。「ただ、検察にはフレイザーを電気椅子送りにするだけの証拠が揃っていたからね。楽な裁判だったろう」

「でも、アイスクリームの件は……」

「あれから長い年月が過ぎている。公園のアイスクリーム屋が、はたして何人にしゃべったことか」

「だけど、警察から口止めされていたはずよ」

ジョーは肩をすくめた。「フレイザーが処刑された時点で事件は終わったと考えている人も、なかにはいるだろう」

「そうね、アイスクリームを売った人が誰かに話した可能性もある。でも、もし誰にも話していなかったら？　あの子を殺したのはフレイザーではないとしたら？」

「イヴ……」

「あの子を殺したのは、さっき電話をかけてきたろくでなしなのだとしたら？　彼は研究室から遺骨を盗んだのよ。そんなことをするのは、彼が犯人——」

「もうよせ」ジョーはコーヒーのお代わりを手に戻ってくると、彼女の傍らにまた腰を下ろした。「僕にはどの質問にも答えられないよ。僕はあえて反対意見を並べているだけだ。理性的な結論を導き出すために」

「理性で考えようとしても無駄よ。だって、ボニーを殺したあの男に理性が残っているとは思えないもの。彼の声を聞けばあなたにもわかる。私を苦しめるのが楽しくてたまらないのよ。明らかな手応えを感じられるまで、しつこく同じ言葉を繰り返したもの」

「よし、その男のことを訊こう。どんな声だった？　若い声？　年取っていた？」

「わからない。井戸の底で話してるみたいに聞こえたわ」

「変声器を使ったんだな。　言葉遣いは？　訛りは？　特殊な言いまわしはしなかったか？」

流行の言葉は使ったか？」

イヴは記憶をたどった。男の話し方を思い出そうとすると、彼女の心を深くえぐった言葉の数々がどうしても蘇《よみがえ》る。「訛りはなかった。どちらかというと……洗練された話し方。インテリという感じ」イヴは弱々しく首を振った。「わからない。ボニーの名前が出た瞬間から、冷静に聞いていられなくなったから。次はもっと注意しておく」

「次があればな」

「またかかってくるわよ。彼にとっては快感なのよ。自分でそう言ってたもの。一度電話をかけてきておいて、それきりやめると思う？」

ジョーは首を振った。「そんなことより、きみの居場所が知れたことのほうが気がかりだ」

「当て推量かしら」

「たぶん」ジョーは少し考えていた。「だが、学生が意地の悪い冗談のつもりでやってる可能性も考えないと」

イヴは首を振った。

「そうか。しかしそれでもまだ、タラディーガで発見された人たちを殺した犯人ではあるが、ボニーを殺した犯人ではない可能性は拭いきれない。フレイザーは他人の手柄を横取りしたと言ったそうだが、実際に横取りしようとしているのはその男のほうかもしれない」

「アイスクリームのことを知ってたのよ」

「もう一つ、誰が殺されてもあれは自分がやったと吹聴するが、実際には人殺しなどしたこともないよくいる連中の一人である可能性もある」

「それについてはすぐにわかるわ」イヴはかすれた声で言った。「タラディーガで男の子が二人見つかれば」

「いま捜索している。きみの電話があったあとすぐ、ロバート・スパイロに連絡しておいた」

「ロバート・スパイロって？」

「FBI行動科学課の捜査官だよ。タラディーガ事件の捜査班の一人だ。優秀な男だ」

「知ってる人？」

「僕がFBIにいたころの知り合いだ。僕が辞めた一年後にプロファイリング班に異動した。何か見つかれば連絡がくる」

「待っているだけなんて」イヴはカップを置き、毛布をはねのけた。「私もタラディーガに行くわ」

「ひと眠りしたほうがいい」

「いやよ。この前の捜索では男の子二人の遺体を発見しそこねたのよ。同じ間違いを繰り返させるわけにはいかないわ」イヴは立ち上がった。どうしよう、足に力が入らない。少しすれば大丈夫だろう。とにかく歩いてみせなければ。「ジープを借りていい？」

「僕を乗せていくならね」ジョーはジャケットを羽織った。「それと、魔法瓶にコーヒーを詰めるまで待っているならだ。外は寒い。ここはタヒチではないんだよ」

「まだショックから立ち直っていないと心配してるのね」

ジョーはキッチンに向かった。「いや。だいたいのところ、いつものきみに戻ってるようだから」

イヴにはそうは思えなかった。心は怯えきっていたし、全身の神経がむき出しにされ、火であぶられているようだった。おそらくジョーはそれを見通していながら、あえて知らぬ顔をしているのだろう。彼女自身もそのことを意識してはならない。一度に一つずつだ。まず、電話の男がしていたタラディーガの話が本当かどうか確かめよう。タラディーガの話が嘘ならば、ボニーについても嘘をついた可能性が高くなる。

しかし、もし男の話が事実だったら？

タラディーガの滝に着いたのは、真夜中すぎだった。それでも斜面のあちこちでサーチライトやランタンが輝き、周囲を真昼のように照らしている。

「きみは車で待ってるか？」ジョーはジープから降りて尋ねた。

イヴは切り立った崖を見上げていた。「発見現場はあそこ？」

「一体めが見つかったのはこの隣りの尾根だが、残り八体はあのあたりで発見された。子どもの骨は谷側のいちばん低いところに埋められていた」ジョーはイヴの目を見ずに答えた。

「ただの穴だよ。もう何もない」

しかし、その少女は、長い年月にわたってあそこに埋められていたのだ。ボニーかもしれない少女は。「どうしても見たいの」

「そう言うと思ったよ」

「それならどうしてここで待っているかと訊いたの?」イヴは車を降りて歩きだした。

「保護本能ってやつかな」ジョーは懐中電灯をつけ、イヴの後ろを歩きはじめた。「愚かな質問だった」

「ほんと」宵のうちに霜が降りたらしく、イヴの足の下で土が軽い音を立てて崩れた。殺人鬼もここをこうして歩いて犠牲者を墓場に運んだのだろうか。

滝の轟音《ごうおん》が聞こえる。急斜面の頂きが近づくにつれ、谷の向こうに銀色の大きな滝が姿を現しはじめた。勇気をかき集めて。まだ振り返ってはだめ。まだだめ。

「左側だ」ジョーが静かに言った。

イヴは深呼吸を一つしてから、滝から引き剝がすようにして視線を左に向けた。黄色いテープが見え、その奥に……穴が見えた。

小さな穴。ひどく小さな穴。

「大丈夫か?」ジョーがイヴの腕を支えた。

大丈夫ではなかった。「ここに埋められてたの?」

「おそらく。発見されたのはここだ。土砂崩れで、女の子がちょうど地表に露わになったと考えて間違いないと思う」

「ずっとここにいたのね。あれからずっと……」

「ボニーと決まったわけじゃない」

「わかってる」イヴはぼんやりと言った。「いちいち指摘してくれなくていいわ、ジョー」

「そうせざるをえないよ。違うかもしれないということを忘れちゃいけない」

哀しみに負けてしまいそうだった。いまは考えてはだめ。「きれいなところね」

「ああ、景色の素晴らしいところだよ。保安官によると、インディアンはあの滝を〝月光がきらめき落ちる場所〟と呼んでいたそうだ」

「でも、犯人がここを選んだのは、美しい場所だからではないわ」イヴの声が震えた。「絶対に見つからない場所を探したのよ。犠牲者が、彼らを愛していた人々の手に戻ることがないように」

「もう充分だろう」

「あと少しだけ」

「わかった、きみの気がすむまでつきあうよ」

「あの子が苦しまなかったことを祈るわ」イヴは囁くように言った。「短時間にすんだことを祈る」

「もう充分だ」ジョーはイヴを穴から遠ざけようと背を向けさせた。「耐えられると思ったが、どうやらだめだ。早くこんなところから――」

「そこで止まれ。動くな」

ほっそりとした長身の男が、崖沿いに近づいてくる。片手に懐中電灯を、もう一方にはリボルバーを握っていた。「名前は?」

「スパイロか?」ジョーがイヴをかばうように進み出た。「ジョー・クインだ」

「ここで何をしてる?」ロバート・スパイロは強い口調で訊いた。「撃たれても文句は言えないぞ。この一帯は立入禁止だ」

よ」

「FBIの指示で？　FBIはあくまで捜査顧問として現場に来ているものと思っていた

「初めはそれだけのはずだったが、捜査を引き継いだ。ボスワース保安官に異論はなかったよ。手を引きたがっていたんだ」

「犯人が姿を現すとにらんでるのか？　それで墓の周囲に見張りをつけてるんだな」

スパイロはイヴにちらりと目を向けた。「あなたは？」

「イヴ・ダンカンだ。イヴ、こちらはロバート・スパイロ捜査官」ジョーが紹介した。

「そうか、初めまして、ミズ・ダンカン」スパイロは脇の下のホルスターに銃を収め、ランタンを持ち上げて彼女の顔を見つめた。「驚かせて申しわけなかった。クインも、あなたがいらっしゃることを前もって知らせてくれればよかったのに」

スパイロは四十代後半と見えた。落ちくぼんだ黒い目。広い額から切れこむように後退した茶色の髪。唇の両端に皺が刻まれている。これほど世の中にいやけがさしたような表情を浮かべた人物は見たことがない。イヴはジョーの質問を繰り返した。「犯人が姿を現すと思いますか。犠牲者の墓をふたたび訪れる連続殺人鬼が珍しくないことは知っていますけど」

「そのとおり。どんなに抜け目ない犯人でも、もう一度だけスリルを味わいたいという誘惑には負けてしまう」スパイロはジョーのほうを向いた。「いまのところ何も見つからない。確かな情報なんだろうな」

「ああ、確かだ」ジョーが答える。「いったん中断して、夜明けを待って再開か？」

「いやいや、このまま続行する。ボスワース保安官によれば、彼の部下たちはこの谷を自分の手の甲みたいによく知っているそうだから」スパイロはふたたびイヴのほうに向き直った。

「滝のそばは冷える。長居は勧められません」

「男の子たちが見つかるまで待っています」

スパイロは肩をすくめた。「お好きなように。いつになるかわかりませんが」それからジョーに向かって続ける。「その〝確かな情報〟に関して話がしたい。ちょっと散歩でもどうかね」

「イヴを一人にはできない」

「チャーリー!」スパイロは肩越しに大声を張り上げた。懐中電灯を持った男が駆けつける。

「こちらはジョー・クインとイヴ・ダンカン。これはうちの捜査官のチャールズ・キャザーです。チャーリー、ミズ・ダンカンを車にお連れして、クインが戻るまで一緒にいてさしあげろ」

チャーリー・キャザーはうなずいた。「行きましょう、ミズ・ダンカン」

「すぐに戻るよ、イヴ」ジョーはスパイロのほうを向いた。「どうせ歩くなら、現場本部に案内してくれ」

「わかった」スパイロは崖の縁をもと来たほうに戻りはじめた。

イヴは二人を見送った。のけものにされたと思うと、あとを追いかけたい衝動に駆られた。

「ミズ・ダンカン?」チャーリー・キャザーが丁寧な口調で促す。「車のなかのほうが暖かいですよ。ここは寒いでしょう」

イヴは穴の底を見下ろした。たしかに寒かった。寒くて、疲れていて、空っぽだった。墓を目にして胸が引き裂かれそうになった。すぐには立ち直れそうもない。それに、ジョーがそう長いあいだ、彼女を締め出しておくとも思えなかった。イヴは斜面を下りはじめた。

「行きましょう。ジープのなかに、熱いコーヒーがあるの」

「もう一杯いただけますか」チャーリー・キャザーは助手席で体を伸ばした。「この寒さは本当に堪《こた》えますよ。スパイロに言わせると、僕がひ弱だからだそうですが、ジョージア南部にしか住んだことがないんだからしかたがないといつも言い返しています」

イヴは彼のカップにお代わりを注いだ。「南部のどのあたり？」

「ヴァルドスタです。ご存じですか？」

「行ったことはないけど、大学は有名よね。ペンサコーラのすぐ近くの町でしょう？ ペンサコーラに行ったことは？ 休暇になると、よく娘を連れていったものよ」

「春の休暇に毎年行ってますよ。きれいなビーチがある」

「そうそう。ところで、スパイロ捜査官はどこの出身かしら」

「ニュージャージーだったかな。無口な人で」そう言って顔を曇らせる。「少なくとも、僕とは話そうとしない。僕はFBIに入りたての新人ですが、向こうは古株ですから」

「ジョーは尊敬している様子だけど」

「ええ、それは僕も同じです。スパイロは偉大な捜査官ですよ」

「でも、あまり好きになれない？」

「そうは言ってません」彼はためらった。「あの人はもう十年もプロファイリングをしています。プロファイリングは、する側の人間を変えてしまう」

「どういうこと？」

「そうだな……燃え尽きてしまうというか。たいていのプロファイラーは、プロファイラー同士でしかつきあいません。モンスターを見つめて日々を過ごす人間にとっては、そうでない人間と話すのは苦痛なんでしょう」

「あなたはプロファイラーではないの？」

彼は首を振った。「まだ違います。少し前にプロファイリング班に入れてもらったばかりの見習いです。ここにはスパイロの鞄《かばん》持ち兼雑用係として来ているだけで」コーヒーをひと口飲み、それから静かに続けた。「あなたのお写真を新聞で見たことがあります」

「ほんと？」

「あの上で発見されたのが娘さんだとしたら、とても残念です」

「ずっと前に希望は捨てていたわ。ただ、ボニーを家に連れて帰り、きちんと埋葬してやりたいの」

彼はうなずいた。「父はベトナム戦争中に行方不明になって、遺体は見つからずじまいでした。ほんの子どもだったころでも、父はどこにいるんだろうと気がかりでなりませんでした。遠い国で消えたままだなんて、どうにも納得がいかなくて」

「ええ、まさにそうだわ」イヴは目をそらした。「しかも、私の娘は戦争に行ったわけでもないのに」

「そうかな。何もかもが戦争みたいなものですよ。子どもが学校に行く年齢になれば、クラスメートが猟銃を持ってきていたらどうしようと心配しなくちゃいけないなんて。誰かが正すべきです。僕がFBIに入局したのも、だからなんです」

イヴは微笑んだ。「チャーリー、あなたは正義の味方ってわけね」

彼はしかめ面をしてみせた。「青臭いことを言ってしまいましたね。気にしないでください。スパイロに比べたら、僕なんかほんの若造です。幼稚園児並みと見られてるんじゃないかって思うことがあるくらいで。やる気もいっきに吹き飛んでしまいます」

その気持ちがわかるような気がした。スパイロのような仕事を持つ人間は、年を取るのも早いに違いない。「結婚してらっしゃるの、チャーリー？」

彼はうなずいた。「去年結婚しました。妻はマーサ・アンと言います」ふいに彼の顔が明るく輝いた。「お腹に子どもがいるんです」

「それはおめでとう」

「もう少し待ったほうが賢明なのはわかっていたんですが。でも、二人ともどうしても子どもがほしくて。まあ、なんとか生活していけるでしょう」

「ええ、きっと大丈夫よ」イヴは心が軽くなるのを感じた。この世は墓やモンスターだけではない。チャーリーやマーサ・アン、それにもうすぐ生まれてくる赤ん坊のようなふつうの人々もちゃんと存在している。「コーヒーをもう少しいかが」

「この調子では魔法瓶を空にしてしまいそうだ。遠慮しておき――」

「開けろ」ジョーの声がした。曇ったガラスに顔を押しつけんばかりにしている。

イヴはウィンドウを下ろした。

「見つかったよ」ジョーがそう告げた。「少なくとも、骨は見つかった。いま現場本部に運び上げているところだ」

イヴはジープを降りた。「子ども?」

「わからない」

「二人?」

「頭蓋骨は二つある」

「砕けてはいないのね?」

ジョーはうなずいた。

「それなら、私が見ればわかるわ。連れていって」

「いやだと言ったら?」

イヴはすでに斜面を登りはじめていた。「いいから連れていって」


担架は滑車で吊られ、ゆっくりと引き上げられた。担架の上に、毛布に覆われた包みが二つ並んでいる。

「二人の骨をきちんと分けたのね」イヴはスパイロに尋ねた。

「わかるかぎり分けてあります。取り違えがまったくないとは言いきれませんが。土砂で押し流されたようですから」

担架が崖の上まで届き、地面に下ろされた。スパイロはその傍らにしゃがんで、包みの一つを開いた。「どうです?」

「明かりをもう少しこちらに」イヴはスパイロの隣りにしゃがんだ。骨の山。砕けている。割れている。肉食獣に食い荒らされた動物の骨みたいに——

よしなさい。なすべきことをしなさい。頭蓋骨を確かめるのよ。

イヴは頭蓋骨を両手で持ち上げ、観察した。歯は一本もない。ほかの人骨にも歯はなかったとジョーが言っていたっけ。歯を一本ずつ抜いていく殺人鬼、そんな恐ろしい想像は無視して。集中するの。「子どもね。十歳から十二歳、男。白人」

「断言できますか」スパイロが訊いた。

「いいえ。人類学は専門ではありませんから。でも、間違いないと思うわ。このくらいの年齢の子どもの復顔像製作なら、それこそ何百回と経験してるから」イヴは頭蓋骨を慎重に下ろし、もう一方の毛布を開いた。もう一体よりも骨が少ない。頭蓋骨がイヴをまっすぐ見上げていた。

——僕を家に帰して

失われた人々。悲しくなるほど大勢の。

「どうかしましたか」スパイロが尋ねた。

「そうせっつくなよ、スパイロ」ジョーが言う。

幼い子どもをこんな目に遭わせる世の中がどうかしていないわけがない。「いいえ、別に。ただ観察していただけ」頭蓋骨を拾い上げる。「これも男の子ね。十歳から十二歳の白人。こちらのほうが少し年上みたい」イヴは頭蓋骨を戻し、立ち上がった。「念のために、法人類学の専門家にも見てもらってください」イヴはジョーに言った。「もう気がすんだわ、帰りましょう」

「万歳」

「ちょっとすみません」スパイロが呼び止めた。「電話の一件をジョーから聞きましてね。そのことで少しお話が」

「話がしたいなら、僕の別荘まで来いよ」ジョーはすでにイヴの背を押して斜面を下りはじめていた。「僕らは帰る」

「いますぐ話がしたい」

ジョーは振り返った。「あきらめるんだな」低い声だった。「俺が許さないと言ってるんだ、スパイロ」

スパイロは迷っている様子だったが、すぐに肩をすくめた。「まあ、急ぐこともないな。それでなくても、私にはここでやらなくてはいけないことが山ほどある」

イヴは助手席に乗りこんだ。「あそこまで意地を張ることはなかったのに。スパイロと話すくらい、かまわないわ」

「それはわかってる」ジョーはアクセルペダルをぐいと踏みこんだ。「でもスパイロと話せば、きみはあの崖の上でいつまでも骨をながめていることになっただろう。女の子が埋められていた穴を見に戻っていたかもしれない。どうせなら、高層ビル群でもひとっ飛びしてみせたらどうだ？　いいか、きみがスーパーウーマンだってことはもう充分わかってる。これ以上苦難に耐えて証明してみせる必要はないんだよ」

イヴはヘッドレストに頭をもたせかけた。ふいに疲れを覚えた。「何かを証明してみせようなんて気はないわ」

ジョーはしばらく無言だった。「わかってる。だが、がむしゃらになっているほうがかえって気楽だよ」

「あの男の主張どおりだったわね。あの崖にはもう二人、男の子が埋められていた。ボニーの話も本当なのかもしれない」

「話の半分が事実だったからといって、残りもそうだと決まったわけじゃないさ」

「だけど、信憑《しんぴょう》性は増したわ」

またしても沈黙。「たしかにそうだ」

「しかも、もし事実だとしたら、真犯人はあれからずっと自由の身でいたということよ。歩き、呼吸し、人生を楽しんでいたんだわ。フレイザーが処刑されたとき、ボニーを殺した犯人は罰を受けたということがせめてもの救いと思えた。でも、それはまやかしの慰めだった」

「一足飛びに結論を出してはいけないよ」

だが、これは性急な結論などではないといういまわしい予感がイヴにはあった。「フレイザーは十歳前後の少年を二人殺したと自白したでしょう。ジョン・デヴォンとビリー・トンプキンズ」

「ああ、覚えてる」

「発見された人骨の一体でもその二人のどちらかと確認できれば、フレイザーと電話の男が結びつく。スパイロを説得して、今夜見つかった頭蓋骨のいずれかの復顔像を造らせて」

「向こうもお役所だ、むずかしいだろうな。FBIにはFBIのやり方がある」

「スパイロとは知り合いなんでしょう。それに、あなたも元FBIだわ。スパイロに話を通してもらえばいいじゃない」

「まあ、やってみる」

「お願いね」イヴは空しい笑みを浮かべた。「さもないと、また一つ骨が盗まれることになるわよ。ボニーがだめでも、あの男の子たちの一人は渡してもらうから」

「あの少女をボニーだと決めつけるな」

「呼び名がないと不便だもの」

「フレイザーの犠牲者のリストには、似たような年齢の少女がもう一人含まれていたはずだ」

「ドリーン・パーカーね」イヴは目を閉じた。「あなたって意地悪な人ね、ジョー」

「きみは期待をふくらませすぎている。僕は、違うとわかったときの落胆を恐れているんだ」

「とにかく男の子の頭蓋骨を渡して」

ジョーはいらだたしげに悪態をついた。「わかった、交渉してみるよ。スパイロにしても、この事件に関しては借りられる知恵はぜひとも借りたいところだろう」

「だったら、せいぜい恩を売っておきましょうよ。いずれ彼の力が必要になるわ。あの人にはモンスターの心が読めるんだもの」

「きみだって似たようなものだと思うが」

違う、知っているのはたった一人のモンスターだけだ。ボニーを奪われて以来、イヴの人生に巨大な影を落としてきたモンスター。これまではフレイザーと呼んできたが、それは誤った名だったのかもしれない。「私なんてまだまだだよ。でも、そうも言っていられなくなったということかしら」

「また電話があると確信しているようだな」

「ええ、かならずかかってくるわ」イヴは悲しげに微笑んだ。「だって、彼の言うとおり、私たちには絆があるわけだもの」

4

「きみは寝るんだ」コテージに入ると、ジョーがそう言って促した。「僕はスパイロに電話して、復顔の件を頼んでおく」

イヴは腕時計に目を落とした。午前四時になろうとしている。「眠っているところを起こしたら、人の頼みを聞こうなんて気にはなってくれないでしょうね」

「まだ起きてるだろう。捜査が本格化すると、ほとんど不眠不休になる男だ。憑《つ》かれたように働く」

「それなら、きっといい人だわ」イヴは寝室に向かった。「憑かれたように働く人って好き」

「きみを見てればわかるよ」ジョーはテーブルの電話に手を伸ばした。「ほら、少し寝ておけよ。頭蓋骨はかならず手配してやるから」

「ありがとう、ジョー」イヴは寝室のドアを閉め、バスルームに入った。シャワーを浴びて、眠ろう。ボニーのことは忘れて。あの二人の男の子のことは忘れて。結論を急いではだめ。ゆっくり体を休め、恐怖とショックに立ち向かえるようになってから考えても遅くはない。パズルに取り組むのは、明日の朝、目が覚めてからにしよう。

「眠れなかったのか」スパイロは頭蓋骨を渡してくれるって？」

「ひどい顔だな」ジョーはイヴを見るなり言った。「眠れなかったのか」

「何時間かは眠ったわ。でも、頭のスイッチが入りっぱなしって感じ。スパイロは頭蓋骨を渡してくれるって？」

「その件は保留だ。きみと話をしたあとで話し合おうと言っている」

「ここに来るの？」

「午後三時までには来る」ジョーは腕時計を確かめた。「あと三十分だな。朝食か昼食の時間はある。どちらをご所望で？」

「サンドイッチだけで結構」イヴは冷蔵庫のほうに向かった。「体がなかなか温まらなくて。あなたのフランネルのシャツをもう一枚借りたわ」

「そのようだな。きみが着たほうが似合う」ジョーはカウンターの前に腰を下ろし、ハムとチーズのサンドイッチを作るイヴの様子をじっと見守った。「きみとなら持ち物の貸し借りもなんとも思わない。長年のあいだに慣れてしまったよ。嬉しいくらいさ」

イヴはうなずいた。まさに同じ気持ちだった。ジョーと過ごす時間は、肌に柔らかく触れる彼のシャツに劣らず心地がよかった。

「一つ話がある」イヴがはっと顔を上げたのを見て、ジョーは首を振った。「そんなに悪い知らせじゃないよ。ただ、きみも知っておいたほうがいい」

「どんなこと？」

「きみがここにいることをマーク・グルナードに知られた」

イヴは眉間に皺を寄せた。「マーク・グルナード？」

「テレビのレポーターだ。何日もかかって記録をひっくり返し、この別荘のことを探り出したらしい。取引に応じざるをえなかった。名前は知ってるだろう?」

イヴはゆっくりとうなずいた。「チャンネル3のレポーターね。犯罪事件ばかり追いかけている人。フレイザーの公判を取材してたのをなんとなく覚えてるわ」イヴは顔を曇らせた。

「フレイザー本人以外は、誰のこともどんなこともあまりよく覚えていないけれど」

「マスコミの目をこの別荘からそらす手段が必要だという話はしたね。僕一人では無理だ。だから取引に応じた」

「取引って?」

「マーク・グルナードは昨夜六時のニュースで、マスコミがきみの行方を捜しているという話題を取り上げた。そのなかでこのコテージの映像を流し、残念ながらここは潜伏場所ではありませんでしたとコメントしたあと、フロリダ州沿岸に浮かぶ大型ヨットに隠れているという情報もあると紹介した。おまけに放送後、グルナードはジャクソンヴィル行きの飛行機に飛び乗った。ま、アトランタ市内のレポーターの半数が同じ飛行機に乗っただろうな」

「交換条件は何?」

「独占インタビューさ。公表してもいいと僕らが同意するまで、グルナードはきみの居場所を黙っていてくれる。ただし、きみはこの別荘で何度か彼のインタビューに答えなくてはいけない」

「いつ?」

「最初のインタビューはまもなくだろうな。言ってみればグルナードは最初の支払いをすでに終えているわけだからね。見返りを要求してくるだろう。グルナードを引き入れるのには反対かい？」

イヴはマーク・グルナードのことをもっとよく思い出そうとした。少し年配で、こめかみのあたりに白いものが混じりはじめ、ピーター・ジェニングスにも共通する人間的な温かさが感じられる男だった。「いえ、あの人ならいいと思うわ」イヴは微笑んだ。「もし私がいやだと言っていたら、どうするつもりだったの？」

「グルナードを切ったろうな」ジョーはにやりと笑った。「ただ、約束を反故《ほご》にすれば、僕の人生はいくぶんややこしいことになったろう。さ、サンドイッチを食っちまえよ」

「いま食べてるところ」イヴはもうひと口かじった。「どうしてグルナードを選んだの？よく知ってる人だから？」

「そうだ。ときどき〈マヌエル〉で一杯やったりしている。だけど正確には、向こうが僕を選んだんだ。昨日の朝、頭蓋骨を受け取りにジョージア州立大学に行ったら、そこで彼が待ち伏せしていて、僕には断れない取引を持ちかけられたってわけさ」

「信頼できる人なのね？」

「信頼する必要はないさ。それなりの報酬が約束されているかぎり、グルナードは南部じゅうに偽の手がかりをばらまいてくれるはずだよ」

「それにしたって――」

ドアにノックの音が響いた。

「スパイロだ」ジョーは玄関に向かった。「だからさっさとサンドイッチを食えと言ったのに」

「威張り屋ね」ジョーがスパイロを招き入れ、イヴはサンドイッチの皿を押しやった。

スパイロは慇懃《いんぎん》にうなずいた。「どうも、ミズ・ダンカン」それからジョーのほうに向き直る。「朝からマスコミに追いかけまわされたよ。どうしてあの谷底にあと二体埋まっているとわかったのかとね」

「どうはぐらかした？」

「プロファイラーの勘だと答えたよ」スパイロはふてくされたように言った。「かまやしない。さんざん手の内は明かしたのに、どうせいまだに気味の悪い人種だと思われてるんだから」それから、またイヴのほうを向く。「ジョーの話に付け加えることは？」

イヴはジョーの顔を見た。

ジョーが首を振る。「洗いざらい話したよ」

「それなら、付け加えることはないわ。きっとまた電話をかけてくるってことくらいね」

「かけてくるかもしれないな」

「かけてくるわ。その前提で準備をしていただきたいの。ここの電話を逆探知できないかしら」

「ジョーはその手配をまだしていないのか」

「昨夜は少々忙しかったものでね」ジョーが硬い声で言った。「だいいち、市警に逆探知させるにはちょっとした手管が要る。アトランタ市警は、どうにかこの件に巻きこまれずにすませようと必死なんだ」

「あの人骨が、きみたちの考えている少年たちのものだとすれば、じたばたしても無駄だよ」

「それを私に確かめさせて」イヴは口をはさんだ。「頭蓋骨を私に預けて」

スパイロは無言だった。

「渡してちょうだい」

「あなたがこれ以上深く関わるのは危険ですよ」

「いまだってもう深く関わってるわ」

「そう、電話の男がタラディーガで発見された人々を殺した真犯人なら、そうかもしれない。いまの時点では、男はあなたを防戦一方の獲物と見なし、優位な立場を存分に楽しんでいます。そのままあなたに手を出さずに終わる可能性だってある。しかし、もしあなたが攻撃に転じれば、とたんに腹を立て、自分の優位性をあらためて証明しなければ気がすまなくなるかもしれない」

「あの男がこのまま引き下がるとは思えないわ」イヴはスパイロの目を見つめた。「私だって受け身の獲物で終わるつもりはないの。あの男は、ボニー――いえ、発見された少女の骨を盗んだ。自分が殺したからよ」

「ええ、おそらく」

「十中八九そうよ。男の子の骨のことも知っていた。鑑定が可能な量のDNAは抽出できそう?」

「いまやっていますよ。損傷が激しいいし、そのうえ――」

「そのうえ、DNAサンプルの分析にはさらに時間がかかる。だから頭蓋骨を渡して」

スパイロは呆《あき》れたように眉を吊り上げ、ジョーをちらりと見て言った。「頑固だな」

「このくらいで驚いてちゃいけない。素直に渡すほうが身のためだと思うよ」

「きみが責任を持つというのか、クイン？　攻撃に転じれば危険が増すとさっき言ったのは、ただの脅しではないぞ」

「私の行動には私が責任を持つわ」イヴは会話に割りこんだ。「頭蓋骨を渡して」

スパイロはかすかな笑みを浮かべた。「そうしたいのはやまやまだが、相手は──」

電話が鳴った。

玄関脇の電話にジョーが近づきかけた。

「待て」スパイロがイヴにうなずいた。「あなたが取って。ほかに内線は？」

ベルがもう一度鳴る。

「キッチンだ」ジョーが答えた。

スパイロが小走りにキッチンに向かい、イヴは彼の合図で受話器を上げた。「もしもし」

「注意して聞け」その声は聞き間違いようがなかった。「この電話にはもう逆探知器が取り付けてあるだろうが、そう長く話すつもりはない。今後はきみの携帯電話に連絡する」男は含み笑いを漏らした。「タラディーガへの小旅行はお楽しみいただけたかな？　あそこの夜はさぞ寒かったろう？」

電話は切れた。

イヴはのろのろと受話器を置き、スパイロを振り返った。

「変声器を使っているようだな。以前も同じような声でしたか?」

「ええ」

「ほう、興味深い」

「タラディーガに行ったことを知っていたわ。尾行してたのね」

「はったりかもしれない」

イヴの体が震えた。「はったりではないと思うわ」

「言ってみただけですよ」スパイロは肩をすくめた。「よし、頭蓋骨を預けましょう。それで事情が変わることはないはずだ。こちらがどう出ようと、電話の男は自分のシナリオどおりに事を進めるだろうから」

「どうしてわかる?」ジョーが訊いた。

「連続殺人鬼は二種類に大別できる。秩序型と非秩序型だ。非秩序型の殺人者は衝動的で成り行きまかせ、なにごともいい加減だ。タラディーガ事件には、秩序型の特徴がいくつか見られる。遺体は別の場所に移され、隠されていた。凶器や物的証拠は見つかっていない。捜査が進むにつれ、ほかにも秩序型の特徴が見つかるだろう。電話の男は、声や話し方から身元が判明しないよう細心の注意を払っている。この男にはいい加減なところは見当たらない。秩序型の典型だよ」

「典型って?」今度はイヴが尋ねた。

「平均または平均以上の知能、警察の捜査手順を熟知し、おそらくは警察官と交流がある。手入れの行き届いた車を所有し、頻繁に旅行する。多くの場合、自分の居住地域の外で犯罪を行う。人の扱いがうまく、口が達者で――」

「もういいわ」イヴは首を振った。「さっきは否定していたけど、あなたはこの電話の男がタラディーガのモンスターだと初めから確信していたのね。違う？」

「私の仕事は真実と思われる事柄を分析し、あらゆる角度から検討することだ」スパイロは玄関に向かった。「次に連絡があったら、電話を切ったらすぐ、男の言ったことをひとこと漏らさず書き留めてください。デジタル携帯電話の逆探知は無理だが、この家の電話のほうは手配しておきます。携帯電話で連絡がつかないときは、一般電話にかけてくるかもしれない」

「だけど、私がデジタル式の携帯電話を持っていることをどうして知ってるのかしら。番号はどうやって調べるの？　公開していないのに。それに、そうだわ、この別荘の番号だって電話帳には載っていない」

「鉄の意志と優れた頭脳を持ち合わせていれば、方法はありますよ。先ほども言いましたが、秩序型の連続殺人犯の特徴の一つは、平均かそれ以上の知能ですからね。しかし、おっしゃるとおりだ。本部に戻ったらまず電話会社に当たって、コンピューターに侵入された形跡がないか訊いてみよう」スパイロは戸口で足を止めた。「車に頭蓋骨を持ってきている。ジョー、取りに来てくれないか」

「そのついでに、私には聞かれたくない話をジョーにするつもりね。どんな話？」

スパイロはためらったが、やがて肩をすくめた。「あなたが復顔作業をしているあいだ、チャーリーにこの別荘を警護させるという話ですよ。私はタラディーガに戻って、児童誘拐《CA》

及び連続殺人課《SKU》のスポルディングに会い、あなたに復顔を依頼するという越権行為のわけを説明しなくては。CASKUにもちゃんとお抱えの復顔彫刻家がいますから」

「チャーリーに来てもらうことはないわ。ジョーがいるもの」

「備えあれば憂いなしですよ。本当ならもっと厳重な警備態勢を敷きたいところだ。できるだけ早いうちに手配しましょう。秩序型の殺人者のもう一つの特徴は、標的を絞ることでね」スパイロは眉根を寄せた。「ただ、たいがいは見知らぬ相手を狙うものだ。そう考えると、あなたと個人的な絆を育てようとしている点が気になるな」

「彼はせっかくのプロファイリングをぶちこわしにして申しわけないと恐縮してるでしょうね」イヴは皮肉を言った。「でも、そうそうあなた方の予測どおりに動いてはくれないと思うけど」

　スパイロは唇をきつく結んだ。「予想どおりに行動してくれることを願うべきですよ。奴を捕まえるには、先まわりするしかない」

「チャーリーはいつ来るのかしら」

「二、三時間後だろうな。なぜです？」

「ジョーには、いったんアトランタに帰って例の少年たちの写真を手に入れてきてもらいたいの。完成した復顔像を検証するために」

「ジョーはここに残ったほうがいい」スパイロは言った。「FBI本部からタラディーガに写真をファックスで送らせよう。それを私が届けにきますよ」

「ありがとう」

「礼には及ばない。本当なら、すぐにここを離れてアトランタに戻りなさいと助言すべきところです。ここにいては孤立無援だ」

「復顔の作業に没頭するには、ぜひともここの静かな環境が必要なの」

「そして私のほうはぜひともこの殺し屋を捕まえたい」スパイロは肩をすくめた。「だから、そのためにあなたの命を危険にさらすこともいとわないってわけだ」

「ご立派」ジョーがつぶやく。

「いまさら何を言ってる？」スパイロはさっとジョーのほうを振り返った。「きみたち二人には警告したはずだぞ。少年の復顔をすれば命が危ないと。だがきみたちは耳を貸さなかった。ふん、犯人を捕らえるために最善を尽くそうとしているだけなのに、私を責めるのはお門違いだよ。九つ並んだ墓をもう一週間もながめて暮らした。犯人がほかに何人殺しているかわかったものではない。世間には連続殺人犯がはたして何人いるか、想像できるかね？逮捕されるのは、おそらく三十人に一人といったところだろう。愚かな一人だけ、過ちを犯した一人だけだ。抜け目のない二十九人は捕まることもなく、罪を重ねていく。こいつは頭のいいほうの一人だ。だが、今度ばかりはこちらにも勝ち目がある。理由はわからないが、犯人は手がかりをちらつかせている。私はそれを見逃すつもりはないよ」

「わかった。わかったよ」ジョーは降参したように両手を上げた。「しかし、僕が黙ってイヴをおとりに使わせると思わないでくれよな」

「これは悪かった」スパイロは落ち着きを取り戻そうとしている。「そんなつもりでは――私には休暇が必要らしいな」

「ああ、そういう顔をしている」ジョーが言う。

「いや、私なら平気だ。同じ課のプロファイラーの大半はセラピーを受けたほうがよさそうな状態だがね。とにかく、気を抜くな。どうもいやな予感がする。なんだか……」そう言いかけて首を振る。「来てくれ、お望みの頭蓋骨を渡す」

イヴは窓に歩み寄り、スパイロが車のトランクを開けて布にくるまれた小さな包みをジョーに手渡す様子を見守った。彼女の視線を感じたのか、顔を上げ、皮肉めいた笑みを浮かべる。それからさよならというように片手を上げ、トランクを閉めた。

チャーリーはあの人のことをなんと言っていたかしら。

——モンスターを見つめて日々を過ごす人間
その行為が人を狂気の瀬戸際に追いやることを彼女は知っていた。彼女自身にも経験がある。

ジョーがコテージに戻り、ドアを閉めた。「さてと、手に入ったぞ。どうせすぐにでも始めたいと言うんだろう?」

イヴはうなずいた。「塑像台に置いて。慎重にね。損傷がどの程度かわからないから」

ジョーは布を開き、頭蓋骨を塑像台にのせた。

「幼いほうの子ね」イヴは言った。「名前はなんと言ったかしら」

「ジョン・デヴォン。もしこの子がフレイザーの被害者だとしての話——」

「いまは説教めいたことはよして、ジョー。あなたが気を遣ってくれてるのはわかるけど、ありがた迷惑なだけ」イヴは塑像台に歩み寄り、小さな、もろい頭蓋骨を見つめた。可哀想な子ども。奪われた子ども。「ジョン・デヴォン」イヴは囁くようにつぶやいた。

僕を家に帰して。

わかった。やってみるわね、ジョン。

イヴは眼鏡を押し上げ、作業台のほうを向いた。「暗くなってきたわね。明かりをつけてくれる？　計測から始めなくちゃ」


翌日、昼前にスパイロがコテージに現れた。マニラ紙の封筒をひらひらと振ってみせる。

「写真を持ってきた。見てみるかね？」

「いいえ」イヴはタオルで両手を拭った。「像が完成するまで写真は見ない主義なの。先入観を持ってしまうかもしれないから」

スパイロは頭蓋骨をまじまじと観察した。「二人のどちらともこんな顔はしていないな。そこらじゅうに突き出しているこの小さな棒を見ていると、スペインの異端審問で拷問を受けた犠牲者を連想する。この棒はなんです？」

「軟組織深度マーカー。頭蓋骨を計測して、それから算出した肉の厚さにマーカーを切り、定められた位置に糊《のり》で貼《は》るの。軟組織の平均的な厚さが算出できる計測点は、二十ヵ所以上あるわ」

「それが終わると次は？」

「全部のマーカーが隠れるまで、細長い板状の粘土でマーカーとマーカーをつないでいくの。それがすんだら、粘土をならし、隙間を埋める」

「測るだけでここまで人の顔を再現できるなんて、信じがたいな」

「計測だけでできるのはせいぜいここまでよ。この先は、テクニックと勘の勝負」

スパイロは微笑んだ。「だろうね」彼はイヴのほうに向き直った。「あれから電話は？」

「ないわ」

スパイロはコテージを見まわした。「クインはどこだろう」

「外のどこか」

「きみを一人にするのはまずいな」

「この二十四時間、彼は私のそばを五分と離れていないわ。散歩でもしてきたらって私が追い出したの」

「それにしても、素直に出かけるなんて。そんなに——」

「ところでチャーリーはどうしたの？」イヴはスパイロの言葉をさえぎった。「昨夜から、ジョーがずっと連絡を取ろうとしてるんだけど。タラディーガに電話をしたら、もう出発したと言われたそうよ。だけど、ここにはまだ来ていない」

「心配させたなら申しわけない。クインがきみについているし、私が派遣した車がこの一帯をパトロールしていることも知っていたからね。チャーリーにはタラディーガ事件の報告書を届けにクワンティコに行くよう指示したんだ。今夜はここに来ると思う」

「心配している暇は私にはなかったわ。気に病んでいたのはジョーよ。でも、あなたなら報告書くらい自分で届けにいきそうなものだけど」

「古株の捜査官にはいくつか特権があってね。その一つとして、クワンティコには近づかないようにしている。現場のほうが性に合う」スパイロは口もとをゆるめた。「クインはいつも期待どおりの力を発揮する。彼が辞めたのはFBIにとって損失だ」スパイロの視線が頭蓋骨へと移る。「完成はいつごろになるかな」

「順調にいけば明日。まだわからないわ」

「疲れた顔をしているが」

「いいえ、平気よ」イヴは眼鏡を外し、目をこすった。「少し目がちかちかするけど。仕事をしていて最悪なのはそれ」

「今日じゅうには無理だろうか」

イヴは驚いてスパイロを見つめた。「一日を争って何になるの？　復顔像を造らせてと頼んでも、なかなか任せてくれなかったくせに」

「知りたいんだ。これがジョン・デヴォンだとわかれば、捜査の足がかりができる。少なくともいまよりは一歩前進だ」スパイロは少し考えこんでから、つぶやくように続けた。「それにしても、この事件は簡単には片づきそうもないな。どうもいやな予感が……」

イヴは微笑んだ。「〝気味の悪い〟プロファイラーの第六感？」

「まあ、勘が働くことはときどきある。別に気味の悪いものではないよ」

「そうね」

スパイロは窓に歩み寄り、外を見つめた。「今回の犯人のことが頭を離れない。発見された骨は何年も前に埋められたものだ。その当時でさえ、犯人は非常に慎重に行動している。以来、奴はどんな犯罪を犯してきたんだろう。タラディーガの前は？　いったいいつから人を殺しているんだろう」

イヴは首を振った。

「長いあいだ捕まらずに人殺しを続けたら、どんな人間になるんだろうとよく考える。変化はあるだろうか。どの程度頻繁に人を殺すようになると、モンスターからスーパーモンスターに変わるんだろう」

「スーパーモンスター？　なんだか、コミックのキャラクターみたい」

「実物を目の前にしたら、笑ってはいられないと思うが」

「おっしゃりたいのは、殺人者は歳月を重ねるうちに知恵をつけるということね」

「知恵をつけ、熟練し、高慢になり、負けを嫌い、冷酷さに磨きがかかる」

「あなた自身、そういうスーパーモンスターを相手にしたことは？」

「私の経験では、一度もない」スパイロは窓から振り返った。「とはいっても、かりにきみがそのスーパーモンスターだったら、あらゆる手段を使ってそのことを隠そうとするだろう？　通りですれ違ったとしても、誰にもわかりやしない。あのテッド・バンディも、もし捕まらずに殺しを続けていたら、スーパーモンスターに変貌していたかもしれない。あの男には素養はあったが、向こう見ずすぎた」

「よくそう客観的でいられるものだと感心するわ」

「感情が入りこむ隙を与えれば、そこが弱点になる。きみに電話をしてきた男だって、感情が邪魔者になりかねないと思えば、締め出すだろう。その一方で、きみの感情につけこもうとするはずだ。自分の力を誇示するために」スパイロは首を振った。「きみの恐怖を悟られてはいけない。利用されるだけだ」

「彼を怖いとは思わないわ」

スパイロは探るような目でイヴの顔を見た。「どうやら本当に怖くないらしいな。なぜ平気でいられるのかね？　怖がるのが自然だと思うが。誰だって死ぬのは怖い」

イヴは答えなかった。

「きみは例外らしい」スパイロは考えこむように言った。

「私にも人並みの自衛本能はあるわ」

「そう願うよ」スパイロは唇を固く結んだ。「いいかね、電話の男を見くびってはいけない。奴は知りすぎている。いつきみの前に現れるかわからないんだ。電話会社の事務員がそうかもしれないし、スピード違反できみの車を停止させた警察官かもしれない。裁判記録を自由に見られる弁護士かもしれない。忘れないでくれ。奴は長年、人殺しを続けてきている」

「忘れるわけがないでしょう？」イヴは頭蓋骨に目を向けた。「そろそろ仕事に戻らなくちゃ」

「いまのが私の退場のキューらしいな」スパイロは玄関に向かった。「完成したら連絡を」

「わかったわ」一つめのマーカーを糊で留めた瞬間には、スパイロはイヴの意識からすでに消えていた。

ジョー・クインはスパイロの車の脇で待っていた。「来いよ、見せたいものがある」

「そう遠くには行かないだろうとは思ったが」スパイロはクインのあとを追ってコテージの

裏手に回った。「彼女を一人にするのはまずい」

「一人にしてなどいないさ。ずっとコテージが見える範囲にいた」クインは私道を離れ、茂みに分け入った。そこでしゃがみこむ。「ほら、この跡。誰かがここに隠れていた」

「そいつは足跡ではないよ」

「そう、足跡を消してから立ち去っている。ただ、草が折れてるだろう。もとどおりにしようとしたらしいが、急いでいたんだろうな」

「さすがだな」クインならどんな些細な異状も見逃さないはずだということをスパイロは忘れていた。観察力に優れ、また特殊部隊での訓練は、クインの心身を強靭《きょうじん》なものにした。

「犯人が来たんだと思うか？」

「ここにいたことを隠そうとする人物に、ほかに心当たりがないからね」

「彼女を監視しているんだな？」

クインは顔を上げ、森の奥を見つめた。「いや、いまはいない。近くには誰もいないよ」

「感じるとでも？」スパイロはからかうように訊いた。「超能力でもあるのかね？」

「まあ、そんなところだ」クインは唇の片端を持ち上げて笑った。「チェロキー族の血が入っているせいかな。祖父がインディアンとの混血だった」

加えて、特殊部隊での訓練の成果でもあるに違いない。索敵撃滅が染みついている。「きみは奴が来ると予期していたんだろう。でなければそもそも探しに出たりしないはずだ」

「あいつは彼女に敵意を露わにしていた。彼女を傷つけてやろうとしていた。だから、彼女の苦しむ顔を見にくるだろうと思った」クインは立ち上がり、一歩後ろに下がった。「彼女の居場所を確かめにきただけなのかもしれないが。いずれにしろ、来るだろうと思っていた。鑑識をここによこしてくれ。何か証拠を採取できるかもしれない」

「なあ、うちの鑑識はタラディーガに出払っているんだ。アトランタ市警の鑑識を呼べ」

「自分たちの管轄の事件だとはっきりするまで、市警は何もしやしない。そして、イヴの復顔像が完成するまでは、はっきりしないというわけだ。だが、イヴの腕の確かさは知られている。結論が出れば、世論に叩かれるのを恐れて、すかさずしゃしゃり出てくるだろう」

「それまでは私に頼るしかないというわけだな。とすると、丁寧に頼むのが筋というものだろう。命令するのではなく」

「お願いします」ジョーは嚙《か》みつくように言った。

スパイロはにやりとした。「ずいぶん簡単に降参したな。どのみち鑑識を呼ぼうと思っていたのに」

「くそったれめ」

「その横柄なところは直したほうがいいぞ」スパイロは目をそらした。「チャーリーも日没までには来るはずだ。心配していたと聞いたよ」

クインがスパイロの顔を睨《にら》みつける。「それがあんたの狙いだったんだろう。キャザーに連絡がつかなかったから、僕はあんたに電話をかけた。携帯電話にかけても出ないから、現場本部にもかけたよ。するとボスワース保安官が出て、あんたは手が離せないという」

「そのとおりだ。発見現場全体の航空写真を撮っていなかったことがわかってね。航空写真がないと、墓の配置に何か意味がないか判断がつかない。その手配をするのに忙しかったんだ」

「ほんの二分、電話で話す時間もないほどか？　僕に気を採ませてやれと思っただけだろうに」

「不安なとき、人間の感覚は鋭くなる。いまはきみの感覚を研ぎ澄ましておく必要があるからな」

「だいたい、イヴの警護役にキャザーが適任とは思えないな。半人前にしか見えなかった」

「たしかにFBIには珍しいタイプだ。きみが言いたいのはそういうことだろう。斜にかまえたようなところはないし、理論的というよりは直情径行型だ。彼を私の課に異動させるのはひと苦労だったが、だからといって能力が劣っているわけではない。老熟した者より、なんの知識もない者のほうがかえって眼力が鋭い場合もある。チャーリーなら期待に応えてくれるだろう。それに、チャーリー以外の捜査官三名にも、コテージの張り番と、周囲の森のパトロールを命じておいた。その三人にはチャーリーが指示を出す。それなら文句はないだろう？」

「いや、ある」

「大部隊を派遣しろと言うんだな」

「見張りの数が少なければ、それだけあの殺人狂がここを襲う可能性は高くなる」

スパイロはクインの目をまっすぐに見つめた。「そのとおりだ。彼女の身を守るに充分な人数は配置するが、奴を遠ざけたくはない」

「だからイヴの命を危険にさらすのか」

「馬鹿なことを言うな。彼女は貴重な人材だ。たった一つの手がかりを提供できるかもしれない人物だぞ」

「いいから答えろ」

「どうしてもこの犯人を捕まえたいんだよ、クイン。逮捕のチャンスをみすみす逃すような真似はしたくない。笑ったっていいぞ。だが、タラディーガでずらりと並んだ墓を見ながら何日も過ごしたあとでは、なんというか——」スパイロは口ごもり、やがて肩をすくめた。

「とにかく、奴は私が捕まえる」

「イヴはどうなる？」

「一人の女にすぎない。いま奴を捕まえそこなえば、あと何人が命を落とすかわかったものじゃない」

「卑劣な奴だ」

「そうさ。だが犯人を捕らえられる人間がいるとすれば、それはこの私だ。この手で捕まえるまで、私は絶対にあきらめない」スパイロは立ち去りかけたが、ふと足を止めた。「ところで、イヴ・ダンカンの態度は気に入らないな」

「それはあいにくだ。彼女はいま、あの頭蓋骨の身元を突き止めようと必死に働いてるんだから、大目に見ろよ」

「いや、そのことではなく——」スパイロは額に皺を寄せた。「彼女は奴を恐れていない。奴にしてみれば、気に入らない態度だろう。そのことに腹を立て、意地でも彼女を殺そうとするに違いない。彼女自身に手を出せなければ、代わりに親しい人物を殺そうとするだろう」

「昨夜、電話でちょっとした圧力をかけて、彼女の母親に二十四時間の警護をつけた」

「そうか、それならいい」

「ただし、イヴにはそのことを話していないし、何者かが別荘を監視していることを話すつもりもない。だからおたくの鑑識課員にも徹底しておいてくれ。そこらを象みたいにのし歩かないようにとね。彼女は復顔に没頭しているからまるで気づかないだろうが、ただでさえ心配ごとを山ほど抱えているんだ」

「やけにかばうな」

「ああ、そうさ。そこをよく考えておいたほうがいいぞ、スパイロ。もしあんたの手落ちが原因でイヴに何かあれば、死ぬのはイヴ一人ではすまない」


四時間後、チャーリー・キャザーが別荘に現れた。「遅くなってすみません」そう言って申しわけなさそうに顔をしかめた。「一時間くらい前には来るつもりでしたが、クワンティコを出るのが遅くなってしまいました。ついでに検索結果を受け取ろうと思ったんですが、結局仕上がらなくて」

イヴは頭蓋骨から目を上げた。「検索結果？」

「ええ、VICAPのです。正式には凶悪犯情報検索プログラムといって、全国の凶悪犯の情報が収められているFBIのデータベースです。検索する期間を指定し、凶悪犯罪の特徴をすべて入力すると、類似する手口が使われた事件をリストアップするという代物で」

「スパイロが検索を指示したとは知らなかったな」ジョーが言った。

「いや、しないわけがないですよ。検索範囲を絞りこもうと、発見された遺体に関する報告書を片端からVICAP班に送っているくらいで。あと一通で全遺体分が向こうに揃うはずだったんですが、書類の山のなかで行方不明になってしまいましてね。タラディーガを出る直前にようやく見つかったので、僕が自分でクワンティコまで届けにいったんです」

「コンピューターには、いつまでさかのぼって検索させてるの？」イヴは尋ねた。

「過去三十年分です。念のために」

イヴは驚いて彼を見つめた。三十年も？

チャーリーは首を振った。「結果が出たらここに電話をもらえるように頼んできました。外の車で待っています。電話があったら呼んでいただけますか」

「あら、なかで待っていたら？」イヴはそう言った。

チャーリーは首を振った。「外で見張りをするようスパイロから言われていますから。屋内でぬくぬく尻を温めているのを見つかったら、何を言われるか」彼はにっこりと笑った。

「携帯電話にかけてもらってもよかったんですが、なかに入って霜取りをするいい口実になるだろうと思って」それから、塑像台に近づいた。「ずいぶんそれらしくなってる。あとどのくらいで完成ですか」

イヴは肩をすくめた。「どの程度順調に進むかにもよるわ」

「クワンティコでは、よくコンピューター上で復顔をしていますが、これは、その、なんというか……とても人間味がある」

「ええ」

「繊細な顔立ちだ。可哀想に。見ているだけで哀しくなりますよ。よく辛抱できますね」

「あなただって辛い仕事を頑張っているでしょう、同じことよ。これが私の仕事なの」

「子どもを産むのが怖くなるときがありませんか。同僚のなかには、自分の目の届かないところには決して子どもを行かせないという人が何人もいます。いろんな事件を目の当たりにしてきたから、もう安心できないんですね。僕も赤ん坊が生まれたら同じように――」

「電話があったら知らせるよ」ジョーがさえぎった。「イヴは急ぎの仕事の最中だ」

ジョーは辛辣《しんらつ》な言葉で彼のおしゃべりを封じた。チャーリーの言葉は軽率だった。だからジョーは、彼女が傷つく前に割って入ったのだとイヴは察した。

「あ、はい、わかりました」チャーリーは玄関に向かった。「よろしくお願いします。じゃ、またあとで」

「追い出すことはなかったのに」イヴはジョーを責めた。「悪気があって言ったことじゃないのよ」

「あいつは口数が多すぎる」

「若いだけよ。私は好きだわ、あの人」イヴは塑像台のほうに向き直った。「でも、VICAPを検索しても何も出てこないでしょうね。犯人は十年も人を殺していて、一度も捕まっていないんだもの」

「だとしたら、そろそろ運も尽きるだろう」

ジョーは長椅子に腰を下ろし、読みかけの本を取った。「よし、あと一時間やろう。一時間たったらいったん休憩して食事だ。抵抗しても無駄だぞ」

「どうかしらね」

「無駄だ」

イヴはジョーの顔色をうかがった。絶対に譲ってなるものかという強烈なオーラを発している。

しかたがない。移り気な世の中だ。あれくらい揺るぎないものが一つくらいあったほうが安心というものだろう。「わかった。無駄な抵抗はよすわ」

夕食の最中にローガンから電話がかかってきた。「メッセージを二件とも聞いたよ。島じゅうを駆けまわって店じまいをするのに忙しくてね。明日、飛行機でモントレーに帰る」

「島を離れるなんて、初耳だわ」

「もう前とは違ってしまったからね。現実の世界に戻る潮時だ」束の間の沈黙。「復顔は進んでいるかい?」

「ええ、ただし女の子のものではないわ。あれから発見された男の子のもの」

「最初の話では――おい、だったらどうしていつまでもそこにいる?」

「あれからいろいろあったの」

「何か隠しているな。いや、何から何まで隠そうとしているだろう」

事情を打ち明ければ、ローガンは即座にここに来ようとするだろう。「女の子の復顔はあとですることになってるの。順序が変わっただけ」

沈黙。

「気に入らんな。きみは山ほどいろんなことを隠している。今夜のうちにここを発ってモントレーに向かうことにしよう。着きしだい、連絡する」

「ローガン、力になろうとしてくれるのはありがたいけど、今度ばかりはあなたにも何もできないわ」

「やってみなくちゃわからない」電話は切れた。

「こっちに来るって？」ジョーが訊く。

「できれば来てもらいたくはないけど。彼を殺し屋に近づけたくないもの」

ジョーは不機嫌そうな顔をした。「やけにあいつをかばうな」

「おあいにくさま。ローガンは素晴らしい男性だし、私の友人なの。相手を危険から守ろうとするのは友人として当然よ」イヴは悠然と彼の視線をとらえた。「そうよね、ジョー？」

ジョーは顔をしかめた。「一本取られたな」そうつぶやいて、話題を変える。「デザートは？　ロッキーロード・アイスクリームがあるぞ」

その夜八時に、イヴの携帯電話がふたたび鳴った。

イヴは身をすくませた。別荘の電話ではなく、彼女の携帯電話が鳴っている。母からかもしれない。ローガンがまたかけてきたのかもしれない。あのモンスターからだとはかぎらない。

ローガンと話したあと、コーヒーテーブルに置いたままになっていた電話をジョーが手に取った。「僕が出ようか」

イヴは首を振った。「いえ、自分で出るわ」そう言って通話ボタンを押す。「もしもし」

「きみが迎えにくるのをボニーが待っている」

イヴは電話機を握りしめた。「でたらめはやめて」

「何年もこの子を捜し続けて、やっとすぐ手の届くところまできたわけだ。なのに目の前でさらわれるとは、気の毒に。ところで、少年の復顔は終わったのか」

「どうしてそのことを――」

「すぐそばできみを見ているからさ。言ってみれば、私は当事者の一人だからね。すぐ後ろに立って肩越しにきみの手もとを見つめていたのに、気づかなかったのかい？」

「ええ、わからなかったわ」

「感じたはずだ。そのうち感じるはずだ。どっちの少年だ？」

「あなたに教えるわけがないでしょう」

「いいさ、どっちでもいいことだ。あの二人の印象など、ほとんど残っていないからね。面白みのない、ただの怯《おび》えた小鳥だった。きみのボニーとは大違いだよ。きみの娘は――」

「嘘ばっかり。人を殺す勇気なんかないくせに。あなたはそのへんをこそこそ嗅ぎまわって、匿名の電話をかけ、人を脅して――」

「匿名？　それが気に入らないのか？　そうか、それならドンと呼んでくれ。しかし、名前になんの意味がある？　薔薇《ばら》は薔薇という名で呼ばれなくても芳しい香りを――」

「私が気に入らないのはね、あなたがそういう愚にもつかないやり方で私を怖がらせられると信じているところ」

「ほう、そうやって逆にこっちをいらだたせようという作戦だな」愉快そうな笑い声。「どうやら、きみの作戦は成功らしいぞ。たまにはこういう展開もいいものだな。きみを選んだのは正解だったという確信がいよいよ強まったよ」

「タラディーガに埋められていた可哀想な人たちを殺す前も、やはりいやがらせをしたの?」

「いや。それは無謀というものだ。当時の私にはそこまでの度量はまだなかった」

「いまは違うと言いたいの?」

「人生を楽しむために、少々の危険を冒すゆとりを持てるようになった。いつかこうなるはずだった」

「でも、なぜ私を?」

「私を浄化してくれるものが必要だからさ。新聞できみの写真を目にした瞬間、きみこそそうだとわかった。きみの顔を観察していると、いろんな感情や哀しみがきみの内側で育っていくのが見えるようだった。あとはその感情が殻を破って飛び出すまであおるだけだ」短い沈黙が流れた。「感情が爆発したとき、私ときみに何が起きるか想像できるかね?」

「頭がおかしいのね」

「ああ、おそらくそうだろう。きみたちの基準に従えばね。科学は殺人者の心を躍起になって解き明かそうとしている。理由、事前に見られる兆し、私たちが殺人を正当化する理屈」

「あなたはどう正当化するの?」

「正当化する気はないね。快楽だけで充分人を殺す理由になる。最近聞いた話だが、快楽殺人の発生件数は、この十年で二五パーセント増加したそうだ。世間がようやく私に追いついてきたといったところかな。ひょっとすると、きみたちも全員、狂いはじめているのかもしれないよ、イヴ」

「まさか」

「では、なぜ私の殺しを止められない？　こう考えたことはないかね。人類は洞窟《どうくつ》で暮らしていたころの本能を完全に失ってはいないのではないかと。流血を求める本能、究極の暴力を行使して力を手に入れようとする本能。たぶん、心の奥底では、誰もが私のようになりたいと願っている。これまでに狩りをしてみたいと思ったことは？　人を苦しめてやりたいと思ったことは？」

「ないわ」

「いつかそう思うさ。クインに訊いてみるといい。どんな気持ちかと。彼はハンターだ。彼には狩りの本能が備わっている。獲物を目の前にしたとき、心臓が高鳴らないかと訊いてみるといい」

「ジョーはあなたとは違うわ。あなたみたいな人はほかにはいない」

「それはどうも。褒め言葉と受け取っておこう。そろそろ電話を切るとするかな。きみと話がしたかっただけだからね。たがいを知ることが肝心だ。きみは未知のものを恐れる人間ではない」

「あなたなんか怖くないわ」

「そのうち変わるよ。しかし、きみを怖がらせるには、もうひと押ししなくてはいけないようだな。それもいいだろう。きみはかならず私を恐れるようになる」彼はひと呼吸おいて続けた。「ボニーが淋しがっている。早く迎えにきてやるんだな」電話は切れた。

強烈な痛みがイヴの心を引き裂いた。いまいましい。最後にぐさりと胸をつくひとことを言わなくては気がすまない男なのだ。イヴは終話ボタンを押し、ジョーの顔を見上げた。

「話をしたかっただけだそうよ。私に怖がってもらいたいみたい」

「じゃ、怖がってる芝居をしておけよ。奴を刺激しないほうがいい」

「お断りよ」

ジョーは弱々しい笑みを浮かべた。「そう言うと思ったがね。何かこちらに好都合なことはわかったかい?」

「ドンと呼べと言ってたわ。少なくとも十年以上前から人を殺している。それもただ快楽のために。自分の心理や社会一般について、的確な分析をしているわ。思っていたとおり、知能の高い人物ね」イヴは塑像台の前に戻った。「いま言ったことを書き留めて、スパイロに連絡してくれる? 私は仕事を進めなくちゃ」

「少し休憩したって大きく遅れるわけじゃないだろう?」

「そうね、それはそうだけど」イヴは険しい口調で言った。「あの男のせいで仕事が手につかないなんて許せない。彼は私を支配したがってる。そんなことはさせないわ。向こうの思いどおりには絶対にならない」

頭蓋骨の前に立つ。指先がわずかに震えている。震えている場合ではない。復顔は最終段階にさしかかっている。よけいなことを考えていては、仕上げなどおぼつかない。気を落ち着け、客観的に作業をしなくては。

——私は当事者の一人だからね。すぐ後ろに立って肩越しにきみの手もとを見つめていたのに、気づかなかったのかい？

振り向いて背後を確かめたい衝動にかられた。誰かが彼女の背中を見つめているわけがない。肩越しに手もとを観察しているはずがない。背後にいるのはジョーだけだ。

ドンの言葉に惑わされてありもしないものを想像したりすれば、彼の勝ちだ。彼のことは忘れよう。この少年のことを考えるのだ。この子の命を奪ったモンスターのことでなく。

この子を家に帰してやろう。

ゆっくりとした、自信にあふれた手つきで、イヴは少年の顔を造りはじめた。


あの女は予想外に強い。

ドンの体を興奮が駆け抜けた。これは面白い勝負になりそうだ。こちらも奮闘しないと、あの女が相手では、たった一滴の感情を搾《しぼ》り取るのさえむずかしい。

とはいえ、そう驚くことではない。この時を待っていたのだ。歓迎すべき事態だった。周到な計画を練らなければ、あの女の足もとを崩すことはできない。

その計画のおおよそは、すでに見えている。

彼はエンジンをかけ、コンビニエンスストアの駐車場をバックで出ると、アトランタに向かう道を走りだした。

5

午前五時四十分

完成だ。あとは目を入れるだけだ。

イヴは作業台の上に置かれた、目玉の入ったケースに手を伸ばした。

もっともありふれた目の色は茶色だ。復顔像を製作するとき、たいがいは茶色を使う。イヴはガラスの目玉を眼窩《がんか》に押しこみ、一歩下がった。

これがあなたの顔かしら、ジョン・デヴォン？　私はあなたを家に帰らせてあげられた？

「写真で確かめるか？」ジョーの穏やかな声が聞こえた。

ひと晩じゅう、ジョーが長椅子に座って待っていたことはなんとなく意識していた。「ええ」

ジョーが立ち上がり、コーヒーテーブルから大きな封筒を取って封を切った。写真の一枚はその場に残し、もう一枚をイヴのところに持ってくる。「きみの見たい一枚はこっちだな」

イヴは写真を受け取るのをためらった。ジョーは間違っている。確かめるのが怖い。見るのよ。この子を家に帰してあげなくちゃ。

　イヴは手を伸ばして写真を受け取った。目の色は青が正解だったのね。そうぼんやりと考える。しかし目の色以外は完全に一致していた。「この子ね。やはりジョン・デヴォンだった」

「そのようだ」ジョーはイヴの手から写真を取り、作業台に置いた。「スパイロには僕から連絡する。きみは先に寝ていろ」

「あら、自分で電話するわ」

「黙れ」ジョーが彼女の手をつかみ、居間を横切って廊下へ引っ張っていった。「僕が電話すると言っただろう。きみの仕事はもう終わった」

　そう、彼女の仕事は終わった。あの骨はジョン・デヴォンのものと判明し、そうなると

―――


「考えるのはよせ」ジョーは荒っぽい口調で言い、イヴをベッドに座らせた。「像が完成した瞬間にあれこれ考えはじめるだろうとわかっていた。だけど、いいか、いまはまず体を休めることだ」ジョーはいったんバスルームに消え、湿らせたタオルを手に戻ってきた。イヴの隣りに腰を下ろし、彼女の両手にこびりついた粘土を拭いはじめる。

「シャワーを浴びたほうが早いわ」

「目が覚めてからでいい」ジョーはナイトスタンドにタオルを置くと、イヴを横にならせ、キルトの上掛けをかけた。

「あの子ではないことを祈ってたわ」イヴは小声で言った。「一方ではジョン・デヴォンでありますようにと思いながら、もう一方では、本当にそうだったらと怖かった」

「わかってる」ジョーはバスルームの明かりを消し、ベッドに腰かけると、彼女の両手を掌で包んだ。「それでも途中で投げ出すつもりはなかった。そうだろう？」

「投げ出すなんてできなかった。そんなことできないってわかってるでしょう」

彼は何も答えず、両手にわずかに力をこめた。

「あの骨はジョン・デヴォンのものだったわけだから、あのモンスターは事実を話していたと考えるのが筋よ。つまり、フレイザーはボニーを殺した犯人ではないのかもしれない」

「いや、そうとはかぎらないさ。フレイザーが自分が殺したと認めた被害者のうちの一人が実はドンの犠牲者だったとしても、かならずしも全員がドンに殺されたということにはならない」

「だけど、ボニーを殺したのはドンだという可能性はいよいよ高くなったわ」

「僕にはなんとも言えないよ、イヴ」ジョーの声には疲れが滲《にじ》んでいた。「僕にはなんとも言えない」

「しかも、いまもあの子は彼のところにいるのよ。あの少女は私のボニーかもしれない。あの男は、あの子を殺すだけでは満足しなかった。戦利品か何かみたいに、いまだにあの子を手もとにおいてるんだわ」

「きみをおびき出したいからさ」

「あのモンスターがあの子のそばにいるなんて許せない。許せないわ」

「いいから。もう考えるのはよせ」

「よせって、どうやって？」

「僕にわかるわけがないだろう。とにかく考えるな」ジョーは束の間無言でいた。「これではあいつの思うつぼだ。きみは奴に支配されている。奴のせいできみがこうしてくよくよ考えていると知ったら、奴は小躍りするだろう。さあ、寝ろよ。あんな奴を喜ばせてやることはない」

ジョーの言うとおりだった。彼女はまさにドンの望みどおりのことをしている。「ごめんなさい。取り乱すつもりなんかなかったのに。疲れてるのね」

「無理もないがね」

「頭が混乱してる。考えまいとしても——私、あの子を家に連れ帰りたかったけど、こんな——」

「考えるのは少し眠ってからにしろ」

「スパイロに連絡してね」

「急ぐことはないさ。きみが眠るまでここにいる」

「あなただって寝ていないでしょう」

「どうしてわかる? 復顔をしているあいだ、僕が同じ地球上にいるってことさえ忘れられてるのかと思ったよ」

「そんなことはないわ」

「そうかな」

「あなたのことが意識から消えることはないわ。まるで——」どう説明したらいいだろう。「そう、庭の樫《かし》の老木みたいなものかしら。とくに目を向けることはなくても、そこにあることは心のどこかで意識してる」

「そいつはまたずいぶんな侮辱だな。庭の木だって？　僕が唐変木だって言いたいのか」違う。彼を木に喩《たと》えたのは、雨から彼女を守り、強さと安心を与えてくれるからだ。「なかなか鋭いじゃない。適当にあしらおうとすると痛い目に遭うのね」

「それに、老木と呼ばれるほどの年じゃない」

「あら、充分年だと思うけど」いつのまにか頬がゆるんでいた。ついさっきまでは思い苦しんでいたのに、いまは安らかな気持ちになっている。ジョーはいつでも心を軽くしてくれる。

「もう大丈夫よ。そばについていてくれなくても平気」

「いや、ここにいるよ。僕を樫の木と呼ぶなんて、きみの頭が心配だからね。僕を追い払いたいなら、眠ることだよ」

すでに睡魔がイヴを襲いはじめていた。もう気をゆるめてもいいのだ。こうしてジョーがそばにいて、暗闇の浸食を食い止めてくれている。「こうしてると、フレイザーが処刑されたあと、カンバーランド島で過ごしたときのことを思い出すわ。覚えてる？　あなたはこんなふうに私の手を握って、話せ、みんな話してしまえと言った……」

「今夜は黙れと言わせてもらうよ。早く寝ろ」

イヴはしばらく黙っていた。「彼が怖くなってきたわ、ジョー」

「怖がることはないさ。僕がついているかぎり、きみに手出しはさせない」

「怖くなるなんて、思ってもみなかった。初めは腹が立っただけだった。でも彼は頭がいいわ。それに、彼の最大の目的は私を殺すことではない。あの人は私が……私が苦しむ姿が見たいのよ。それが生き甲斐なのね」

「ああ、そうだ」

ふいにある考えが浮かび、イヴの体が衝撃に震えた。「ママ」

「お母さんには警護をつけた。奴に隙《すき》を与える前にね」

安堵《あんど》が全身に広がった。「ほんと?」

「当然の処置さ。唐変木にしては手まわしがいいだろう?」

「そうね、褒《ほ》めてあげる」母が安全だとすれば、ドンは最強の武器を奪われたということだ。イヴが大切にしている人を傷つけることによって彼女を苦しめることはできない。

いや、それは違う。彼にはまだボニーがいる。

しかしボニーは死んでいるのだ。ボニーが彼の手のなかにあると思うと、嫌悪に吐き気さえしてくるが、その彼でさえ、彼女の娘を傷つけることはもうできない。彼が手を出せるのはイヴ一人なのだ。そしてイヴは、たとえ傷ついたとしても、その傷を彼にだけは見せまいと思った。

「心配するなって。言ったろう、きみのお母さんは安全だ」ジョーが言った。「不安に思う理由は何一つない」

それでも不安だった。ジョーにならそのことを気取られてもいいではないか。母のことが心配なのではない。ジョーが請け合っているのだから、母は安全だ。ただ……

気にしないことだ。ひと眠りして、目が覚めたら、どうしたらあの男を捕まえ、ボニーを連れて帰れるか、ジョーと一緒に考えればいい。あの男にも隙はある。イヴに電話をかけるという過ちをすでに犯したではないか。それに、イヴに深手を負わせる手段はもうないのだ。

そう、不安に思う理由は何一つない。


彼女の名前はジェーン・マグワイア。十歳だ。

数日前、市の南側にある公営住宅を車で流していたとき、その少女を見つけた。ドンの目を最初に引きつけたのは、彼女の赤毛だった。その次は、自立心の強さと生意気さを感じさせる物腰だった。まるで、行く手をふさぎたいならふさいでみろと世間に挑むかのように通りを歩いていた。決して従順な小鳥などではない。

イヴ・ダンカンはあの挑戦的な態度を嫌うだろうか。あの女の娘は、この少女とはまったく違っていた。しかし、ボニー・ダンカンはジェーン・マグワイアのように、四軒もの里親をたらいまわしにされて育ったわけではない。街で生きるためのしたたかさを身につける必要には迫られなかったのだ。

ドンはゆっくりと車を進め、少女を尾行した。どこかへ行くところらしい。迷いのない足取りで歩いていく。

やがて少女はふいに路地に駆けこんだ。姿を見られる危険を冒してもあとを追うべきか。いや、危険はさほど大きくない。いつも狩りに出るときと同じように、彼は今日も用心深く変装をしていた。

車を停め、降りる。逃すには惜しい有望な候補者だ。念には念を入れて観察したほうがいい。

気味の悪い奴。あの変態がまたあとを尾《つ》けてくる。放っておけばいい。ジェーンはいらだちとともにそう考えた。よくいる痴漢の一人にすぎない。校庭をのぞいたりするくせに、ジェーンが大声で先生を呼ぶと、車を急発進させて逃げだすような連中だ。この路地はよく知っている。いざとなったらあいつよりも速く走ればまけるだろう。前の日、その男に尾けられていることに気づいて以来、ジェーンは人通りのない通りを避けて歩いていた。

しかし、今日はそうもいかない。

「ここだよ、ジェーン」

煉瓦の壁にもたせかけた大きな段ボール箱のなかで、マイクが体を丸めていた。寒そうだ。昨夜はあの箱で眠ったのだろう。父親が家に帰ってくると、マイクはいつもそうやって路地で夜を過ごす。あの父親ときたら、わざわざ寒い一月を選んで帰ってこなくてもいいのに。

ジェーンは上着のポケットに手を入れ、その朝、フェイの家の冷蔵庫からくすねたサンドイッチを取り出してマイクに差し出した。「ほら、朝ご飯。ちょっと傷んでるけど。ほかに何もなかったから」

マイクはがつがつとサンドイッチを頬張ったが、やがてふとジェーンの背後に目をやった。あの変態はごみ箱の陰に隠れているらしい。お似合いの場所だ。

「急いで。学校に遅れる」ジェーンはマイクを促した。

「僕は行かないよ」

「行かなくちゃだめ。お父さんみたいに馬鹿な大人になってもいいの？」

「行きたくないんだってば」

ジェーンは切り札を出した。「学校は暖かいわよ」

マイクは少し迷ってから立ち上がった。「今日だけは行こうかな」

そう言えば来るとわかっていた。寒さと空腹こそが敵だった。カーボニー家で暮らしていたころ、ジェーンは何度も路地で夜を明かした。カーボニー家というのは、フェイのところに移る前にいた里親で、そこで過ごすあいだに彼女はあることを学んだ。頻繁にトラブルを起こせば、里親は児童相談所から支払われる援助金をあきらめてでも彼女を追い出そうとする。児童相談所は、一人の子どもと相性が悪いとわかれば、すぐにまた次の子どもを里親にあてがう。

フェイなら我慢できた。いつでも疲れていたし、不機嫌なこともあったが、そのうち彼女を好きになれるかもしれないという気がする……それまでフェイの家にいればの話だが。

ジェーンは変態のほうをちらりと振り返った。まだごみ箱の陰に隠れている。「今夜は場所を変えて寝たほうがいいよ。ユニオン教会の近くにいいところがあるの。あとで教えてあげる」

「わかった。ねえ、学校に行くんでしょ？」マイクが言った。「一緒に歩いていってもいい？」

淋しいのだ。マイクはたった六歳で、心にぽっかりとあいた穴に気づかないふりをする術をまだ学んでいない。「いいわよ。だめなわけがないじゃない」

ジェーンはマイクに微笑んだ。

少女の笑顔を目にした瞬間、ドンは確信した。温かく、優しい笑みだった。ふだん、警戒心と気の強さしか見せない顔に浮かんだものだからこそ、なおさら魅力的だった。その優しさをかいま見なければ、いつまでも不安が拭えなかったに違いない。だがいま、彼は確信していた。

この幼いジェーン・マグワイアなら申し分ない。

「ジョン・デヴォンだというのは確かなんだな？」その日の夕方、ジョーが玄関を開けるなりスパイロはそう尋ねた。

「疑いの余地はないよ」ジョーは塑像台を指し示した。「写真は作業台の上だ。自分の目で確かめてみろ」

「そうさせてもらおう」スパイロは居間の奥へ向かった。「ミズ・ダンカンは？」

「眠っている」

「起こせ。話がしたい」

「ふざけるな。彼女は疲労困憊《こんぱい》している。話なら僕が聞く」

「いや、そうはいかな――」復顔像と写真を見くらべ、スパイロは低く口笛を吹いた。「驚いた。腕がいいな」

「そう言ったろ」

スパイロは写真を作業台に置いた。「ジョン・デヴォンでないことをなかば祈っていたんだが。これが何を意味するか、わかるだろう?」

「ああ。イヴにもわかっている」

「彼女を利用させてもらうことになりそうだな、クイン」

「僕が許さない」

「本人がそう望んでいれば別でしょ?」イヴが戸口から言った。二人のほうに近づいてくる。見るからにたったいまベッドから起き出してきたといった様子だった。髪は乱れ、服も皺《しわ》だらけだ。「それに、その子がジョン・デヴォンだと判明したからといって、あなたにしてみれば何が変わるというわけでもないはずよ、スパイロ。いずれにしろ私を利用したんでしょうから」

スパイロは復顔像のほうをちらりと振り返った。「フレイザーが他人の手柄を端《はし》から盗んだという話は本当かもしれない」

「他人の手柄の一部を、だ」ジョーが言い直す。「わかっているのは、少年二人の件だけだぞ」

「それで充分だろう?」スパイロはイヴに向き直った。「わたしのために力を貸してもらえるね?」

「いいえ、私が何かするにしても、それは私自身を救うためよ。あなたとジョーは母を守ってちょうだい。それと引き換えにならおとりになってもいいわ」

「許さないって言ってるだろう」ジョーが口をはさむ。

イヴはそれには答えず、スパイロに尋ねた。「彼は私を見張ってるのね。違う?」

「クインから聞いたのか?」

「いいえ。でも、ドンは私たちがタラディーガに行ったことを知ってた」イヴはジョーを一瞥《いちべつ》した。「ほかに隠してることは?」

「何者かがこのコテージを監視している。昨日、スパイロに頼んで、そいつが隠れて監視していた場所を鑑識に調べてもらった」

「隠すようなことかしらね?」

「だからいまこうして話しているだろう。今朝までのきみは少しばかり忙しかったからね」

ジョーはにやりとした。「チャーリー以下警護チームが外をパトロールし、僕が屋内にいるというのに、奴に舞い戻る勇気があるとは思えないし」

「安心はできないわ。あの人は退屈してるのよ。でなければ、こう幾度も自分から危険を冒したりしないはず」

ジョーの笑みが消えた。「そこまでいかれてるかな」

「理由はわからないけど、捨て身になってることは確かよ。ただ、いますぐには私を殺そうとしないと思う。欲しいものを手に入れるまで待つでしょうね」

「それに、いざ奴が現れても、われわれがいる」スパイロが言った。

「それは心強いこと」イヴは疲れた声で言った。「ねえ、ここに来れば捕まるとわかっていて、襲ってくると思う? あなたが考えているほど頭のいい男だとすれば、私をおびき出し、その一方であなたたちを追い払う方法を考えるんじゃないかしら。昨日、鑑識が採取したものから何か手がかりが見つかった?」

「まだ分析中で——」スパイロは首を振った。「いや、何も見つかりそうもない」

イヴは肩をすくめた。「ほら、ね」

「きみならどうすると言うんだね?」

「こちらから彼を追うわ。向こうから私を襲いにくるのを待つのではなく」

「いや、こちらからは動かないほうが——」

ドアにノックの音が響いた。

チャーリーが申しわけなさそうに微笑んだ。「お邪魔してすみません。例の電話がかかっていないかと気になって。もうかかってくるころだと思うんですが」

「電話はない」ジョーが答えた。

「なぜ私に訊かない?」スパイロが辛辣な口調で言った。「きみの上司は私なんだから、向こうも私に連絡してくるだろうとは一度も考えなかったのか?」

チャーリーはおずおずと彼を見つめた。「連絡があったんですか」

「昨夜な。私宛てに、タラディーガに長々とファックスを送ってきた。きみは自分に直接連絡をくれと頼んだそうだな。私がそんな話は聞いていないと言うと、驚いていたよ」

チャーリーの表情が曇った。「すみません。ちょっと熱くなっていたもので」

「まあ、やる気がないよりは結構なことだが」

「同種の事件は見つかったのか」ジョーが尋ねた。

「二件ほど、ひょっとしたらというものがあった。三カ月前、フェニックス郊外のサンールスという町で二体の人骨が発見されている。歯は抜かれていた。どちらも右手に溶けた蠟がこびりついていた」

「子どもなの?」イヴは訊いた。

スパイロが首を振る。「成人だ。一体は男性。もう一体は女性」

「アリゾナ州か」ジョーがつぶやいた。「遠いな」

「ドンがこのへんの出身だなどと誰が言った?」スパイロが指摘する。

「十年前にはアトランタにいたわ。いまもいる」

「移動手段ならいくらでもあるし、とくに秩序型の殺人犯が遠距離の移動をいとわないことは統計から明らかだ」スパイロは玄関に向かった。「いずれにしろ、フェニックスに誰かをやって、地元警察がもっと詳しい情報を持っていないか確認させる。この分では、州をまたがった特別捜査班を組織する事態になりそうだ」

「僕に行かせてもらえませんか」チャーリーが言った。

「だめだ」スパイロは言った。「おまえはここに残ってミズ・ダンカンの警護をしろ。このコテージから絶対に目を離すなよ。それから、周辺をパトロールしている者たちに油断がないようきちんと監督するんだぞ」

「イヴと呼んでください」イヴはそっけなく言った。「こういう状況で堅苦しいことは抜きにしましょう」

「イヴ」スパイロは微笑んだ。「きみの言うとおりだな。この事件が片づくころには、関わった全員がたがいにうんざりするほど親しくなっていることだろう。さて、私はおいとまするかな。何かわかったら連絡する」スパイロは戸口で立ち止まった。「外には出ないことだよ、イヴ。きみは私の部下やきみのご友人のクイン氏をさほど信頼していないようだが、私は彼らを信じている」

スパイロが出ていき、ドアが閉まるやいなや、チャーリーはにこやかに笑った。「僕は外に行っていますよ。スパイロの頭越しに報告書を受け取ろうとしたのを、快く思われていないようでしたから。しばらくはご機嫌取りをし、忠実な部下を演じて、名誉挽回に努めることにします」

イヴは彼に微笑みを返してから、シャワーを浴びようと寝室に戻った。

アリゾナ州フェニックス。二体の人骨。

タラディーガで十一体。フェニックスで二体。ドンはそのほかにいったい何人の命を奪ってきたのだろう。そんなに大勢を殺した男が人間であり続けられるわけがない。それだけの悪行を重ねた男の心は、もはや歪んではたして彼を人間と呼べるだろうか。

体が冷えきり、震えはじめていた。よそう。ドンが長い歳月のあいだにどんなモンスターに変貌したかなど考えても始まらない。肝心なのは、かならず彼を捕まえること、そして二度と殺人を犯させないようにすることだ。

シャワーヘッドから噴き出す熱い湯が彼女の肌を流れ落ちていく。

それでも、体の震えは止まらなかった。

「お願いだから、そうやって歩きまわるのはやめて、ジョー。もう零時を回ったわ。寝たらどう?」

「きみこそ寝ろよ。僕はちょっとぴりぴりしてるだけだ、ほっといてくれ」

「八つ当たりすることはないでしょ」

「いや、あるね。そのくらいは許されると思う。僕にできることといったらせいぜい――」

ジョーは口をつぐんだ。「悪かった。向こうの出方を待つだけしかすることがないのが気に入らなくて、気が立ってるのかもしれない」

それはイヴも同じだった。ジョーがいらいらしているからといって、優しく寛大に接する気にはなれない。「寝るのがいやなら、せめて何か役に立ったら? チャーリーにコーヒーを持っていってあげるとか」

「ああ、わかったよ」

数分後、彼が出ていって玄関のドアが閉まったとたん、イヴは深々と息を吸った。あんなにいらだったジョーは見たことがない。初めて会ったあの日から――

携帯電話が鳴りだした。

「起こしてしまったかな?」ドンの声だった。

心臓の鼓動が速くなる。「いいえ、眠っていなかったもの」

「そうか、そうだった。ジョン・デヴォン少年の復顔が終わったあと、仮眠を取ったんだな? あれはジョン・デヴォンだったんだろう?」

「あなたには何も教えないって言ったでしょう」

「ふてぶてしい女だ。まあ、私の読みが当たっていたということだな。きみがみごとな復顔像を造ることはわかっていたよ。作品をさぞ誇りに思っているだろうね」

「どうして電話してくるの？」

「きみと頻繁に連絡を取ることが重要だからさ。おたがいを深く理解しあうことがね。スパイロ捜査官にも同じことを言われたんだろう？　奴にしゃべらせろ、ＦＢＩのプロファイリングに役立つ情報をできるだけ多く引き出せ。そう言われたんだろう？」

「ええ、そんなような話だったわ」

「協力しようじゃないか。ただし、引き換えにきみの情報がほしい。きみのプロファイリングをしたいからね」

「私のことならもうずいぶん詳しくご存じのようですけど」

「いや、まだ足りない。たとえば、きみが輪廻《りんね》を信じるかとか」

「え？」

「輪廻だよ。信じている人々は何百万もいる。心が慰められる理屈じゃないか」ドンは含み笑いを漏らした。「自分がゴキブリに生まれ変わらないかぎりは、だが」

「いったい何が言いたいの？」

「しかし、きみのボニーがゴキブリに生まれ変わるようなことを神が許すはずがないときみは信じているんだろう？」

「やめて」

「おや、いまのは胸にぐさりときたかな？　その痛みを自分のもののように感じるよ。あの可愛らしいボニーが……」

たしかに胸が痛んだ。いまわしい考えに胸を刺されたかのように。こんな男の言葉に傷つくとは、自分に腹が立つ。ましてや傷ついたことを悟られれば、それこそ自分を許せない。

「別にどうってことないわ。私が気にすると思う？　だって、輪廻なんか信じていないもの」

「考えてみたほうがいいぞ。さっきも言ったように、心が慰められる思想だからね。このところ、私は頻繁にそのことを考える。聖書には詳しいかね？」

「多少は」

「私のいちばんの愛読書とは呼べないが、しかし聖書にはいくつか独特の思想が述べられている。とくに面白い一文があってね。創世記第二章第二十二節だ」

「そう言われてもわからないわ」

「あとで教えてやる。その前に玄関に出て贈り物を受け取ってくれ」

「贈り物？」

「ポーチの左端にある。あのＦＢＩの男が別荘を片時も離れず見張っているから、玄関前まで行って置いてくるわけにもいかなくてね」

イヴは唇を湿らせた。「なかはなんなの？」

「取りにいけよ、イヴ。電話を切らずに待ってるから」

「外に出ろと言われたからって、素直に従うほど愚かじゃないわ。あなたが待ち伏せしてるかもしれないもの」

「またそんなことを言う。私にはまだきみに殺す気はないと知ってるくせに」短い沈黙。「ただし、クインを呼んでみろ、奴を殺さないとは約束できないぞ。これはきみと私の問題だ。さあ、贈り物を取りにいけ」

イヴは玄関に向かった。

「取りにいくところかね？」

「ええ」

「いいぞ。さて、考えてみよう。世間では、非業の死を遂げた犠牲者の魂は安らかに天に昇れず、間もなく地上に戻ると言う。とすると、ボニーもあのあとすぐに生まれ変わったわけだ」

「笑わせないで」

「私があの子を殺したのは十年前だったね？　つまり、私たちが探しているのは十歳の子どもということになる。少年か少女かのいずれかだ」含み笑い。「ゴキブリになる可能性はさっき排除したからね。玄関には着いたか？」

「ええ」

「窓から外を確かめろ。湖畔に停めた車に熱血漢のFBI捜査官がいるのが見えるはずだ。何時間か前、私が贈り物を置いたときは、そこにいた」

イヴは窓の外を見つめた。チャーリーは車内にはおらず、フロントフェンダーの脇に立ってジョーと話している。

「ポーチに出たかね？」

「まだよ」

「私が怖いのかい、イヴ？　包みに何が入っているか、見てみたくはないのか？」

「あなたなんか怖くないわ」イヴはドアを開けた。古いTシャツを一枚着ただけの彼女のむき出しの脚に、冷たい風が吹きつける。「ポーチに出たわ。その包みとやらはどこ？」

「そこから見えるはずだ」

あった。ポーチの左端に、小さな茶色の段ボール箱が危なっかしく載っている。

「クインなら、近づこうなんて馬鹿なことを考えるなと言うだろう。爆弾かもしれない。有毒ガスや毒物が入っているかもしれない。しかしきみにはわかるね？　私にはきみに怪我を負わせる気も殺す気もないと」

たしかにイヴはそう信じていた。そろそろと段ボール箱に向かう。

「いや、わからないな。私はポーチの陰に潜んできみを待ち伏せしているのかもしれない。疑わしい影はないか、イヴ？」

「ないわ。どこにいるの？」

「ポーチは暗くて影も見えないんだろう、違うかい？」

イヴは段ボール箱の前で足を止めた。

「イヴ？」チャーリーと話していたジョーが振り返り、彼女を見つめた。

「私はそこから何マイルも離れた場所に停めた車のなかにいるのかもしれない。どっちが本当だと思う？」

イヴは箱の傍らにひざまずいた。

「イヴ!」

箱を開ける。

硬い、白いものが光を跳ね返した。

ドンの低い声が耳もとで囁く。「〝主なる神は人から抜き取ったあばら骨で一人の女を造り、人のもとへ連れてこられた〟。創世記第二章第二十二節」

「ここでいったい何をしてる?」ジョーがすぐそばに立ち、イヴの手を引いて箱から遠ざけようとした。

イヴはジョーを押しのけた。「放っておいて」

「神と私には多くの共通点がある。きみが輪廻を信じるなら、ボニーを殺すことによって私は、ちょうど神のように、新しい人間を造ったのさ。本当にボニーのあばら骨から造ったわけではないが、その象徴をきみは喜んで受け取ってくれるだろうと思ってね」ドンは少し間をおいて続けた。「ところで、その子の名はジェーンだ」電話は切れた。

イヴの手から電話機が落ちた。箱のなかをのぞきこむ。

「触るな」ジョーが言った。

「スパイロに連絡して応援をよこしてもらいます。なかを確かめるのはそれからに」チャーリーは階段を駆け下り、車に走っていく。

「ドンか?」ジョーが尋ねた。

イヴはうなずいた。

「中身がなんだか言ってたか?」

イヴはまたうなずいた。

とても小さくて……

イヴは箱に手を入れ、指先でそれに触れた。なめらかな感触……

イヴの頰を涙が伝い落ちた。

「イヴ」

「ボニーよ。ボニーのあばら骨」

「くそ」ジョーはイヴを抱き上げ、コテージのなかに運んだ。「あの野郎。卑怯な男だ」

「ボニー」

「いいから」ジョーは長椅子に腰を下ろし、イヴの体をそっと揺すった。「なあ、どうして僕を呼ばなかった？」

「ボニーのあばら骨だわ」

「動物の骨かもしれない。奴は嘘をついたのかもしれない」

イヴは首を振った。「ボニーのよ」

「いいか。奴の狙いはきみを苦しめることなんだ」

そしてその狙いは達成された。そう、これほどまでに完璧《かんぺき》に。イヴの全身を痛みが駆け抜けた。昨日の夜、あの男に武器らしい武器はもうないのだと自分を励ましたばかりだというのに。感情をコントロールするくらいわけがないと言い聞かせたばかりなのに――どうしても涙が止まらない。

そして、あの箱に入ったボニーのかけらのイメージを頭から追い出すことができない。

「箱を持ってきて」

「え?」

「だって……外は寒いわ」

「イヴ」ジョーの優しい声。「証拠物件だ。勝手に動かすわけには――」

「あの男が手がかりを残しているわけがないでしょう? 持ってきて」

「あれがボニーの骨だとしても、いまはもう寒さも――」

「筋の通らないことを言ってるってことは自分でもわかってる。でも、あの子があんなに寒いところにいると思うと、なんとかしてあげたいの。だって……可哀想で。お願い、なかに入れてあげて」

ジョーは低い声で悪態をつきながら立ち上がり、まもなく箱を手に戻ってきた。「ただし、きみはもうなかを見るな」そう言って居間を横切り、箱を作業台の抽斗《ひきだし》にしまった。「それから、こいつは分析のために研究室に引き渡す」

「わかった」

「もう一つ。泣くのはもうよしてくれ」

イヴはうなずいた。

「ああ、くそ」ジョーはイヴの隣りにどさりと腰を下ろすと、彼女を抱き寄せた。「見ていられないよ。頼む。もう泣かないでくれ」

「ごめんなさい。どうしても涙が止まらなくて。ショックのせいね。まさかあんなものが――」イヴは涙をこらえた。「私は彼の狙いどおりの反応をしてしまったわけね。そうでしよ？」

「奴はなんと言った？」

イヴは首を振った。「いまは訊かないで。もう少しだけ待って」

彼女を抱きしめるジョーの腕に力がこもった。「いくらでも待つさ。きみがそう望むなら、十年待ったっていい。いまさら変わらないさ。すでに十年待ったんだから」

彼は何を言っているのだろう。十年なんて時間があるわけがない。もう手遅れかもしれないのだ。イヴは彼の肩に額を押し当て、箱を目にした瞬間の戦慄《せんりつ》を忘れ、それよりなお大きな恐怖に立ち向かう力をかき集めようとした。「彼はこう言ったわ——」だめだ。続けられない。いまはまだ。

——その子の名はジェーンだ

「みんな嘘に決まってる」ジョーはきっぱりと言った。「輪廻だと？」

「奴自身が輪廻を信じている様子だったかね？」スパイロがイヴに尋ねる。

「いいえ、そうは聞こえなかった」

「だったら、きみの心をもてあそぼうとしただけだろう」

「私が信じたら彼は喜ぶでしょうね」イヴは苦々しげに言った。「彼にしてみれば、いまよりもっと面白くなるわけだもの」

「きみみたいに聡明な人がそんな下らない話を信じないことくらい、奴だって知ってるさ」ジョーが言う。

「だけど、私が子ども好きだということも知ってるわ」イヴは膝《ひざ》の上で両手を組み、強く握りしめた。「彼は骨だけじゃもう満足できないのよ。次の犠牲者をすでに選んでいるのだとしたら？　私をその殺しに加担させたら？　私の落ち度でその人が死ぬように計画しているのだとしたら？」

「利口だな」スパイロがつぶやいた。

「そうやって他人ごとみたいに言えるあなたがうらやましいわ」イヴの声が震える。「あの男に感心するようなところがあるとは思えない」

「感心しているわけではない。ただ奴の力量を見きわめようとしているだけだ。それに、いまのはきみの推測にすぎない」

「だけど、彼は危険を冒してわざわざあの箱を届けにきたわけでしょう」

「おかげできみは大いに苦しんだ。それだけで危険を冒した甲斐があったと考えているかもしれん」

イヴは首を振った。「チェスで言えば、これはまだ最初の一手にすぎないわ。彼はボニーを利用して私を攻撃した。新たな少女を殺すと脅して攻撃した。そして私の心のなかでその二つが結びつくのを期待してるのよ」

「で、彼の期待どおりになりつつあると？」スパイロが訊く。

「まさか」

スパイロは目を細めて彼女をじっと見つめた。「少しも？」

イヴは目を伏せた。「彼の思いどおりにさせてたまるものですか」

「だといいが」

「その少女を見つけなくちゃ。女の子を捜し出さなくちゃ」

「実在するかどうかさえ怪しいぞ」ジョーが指摘する。

「いいえ、いるわ」

「たとえ本当にいたとしても、もう奴に殺されているかもしれない」

イヴは首を振った。そうは思いたくない。「そんなことはないと思う」

スパイロが言った。「あの箱の中身を大至急分析させよう。その結果を待って連絡する」

それからジョーのほうを向いた。「ドンはどうしてこのコテージに近づけたのか、教えてもらいたいものだな」

「僕だって同じ質問を何百回となく自分にしたさ。ありえないことだ。だが現実に起きた。警護の数を増やしてくれ」

「この湖はヘビのように曲がりくねっている。たとえば入江からカヌーを出してこのコテージに近づくのは簡単だ。湖岸を漏れなく監視しようと思ったら、延べ二マイルにわたって捜査官を配置することになる」

「なら、せめてトラック一杯分の機材をここに運んで、イヴ宛ての電話を逆探知するくらいのことはしろよ」

「そんなことをしてもたいした役には立たないと思うが。ただ、たしかにきみの言うとおり――」

「逆探知はだめよ」イヴはスパイロの言葉をさえぎった。

二人が彼女を見つめた。

「逆探知していると知られたら、電話は二度とかかってこないかもしれない。彼から話を引き出さなくちゃいけないのに」

ジョーが小さな声で悪態をつく。

「そうするしかないのよ、わかるでしょう、ジョー」

「ああ、わかってるさ。それが奴の狙いなんだからな」

「もし、これ以上電話がなかったら？」スパイロが訊いた。

「かならずかけてくるわよ。すぐにでも」イヴは顔を上げた。「だって、その少女が誰なのか、私に教えたくてうずうずしてるでしょうから」

「もうわかったようなものだろう。名前と年齢は聞いたんだ」

「それは予告編みたいなもの。私にやきもきさせるには充分だけど、その子を探し当てるには足りない。でも、どうしても探し出さなきゃ」

「だとしたら、きみが責任を持ってドンから情報を引き出してくれ」スパイロが言った。

責任を持って。ドンが望んでいるのはそれだ。その少女の命を守る責任を彼女に押しつけようとしている。見も知らぬ少女を救う努力をする責任を押しつけようとしている。

――その子の名はジェーンだ
たった十歳の少女。自分をつけ狙うモンスターと闘う術さえ知らぬ幼い少女。

ほんの子どもだ。無力な子ども……

チェンの鼻柱にジェーンの拳がまともにぶつかり、血がほとばしった。「返して」チェンは悲鳴をあげ、鼻を押さえた。「フェイ、ジェーンがぶったよ。何もしてないのに、ジェーンがぶった」

「ジェーン、やめなさい」キッチンからフェイが声を張り上げた。「それに、チェン、ぐずぐず言わないの」

「返しなさいよ」ジェーンは脅すように言った。

「泥棒。こそ泥」チェンはそう言いながら後ずさりした。「フェイに言いつけてやる。おまえなんか刑務所行きだ」

「返しなさいったら」ジェーンはチェンの腹にパンチを食らわせ、チェンの手から転げ落ちたりんごをつかんだ。もう一歩で部屋から出られるというところで、フェイの声がした。

「待ちなさい、ジェーン」

溜息をつき、立ち止まる。ついていない。あとものの何秒かあれば玄関から飛び出せたのに。

「ジェーンは冷蔵庫からりんごをくすねたんだよ。おとといくらいから、ずっといろんなものを盗んでる」チェンはざまあみろとでも言いたげな笑みを浮かべた。「ねえ、警察を呼んでジェーンを逮捕してもらおうよ、フェイ」

「いろんなものって？」フェイが訊く。

「食べ物だよ。昨日はサンドイッチを鞄《かばん》に隠してた」

「本当なの、ジェーン？」

ジェーンは答えなかった。

「それに、僕のことを殴った」

「黙りなさい、チェン。だいたい、情けないじゃない。あなたのほうがジェーンより二インチも背が高いのよ」

「喧嘩《けんか》はだめだってフェイが言ったんじゃないか」チェンは頬をふくらませた。

「無駄なおしゃべりもよしなさいって言ったはずよ」フェイはポケットに手を入れ、チェンにティッシュを渡した。「行きなさい。学校に遅れるわ」

チェンは鼻を拭った。「ジェーンは昨日、学校に遅れてきた」

「ジェーンは絶対に遅刻しない子よ」

「でも、昨日は――」ジェーンの警告するような視線に気づき、チェンはドアのほうにあとずさりした。「本人に訊いてみなよ」そう言い残し、家を飛び出していく。

フェイは腕組みをした。「さて、本人の言い分は?」

「遅刻したわ」

「どうして?」

「ちょっとすることがあったから」

「どんな?」

ジェーンは黙っていた。

「食べ物をくすねたというのはほんと?」

「少しだけよ」

「あなたたち三人分の食費をまかなうために、私がどんなに一生懸命やりくりしてるか、あなたも知ってるはずよね」

「じゃあ、明日の食事はいらないわ」

「どのみちあなたはほとんど食べないじゃないの。いつもお腹を空かせてるのはチェンとラウールよ。あなたは食事を作ってもなかなか食べてくれないくせに、どうして食べ物を盗むのかしら？」

ジェーンは無言だった。

「私が小学校四年生のとき、ある腕白坊主に毎日お昼を取られた。もし同じような事情なら、わからないでも――」

「誰からもお昼を取られたりしてないわ」

フェイは弱々しく笑った。「もしされたら、鼻っ柱にパンチしてやるんでしょ」

ジェーンはうなずいた。

「何か悩みごとがあるなら、私に話してくれたら楽になるかもしれないわ」

「悩みごとなんかない」

「たとえあっても話してくれないんでしょうけど。言うだけ野暮だったわね」フェイは疲れた表情を浮かべ、額に落ちかかった髪をかきあげた。「行きなさい。遅刻よ」

ジェーンはためらった。これで食べ物を手に入れるのがむずかしくなってしまった。フェイを信用しても大丈夫だろうか。「このりんごはもらっていい？」

「理由を話してくれたらね」

「ある人にあげるの」

「誰？」

「家に帰れなくて困ってるのよ。お父さんが帰ってきてるから」

「誰なの？」

「ここに連れてきてもいい？」

「子ども？　ねえ、ジェーン、これ以上子どもが増えたらやっていけないわ。その子の家庭に問題があるなら、児童相談所に連絡しましょう。きっとご両親とのあいだに入ってくれるわ」

やっぱりフェイもわかってくれない。「連絡するだけ無駄よ。児童相談所はちょっと様子を見にいって、報告書を書くだけ。あの子がとばっちりを食うことになるわ」

「いったい誰なの？　教えて」

ジェーンはドアに向かって歩きだした。

「ジェーン、あなたの力になりたいの。私を信用して。このままではあなたがトラブルに巻きこまれてしまうわ」

「平気よ。もう学校に遅れたりしないから」

「そのことを言ってるんじゃないわ」フェイは途方に暮れたようにジェーンを見つめた。

「あなたの友だちになりたいのよ。どうしてわかってくれないの？　どうしてそう何もかも一人で抱えこむの？」

「りんごはもらっていい？」

「そんなことを許してたら——いいわ、持っていきなさい。だけど、今度チェンをぶったら承知しないわよ」

「わかった」ジェーンはドアを開け、階段を駆け下りた。フェイの落胆した顔を見るのは辛かった。ほんの一瞬、フェイがわかってくれ、力を貸してくれるのではないかと期待した。期待するほうが間違っていた。他人を当てにしてはいけない。頼れるのは自分一人だ。

少なくともフェイは、ほかの大人とは違い、りんごを取り上げようとはしなかった。しかし、マイクに食べさせるものをフェイの冷蔵庫から持ち出すことはこれでできなくなった。ほかを探さなくてはならない。

ジェーンは額に皺を寄せ、どうしたものかと考えた。

6

ドンからの次の電話がようやくかかってきたのは、四十八時間以上もたってからだった。

「贈り物は気に入ってもらえたかな」ドンが尋ねた。

「いいえ、見るのもいやだったわ。そう期待してたくせに」

「自分の肉と血に嫌悪を覚えるとはどういうことだね？　おっと、口が滑った。肉はない。血もない。骨だけだったな」

「で、誰なの？」

「言ったろう、ボニーだよ」

「違うわ、とぼけないで。ジェーンというのは誰かと訊いてるの」

「あの子もボニーかもしれないんだがな。考えてごらん、もしボニーが生まれ変わ——」

「姓はなんというの？」

「顔立ちは前ほど美しくはないが、赤毛がそっくりだ。あいにく今回は、きみのボニーだったときほど幸せな人生を歩んではいない。いまの里親で五軒めだ」ドンは悲しげに舌打ちをした。「可哀想に」

「どこにいるの？」

「きみにもなじみのある場所だ」

イヴの背筋が凍りついた。まさか墓のなか？「生きてるんでしょうね」

「もちろんさ」

「いまそこにいるの？」

「いや、いまのところ、観察しているだけだ。なかなか見どころのある子でね。きみも気に入ると思うよ、イヴ」

「その子の姓を教えて。あなただって教えたくてうずうずしてるんでしょ」

「知りたいならそれなりの努力をするんだな。それもゲームの一部だからね。警察を巻きこんだりして私の神経を逆なでしないことだ。きみの母性本能がきみを可愛いジェーンのもとへ導いてくれるはずさ。あの子を探すんだな、イヴ。私の我慢の限界がくる前に」電話は切れた。

イヴは終話ボタンを押した。

「だめだったか」ジョーが訊く。

イヴは立ち上がった。「アトランタへ行きましょう」

「どうして？」

「その子は私にもなじみのある場所にいると言ってたわ。私にとってどこよりもなじみがある場所といえばアトランタよ。児童相談所に知り合いはいない？」

ジョーは首を振った。

「誰か力を貸してくれそうな人はいないかしら。その子はいま五軒めの里親のところで暮らしてるらしいの。記録が残ってるはずだわ」

「マーク・グルナードに相談してみよう。マーク以上に情報を掘り出すのがうまい知り合いはほかに思いつかないし、あいつはどこにでも顔がきく」

「電話してくれる?」

「なあ、いまの状況ならアトランタ市警も協力するはずだぞ。あの骨がデヴォン少年のものと判明したんだ、知らぬ顔はできない」

「警察を巻きこむなと言われたの。自力で探せということ。ドンにとってこれは一種のゲームなのよ」

「僕がその子を探しにいくと言ったら、きみはここに残ってくれるかい?」

「言ったでしょう。それではドンが納得しないわ。私に探せと言ってるのよ、彼は。私が自分で探せと」

「奴の言うなりになることはないさ」

「その子の頭が箱に入って送られてくることになっても?」イヴは震え声で言った。「そんな危険は冒せない。私がその子を見つけなくちゃ。それも大急ぎで」

「わかった。ただし、僕も一緒に行く」ジョーは受話器を取った。「きみは歯ブラシと着替えを鞄に詰めてろ。マークには僕から電話して、先に調査を始めてもらえるよう、必要なことを伝えておくよ」

「どこかで会う約束をして。その子を探す努力をしている姿をドンに見せておきたいから。私を監視しているはずだもの」

「そいつは簡単だ。言ったろ、できるだけ早くきみに会う機会を作るとマークに約束したんだ。アトランタの僕のアパートに来てもらうことにしよう」

ジョーの部屋は、通りを挟んでピードモント公園を見下ろす豪奢《ごうしゃ》な高層マンションにあった。警備員のいるゲートを通って地下駐車場に車を停め、エレベーターで七階に上る。

「やっと来たか、ジョー。一時間も前から待ってたよ」マーク・グルナードが明るい笑みを浮かべて二人を迎えた。「こんなに待たせるなんて、僕がこの街の名士だってことを忘れたのか？」そう冗談を言って、イヴに手を差し出した。「お会いできて光栄です、ミズ・ダンカン。こんなきっかけでお会いすることになったのは残念ですが」

「ほんとね」イヴは彼の手を握った。記憶にあるとおりの容貌だった。引きしまった長軀《ちょうく》、視聴者を魅了する笑顔。年齢はおそらく五十代前半だろう。青い目のまわりの笑い皺だけが、若々しい主の実際の年齢を暴いていた。「力を貸してくださるそうで、感謝しています」

「断るなんて愚かなことはしませんよ。これは大スクープだ。エミー賞ものの独占インタビューのチャンスなど、めったにめぐってくるものではありません」

「ほかのレポーターは？」ジョーが尋ねる。「ここで話しても安全かな」

「大丈夫だろう。昨夜のニュースで、彼女がデイトナ・ビーチにいるという情報もあると嘘をばらまいておいたから」グルナードは眉間に皺を寄せた。「この件で、バーバラ・アイズリーに連絡してみた。児童相談所長さ。ただ、すんなりとはいきそうもない。ファイルは一切公開できないと断られた」

お役所ときたら――イヴはいらだちを覚えた。子どもの命が危ないというのに、いまいましい規則を犯すのが怖いのだ。「なんとか説得できないかしら」

「バーバラ・アイズリーは頑固でね。そのまま新兵の訓練係にもなれそうな女だ。裁判所命令は取れないのか?」

ジョーは首を振った。「裁判所や警察には頼れない。そうすればドンがその子をどうにかするんじゃないかとイヴは恐れている」

「バーバラ・アイズリーという人の協力がどうしても必要なの」

「すんなりとはいかないとは言ったが、不可能だとは言ってないぞ」グルナードが言った。

「根気よく説得しなくてはならないだろうが」

「ミズ・アイズリーに会えるかしら」

グルナードはうなずいた。「そういう話になるだろうと思ってね。今夜、食事の約束をしておいた」ジョーが抗議しかけたのを見て、グルナードは片手を上げた。「わかってる。イヴを人目の多い場所には連れていけない、だろ。アトランタからすぐのチャタフーチー川沿いに、知り合いが経営しているイタリア料理店がある。そこなら美味《うま》いパスタと完璧なプライバシーを用意してくれるはずだ。それならいいだろう?」

「いいだろう」ジョーはアパートの鍵《かぎ》を開けた。「通りを挟んだ公園のなかで、六時に拾ってくれ」

「かならず行くよ」

エレベーターに向かうグルナードの後ろ姿を見送ってから、イヴはジョーのあとから部屋に入った。「彼はとても」――イヴは適当な言葉を探した――「頼れそうな人ね」

「だからあんなに人気があるのさ」ジョーは玄関に鍵をかけた。イヴは室内を見まわした。

「驚いた。もう少しなんとかしたらどうなの、ジョー。まるでホテルの部屋みたい」

ジョーは肩をすくめた。「言ったろ、ここには寝に帰っているようなものだって」そう言ってキッチンに向かう。「コーヒーを淹《い》れて、サンドイッチを作ろう。バーバラ・アイズリーと食事をするんじゃ、まともに食べる暇があるか疑問だからね」

イヴもジョーのあとを追うようにキッチンに入った。いまも食欲があるわけではなかったが、腹に何か入れておいたほうがいい。体力がなければ勝負にならない。「アイズリーという人には以前にも会ったことがあるような気がする」

「いつ？」

「何年も前。子どものころよ。たしかあのケースワーカーの名前は……」イヴはかぶりを振った。「違ったかしら」

「覚えてないのか？」

「その時期の記憶の大部分を奥のほうに封印してしまったから」イヴは顔をしかめた。「あまり幸せな時期ではなかった。ママと私は引っ越しを繰り返してた。児童相談所は、コカインと手を切れないなら、私を取り上げて里親に預けると毎月のようにママを脅していたわ」

イヴは冷蔵庫を開けた。「みんな腐ってるじゃないの、ジョー」

「じゃ、トーストにしよう」

「パンにかびが生えていなければね」

「そう悲観的になるなって」ジョーはパンケースを開けた。「ちょっとかび臭いだけさ」パンをカウンターの上のトースターに放りこむ。「きみの子ども時代の惨状を思うと、里親に引き取られたほうが幸せだったかもしれないな」

「そうね。でも、私はママのそばを離れたくなかった。一時期はママを恨んだりもしたけど、やっぱり自分の母親だもの。子どもはね、他人と暮らすくらいなら肉親といたいと思うものなのよ」冷蔵庫からバターを取り出す。「虐待されている子どもを両親から引き離すのがむずかしいのはそういうわけ。そのうち万事解決すると信じていたいのよ」

「だが、最後までうまくいかないこともある」

「ジェーンという子の場合もそのようね。里親を四度も転々としたなんて」イヴは窓の前に立ち、通りを見下ろした。「子どもにとって世間がどれだけ厳しいものか、あなたにはわからないと思うけど、ジョー」

「わかるよ。僕は警察官だ。現実を目の当たりにしてきた」

「でも、経験したわけじゃない」イヴは肩越しに彼に微笑みかけた。「そうよね、お金持ちのお坊ちゃま」

「人を見下したな。僕が選んだことじゃないのに。親に僕を勘当させようとしてはみたが、失敗した。代わりにハーバードに送られたよ」ジョーはコーヒーメーカーのプラグをコンセントに差しこんだ。「それでも最悪の事態は免れたんだ。なんと言っても、うちの親は僕をオクスフォードに行かせようと考えていたらしいから」

「悲運ね」イヴはまた窓の外を見つめた。「ご両親の話を聞くのは初めてだわ。あなたが大学生のとき亡くなったんだったわね」

ジョーはうなずいた。「ニューポート沖でボートが転覆して」

「どうしてご両親のことを話してくれないの?」

「話すことがないからさ」

イヴは振り返ってジョーと向かい合った。「ねえ、ジョー。あなただって大人の状態でアトランタに突然生まれてきたわけではないでしょう。これまでに幾度もご両親の話やあなたの子ども時代のことを聞き出そうとしたわ。なのにあなたはそうやってごまかそうとする。どうしてなの?」

「意味のある話題ではないからだよ」

「私の子ども時代と同じくらい意味のあることだと思うけど」

ジョーはにやりと笑った。「僕にとっては無意味なんだ」

「私にしてみれば、あなたは五〇パーセントの友人だわ。あなたは私のことを何から何まで知ってるのに。私を締め出そうとするのはやめて」

「過去に生きることに意味があるとは思えない」

「あなたが何も話してくれないうちは、あなたを本当に理解することはできないわ」

「おかしなことを言わないでくれ。きみは僕をよくわかってくれてるじゃないか」ジョーはおかしそうに笑いながら続けた。「だいたい、僕らはもう十年以上も一緒にいるんだ」

また話をそらすつもりだ。「ジョー」

彼は肩をすくめた。「うちの両親のことを知りたいって?　実は僕もよく知らないんだよ。

僕が無邪気なおちびちゃんでなくなった瞬間から、両親は僕に興味を失った」食器棚からカップを下ろす。「あの二人を責める気はないよ。僕は手のかかる子どもだったからね。要求の多いガキだった」

「あなたが要求の多い子だったなんて、想像もできない。だって、いまのあなたは自立心が旺盛すぎるくらいだもの」

「想像しろよ。それを受け入れろ」彼はコーヒーをカップに注いだ。「他人にあれこれ要求する点はいまも変わっていない。それを隠して生きる術《すべ》を身につけただけさ。座れよ。トーストができた」

「あなたに何かを要求された覚えは私には一度もないんだけど」

「きみには友情を要求している。一緒にいてくれることを要求している。だが、何より生きていてくれることを要求したいね」

「そこまで他人を思いやった要求は生まれて初めて聞いたわ」

「それはどうかな。僕はたぶん、きみが生まれてこのかた出会った人間の誰よりも利己的な男だ」

イヴは微笑み、首を振った。「絶対に違うわ」

「きみの目をうまくごまかせてるらしくて安心したよ。しかし、ずっと僕にだまされてきたことにきみが気づく日はかならず来る。どうせきみたちスラム育ちの子どもは、僕ら金持ちの子どもは信用できないと思っているだろうし」

「またそうやってはぐらかす。どうしてそうなの?」

「僕は自分に飽き飽きしてるんだ」ジョーはあくびをして見せた。「お気づきでない場合に備えて申し上げておきますが、小生は死ぬほど退屈な男でございます」

「そんなことはないわ」

「たしかに、冗談はうまいし、このうえなく知的な男ではある。だが僕の育った環境は退屈そのものだよ」ジョーはイヴの向かいの椅子に腰を下ろした。「さて、バーバラ・アイズリーはどうなった？　何か思い出したか？」

頑固者。ジョーはこの先も、いま話した以上のことを彼女に聞かせる気はないのだろう。イヴはこれまで幾度となくこの話をしたときと同じく、撤退することにした。「言ったでしょ。同じ人だって自信があるわけじゃないのよ。数えきれないくらいのケースワーカーに会ったし、それにね、どの人も長続きしなかったわ。無理もないわね。テクウッドは安全な住宅街とはとても言えなかったから」

「よく思い出してみろ」

「威張り屋ね」子ども時代を過ごしたあの地獄のような場所のことを思い出すまいとして、いつまでも意地を張ってもしかたがない。イヴは記憶を呼び覚ました。土埃《つちぼこり》。ひもじさ。ネズミ。不安とセックスとドラッグの臭い。「ケースワーカーの一人だったような気がする。三十代後半の女性がいたのを覚えてるわ。あのときの私は、あの人は年寄りだと思ってた。マーケット通りの家で暮らしていたときに来た人だわ。私は九歳か十歳だった……」

「情けのわかる人だったか？」

「そう思う。たぶん。私は自分のことで手一杯で、他人のことなど見ていなかった。ママや社会全体に腹が立ってならなかった」

「そうなると、今夜、アイズリーと心を通わせるのはむずかしいかもしれないな」

「心を通わせる必要はないわ。ファイルを公開して、その少女を救う手がかりをくれるよう説得するだけで充分。だって、時間がないのよ」

「落ち着け」ジョーはテーブルの上のイヴの手をそっと握った。「いずれにしろ、ファイルはかならず今夜のうちに手に入れる」

イヴはぎこちなく微笑んだ。「彼女が協力してくれなかったら、児童相談所でウォーターゲート事件が再現されるってところかしら」

「かもな」

彼はそのつもりでいる。イヴの顔から笑みが消えた。「よして、ジョー。あなたが面倒に巻きこまれるなんていやよ」

「いいか、腕がよければ捕まりっこない。捕まらなければ面倒にも巻きこまれない」

「簡単に言うのね」

「世の中ってのはそのように簡単にあるべきだ。子ども一人の命を守るためだ、多少の危険は冒して当然だよ。きみがうまく説得できれば、僕も夜盗の真似ごとなどせずにすむだろう。わからないぞ。バーバラ・アイズリーはマークが言うほど手ごわい相手ではないかもしれないだろう。従順な子猫ちゃんかもしれない」

「お断りよ」バーバラ・アイズリーは言った。「誰に頼まれたって記録は開示しないわ。あと一年勤めれば年金がもらえるの。いまさら危ない橋を渡るなんて」

アイズリーが従順な子猫ちゃんなどでないのは明らかだった。イヴの心は沈んだ。グルナードに紹介された瞬間から、アイズリーはファイルの話をひたすら避けた。デザートが出たあとになってようやくジョーがその話題を持ち出すと、彼女は槌《つち》を振り下ろす裁判官のようにきっぱりと拒絶した。

「なあ、バーバラ」グルナードが微笑みかける。「子どもの命を救うために小さな規則違反を犯したからって、誰もきみの年金を取り上げやしないってことくらい、きみにもわかるだろう。だいたい、きみは相談所の最古参じゃないか」

「だめよ。市長や市議会をうまく味方につける才覚はないもの。あの人たちはね、私の首を切る口実を探してるのよ。ここまで長くやってこられたのは、市民に知られてはいけない政治の裏取引を一つ二つ知っているからってだけ」アイズリーは責めるような目でマークを見つめた。「それに、あなたは二年前のあの児童虐待事件で、私の言ったことをそのまま放送したじゃないの。おかげで児童相談所が怠慢だったみたいに思われたわ」

「しかし、あれをきっかけに大々的な改革が実現したろう。きみも改革を望んでいたじゃないか」

「改革ついでに、私の立場も危うくなった。何も言うんじゃなかったと後悔してる。ああいう賭《か》けに出るのはもうごめんだわ。何もかも規則どおりに進めることにしたの。たとえば今日、この件であなた方に協力すると、明日には世間がそのことを材料に私を陥れようとする。年金なしの老後なんて願い下げよ。公営老人ホームでどうにか生きながらえているお年寄りをいやというほど見たわ。ああなりたくないの」

「それなら、なぜ食事の誘いに応じたんです？」ジョーが訊く。

「食費が浮くからよ」アイズリーは肩をすくめた。「それに好奇心もあった」彼女はイヴのほうを向いた。「あなたのことは新聞記事で読んで知ってたわ。だけど、マスコミというのは華々しく書き立てがちなものでしょ。だからあなたがあの後どうしてるか、自分の目で確かめてみたいと思ったの。私を覚えてる？」

「ええ、覚えてます。でもあのころとは変わったみたい」

「あなただってそれは同じ」アイズリーはイヴの顔をまじまじと見た。「気むずかしい子どもだった。いつだったか面談したとき、あなたは私の顔をじっと見てるだけで何も答えてくれなかった。この子も十四歳までには売春か麻薬密売をするようになるだろうと思ったわ。もう一度あなたと話ができればよかったのだけれど、ほかにもたくさんの案件を抱えていたの」アイズリーは悲しげに付け加えた。「いつだってこなしきれないくらいの案件があった。面倒を見きれないくらいたくさんの子どもたちがいた。大部分の子どもを救えずに終わったわ。親から子どもを引き離しても、裁判所がまたすぐに親のところへ返してしまう」

「それでもあなたはあきらめない」

「希望を捨てることができないお馬鹿さんだからよ。これだけ長く働いていれば、いい加減に学ぶだろうと思うでしょう？　あなたは無事にきちんとした大人になった。でも、それは私が手を貸したからではないのよ」

「ときにはあなたのおかげで救われる子もいるはずよ」

「そうね」

「今回だって一人の子どもを救えるかもしれないわ。一人の女の子の命をね」

「裁判所命令を取ってちょうだい。それほど大切なことなら、すんなり下りるはずよ」

「それはできないの。正式な手続きを踏むことはできないと、さっきもお話ししたでしょう」

バーバラ・アイズリーは無言だった。

「もういい。ファイルを渡すおつもりがないことはわかりました。しかし、問題の少女について、何か思い出せることならあるでしょう」ジョーが言った。

アイズリーの顔にいわく言いがたい表情が浮かんだ。「私はもう個々の案件は扱わないの。書類仕事だけで手一杯だから」

イヴは身を乗り出した。「でも何か覚えているでしょう」

アイズリーは少し間をおいてから口を開いた。「二年前、ある里親家庭から幼い女の子を引き取らざるをえなくなってね。女の子の世話をしていた夫婦は、その子が問題ばかり起こして言うことを聞かないと主張した。私はその子を相談所に引き取って面談したわ。本人は何も話そうとしなかったけど、体じゅうに痣《あざ》があった。病歴を確かめると、その前年に二度、グレイディ病院で骨折の治療を受けていたことがわかったの。私はその子を別の家庭に移すよう指示したわ。同時に、問題の夫婦も里親候補のリストから排除した」アイズリーは微笑んだ。「この子は根性の据わった子に違いないと思ったのを覚えてるわ。あの夫婦に抵抗し続けたんだもの」

「その子の名前は？」

アイズリーはイヴの質問を黙殺した。「頭のいい子だった。ＩＱが高くて、学校の成績も優秀だった。問題を起こし続ければ、あの夫婦もいつか自分を食事券代わりに利用するのをあきらめるだろうとわかっていたのね」

「その子は別の里親に引き取られたのね？」

「そうするしかなかった。相談所が仲介する里親には、子どもを虐待するような人はめったにいないわ。それでも間違いは起きる。私たちはベストを尽くすしかないの」

「名前を教えて」

アイズリーは首を振った。「裁判所命令でもないかぎり教えられないわ。私が思っている子と違ったらどうするの？」

「合っていたら？　その子は死ぬかもしれないのよ、わからない？」

「私は全人生を不幸な子どものために捧げてきたわ。これからは自分のことを考えたいの」

「お願い」

アイズリーはまた首を振った。「ずっと働きすぎだった。いまも働きすぎよ」短い間。「所長ともなれば、仕事を家に持ち帰ることはもうないと思うでしょう？」そう言って椅子にもたせかけた自分のブリーフケースのほうを見やる。「だけど、見直しをしなければならない古い記録がコンピューターのディスクに入ってるの。今夜もまた残業ね」

イヴの胸に希望の火が灯った。「同情するわ」

「この仕事はそういうものだもの」アイズリーが立ち上がる。「今夜は楽しかったわ。お役に立てなくて残念だけど」そう言って微笑む。「化粧室に行くわ。私が戻るころにはあなた方はもう帰っているでしょうね。女の子が無事見つかることを祈ってる」アイズリーはイヴの目をまっすぐに見つめた。「そう言えば、あの子と会ったとき、なんとなくあなたを思い出したの。大きな瞳でじっと私を見ててね、いまにも殴りかかってくるんじゃないかと思った。あなたと同じ、タフで――どうかした？」

イヴはかぶりを振った。

バーバラ・アイズリーはマークのほうを向いた。「食事をごちそうさま。だけど、あの件で私のコメントを流したことがこれで帳消しになったなんて思わないでちょうだいね」アイズリーは背を向けると、テーブルの合間を縫うようにして化粧室に向かった。

「やったわ」イヴはブリーフケースに手を伸ばした。鍵はかかっておらず、蓋《ふた》の裏側の革ポケットにディスクが一枚だけ入っていた。バーバラ・アイズリーに感謝しなくては。イヴはディスクをバッグに入れた。「これを持っていけってことよね」

「いや、盗んでいけってことだよ」ジョーはそうつぶやき、紙幣を何枚かテーブルに置いた。「盗まれたのなら、彼女の老後も安心ってことね」イヴはマークのほうを向いた。「ノートパソコンを持ってる？」

「車のトランクにある。いつもトランクに入れて持って歩いているんだ。駐車場に戻れば、すぐにでもディスクの中身を見られるよ」

「よかった。明日にでもバーバラ・アイズリーのオフィスに寄って、このディスクを机に返してきてくれる？　あの人の立場が危うくなったら申しわけないもの」イヴは立ち上がった。

「行きましょう。彼女が戻ってくる前に店を出たほうがいいわ。気が変わりでもしたら大変」

「それはないと思うが」ジョーが言った。「子どものころ、きみはよほど強烈な印象を残したらしいからね」

「ジェーンが、かもしれないけど」イヴは出口に向かった。「あるいは、たまたまあの人が、間違ったことだらけの世の中で正しいことをしようと頑張っているだけのことかもしれないわ」


ディスクには二十七件分の記録が入っていた。マークが最初の十六件に目を通し終えるころには、二十分が過ぎていた。

「ジェーン・マグワイア」マークは画面から読み上げた。「年齢は合ってる。いまの里親で五軒め。特徴も符合するな。赤毛、薄茶色の目」

「印刷できる?」

マークはコダック製の小型プリンターをノートパソコンに接続した。「現在はフェイ・シュガートンという女性の家に住んでいる。ジェーン以外にも二人の子どもを引き取ってるな。チェン・イトウ、十二歳。ラウール・ジョーンズ、十三歳」

「住所は?」

「ルーテル通り二四八番地」印刷された用紙を破り取り、イヴに渡す。「市街図で確かめるかい?」

イヴは首を振った。「この通りなら知ってるわ」ドンは彼女にもなじみのある場所だと言っていた。「私が子どものころ住んでいた界隈《かいわい》よ。行きましょう」

「今夜会うつもりか?」ジョーが訊いた。「もう零時近い。見も知らぬ人間に夜中に叩き起こされて、フェイ・シュガートンという女性が快く迎え入れてくれるわけがない」

「どう思われたってかまわないわ。そんなことより――」

「会ってなんと言うつもりだ?」

「決まってるでしょう。ドンのことを説明して、危険が去るまでジェーンを預からせてくださいって頼むのよ」

「その子のことを少しでも気にかけている里親なら、そう簡単に子どもを渡さないだろう」

「だったら一緒に説得して。その子を無防備な状態で放っておくわけには――」

「フェイ・シュガートンの承諾が必要だ」ジョーは静かに言った。「出足でいきなりつまずくのはどうかな」

よし、落ち着いて考えてみよう。ドンがこれほど手のこんだ策を練ったのは、イヴとジェーン・マグワイアを引き合わせるためだ。とすると、彼が次に動くのは、たぶん――

いい、たぶん? 推測に頼って子どもの命を危険にさらしていいわけがない。彼はいまこの瞬間にも、ルーテル通りのその家の前に立っているかもしれないではないか。「やはり今夜のうちに行きたいわ」

「それは得策とは――」マークが言いかけた。

イヴはその言葉をさえぎった。「何も起きていないことを確かめておきたいだけ。家の人を叩き起こしたりはしないわ」

マークは肩をすくめ、エンジンをかけた。「おっしゃるとおりにいたしましょう」

ルーテル通りのその家は小さく、ポーチの階段に塗られた灰色のペンキは剝げかけていた。しかしそれにさえ目をつぶれば、清潔で手入れの行き届いた住宅と見えた。ポーチに並んだプラスチックの籠《かご》から、鮮やかな色をした作り物の観葉植物の枝が垂れ下がっている。

「安心したかい?」マークが尋ねた。

通りは閑散としていた。不審な車や人影もない。安心はできなかったが、不安は軽くなった。「ええ、大丈夫そうね」

「よかった。きみとジョーをアパートまで送ろう。僕はそのあとここへ戻って見張りをする」

「だめ。私も残るわ」

「そう言うだろうと思った」ジョーは電話を取り出した。「覆面車を要請するよ。今夜はこの通りを警戒してもらって、もし少しでも怪しい動きがあればあの家に踏みこんでくれるように頼んでおく。それならいいだろう?」

「僕も残ろう」マークが言った。

イヴは二人の顔を見くらべながら迷った。やがて車のドアを開けた。「いいわ。何かあったら電話してね」

「歩いて帰るつもりかい? 車で送るよ」

「タクシーを拾うわ」

「この界隈で？」

「拾える場所まで歩くわ。あなたにここを離れてもらいたくないもの」

マークはジョーを振り返った。「なあ、この地域をうろうろするのはよくないってきみからも言ってやってくれ。このへんは危ないんだ」

「ジェーン・マグワイアは生まれたときからずっと、毎日この界隈をうろうろしてるのよ」イヴはそう指摘した。「だけどちゃんと生き延びてる」何年も前、イヴが無事に生き延びたと同じように。思い出が堰《せき》を切ったようにあふれ出してくる。

「覆面車は五分後に来るそうだ」ジョーが電話を終え、イヴとともに車を降りた。「心配はいらない。イヴは僕が守る」マークにそう伝える。「いや、僕が守ってもらう側かな。ここはイヴの縄張りだから」

「明日八時にまた来るわね」イヴは通りを歩きだした。昔とほとんど何も変わっていない。歩道のひび割れから雑草が顔を出し、チョークで書いた卑猥《ひわい》な落書きが路面を埋めている。

「ここから文明世界に戻るにはどう行けばいいんだ？」ジョーがイヴと並んで歩きだす。

「あなたがいまいるここは文明世界よ、お坊ちゃま」イヴは言った。「本当のジャングルがあるのはもう四ブロック南。私がいま北に向かって歩いてることに、あなたもそのうち気がつくわ」

「きみが住んでいたのは？」

「南よ。あなたは警察官でしょう。このあたりには用事が多いはずだけど」

「徒歩では初めてだ。このあたりの連中は警官を狙って撃ってくる……たがいに殺し合うのに忙しくないときには、だが」

「〝連中〟ね。曖昧《あいまい》な呼び方。この地域の住民全員が犯罪者というわけではないのに。ほかの人たちと同じように、暮らし、生きていくだけ。なのにどうして——」

「待てよ。僕がどの連中の話をしてるかくらい、わかるだろう。どうしてそう突っかかる？」

たしかにそうだ。「ごめんなさい。忘れて」

「いや、忘れちゃいけないことだと思うよ。きみは自分がいまもルーテル通りの住民みたいな言い方をしていた」

「ルーテル通りに住むなんて、そんな幸運には最後まで恵まれなかったわ。言ったでしょ、こっち側は山の手なの」

「言いたいことはわかるだろう」

わかっている。「ボニーが生まれた直後に引っ越して以来、ここに来るのは初めてなの。こんな気持ちになるなんて思わなかった」

「どんな気持ちだ？」

「何十年も前の、子どもの私に戻ったみたいな気分」イヴは虚ろな笑みを浮かべた。「攻撃的な気分」

「バーバラ・アイズリーはジェーン・マグワイアを同じように評した」

「ジェーンが先制攻撃をしたくなるのも無理はないと思うわ」

「そう、そのことには異論はないよ。ただ僕が言いたいのは、久しぶりにこの界隈に来たことがきみの気持ちにどんな影響を及ぼしたか分析してみろということだ。きみ対社会の闘いの再現じゃないか」ジョーはゆっくりとした口調で付け加えた。「あるいはきみとジェーン・マグワイア・チーム対社会」

「馬鹿な。その子に会ったこともないのよ」

「このまま会わないほうがいいのかもしれない。明日の朝は僕が一人でジェーンに会いに行ってもいい」

イヴは彼の顔を見つめた。「何が言いたいの？」

「ドンがこの地域の出身者を選んだ理由はなんだ？　きみがここを訪れるよう仕向けたわけは？　考えてみろよ」

イヴはしばらく無言のまま歩いた。「ジェーンに同情を抱かせようという魂胆だわ」かすれた声でつぶやく。いや、すでに少女に同情を感じている。イヴもジェーンもこの同じ通りを歩き、愛情に飢え、貧困に苦しんで、淋しさと心の傷を乗り越えようともがいた。「それが狙いだわ。輪廻の話を聞かせておいて、ジェーン・マグワイアを選ぶ。子どもを殺し、その死の責任を私に押しつけるだけでは物足りないのよ。その子に情が移るのを待ってるんだわ」

「僕もそうじゃないかとにらんでいる」

どこまでも卑劣な男だ。「娘を殺されたような思いをまた味わわせてやろうというわけね」

イヴは両手を握りしめた。「あの男は、もう一度ボニーを殺そうとしているんだわ」

「だから、きみはジェーン・マグワイアと会わないほうがいい。いまももうその子を愛しく思いはじめている。まだ会ったことさえないその子を」

「距離をおけばいいわ」

「できるものか」

「そうむずかしいことではないわよ、ジョー。その子が十歳のころの私とそっくりだとすればね。あのころの私は近寄りがたい子どもだったと思うもの」

「僕なら近づけたな」

「そうしたら私はあなたの目に唾を吐いたでしょうね」

「とにかく、きみはその子と会わないほうがいい」

「会わずにはすませられないわ」

「たしかに」ジョーは険しい声で言った。「奴は、ほかの選択肢をすべて奪った」

出口はたった一つしかないわけだ。

いや、そんなことはない。ほかにもあるはずだ。この界隈からの出口だって見つかったではないか。ボニーが殺されたあと、正気の世界へ戻る出口だって見つけた。あの尊大な男の罠にはまってたまるものか。ジョーは間違っている。彼女はたしかに子どもが好きだが、情に流される人間ではない。ジェーン・マグワイアの命を救い、あのモンスターを叩きのめすことだってできる。まだ顔を見たこともないその少女とのあいだに距離をおきさえすればいい。

しかし、ドンはジェーンとのあいだに距離をおこうとはしないだろう。彼の影がつねにジェーンの周囲につきまとうことだろう。

そのことを考えてはいけない。明日、ジョーと一緒にフェイ・シュガートンに会いに行こう。ジェーン・マグワイアには警護がついている。いまごろはぐっすり眠っているはずだ。

今夜、ジェーンに危険が及ぶことはない。

おそらく。


「探したわよ、マイク。教会のそばの路地に移りなさいって言ったのに」ジェーンは大きな段ボール箱の脇に座った。「ここは危ないでしょ」

「でも気に入ってるんだ」マイクが答えた。

「人がたくさんいるところのほうが安全よ」

「こっちのほうがうちに近い」マイクはジェーンが差し出した紙袋をひったくるようにして受け取った。「ハンバーガー?」

「スパゲッティ」

「ハンバーガーのほうが好きだな」

「手に入るもので我慢して」正確には、盗めるもので、か。厳密に言えばこれは盗みではないはずだ。〈クサネッリ〉は残りものを捨てず、貧困者向けの給食サービスや、救世軍に寄付しているのだから。「早く食べて。そのあと教会の近くに引っ越しよ」

マイクはすでにスパゲッティを頬張っていた。「ずいぶん遅かったね」

「レストランが閉まるまで待たなくちゃいけなかったから」ジェーンは立ち上がった。「帰らなくちゃ」

「もう？」マイクが肩を落とす。

「教会の近くに移動してれば、もう少しいてあげられたわよ。でももう真夜中だから」

「フェイはいったん熟睡したら起きないって言ってたじゃないか」

それはたぶんそうだ。「出入りできる場所はキッチンの窓しかないんだけど、キッチンの隣りはチェンとラウールの部屋なの」

「ジェーンが怒られたりしたら僕も困る」

そうは言いつつ、内心では心細くて、もう少し一緒にいてほしいのだ。ジェーンは溜息をつき、また腰を下ろした。「じゃ、それを食べ終わるまで」そう言って煉瓦の壁に寄りかかる。「その代わり、教会のそばの路地に行ってね。一人きりは危ないよ。変な人がそこらへんをうろうろしてるから」

「言われたとおり、怪しい人を見たら走って逃げてるよ」

「でも、ここじゃ大声で叫んでも誰にも聞こえない」

「僕なら平気だよ。怖くないもん」

マイクにはわからなくて当然だ。マイクにとって恐怖とは、父のいる家だ。それにくらべれば、ほかの場所はどこも安全なのだ。まあ、今夜ひと晩くらいなら大丈夫だろう。この前の変態の姿も、この二、三日は見かけない。「お父さんは、帰ってくるといつもどのくらい家にいるの？」

「一週間かな。二週間のときもある」

「もう一週間たったわ。そろそろいなくなったんじゃない？」

マイクは首を振った。「昨日、学校のあと見に行ってみた。ポーチにママと座ってたよ。向こうは僕に気がつかなかったけど」

「お母さんは気づいた?」

「たぶんね。でもすぐに目をそらした」マイクはスパゲッティにじっと目を凝らした。「ママのせいじゃない。ママだって怖いんだ」

「そうね」

「パパさえいなくなればまた大丈夫だよ」

大丈夫なはずがない。マイクの母親はピーチツリーあたりで客を拾う売春婦で、家に帰らない夜のほうが多い。それでもマイクは母親をかばう。幼い子どもの目には、親の真の姿が決して見えないらしいことには、毎度のことながら驚かされる。「食べ終わった?」

「まだ」

ひと口分だけ残してある。ジェーンにまだいてもらいたくて、食べずにいるのだ。

「また星の話をして」

「読み方を勉強すれば、自分で読めるのよ。学校の図書館に行けば、星座の伝説の本があるの。読み方を勉強しなきゃね、マイク。だけど学校に行かなくちゃ勉強はできない」

「今週は一度さぼっただけだよ。馬に乗った人の話をして」

本当なら、すぐにでも帰るべきだった。明日も学校がある。この分では、フェイに起こしてもらう時刻まで、ほんの数時間しか眠れそうもない。昨日は三時間目にうとうとしてしまい、ブレット先生に怒鳴られた。

マイクが体をすりよせてくる。淋しいのだろう。それに、強がりを口にしていてもやはり怖いのだ。しかたがない。少なくともこうしてそばにいてやれば、変態がマイクに忍び寄ったらと心配しなくてすむ。「あと少しだけよ。ただし、この路地ではもう寝ないって約束して」

「約束する」

ジェーンは空を見上げた。マイクに負けず劣らず星空を眺めるのが好きだった。カーボニー家に引き取られるまでは、星の美しさになど気づかずにいた。窓から空を見上げ、そこに描かれた絵を眺めて不安を紛らわせた。その後、図書館で星座の本を見つけた。本はなおも不安を遠ざけてくれた。本と、満天の星。どちらも彼女を励ましてくれた。マイクも慰められるに違いない。

今夜は快晴だった。いつもより星が明るく輝いているように思える。明るく、汚れなく、ルーテル通り沿いの路地から遠い彼方で輝いている。

「馬に乗っている人は射手座っていうの。だけどね、本当は馬に乗ってるわけじゃないのよ。体の半分が馬で、もう半分が人。ほら、あそこに星が並んでるでしょ？　あれが射手座の弓の弦でね……」

7

「は？」フェイ・シュガートンは三人の訪問客をぼんやりと見返した。「ジェーンがなんですって？」

「危険なんです」ジョーとマークに挟まれてソファに座ったイヴは、そう繰り返した。「信じてください」

「どういうことなの？　年齢が一致して、赤毛で、この家に来る前に四軒の里親を渡り歩いたから？　くじ引きでたまたまジェーンの名前が当たったとでも言われたほうがまだ信じられるわ」

「特徴はすべて一致しています」ジョーが口を添える。

「市の記録だけでなく、郡の記録も確かめたんですか？」

「ドンはこの地域の子どもを選んだはずです」

「そうかもしれないし、違うかもしれない。郡のなかにも特徴が一致する子どもがいるかもしれないわ。調査が足りないんじゃないかしら」フェイは腕組みをした。「それに、あなたに電話してくるというその男が、ただのいかれた悪戯《いたずら》好きでないとは言いきれないわけでしょう」

「タラディーガに男の子の遺体が二つ埋められていることを知っていました」

「だからってジェーンをつけ狙っていることにはならない」

「そうでないほうにジェーンの命を賭けるとおっしゃるの?」

「まさか」フェイはイヴを見つめた。「でも、はいそうですかとジェーンを渡すつもりもないわ。そうするしかないと納得するまではね。あの子は二歳のときからあちこちの里親をたらいまわしにされてきた。いまは私があの子の保護者なの。また家を失ったうえに怖い思いをさせるなんて、私が許さないわ」

「私たちはその怖い思いから彼女を守る側の人間よ」

「証拠を見せて。どうやってあの子を守るか、説明して。そうしたらあの子を預けるわ」

イヴは深々と息を吸った。「証拠をお見せできるころには手遅れだわ」

「あの子がどんなに傷ついているか、あなた方にわかるわけがないわね。私はあの子の信頼を得るチャンスがほしいの」フェイはマーク・グルナードのほうを見た。「あなたの番組で私のことやこの会話に少しでも触れたら、局を訴えるわよ」

マークは両手を上げた。「僕は単なる傍観者ですよ」少し間をおいて続ける。「でも、僕があなたなら、この二人を信用しますね。ジェーンをどうにかしてやろうとしている人間は、ドンという男一人です。僕らは彼女を救おうとしているんですよ、ミズ・シュガートン」

フェイは迷っている様子だったが、やがて首を振った。「証拠を見せて。そうしたらあの子を預けるわ」

「あの子を危険にさらす気?」イヴが詰め寄る。

フェイは刺すような視線をイヴに向けた。「あなたならあの子を殺し屋から守るんでしょうね。きっとボディガードをつけるんでしょうね」

「それだけじゃ足りないわ。彼女をどこかに隠さなくちゃ」

「あなたは隠れていないようだけど」

「それは私の意思でしていることよ。でも子どもに自分のことを決めろといっても無理よ」

フェイは軽く顔をしかめた。「ジェーンを知らないからそんなことが言えるのよ」

「子どもであることには変わりないでしょ」

「人生の大部分を虐待され、疎まれて生きてきた子どもよ。いまでさえ大人を信用していないのに、こう言えと？ 楽しみのためにあなたを殺そうとしている人がいるのって」

「どんな証拠があれば納得してくださいますか」ジョーが尋ねた。

「あなた方のお話だと、あまりにも簡単にジェーンにたどりついたように思えるのよ。児童相談所にすべての記録を当たってもらいたいわ。市の分と、郡の分の両方をね。特徴が一致する子どもがジェーン一人だと確かめてほしいの。それから、そのFBIのスパイロという人に会いたいわ。FBIなら信用できる」フェイはジョーのほうを向いた。「悪気はないのよ。だけど、うちの子どもが地元の警察にいやな思いをさせられたことが何度もあるし、このテレビの人を連れてきたのも気に入らないわ」

イヴはジョーの顔を見た。ドンは警察を巻きこむなと言っている。FBIがこの家に現れて喜ぶはずがない。

ジョーは肩をすくめた。「まあ、しかたがないだろう。僕らは目当ての少女の居場所を突き止めた。奴が動けば、僕らにもかならずわかる」

イヴはフェイに向き直った。「じゃ、決まりね。ロバート・スパイロにここに来てもらうわ。彼の話を聞いてください。ただ、児童相談所の記録の件は、さっきもお話ししたように、むずかしいわ」

「ええ、話は聞くわ。それ以上の約束はできないけど」フェイは立ち上がった。「申しわけないけど、家事が残っているし、買い物にも行かなくてはならないから」それからイヴに向かって言った。「ごめんなさいね。でも確信が持てないことにはちょっと。ジェーンはむずかしい子なの。今回のことで、あの子の信頼を得るチャンスがふいになってしまうかもしれない」

「お願い、協力して」

「できるだけのことはするわ。いまあの子は十三番街のクローフォード中等学校にいるから」フェイは部屋の奥のチェストに歩み寄り、いちばん上の抽斗《ひきだし》をかきまわして写真を探し出し、イヴに手渡した。「去年、学校で撮った写真よ。三時に学校が終わったら、歩いて帰ってくるはず。ほんの四ブロックだから。あの子から目を離さないで。でも話しかけるのは遠慮してほしいの」フェイは唇を引き結んだ。「あの子を少しでも怯《おび》えさせたら、あなたの頭の皮を剝がすから」

「ありがとう」イヴは写真をバッグにしまった。「でも、あなたは間違いを犯そうとしている」

フェイは肩をすくめた。「間違いならたくさんしてきたわ。だけど、私にできるのはベストを尽くすことだけ。この六年で十二人の子どもを引き取ったけれど、ほとんどの子は私の家にいるあいだに明るくなったと思うわ」フェイは玄関に向かい、ドアを開けた。「じゃ、また。証拠を見せてちょうだい。話はそれからよ」

通りに出たところで、マーク・グルナードが言った。「頑固な人だ。僕の名声やこの魅力的な人柄にころりと参ってくれてもよさそうなものなのに」

「私は好きよ、あの人」イヴはそう言って額に皺を寄せた。「だけど、首をへし折ってやりたいわ。どうして信じてくれないのかしら」

「彼女なりにジェーンにとっていちばんいいと思うことをしているつもりなんだ」ジョーが言った。「それと、他人の話を信用する前に自分でよく考えてみたいと思っているんだろう」

「さて、これからどうする？」マークが訊いた。

「いったん家に帰って休めよ。徹夜明けだろう」ジョーはマークに言った。「車に戻ったら、すぐにスパイロに連絡を取って、ここへ来てフェイ・シュガートンと話をしてくれるよう頼もう」それからイヴのほうを見た。「午後からは学校前に陣取って、ジェーンが無事家に帰り着くのを見届ける。そうだろう？」

イヴは車に向かって歩きはじめた。「そういうこと」

「現場で忙しい。すぐには行かれない」スパイロは言った。

「こっちは緊急事態よ。あなたの力が必要なの」イヴは言い返した。

「いや、こっちだって緊急事態さ」スパイロは間をおいた。「滝の反対側の斜面で新たな遺体が見つかった。まだあるかもしれないから、いまこの一帯全域を掘り返している」

「また?」これで十二体か。あと何体あるのだろう。

「今夜、暇を見つけてそっちへ行こう。長くはいられないが」

「何時ごろ?」イヴは尋ねた。

「九時前には行く。そのあと一緒に問題の女性に会いに行こう」スパイロはうんざりしたように付け加えた。「それでよろしいですか?」

「それより前には来られないというなら、しかたないわ」

ジョーがイヴの手から電話機を取った。「今夜は別荘には戻らない。僕がイヴと別行動を取らなくてはいけなくなる場合に備えて、チャーリーをアトランタによこしてもらえないか」相手の返事に耳を澄ます。「いや、チャーリーがあんたの代わりにフェイ・シュガートンに話をしにいっても無駄だな。存在感とか威厳のあるなしで言ったら、チャーリーはあの家の子どもたちにも負けるだろうからね。なんとしてもフェイ・シュガートンを納得させなくちゃいけないんだ。CASKUのスポールディングは? そうか、クワンティコに戻ったのか。だったら、あんたが自分でここに来いよ。命令するのかって抗議したいなら好きなだけどうぞ。だっていまのは命令なんだからな」ジョーは電話を切った。

「もう少し角の立たない言い方をしたら?」イヴは言った。「スパイロは力を貸してくれようとしてるのよ」

「ドンを捕まえる役に立つことにかぎって、な」

「殺人犯を捕まえるのが彼の仕事だもの」

「厳密には違う。スパイロはプロファイラーだ。分析し、報告書をまとめるのが彼の仕事だ。犯人追跡に加わるのではなく」ジョーは唇を噛んだ。「まあ、今回はスパイロも僕らに負けず劣らず犯人を捕まえたいと考えているようだ」

「そのことに感謝しなくちゃ」

「感謝してるさ」ジョーは険しい顔をした。「いつもいつもではないが。スパイロがＦＢＩの面目を保つことばかりを優先しはじめると、とたんに——」

「もうよしなさいよ、ジョー」

ジョーは顔をしかめた。「わかった。そうだな、スパイロは自分の仕事をしているだけだ。僕は少しぴりぴりしているらしい」

それはイヴも同じだった。イヴの神経もぴんと張りつめていた。

ジョーはエンジンをかけた。「さてと、ハンバーガーを食いに〈ヴァーシティ〉にでも行くか。そのあとはジェーンの学校だ」


「見ろよ、終業のベルが鳴った瞬間、子どもってあんなに元気になるものなんだな。忘れてたよ」ジョーはおかしそうに笑った。「まるで水場に突進するバッファローの群れだ。きみもここに通ったのかい？」

「いいえ、私が子どものころはまだこの学校はなかった」イヴの視線は子どもたちのあいだをさまよった。「赤毛の子はいないわ。どこかしら」

「写真をもらったろう」ジョーはためらってから付け加えた。「どうして一度も見てみないのか不思議に思っていたんだが」

「忘れてたわ」

「嘘だ」

イヴは彼にちらりと目をやった。「本当よ。単に忘れただけなのに、いちいち勘ぐるのはやめて」

「きみは複雑な人だからつい。ほら、いい加減に写真を見ろよ」

「いま見ようとしてるところ」イヴはバッグから写真を取り出した。ただの女の子だ。ボニーとはなんのつながりもない。

安堵《あんど》が広がった。「あまり可愛い子ではないわね」写真の少女は笑みを浮かべてもいない。短く切った赤い巻き毛、痩《や》せて顎の尖った顔。たった一つ、人を惹きつけるのは、大きな薄茶色の瞳だったが、それさえも写真のなかからこちらを睨みつけるようにしている。

「どうやら写真を撮られるのがご不満だったらしい」

「きっと気骨のある子なのよ。私も写真を撮られるのは嫌いだった」

ジョーが目を上げてイヴの顔を見た。「安心してるな。ボニーに似ていたらと怖かったんだろう」

「ドンは見る目がないらしいわね。この子とボニーはちっとも似ていないもの。みんな嘘なのかもしれないわ。ボニーと会ったことさえないのかも」

「当時アトランタに住んでいたとすれば、写真くらいは見たことがあるはずだ。新聞も雑誌も、大々的にボニーの写真を掲載していたからね」

あの子がきれいで可愛らしくて、生きる喜びを発散しているような子だったから、あの子を見たら好きにならずにいられなかったから——イヴは思った。ジェーン・マグワイアとは違う。いまにも殴りかかってきそうなジェーンとは。「私がこの子に母性を刺激されると信じているのだとしたら、それこそドンの狂気の証だわ。やっぱり心配することなかったじゃないの、ジョー」

「安心したよ。いまのところは」ジョーは運転席で背を伸ばした。「おっと、いたぞ。いま昇降口から出てきた子だ」

ジェーン・マグワイアは十歳にしては小柄だった。ジーンズとTシャツを着て、テニスシューズを履いている。背中に緑色の鞄を背負い、まっすぐ前を向いて足早に歩いていく。足をゆるめる気配はない。ボニーのように、立ち止まって友だちとおしゃべりすることもない。ボニーには数えきれないほど友だちがいたっけ……

うわべで判断してはいけない。ボニーはいつも愛情と信頼に囲まれていた。ジェーン・マグワイアが人間不信に陥っているとしても無理はない。しかし、それでも、ジェーンとボニーがまるで似ていないことを知って、イヴの心は軽くなった。「通りに出てきたわ。車を出して」

あの痴漢は車を替えたらしい。前のよりも大型で、新しかった。青ではなく灰色だ。それともまた別の痴漢だろうか。この世はおかしな人間だらけだ。

ジェーンは足を速め、ふいに角を曲がった。

待つ。

灰色の車はゆっくりと角を曲がってくる。

ジェーンは身をすくませた。尾《つ》けられている?

男と女の二人組だ。痴漢ではないらしい。

いや、そうとはかぎらないではないか。用心するにこしたことはない。ジェーンは金網をよじ登り、庭を駆け抜けて、向こう側の塀を乗り越えた。

門を抜け、路地に飛びこむ。

振り返って後ろを確かめる。

車は見えない。

このまま走れ。

心臓がどきどきして、飛び出してしまいそうだ。

だめ。痴漢なんか怖くない。怖がったら向こうの思うつぼだ。こっちを怖がらせ、傷つけようとしているのだ。そうさせてたまるものか。

どうやら振りきれそうだ。

あと二ブロックでフェイの家に着く。変な人に尾けられたとフェイに打ち明けたほうがいいだろう。フェイは学校の先生と一緒だ。危険だということさえわかれば、できるだけ力になろうとしてくれる。厄介なのは、なかなかわかってくれないときで――

ジェーンは路地を抜けて大通りに出た。フェイの家はもうすぐそこだ。あと半ブロック。

後ろを確かめようと振り返った瞬間、心臓が喉もとまで跳ね上がった。

灰色の車だ。角を曲がってくる。

振りきれていなかった。

ジェーンはフェイの家を目指して飛ぶように走った。

フェイなら守ってくれる。警察に連絡してくれる。警察も、たぶん来てくれるだろう。

たとえ来てくれなかったとしても、一人きりになるわけじゃない。フェイがいてくれる。

階段を駆け上がり、玄関を開けてなかに飛びこみ、ドアを叩きつけるように閉める。

もう大丈夫。安全だ。

怖がるなんて馬鹿だったかもしれない。フェイには黙っていることにしようか。

いや、それこそ馬鹿のすることだ。話そう。「フェイ!」

返事はない。

家は静まりかえっている。

フェイはキッチンにいるのだろう。ジェーンやほかの二人の子どもたちが学校から帰る時間には、かならず家にいるようにしてくれている。

そうだ、きっとキッチンだ。流しの前の少しゆるんだ床板がきしむ音が聞こえたような気がした。

それにしても、どうして返事をしてくれないのだろう。

ジェーンはそろそろと居間を横切ると、キッチンに入った。「フェイ?」

「フェイ・シュガートンは機嫌を損ねるだろうな」ジョーはそうつぶやきながらフェイの家

の前に車を停めた。「あの子に話しかけないでくれと言われたろう」

「そうね。でも、あの子を怯えさせてしまったのよ。怖くて夜眠れなくなったりしたら可哀想じゃないの」イヴは車のドアを開けた。「あなたの尾行の腕はさすがね。尾けてるって悟られないようにしてって念を押したのに」

「あの子が鋭いんだよ」ジョーも車を降りた。「まるで尾行を予期してたみたいだった」

イヴはジョーにちらりと目を向けた。「誰かに監視されてることに気づいてると思うの？」

「これから本人にそのあたりのことも訊けそうじゃないか」ジョーは階段を上り、呼び鈴を鳴らした。「フェイ・シュガートンが僕らを家に入れてくれればの話だが」

「家に入れるしかないでしょう。あの子のことをとても気にかけている様子だったもの。何もジェーン本人に事情を話そうとして来たわけじゃないし――どうして誰も出てこないのかしら」

ジョーがもう一度呼び鈴を鳴らす。「買い物に行くと言っていたな。まだ帰ってなくて、あの子は怖くて閉じこもっているのかもしれない」

「あのあと買い物に行ったなら、とっくに帰っているはずだわ」イヴはノブを回してみた。「鍵がかかってる」

「あの子がかけたんだ」ジョーは考えこんだ。「いや、違うかもしれない。えい、やっちまえ」ジョーは肩から体当たりしてドアを破った。「あとで後悔するより不法侵入のほうがまし――うわ！」野球のバットが彼の膝をまともに叩き、ジョーは床にうずくまった。

ジェーンはさっとイヴのほうを振り返ると、バットで脇腹を殴りつけた。激痛がイヴの全身を震わせた。次に頭を狙って振り下ろされたバットを、かろうじてよける。

「変態」ジェーンの頬は涙に濡れていた。「変態め」そうわめきながらバットを振りまわす。

「殺してやる、薄汚い――」

ジョーがジェーンに飛びかかり、組み伏せた。

「怪我はさせないで」イヴは痛みをこらえながら言った。

「怪我をさせるな？　僕は膝の皿を新品と交換しなくちゃいけないかもしれないんだぜ」手足をばたつかせる少女をジョーは羽交い締めにした。「きみだって脳天をかち割られるところだったじゃないか」

「怖かったからでしょ。私たちはドアを破って家に入ったのよ。だからその子は――」血だ。少女の体は血まみれだった。頬も、唇も、両手も……。「どうしよう、その子、怪我をしてるわ。彼が来たのよ」イヴは少女の傍らに膝をつき、頬に張りついた髪を払いのけてやろうとした。

するとジェーンはイヴの手に噛みついた。

ジョーが少女の口をこじ開けるようにしてイヴの手を救い出す。「いいか」そう言ってジェーンの顎を掌で押さえつけ、少女の目をまっすぐに見据えた。「僕らは何もしやしない。きみを助けに来たんだ。ミズ・シュガートンはどこだ？」

ジェーンはジョーをにらみつけた。

「警察だよ。刑事のクインだ」ジョーはポケットから警察バッジを引っ張り出して見せた。

「きみを助けに来たんだ」

少女の体からほんのわずかに力が抜けた。

「どこに怪我をしたの？」イヴが尋ねた。

ジェーンはまだジョーを睨みつけている。「離して」

「離してあげて、ジョー」

「あとで悔やんでも遅いぞ」ジョーはイヴにそう警告してから立ち上がると、バットを拾い上げた。

ジェーンはゆっくりと体を起こした。「無能な刑事ね。どうしてもっと早く来なかったの？」少女の目から新たな涙がこぼれ落ちた。「警察なんて、いてほしいときにいてくれたためしがないじゃない。無能ね。無能な……」

「だからこうして来たじゃないか。どこを怪我した？」

「あたしは平気。怪我したのは彼女」

イヴははっと身をこわばらせた。「ミズ・シュガートン？」

「フェイが」ジェーンはキッチンに視線を向けた。「フェイが」

「大変」イヴは跳ね起きるように立ち上がると、キッチンへ走った。


血だ。

血だらけだ。

フォーマイカのテーブルにも。

ひっくり返った椅子にも。

フェイ・シュガートンが力なく横たわったタイルの床の上にも。部屋の奥からフェイの虚ろな目がこっちを見つめていた。喉が大きく切り裂かれている。

「動くな」いつの間にかイヴの隣りにジョーが立っていた。「足跡が残っているかもしれない。消してしまうとまずい」

「死んでるわ」イヴはぼんやりと言った。

「ああ、死んでる」ジョーはイヴの肩に手を置いて死体に背を向けさせると、居間のほうへ押しやった。「僕から本部に連絡する。きみはあっちへ戻って、あの子についていてやってくれ。誰か見なかったか訊け」

イヴはこっちを見つめている生気の失われた目から視線をそらせなかった。「ドンね」かすれた声でつぶやく。「ドンの仕業だわ」

「いいから行け」

イヴはうなずき、のろのろとキッチンを離れた。

ジェーンは胸に膝を抱くようにして壁際にうずくまっていた。「死んでるんでしょ」

「ええ」イヴは少女の傍らにへたりこむように座った。「誰か見なかった?」

「助けようとしたの。血が出てた。止血しようとして……でも、止められなかった。あたしにはできなかった。保健の先生が言ってた。万が一事故に遭ったら、まず血を止めることが大切だって。だけどできなかった。止められなかった」

ジェーンを抱き寄せたい衝動に駆られた。しかし、少女が周囲に張りめぐらした壁が目に見えるようだった。「あなたのせいじゃない。そのときにはもう死んでいたんだと思うもの」

「まだ助けられたかもしれない。ちゃんと勉強しておけば、助けられたかもしれない。先生の話なんかまじめに聞いてなかった。だってまさか——まさかこんな——」

もう見ていられなかった。イヴは手を伸ばし、おずおずと少女の肩に触れた。

ジェーンはその手を振り払った。「誰なの?」険しい口調で訊く。「あなたも刑事? どうしてもっと早く来なかったの? どうして防げなかったの?」

「私は警察の人間ではないわ。でも、何があったか教えてもらいたいの。誰か——」だめだ。この子はいま質問に答えられる状態ではない。「どう、ポーチに出て、そこで警察の人たちを待たない?」

少女が誘いに応じるとは初めは思えなかった。しかしまもなくジェーンは立ち上がり、しっかりとした足取りで玄関を出ていった。ポーチの階段のてっぺんに腰を下ろす。

イヴもその隣りに座った。「私はイヴ・ダンカン。なかにいる刑事はジョー・クインよ」

少女はまっすぐ前を見つめている。

「あなたがジェーン・マグワイアね?」

答えはない。

「話したくないなら無理しないで。ミズ・シュガートンのことをとても好きだったんでしょう?」

「あんな人、どうだっていいわ。ただの同居人よ」

「本心から言ってるんじゃないと思うけど、その話はまた今度ね。話はこれくらいにしましょ。ただ、私たち初めて会ったわけでしょう。少しでも話をしたら、あなたの気が楽になるかと思って」

「話をしたって変わらないわ。あなたはどうせ他人だもの」

この少女は、この先もイヴにわざと心を開かないようにするのだろう。涙は止まっていたが、ジェーンの背筋はぴんと伸びて頑《かたく》なで、不信の壁は前よりも高さを増している。無理もない。ふつうの子どもなら、興奮して泣きわめくところだ。殻に閉じこもるのにくらべたら、そちらのほうがよほど健全な反応だった。「実を言うと、私もあまり話がしたい気分ではないの。だから黙ってこうして座ってることにしない？　いいでしょ？」

ジェーンはイヴを見ようとしなかった。「いいわ」

少女の全身がまだ血に濡れていることに、イヴはふと気づいた。どうにかしてやらなくてはいけない。

だが、いまはいい。二人のどちらにしても、こうして座っている以外のことができる状態にはなかった。イヴはポーチの柱に頭をもたせかけた。あの生気のない目が脳裏を離れない。フェイ・シュガートンは善良な女性だった。最善を尽くそうと奮闘していた。その彼女がなぜ――

「さっきのは嘘よ」ジェーンがあいかわらず前を見つめながらつぶやいた。「あたし……フェイのことが好きだったんだと思う」

「私も好きだったわ」

ジェーンはそれきり二度と口を開かなかった。

一台めのパトロールカーがやってくるのと同時に、バーバラ・アイズリーの車が歩道際に停まった。

警察官たちは家のなかへ駆けこんでいったが、バーバラ・アイズリーはジェーンの前で足を止めた。驚くほど柔和な顔で少女に話しかける。「私を覚えてる、ジェーン? アイズリーよ」

ジェーンは無表情のままアイズリーを見つめた。「ええ、覚えてる」

「これ以上この家にはいられないわ」

「わかってる」

「あなたを迎えにきたの。チェンとラウールはどこ?」

「学校。バスケットボールの練習をしてる」

「誰かに迎えにいってもらいましょう」アイズリーは手を差し出した。「いらっしゃい。体をきれいに洗って、そのあと話をしましょう」

「話なんかしたくない」ジェーンは立ち上がり、歩道を横切って車に向かった。

「どこに連れていくつもり?」イヴは尋ねた。

「児童相談所の保護施設よ」

「そこはどの程度安全なの?」

「警備員がいるし、ほかの子どもがつねに一緒にいる」

「それよりも私たちの——」

「お断りよ」バーバラ・アイズリーはふいに振り返ってイヴを見つめた。優しかった口調が嘘のように険しくなる。「私にはこの子を保護する義務があるの。あなた方の誰にも渡さないわ。こんなことに首をつっこむんじゃなかった。新聞やら政治家やらが、煉瓦みたいに降ってきて私を押し潰すでしょうね」

「その子を守らなくちゃ。ミズ・シュガートンはターゲットではなかったはず。邪魔だっただけよ」

「だけどあなた方は、その彼女を救えなかったわけでしょう?」バーバラ・アイズリーは、射るような目でイヴを見据えた。「フェイ・シュガートンは立派な女性だった。大勢の子どもたちを引き取って育てた素晴らしい女性だった。あの人が死ぬなんて。あなた方がよけいなことをしなければ、彼女が死ぬことはなかったはずだわ」

「でもジェーンは死んでいたかもしれない」

「こんなことに関わるんじゃなかった。これからは関わらないようにするわ。もう私に連絡してこないで。ジェーン・マグワイアにも近づかないで」アイズリーはイヴに背を向け、車のほうに戻っていった。

去っていく車を、イヴは無力感とともに見送った。助手席のジェーンはぴんと背を伸ばして座っていたが、ひどく小さく、いまにも壊れそうに見えた。

「ああするしかなかった」

振り返ると、玄関にジョーが立っていた。「児童相談所の人が来る前にあの子を連れ出せたらよかったのに」

ジョーは首を振った。「僕がアイズリーに連絡した」

イヴは目を丸くした。「なんですって？」

「こういう事件では、かならず児童相談所に連絡することになっている。マスコミや警察の尋問から子どもを守るのが相談所の役目だ。ジェーンを怯えさせないように」

「私たちだってあの子を守れるわ」

「あの子が信頼してくれると思うかい？　僕らは赤の他人だ。児童相談所の保護施設では、いつもまわりにほかの子どもや職員がいる。施設のほうが安全だし、僕らだってあの子の周囲に目を光らせることはまだできる」

イヴの気持ちはまだ収まらなかった。「アイズリーに連絡するなんて……」

「あの子は殺人事件の目撃証人かもしれないんだぞ、イヴ。きみには何か言っていたか？」

イヴは首を振った。

「だったら、今夜僕が話を聞きに行く」

「少し待ってあげたら――」だめだ、彼が待つはずがない。ジェーンは何か目撃しているかもしれないのだ。「行っても、バーバラ・アイズリーが面会させないでしょうね。相当ご立腹の様子だったし」

「そういうときこそ警察バッジが役に立つ」彼はイヴの手を引いて立ち上がらせた。「行こう。車で送るよ。そろそろ鑑識が来る。僕はまた戻ってこないといけないが、きみまでここにいる必要はない」

「待ってるわ」

「それはだめだ。何時間かかるかわからないし、鑑識が来るころにはマスコミも押しかけてくる」ジョーはイヴの背を押して階段を下りさせた。「チャーリーに連絡しておいた。いま僕のアパートのロビーにいる。僕が帰るまできみに付き添っていてくれるよ」車のドアを開け、イヴを乗せる。「部屋に戻ったらすぐスパイロとマークに電話して、事情を説明しておいてくれ」

イヴはうなずいた。「あと、バーバラ・アイズリーにも電話して、もう一度会ってくれないか訊いてみる」

「少し時間をおいたほうがいいよ、イヴ。いまは向こうも頭に血が昇ってる」

イヴはかぶりを振った。別れ際にちらりと見えたジェーン・マグワイアの姿を忘れられない。まっすぐに背を伸ばした後ろ姿。ガードをゆるめたら自分は壊れてしまうのではないかと恐れているみたいに。

ドンは彼女を壊し、切り刻むかもしれない。あのキッチンで、ジェーンは危うくドンと遭遇するところだったのだろうか。

そう考えたとたん、イヴの腹の底から恐怖がわきあがった。恐怖に呑まれてはだめ。とりあえず目の前の危機は去ったのだから。

いいや、安心はできない。「いいえ、アパートに戻ったらすぐにでもバーバラ・アイズリーに電話するわ」

「だめよ」バーバラ・アイズリーは冷ややかに言った。「同じことを何度も言わせないで、ミズ・ダンカン。ジェーンは児童相談所の保護下にあるの。あの子に近づいたら、刑務所に放りこみますよ」

「わかってらっしゃらないのね。ドンはフェイ・シュガートンを白昼堂々殺したのよ。フェイの家に入り、フェイのキッチンで彼女の喉を切り裂いた。保護施設にいるジェーンが同じ目に遭わないという保証はあるの？」

「私たちはね、自分の子を返せと押しかけてくる親たちと毎日格闘してるのよ。子どもを虐待する親や、コカインやヘロインで酔った母親とね。子どもを守るのが私たちの仕事なの。保護施設の場所は公表されていないし、たとえその男が場所を突き止めたとしても、警備員の目を盗んでなかに入ることは不可能だわ」

「そうは言っても、相手が殺人鬼というのは初めての——」

「さよなら、ミズ・ダンカン」

「待って。あの子の様子は？」

「大丈夫ではないわ。でも、時間がたてば元気になるでしょう。明日の朝、セラピストに会わせる予定」電話は切れた。

セラピストならイヴも何度も会わされた。あれこれ詮索《せんさく》するような質問をし、思うように答えが返ってこないと、いらだちながらもそれを隠そうとする。ジェーンはきっと、彼らを四苦八苦させたあげくに手ぶらで追い返すことだろう。子どものころのイヴとちょうど同じように。

「だめでした？」

イヴは部屋の奥に座っているチャーリーのほうを振り返った。「だめね。明日の朝、もう一度交渉してみるわ」

「あなたも粘り強い人だな」

「敵がアイズリーでは、こちらの武器は根気くらいのもの。でも、粘り勝ちって言葉もあるくらいよ。いくら粘ってもだめなときだってあるけど」今回だけは、どうかいいほうに転びますように。「スパイロがフェニックスへ派遣した捜査官から何か情報は？」

「それがあまり成果がなくて。スパイロがフェニックス市警が協力的なことだけが救いです。僕が行かせてもらえればよかったんですが」チャーリーは微笑んだ。「あなたといると退屈だというわけではないですよ。ただ、僕がFBIを志望したのは、身辺警護をするためではなくて、もっとやり甲斐のある仕事をするためです。まあ、警護対象から目を離さないようにするためにジョージアじゅうを駆けまわるというのも、なかなかやり甲斐のある仕事ですがね」

「ごめんなさい。コーヒーはいかが？　あいにく、冷蔵庫には食べ物はないけれど」

「そこの角に宅配もしているタイ料理屋がありました」チャーリーは携帯電話を取り出した。

「何を召し上がります？」

食欲はなかったが、何か食べておいたほうがいいだろう。「麺《めん》類なら食べられそう。あと、冷蔵庫に入れてジョーに取っておけるものも何か頼んでくれる？　忙しいと食事もとらない人だから」

「了解」

イヴはバッグを取り、寝室に向かった。「スパイロに電話しなくちゃ」

「いや、その必要はありません。ジョーから電話をもらったあと、すぐに連絡しておきましたから。えらい剣幕でわめき散らしてましたが、すぐにこっちへ向かうと言っていました」

イヴは寝室に入ってドアを閉めると、そこへもたれかかった。マークに連絡しなくてはいけない。しかしその前に、少し時間がほしかった。フェイ・シュガートンの死の衝撃からまだ回復していない。バーバラ・アイズリーがあれほど怒るのも無理はなかった。

窓際に立ち、通りの向こうに広がる公園を見下ろした。外は暗く、街灯が木立に光の輪を落としている。夜の闇が不気味に感じられた。

そこにいるの、ドン？　私を見張ってるの？

携帯電話が鳴った。

ジョー？　それともスパイロ？

もう一度ベルが鳴る。

イヴはバッグから電話を取り出した。「もしもし？」

「可愛いジェーンはなついてくれたかい？」

「あなたなんか人間じゃないわ」

「きみたちのご対面に立ち会えないのは残念だったが、時間のゆとりがなくてね。あの子と直接会う機会も逸したよ」

「それで代わりにフェイ・シュガートンを殺したわけ？」

「きみに言わせると、私は軽薄な男のように聞こえるね。いいか、〝代わりに〟あの女を殺したんじゃない。私にはまだあの子どもを殺すつもりはないものでね。初めから狙いはフェイ・シュガートンだった」

「いったいどうしてなの？」

「シュガートンという女がいるかぎり、きみとジェーンのあいだに絆《きずな》は生まれない。そこで邪魔者には消えていただいたわけさ。あの子を気に入ってくれたかい？」

「ちっとも。危うくバットで額を割られるところだったわ」

「その程度できみが怖じ気づくとは思えない。あの子の度胸に感心したのではないかね？理想的な子を選んだと自負しているんだが」

「最低の選択ね。あの子はボニーとは似ても似つかない」

「一緒にいれば情も移るさ」

「その可能性はないわ。あなたの計画は失敗よ。あの子は私と一緒にはいないもの」

「知っている。それをどうにかしなくてはいけない。違うかね？　私にとっても予想外の事態だ。施設からあの子を連れ出すんだ、イヴ」

「無理よ」

「あの子はきみと一緒にいなければいけない。何か方法を考えるんだな」

「人の話を聞いてないのね。あの子に近づいたら、私は刑務所行きよ」

沈黙。「はっきり言わなくてはわからないらしいな。あの子を保護施設から連れ出せ。さもないと施設内であの子を殺す。二十四時間やろう」

イヴの全身に鳥肌が立った。「どこにいるか知らないのよ」

「探せ。考えてみろ。知り合いを当たれ。かならず道はある。私なら見つける」

「警備員がいるわ。あなただってあの子には近づけない。入ろうとすれば捕まるわよ」

「いや、入れるさ。退屈した職員、待遇に不満を抱く職員の、ほんの一瞬の気のゆるみを突けば入るのは簡単だ」

「あの子がどうなろうと痛くもかゆくもないわ。あんな子、可愛いとはとても思え――」

「いや、きっとそう思うようになる。あの子をよく知らないからそう言うんだ。きみは会ったこともない他人の子どもたちを守り、探し出すことに何年もの歳月を費やしてきた。そこへ私がきみの子どもを与えた。抑えつけられてきた母性が大いに刺激されるはずさ」

「この電話を切ったらすぐに警察に電話するわ」

「そしてジェーンの死刑執行令状にサインするのかね？　サインするも同然だよ。私は決してあきらめない。もしいますぐやる方法が見つからなければ、待つ。一週間、ひと月、一年でも。歳月の流れは、実にいろんなことを簡単にしてくれる。人は忘れ、警戒を解き……きみは遠く離れ、私を止めることはできないだろう。二十四時間だ、イヴ」電話は切れた。

彼はどうかしている。アイズリーは言っていた。保護施設には誰も侵入できないと。

しかし、イヴ自身、その言葉を疑ったではないか。

――退屈した職員、待遇に不満を抱く職員の、ほんの一瞬の気のゆるみを突けば入るのは簡単だ
イヴだって初めからそう考えていたではないか。だからこそ、ジェーンを渡すようアイズリーの説得を試みているのではないか。

全身を恐怖が駆けめぐり、喉もとが締めつけられるようだった。あの男ならやる。あの男

はかならずあの子を殺す手段を見つけるだろう。ジェーンを保護施設から連れ出さなければ。それもたった二十四時間以内に。

ジョー。ジョーに相談しよう。

彼の番号を半分まで打ちこんだところで、イヴは電話を切った。何を考えているのだろう。児童相談所の鼻先から子どもをさらう手伝いをさせれば、ジョーは警察にいられなくなる。

しかし、彼が必要だ。

だからどうしたというのだ？　自分の都合で彼を振りまわすのはやめて、なすべきことに力を注ごう。

だが、どうやって？　ジェーンの居場所すら知らないのだ。

――知り合いを当たれ。かならず道はある。私なら見つける

イヴは携帯電話のボタンを押した。

マーク・グルナードは二度めの呼び出し音で電話に出た。不満げな声で言う。「フェイ・シュガートン事件を知らせてくれて感謝してるよ。彼女の家に駆けつけたときには、市内の記者の半数がもう顔を揃えていた」

「連絡するつもりではいたの。だけどいろいろあって」

「約束と違うじゃないか」

「二度とこういうことのないようにするわ」

「ああ、そうしてもらわなくちゃ困る。一度めは大目に見よう。きみとジョーは――」

「頼みたいことがあるの。ドンからまた電話があって」

沈黙。「で？」

「例の女の子は児童相談所の保護施設に収容されてるの。でも、ドンは私のそばにおけと言うのよ。二十四時間以内に施設から連れ出せと」

「連れ出さないとどうなる？」

「どうなると思うの？　あの子が殺されるに決まってるじゃない」

「保護施設にはまず侵入できな――」

「彼ならやるわ。絶対安心とは言えない」

「ジョーはなんと言ってる？」

「何も。この話は聞かせてないから。ジョーは関係ないの」

マークは低く口笛を鳴らした。「怒るだろうな」

「彼はもう充分やってくれたわ。私のために彼を犠牲にするのはいやなの」

「と言って僕に連絡してきたところを見ると、この僕なら犠牲にするのはかまわないということかな？」

「あなたの場合は失うものより得るもののほうが多いでしょう」

「で、頼みっていうのは？」

「ジェーンの居場所を知りたいの。心当たりはない？」

「なくもない」

「なくもないってどういうこと？」

「いいか、あの保護施設の場所は、疾病管理センターのレベル4エリアにも勝る最高機密なんだ」

「でもあなたは知ってるのね」

「一度、アイズリーのあとを尾けた。大きな裁判にからんで、ある子どもを保護施設に移したときにね」

とすると、ドンもアイズリーを尾けたのかもしれない。

「デラニー通りの大きな家だよ。以前は保養所だった建物だ。ただ、いまは別の場所に移されてるかもしれない。尾けたのは二年も前だから」

「とにかく行ってみましょう。アイズリーは警備員がいると言っていたけど」

「たしかに、警備員が一人、敷地を巡回している。さては頼みというのは、その警備員の気を引いてくれということだな」

「ご明察」

「そのあとの計画は？　施設から連れ出したあと、どこにかくまう？」

「わからない。どこか探すわ。手伝ってくれる？」

「危ない綱渡りだ」

「無駄骨折りはさせないわ」

「それは当然だ」マークの口調が険しくなった。「密着取材させてもらうよ」

「それは――」イヴは深呼吸を一つした。「わかったわ。何かいい方法を考えましょう。迎えにきてくれない？　向かいの公園で待ってるわ」

「決行は零時を回ってからにしよう」

「マーク、まだ五時半よ。すぐにでもあの子を連れ出したいの」

「わかった。十一時にしよう。それより前に行きたいなら、一人でどうぞ。警備員に見つからないようにするだけでも大変だよ。施設の全員が寝静まってからでないと、近づく気にはなれないね」

五時間半。そんなに長く待てるだろうか。ただでさえ心配でいても立ってもいられないというのに。いや、慌ててもしかたがない。ドンが通告した期限は二十四時間だ。「いいわ。夕食をすませて、チャーリーにはもう寝ると言っておく。キッチンのドアは洗濯室につながっていて、その洗濯室から廊下に出られるの。そこから抜け出して、十一時に公園で待ってる」

「了解」

イヴは電話を切った。マーク・グルナードは思ったよりも手ごわい交渉相手だった。無理もない。あんな頼みごとをされて、なんの見返りも求めない人がどれだけいるだろう。

ジョーがいる。

ジョーのことを考えてはいけない。彼に頼るわけにはいかないのだ。

「こっちへ来ませんか」寝室のドア越しにチャーリーの声が聞こえた。「料理が届きましたよ」

イヴは覚悟を決めた。何食わぬ顔で食事をすませ、あとはジョーが帰宅する前に抜け出せることを祈るしかない。

8

「話をしましょうね」

「いや」ジェーンはまっすぐ前を見つめた。この人、早くあっちへ行ってくれないかな。この寮母は、でっぷり太った灰色の鳥みたいにソファにちょこんと止まっている。彼女の猫なで声がジェーンの神経にさわった。気を遣っているつもりなのだろうが、もううんざりだ。

「もう眠いの、ミセス――」この人の名前はなんと言ったっけ。「ミセス・モース」

「すっかり話してしまったほうがよく眠れると思うわ」

血について。フェイについて。大人はどうして、なんでもかんでも話し合えばすむと思うのだろう。フェイのことは思い出したくなかった。もう二度とフェイのことは思い出したくない。心の扉を閉めて、あらゆる痛みを追い出してしまいたかった。違う、一つだけ知っておきたいことがあった。「犯人は誰?」

「ここなら安全なのよ、ジェーン」ミセス・モースが優しく言った。

そんなことが聞きたいのではないし、第一、ミセス・モースは嘘をついている。どこにいたって安全なはずがない。「フェイを殺したのは誰?」

「まだわからないの」

「警察は何か知ってるんじゃないの？　フェイは恨まれるような人じゃなかった。ギャングがやったの？　何か盗まれてた？」

「いまは考えないほうがいいと思うわ。そのことはまた明日話しましょう」ミセス・モースは手を伸ばしてジェーンの髪をなでようとした。「いまはあなたがどう感じているか話してほしいの」

ジェーンはミセス・モースの手が触れる前にすっと身を引いた。「何も感じないわ。フェイが死んだって別になんとも思わない。あなたが死んだって何も感じないと思う。もう放っておいて」

「気持ちはわかるわ」

ジェーンの顎に力がこもった。なんと言えばこの人はあきらめてくれるだろう。この気持ちがわかるわけがない。誰にもわかるはずがない。

そうだ、あのイヴという人ならわかってくれるかもしれない。あの人は無理に話さなくていいと言った。黙ってジェーンの隣りに座っていただけなのに、なぜか――

馬鹿らしい。ほんの数分、一緒にいただけなのに。よく話してみれば、イヴだってほかの大人と同じに違いない。

「何か私にできることはない？」ミセス・モースが尋ねた。

あたしをここから出して。

口に出して言ったりはしなかった。ここには以前にも来たことがある。次の里親が見つかるまで、ここで保護されるのだ。

しかし、マイクは誰にも守ってもらえない。暗闇のなかでうずくまって、今夜は食事にありつけないことも、誰も周囲に目を光らせていてはくれないことも知らずにいる。なのに彼女はここに閉じこめられ、彼を助けにいくことができない。

血。

出血を止めようとしているあいだも、ぼんやりと見開かれていたフェイの目。

悪。外の世界は悪に満ちている。

マイク。

「震えてるのね」ミセス・モースが言う。「可哀想に、さあ——」

「震えてなんかいないわ」ジェーンはとげとげしく言った。立ち上がる。「寒いの。このくそいまいましい施設はいつだって寒すぎる」

「ここではそういう汚い言葉は許しませんよ、ジェーン」

「じゃ、あたしを放り出せば？　牛みたいに薄汚いばばあ」ジェーンは相手をねめつけた。「こんなところ大嫌い。あんたも大嫌いよ。あとであんたの部屋に忍びこんで、喉を切り裂いてやるから。くそったれの犯人がフェイの喉を裂いたみたいに」

ジェーンの予想どおり、ミセス・モースは立ち上がると、後ずさりをした。近年では、荒っぽい脅し文句を耳にしたとたん、たとえ相手がジェーンのような子どもでも、福祉関連施設の職員は目に見えて弱腰になる。

「そんなふうに脅すことはないでしょう」ミセス・モースは言った。「さあ、ベッドに入りなさい、ジェーン。あなたの悩みを話し合うのは明日にしましょう」

ジェーンはラウンジを飛び出し、階段を駆け上がって、自室の前で張り番をしている警察官の脇を抜けて部屋に入ると、叩きつけるようにしてドアを閉めた。今回は狭いながら個室をあてがわれていたが、フェイの死の衝撃から立ち直ったと判断されれば、すぐに大部屋に移されることになるだろう。だいたいはひと部屋に三人ずつ、ときには四人が寝泊まりしている。

また、部屋の前に警察の護衛がつくというのは異例のことだった。フェイの身に起きたことと何か関係があるのだろう。

息が詰まりそうだ。ジェーンは窓際に立ち、中庭を見下ろした。あの薔薇《ばら》は剪定《せんてい》しないと。去年の秋、フェイはジェーンに薔薇の剪定をさせた。こうすると、春になってから大きく美しい花をつけるのよと言っていた。ジェーンはその話を疑ったが、春がくるのを心のどこかで――

フェイ。

フェイのことを思い出しちゃだめ。フェイはもういないんだから。もうどうしてあげることもできない。扉を閉めるだけ。

その代わり、マイクのことを考えよう。通りをうろついている変質者からマイクを守る方法を考えよう。彼女ならマイクを助けられる。

そのためには、まずここから出なくてはならない。

デラニー通りに面した煉瓦造りの二階建ての家は、少し奥まった位置に建ち、むらのある芝生と荒れた花壇に囲まれていた。一九二〇年代に建てられて以来の一年一年をしっかりと刻みこまれたような家だった。

「さて、計画をお聞かせ願えますかな?」マークは表通りから角を曲がったところに車を停め、慇懃《いんぎん》に尋ねた。「そろそろ零時だ。施設の鍵はどれもしっかりかかっているだろうな。そもそもあの子のいる部屋を探し当てられるかどうかという点はおくにしても、警備員に射殺されずにいったいどうやってなかに入り、子どもを連れ出すつもりだい? 警備員は一定時間ごとに見まわりをしているぞ」

それはこっちが訊きたいわ、とイヴは思った。「あの子がどの部屋にいるか、見当はつかない?」

「裁判がらみで連れてこられた少年がいたのは、上の階だ。南側の部屋だよ。庭に面した一番手前の窓がそうだ」

「個室?」

マークはうなずいた。「特殊なケースだったからね」

ジェーンも同じように特別扱いされているだろうか。指を重ねて幸運を祈るしかない。

「私は庭に回って、入れそうな場所を探してみるわ」イヴは車を降りた。「あなたは通り側をお願い。もし警備員に遭遇したら、引き止めておいて」

「お安いご用だ」マークは皮肉を言った。「もっと挑戦しがいのある役割はないのかな。僕は――」

「伏せて」イヴは素早く車内に戻り、マークの腕を引いて伏せさせた。「パトロールカーがただろうか。

　アトランタ市警の車がゆっくりと施設前を過ぎていく。建物の前面や庭がヘッドライトに浮かび上がる。

　イヴは息を潜めた。車が停まるにちがいないとなかば確信していた。こちらの姿を見られただろうか。

　警察の車は通りすぎ、角を曲がって消えた。

「もう大丈夫だ」マークが顔を上げた。「児童相談所が警察にパトロールを要請するのは当然なのに、予想しなかったとは僕らもまぬけだよ」

「見まわりをしている警備員が一人だけであることを祈るのみね」イヴは車を降りた。「それに、いまの警察の車がしばらく戻ってこないことも。急ぎましょう」イヴはすでに歩道を横切り、芝生に足を踏み入れていた。考えてはだめ。素早く動くこと。あとは祈るだけ。

　建物の裏側に出ると、二階を見上げた。南側のいちばん手前の窓。

　部屋は暗く、窓は閉まっている。

　ありがたい。

　建物の脇のほうに目をやると、錆《さび》だらけの雨樋《あまどい》があった。しかし、窓から少なくとも一ヤードは離れている。

　いったいどうすれば――

　いまのはなんだろう？

　イヴは振り向いた。

物音?

闇のなかのあれは人影か?

いや、なんでもない。気のせいだろう。

イヴは建物に向き直った。まずは二階に上る手段を考える。次にジェーンを怯えさせずに室内に入る。状況を考えれば考えるほど、気持ちが萎《な》えた。そうだ、とりあえず一階に忍びこんでおいてから——

窓が開きはじめた。

イヴはぎくりとして立ちすくんだ。

ジェーンが顔を出し、彼女を見下ろした。こちらの顔が見えるのだろうか。見えるだろう。人の顔が見分けられるくらいの月明かりはある。しかし、それはなんの保証にもならない。いまのジェーンには、相手が誰でも恐ろしく見えるに違いない。

ジェーンは長いあいだイヴを見つめていた。やがて、静かにというように人差し指を唇にそっと当てた。

その仕草は、共犯者に向けたものに見えた。二人対社会。なぜこんなにうまくいったのかわからないながらも、イヴは幸運に飛びつくことにした。そう、飛びつかない手はない。

ジェーンは結び目をいくつも作ったシーツを窓から垂らした。下端はイヴの頭上十二フィートのところまでしか届いていない。ジェーンはまるで猿のようにそれを伝って下りはじめた。

いったいどうやって地面に——

「受け止めて」ジェーンが命令口調で言った。

「そう簡単に言わないで。もし受け止め損なったら、骨が――」

「じゃ、失敗しないで」ジェーンはシーツから手を離し、イヴの腕のなかに落ちてきた。少女の体重を受け止めきれず、二人は地面に転がった。

「どいて」ジェーンが小声で言った。

イヴは左に体をよけ、かろうじて上半身を起こした。「ごめんなさい。でも、もう少しで肋骨《ろっこつ》を折るところだったわ」

ジェーンは立ち上がり、建物を回って走っていく。

「待って」イヴは跳ねるようにして立ち、そのあとを追った。

「スリにでも遭ったのかい、イヴ?」マークがジェーンを羽交い締めにしていた。ジェーンが蹴《け》り上げたかかとがマークのすねに当たる。「痛いな。おとなしくしないと首をへし折るぞ、おてんばさん」

「怪我はさせないで」イヴはジェーンのまえにしゃがんだ。「あなたを助けたいのよ、ジェーン。だから怖がらないで」

「怖がってなんかいないわ。それにあなたたちに助けてもらわなくたって平気」

「あら、さっきは受け止めてって私に頼ったくせに」

「だって高かったから。脚を折ったらいやだもの」

イヴは顔をしかめた。「私の肋骨ならかまわないわけね」

ジェーンは落ち着き払った目でイヴを見つめた。「そうよ。あなたなんかなんとも思ってないもの」

「だけど少なくとも、危険人物とは思っていないんでしょう。私を見ても助けを呼ばなかったものね」

「誰か必要だっただけ。あのシーツじゃ地面に届かないってわかってたから」

「でも、私なら危険じゃないと思ったんでしょ？」

「かもね。わからない」ジェーンは眉間に皺を寄せた。「で、何しに来たの？」

イヴはためらった。少女を怯えさせたくはなかったが、嘘をついてもこの子にはたちまち見抜かれるだろう。「あなたのことが心配だったから来たの」

「どうして？」

「あとで話すわ。いまは時間がないの」

ジェーンは肩越しにマークを見上げた。「この人、昼間の刑事じゃないわ」

「ええ、違うわ。マーク・グルナードよ。テレビのレポーター」

「どうせフェイの事件の取材でしょ」

「ええ」

「はやくここを離れたほうがいいな、イヴ」マークの声はいらだっていた。「警備員にはいまのところ遭遇していないが、いつ見まわりに来るかわからない。それに、さっきのパトロールカーも」

一刻も早くそこを離れたいのはイヴも同じだったが、いやがるジェーンを無理に連れていくのは気が進まなかった。「一緒に来てくれる、ジェーン？」イヴは尋ねた。「私を信じて。あなたを安全な場所に移したいだけなの」

ジェーンは答えない。

「いずれにしろ逃げるつもりだったんでしょう。児童相談所の人に見つからない場所にかくまうと約束するわ」

「離して」

マークが首を振る。「離したとたん、逃げる気だろうに——」

「離してあげて、マーク。この子が自分で決めることだわ」

マークが手をゆるめるなり、ジェーンはするりと彼の腕から逃れた。

イヴの顔をしばらく見つめていてから、ジェーンは言った。「一緒に行くわ。車はどこ?」

車が四ブロックも行かないうちに、ジェーンはマークに言った。「こっちじゃないわ」

「こっちじゃないって?」

フェイの家か。「あの家には帰れないのよ」イヴは優しい声で言った。「フェイはもうあそこにいないのよ、ジェーン」

「ルーテル通りに行きたいの」

「そんなのわかってる。あたしが馬鹿だと思ってるの? フェイは死んだわ。いまごろはもう死体安置所にいる。だけどそれでもルーテル通りに行かなくちゃ」

「忘れ物?」

「そう」

「警察が見張ってるわ。家のなかには入れてもらえないでしょうし、保護施設に連れ戻されてしまうわよ」

「とにかくルーテル通りに行って。いいでしょ?」

「ジェーン、聞きなさい。あの家は——」

「あの家に戻りたいわけじゃないの。二ブロック先の路地で降ろして」

「今日の午後、私たちの車を見つけて駆けこんだあの細い道?」

ジェーンはうなずいた。

「どうして?」

「行きたいから」

「路地に何か忘れたのかい?」マークが運転席から尋ねる。

「どうして知りたいの? テレビで放送できるから?」ジェーンは嚙みつくように言った。

「あんたには関係ない話よ」

「いまは僕にも関係のある話だよ」マークが言った。「イヴと約束したんだ。きみの脱走を手伝ったら、インタビューさせてくれるって。未成年者略取で捕まるとどうなるか知ってるかい? 僕は刑務所に放りこまれて、せっかくのキャリアもそこでおしまいだ。僕は一か八かの賭けに出た。なのにそんなに生意気な口をきかなくてもいいだろう、お嬢ちゃん」

ジェーンはマークを無視してイヴのほうを向いた。「刑務所に入れられるの? それなのにどうしてこんなことをしたの?」

「あなたが心配だったから。あなたが狙われてるかもしれないと思ったからよ」

「フェイみたいに?」

ああ、なんと答えればいいだろう。真実を告げるしかない。「そう、フェイみたいに」

「フェイを殺した犯人を知ってるのね」

イヴはうなずいた。

「誰？」

「本名はわからないの。本人はドンと名乗ってる」

「どうして殺したの？　フェイは恨まれるような人じゃないのに」

「ドンはまともじゃないのよ。人を傷つけるのが好きなの。ひどい話よね、だけど世間には人を傷つけるために生きている人がたくさんいるの」

「知ってる。変質者とか。そこらじゅうをうろついてる」

イヴはぎくりとした。「ほんと？」ためらってから続ける。「最近もこのへんで見かけた？」

「たぶん」ジェーンはマークをちらりと見た。「テレビのニュースは見るわ。よく変質者の話をやってるわよね」

マークが肩をすくめた。「それが仕事だからね」

「最近、そういう人に怖い思いをさせられたりした？」イヴは重ねて尋ねた。

「怖くはなかった。校庭で変なことしてる痴漢と一緒よ」

「あとを尾けられたの？」

「何度かね」

「どうしてそのことを誰にも話さなかったの？」

ジェーンは窓の外を見つめた。「ルーテル通りに行って。早く」

「そいつはどんな男だった？」マークが訊いた。

「大柄。素早い。ちゃんと見たわけじゃないの。ただの痴漢よ。ルーテル通りに連れていって。連れていってくれないなら降りるわ」

マークは両方の眉を吊り上げてイヴを見やった。「どうする？」

「路地に行きましょう。ただし、マーケット通り側からルーテル通りに入って。あの家を見張っている人たちに見つからないように」

「つまり、クインにだな」マークは次の角を左に曲がった。

「そういうこと」とはいっても、ジョーはすでにアパートに帰り、イヴが消えていることに気づいているかもしれないが。

「このことがばれたら激怒するだろうな」

「そうね」イヴは背もたれに体を預けた。「でも、ほかにどうしようもなかった」

「文句を言いたいわけではないさ。クインをかばうためでなければ、きみは僕に助けを求めようなどとは考えなかったろうからね。クインは、それがきみのためだと思えば僕を簡単に切り捨てるだろう」

「ねえ、急いで」ジェーンが言った。

その切羽詰まった言い方に、イヴは思わず目を上げてジェーンの顔を見た。ジェーンは肩をいからせるようにしてシートに座り、体の脇で拳を握りしめている。「もうじき着くわ、ジェーン」

「で、路地に何を忘れたんだ?」マークが柔らかい口調で尋ねた。

ジェーンは答えなかったが、拳になおも力がこもるのを見て、イヴはふいに寒気を覚えた。

「急いでちょうだい、マーク」

「これで制限速度いっぱいだ」

「違反でもなんでもして」

「たったいま僕らがやらかしたことを思うと、あまりいい考えとは――」

「いいから」

マークは肩をすくめ、アクセルペダルをぐいと踏みこんだ。

「ありがとう」ジェーンはしぶしぶといったふうに礼を言ったが、イヴの顔を見ようとはしなかった。

「路地に何があるの、ジェーン?」

「マイクよ」ジェーンは小さな声で答えた。「痴漢があの子を見てた。ユニオン教会の近くに移るように言っておいたけど、きっとまたルーテル通りで寝てる。あそこのほうがお母さんの家に近いから」

「マイクって誰?」

「まだ小さいの。なんとかしたいと思ったけど――あのくらい小さい子は世間知らずだから。わからないのよ……」

「変質者がどんなものかってこと、ジェーン?」

「マイクのお父さんだって同じようなものだけど、この前の変質者は――」ジェーンは一つ深呼吸をした。「あたしを尾けてきた痴漢はフェイを殺したドンって男と同じだとあなたは思ってる。そうでしょ?」

「なんとも言えないわ」

「でも、そうかもしれないって疑ってるんでしょ」

「ええ、おそらくそうだと思う」

「最低」ジェーンの目に涙が光った。「薄汚い最低の男」

「ほんとにそうね」

「フェイに話しておけばよかった。子どものあとを追いかけて喜んでるただの変態だと思ってたの。このへんにはそういう人がたくさんいるから。まさかフェイを――」

「あなたのせいではないわ」

「話せばよかった。なんでも話しなさいって言われてたのに。話しておけば――」

「ジェーン、あなたのせいではないのよ」

ジェーンは首を振った。「話しておけばよかった」

「そうね、話しておいたほうがよかったかもしれない。人間、誰だってあとになって悔やむような間違いをするものよ。でも彼がフェイを襲うなんて、あなたに予想できたはずがない」

ジェーンは目を閉じた。「話せばよかった」

イヴは反論をあきらめた。ボニーを奪われたあと、イヴも罪の意識や後悔に悩まされたものだ。しかし、ジェーンはまだたった十歳だ。子どもがそんな重荷を背負わされてしまうなんて。だが、人生とは、太古の昔から不公平なものだ。「マイクはいくつ？」

「六歳」

イヴの胸が締めつけられた。ターゲットはジェーンなのだ。マイクという少年ではなく。しかし、ドンがそんなことを気にするわけがない。もう一つ命を奪うくらい、ドンにとってはなんでもないことだろう。

「フェイはマイクを家に連れてきてはだめと言ったの。児童相談所に連絡しましょうって。でも、相談所の人たちは何も考えずにマイクをお父さんのところに帰すだろうって、あたしにはわかってた。マイクはお父さんを怖がってるの。だから、相談所に連絡するわけにはいかなかった」ジェーンは目を開いた。「だから自分でマイクを守ろうとしたの」

「ええ、わかるわ」

「だけど、マイクと一緒にいるところをあの痴漢に見られた。マイクが一人ぼっちだってことをあいつは知ってるのよ」

「きっとマイクは大丈夫よ」イヴはジェーンの肩にそっと手を置いた。ジェーンはあいかわらず背を板のようにこわばらせていたが、少なくともイヴの手を払いのけようとはしなかった。「マイクは無事見つかるわ、ジェーン。ドンはルーテル通りには近づけないはずよ。あの一帯は警察だらけだもの」

「でも、その人はまともじゃないんでしょう」

「自分の身の安全となったら話は別よ。路地に行ってみたら、きっとマイクは無事に眠ってるわ」イヴは自分の言葉が真実であるよう祈った。「マイクを見つけたら、どこか安全な場所を見つけてあげる」

「お父さんのところには帰せないわ」

「私がなんとかするから」イヴは繰り返した。

「約束?」

まったく、私はいったい何を考えているんだろう? 一人誘拐しただけじゃ足りないとでも? 「約束するわ」イヴはためらった。「代わりに一つ約束して。あなたも私の言うとおりにするって。あなたを守れるように」

「あたしはマイクとは違うの。自分のことくらい、自分で守れる」

「約束してくれないなら、私も約束できないわ、ジェーン」

ジェーンは肩をすくめた。「わかった。あなたが馬鹿なことを言い出さないかぎりは、言うとおりにする」

イヴは安堵の溜息をついた。「馬鹿なことは言わないようにするわ。それに、私が愚かなことをすれば、あなたならすかさず指摘してくれそうだし」

「ええ、するわよ」

車は表通りからそれ、路地に入ったところで停まった。

「ライトを消してよ」ジェーンがなじるように言った。「マイクを怯えさせたいの?」それから手探りでドアを開けて車を降りると、路地を駆けだした。

「ジェーン!」イヴも慌てて車を降り、ジェーンを追って暗闇に飛びこんだ。

バッグのなかで携帯電話が鳴りだした。

イヴは電話に出ようとしなかった。いまはジョーやドンの相手をしている場合ではない。いや、いまからドン本人を相手にすることになるのかもしれない、とイヴはふと気づいた。ジェーンはきっとこの路地に現れると考えて先まわりしていたら。ひょっとすると、ドンは行く手の闇のなかに身を潜めているのかもしれない。

彼女は電話に出ない。

ジョーは腹をわしづかみにされたような不安とともに電話を切った。出ないのはおかしい。イヴは携帯電話を肌身離さず持っている。眠っているとしても、着信音で目を覚ましただろう。だが、あれだけ動揺していた彼女が眠っているとも思えない。

だいたい、チャーリー・キャザーは何をしているのだろう。

ジョーは自分のアパートに電話をかけた。

呼び出し音が二つ鳴ったあと、眠たげなチャーリーの声が聞こえた。

「変わりはないか？」ジョーは尋ねた。

「ええ。戸締まりも万全です。ミズ・ダンカンは二時間ほど前にベッドに入りました」

それでも不安は拭いきれなかった。イヴはなぜ電話に出ないのだろう。「イヴは元気なんだな？」

「はい。口数は少なかったですが、まあ、無理もないでしょう。あの少女のことが心配な様子でしたから」

「そうだな」

「スパイロ捜査官は到着しましたか」

「いま現場にいるよ。僕は署に戻ったが、これから山ほど報告書をタイプしなくちゃいけない」

「同情しますよ。僕も書類仕事は大嫌いだ」

イヴが電話に出ないはずがない――ジョーはやはりそのことが気になった。「彼女の様子を確かめてくれ」

「は？」

「聞こえたろう。寝室をのぞいて様子を確かめろ」

「起こすんですか」

「その必要があれば起こせ。無事を確かめろ」

「起こしたりしたら何を言われるか――わかりました、見てきます」

ジョーは待った。

たぶん、なんでもないだろう。ドンが彼のアパートでイヴを襲うとは考えにくい。だいいち、それはドンの想定しているゲームではない。簡単すぎる。ジェーン・マグワイアを餌《えさ》に、ターゲットを網にかけようとしているのだ。

そしてすでに一人の女性がその網にかかってしまった。今日の午後から夜にかけ、ジョーはその殺人事件の捜査にかかりきりだった。フェイ・シュガートンの遺体を目にするたび、思い浮かぶのはイヴのことばかりだった。とはいえ、イヴのことを考えていない瞬間など、あったろうか。

「いません」

ジョーは目を閉じた。いやな予感が当たってしまった。

「誓って言います、アパートには誰も入っていませんよ、ジョー。僕は一歩も外に出ていないし、イヴが寝室に入ったあと、全部のドアの鍵を確かめました」

「彼女宛てに電話はあったか」

「アパートの電話には一件も。携帯電話の鳴る音も聞いていません」

「イヴが別の部屋にいたら、聞こえないかもしれないだろう」

「電話があったようなことは言っていませんでした」

かけてきたのはドンだ。ジョーは確信した。ドンから電話があり、イヴはアパートを出た。ドンと会うためか？

呼び出しに応じるとは。愚かな行為だ。イヴが愚かな判断をすることなどこれまで一度もなかったのに。

違う。彼女をアパートからおびき出すために、ドンは彼女が絶対に無視できない脅しを口にしたのだ。

ジェーン・マグワイアか。

くそ。

ジョーは電話を切り、ローロデックスの名刺入れをめくってバーバラ・アイズリーのポケットベルの番号を探した。この時間に保護施設の住所を知りたければ、彼女に訊くしかない。一分もたたないうちにアイズリーから電話がかかってきた。しかし、住所を聞き出すまでには十分かかった。

時計が一秒刻むごとに、怒りと不安が募っていく。イヴを絞め殺してやりたいと思った。またしても彼を蚊帳《かや》の外においた。長年寄り添ってきた彼に、背を向けたのだ。あんな女と出会わなければよかった。心を引き裂かれるような思いをみずから求める人間がいるだろうか。一日の半分は彼女の肩を揺すって励ましたいと思い、もう半分は彼女を腕に抱き、哀しみを軽くしてやりたいと思った。イヴ本人は自分はどんなことにも立ち向かえる強い人間だと信じているが、ドンにはとてもかなうまい。

やめろ、イヴ。

奴のところへ走っていくな。

僕を待っていろ。

イヴは走った。

路地には脂と生ゴミの臭いが充満していた。

暗闇。

左から物音。

心臓が喉もとまで跳ね上がった。

ドン?

違う、ただの猫だ。

ジェーンはどこだろう。

「ジェーン？　マーク、あの子が見える？」

「ここよ」ジェーンが呼んだ。

冷蔵庫用の大きな段ボール箱が煉瓦の壁際に見えた。

「マイクは無事だった」ジェーンが這《は》うようにして箱から出てきた。小さな男の子の手を引いている。「怖がってるだけ。今夜は何かひっかくような音が聞こえてたそうよ。きっとネズミね。お腹を空かしてる。何か食べる物を持ってない？」

「ごめんなさい、ないわ」

「この人たち、誰？」マイクは警戒心を露わにイヴとマークをじろじろと見ている。「児童相談所の人？」

「あたしがそんなことするわけないでしょ」ジェーンが言った。「だけど、もうここにいてはだめ。悪い人たちがそのへんをうろついてるから」

「平気だよ」

「イヴがもっといいところに連れていってくれるわ。荷物を取ってきて」

マイクは迷った。

「食べるものがたくさんあるわよ」

「わかった」マイクは腰をかがめ、段ボール箱のなかに戻った。

「マイクをどこに連れていくつもり？」ジェーンが尋ねた。「きっとマイクが知りたがるわ」

知りたいという点ではイヴも一緒だ。「これから考えてみる」

「児童相談所はいやよ」

「約束したわよね」

「わかってるわ、ジェーン。わかってる」

「お父さんの家もだめ」

「わかってる」

イヴは息を呑んだ。段ボール箱の表面が、何かで濡れたように光っている。「約束は守るわ」

マイクがダッフルバッグを抱えて段ボール箱から現れた。「どんな食べ物？　フライドポテトが食べたいな」

「用意できるかやってみるわね」イヴはマークのほうを向いた。「二人を連れて車に戻っていてくれる？」

ジェーンがイヴの顔を見上げた。

マークが驚いたように眉を吊り上げた。「きみは？」

「すぐに行くわ」

マークはうなずき、子どもたちを連れて路地を戻っていった。

イヴは手を伸ばし、段ボール箱についた黒っぽい染みにおそるおそる触れた。思ったより濡れてはおらず、指先がわずかに湿っただけだった。震える手をバッグに差し入れ、小型の懐中電灯を取り出す。

指先に黒っぽい赤の染みがついていた。錆の色にも似たもの。

血だ。

――何かひっかくような音が聞こえてたそうよ
懐中電灯の光を箱に向ける。

――よくできました、イヴ。ご褒美だよ……

ドンがあの少年のすぐそばまで来ていたのだと思うと、イヴは胸が悪くなった。

褒美？

マイクの命のこと？

違う。

文末の点が下に向かって続いていた。

何か白いものが地面に転がっている。

イヴはそろそろとしゃがむと、その小さな物体に光を向けた。

骨だ。小さな、いまにも折れそうな骨。子どもの指骨。

ボニーの？

めまいを覚え、段ボール箱に手をかけてどうにか体重を支えた。

しっかりしなきゃ。動揺すれば彼の思うつぼよ。

ああ、神様、これはボニーの……

触ってはいけない。何にも手を触れてはいけない。今回は何か証拠が残っているかもしれないではないか。

ほら、少しずつ強くなれてきている。ポーチに肋骨が置かれていたときは、どうしてもそのままにしておくことができなかった。

いまはできる。それで憎い犯人を捕らえる可能性が増すなら、その華奢《きゃしゃ》な骨を路地に置き去りにすることだってできる。

イヴはよろめきながらも立ち上がると、懐中電灯を消した。

辛くなんかない。歩くのよ。

あの骨のことを考えてはだめ。ボニーのことを思ってはだめ。

もう娘を救うことはできない。しかし、ジェーンとマイクを救うことはできるかもしれない。

聞いてる、ドン？　やってみたら、私に血を見せなさいよ。娘の骨を見せたっていいわ。あなたが何かするたびに、私はその分強くなる。

今度こそ、あなたには負けないわ。

9

男の喉は掻き切られていた。

「なんてひどい」

ジョーが顔を上げると、ほんの数フィート先にバーバラ・アイズリーが立っていた。もう一歩近づき、保護施設の敷地を取り巻く茂みのなかに転がった死体を見下ろす。「警備員？」

「いったいここで何をしてるんです？」

「来ちゃおかしいかしら？　真夜中に叩き起こされ、いまから私の部下の邪魔をしにいくと言われて、そうですかとまた眠れるわけがないでしょう？」そう言って、すべての明かりが煌々《こうこう》と灯された保護施設を振り返る。「ここの責任者は私よ。ジェーン・マグワイアはどこ？」

「わかりません」

「寮母の話では、部屋にいないそうよ。そのうえ警備員は死んでいる。あの子も殺されたということ？」

「かもしれません」アイズリーが身をすくめたのを見て、ジョーは付け加えた。「ただし、僕は生きていると思いますよ。部屋の窓から、結び目を作ったシーツがぶら下がっていた」

「つまり、自分で窓から下りて――殺人者の腕に飛びこんだ」

「それはどうかな」

アイズリーの鋭い視線がジョーの顔を探った。「イヴ・ダンカンね」小声で悪態をつく。

「あの子には近づくなと言ったのに」

「イヴはジェーンが危険だとあなたに警告したはずです。でもあなたは耳を貸さなかった。おたくの警備員を殺した男より先にイヴがジェーンを連れ出したことを祈るべきですよ」ジョーは立ち上がった。「鑑識が来るまで、何も触ってはいけないし、この一帯に足跡を残さないようにと全員に徹底してください」

「あなたはどこへ？」

「ジェーン・マグワイアを探しに行きます」

「イヴ・ダンカンがあの子を連れていったとすれば、立派な誘拐よ」アイズリーは間をおいた。「でも、酌量すべき事情があったことを考慮して、二十四時間以内にジェーンを返してくれれば、告発はしないよう児童福祉局を説得してもいいわ」

「あなたの寛大な申し出をイヴに伝えておきますよ。向こうから僕に連絡してくれればの話ですが」

「彼女を捜し出して。あの子を見つけなくちゃ」アイズリーの口調にはかすかな不安が滲《にじ》んでいた。「あなた方は友だちなんでしょう？」

「ええ、僕はそう思ってました」

ジョーはアイズリーの視線を背中に感じながら、歩道際に停めた車に向かって歩いた。

――あなた方は友だちなんでしょう？

友だち。何年ものあいだ、彼は不本意ながらその関係を受け入れてきた。しかしいま、彼女はその関係からさえじりじりと遠ざかろうとしている。

それもこの最悪のときに。

友人関係などどうだっていい。希望は捨てろ。気にしていられるか。

とにかく連絡をくれ。あの糞野郎《くそやろう》に殺されたわけじゃないと安心させてくれ。

マークはピーチツリーアームズのアパート前に車を停めた。「ここに誰が住んでるんだい？」

「母と婚約者」イヴは答えた。「マイクの世話を頼めそうな心当たりは母くらいだもの」

ジェーンは十三階建ての高層マンションを見上げた。「あなたのお母さん？」疑わしげな口調で訊き返す。

「私を育てられたのよ。マイクの面倒だってちゃんと見られるわ」

「そうかしら」

イヴはいらだちを覚え、溜息をついた。サンドラを説得するだけならともかく、ジェーンに母を会わせ、お墨付きをもらわなければならないのだ。「ここなら安心よ、ジェーン。警備員がいるし、私の友人のジョーが母のために特別に警護をつけてくれてるから。食事の心配もないし、安全だわ。それでも何か不満？」

ジェーンはマイクを連れ、無言のまま建物の玄関に向かった。

イヴはマークを振り返った。「来る？」

「いや、遠慮するよ。もう午前一時だ。安眠中のきみのお母さんと恋人をベッドから引きずり出して、即席の両親になってくれと説得するくらいなら、例の連続殺人犯と対決するほうがましだ。僕はここで待ってるよ」

「臆病者」

マークは微笑んだ。「なんとでも呼んでくれ」

イヴは子どもたちのあとを追った。彼女にしても、できるものなら目の前の難題を避けて通りたかった。母の婚約者ロン・フィッツジェラルドという人物をまったく知らないも同然なのだ。タヒチに発つ前に一度会ったきりだった。陽気で頭の回転が速い男性で、心から母を愛してくれていた。しかし、イヴにはなんの義理もない。

では、先にロンを攻め落とそう。ただ、母の親切心を利用するのは気が進まないが、母が彼女の頼みを断るとは思えなかった。ただ、母が宝物のように大切にしている恋人との関係が、自分のせいで台無しになるのだけは避けたかった。子どもたちをキッチンに案内して何か食べさせてやってくれと母に頼み、そのあいだにロンに状況を説明して、協力を請うことにしよう。

「だめだ」ロンは迷うことなく言った。「サンドラを不法行為に関わらせるわけにはいかない。子どもたちは警察に連れていきなさい」

「それはできないわ。さっきから言ってるでしょう――」イヴは言葉を切り、一つ深呼吸をした。「ジェーンを預かってくれとは言わないわ。そうすればあなた方二人を危険に巻きこむかもしれないから。だけど、ドンという男はマイクにはなんの関心も抱いていない。殺す機会があったのに殺さなかったんだもの。このごたごたが片づくまでのあいだ、あの子の面倒を見てくれる人が必要なの」

「あの子は家出してきたんだろう。両親のところに帰さなければ、あとで厄介なことになる」

「だけどね、ジェーンの話によれば、マイクはもう何日も路地で寝泊まりしてるのに、誰からも捜索願いは出ていないのよ。両親が何か言ってくると思う？」

「法に反した行為だ」

彼は検事なのだ。反論はできない。「ロン、あなたの力が借りたいの」

「それはわかる。だが、私が心配しているのはサンドラでね。力になってやりたいところだが、彼女を――」

「預かりましょう」戸口に母が立っていた。「そこまで私をかばってくれなくても結構よ、ロン」

ロンがサンドラのほうを振り返る。「いつからそこにいた？」

「ずっと」そう言って母はこちらに近づいてきた。「ほかに当てがあるなら、イヴだって私たちに頼ったりはしないはずでしょ？」

「ここは私に任せなさい、サンドラ」

サンドラは首を振った。「あの男の子は怯《おび》えてる。あの子を両親の家に追い返すことはできないし、娘が私を必要としてるときに追い返すつもりも私にはないわ。娘が子どものとき、何度も同じ間違いをしてしまったもの」サンドラは少し考えてから続けた。「とはいっても、イヴはあなたの娘ではない。マイクを連れて、私は自分の家に帰ることにしてもいいわ」

ロンが顔をしかめた。「その気もないくせに」

「いいえ、本気よ」サンドラは穏やかに、だがきっぱりと言った。「あなたといられて幸せだけど、私の人生にはあなた以外のものも存在してるのよ、ロン」

「家出人をかくまうのは違法だし、私が許さ――」

「私がコカインに依存していたころ、イヴが何度家出したか、あなたに話したかしら」サンドラはイヴを見た。「彼も意地悪をしたいわけじゃないのよ。ただ、私たちのような経験をしたことがないだけ」

「だけど、ママの幸せを壊したくないわ」

「もし寒空の下で震える子どもを預かったがためにロンと私の関係が壊れるとしたら、初めから続けていく価値のない関係だったということよ」サンドラはまたロンのほうを向いた。「違う?」

ロンはしばしサンドラを見つめていたが、やがて弱々しい笑みを浮かべた。「参ったな、サンドラ」そう言って肩をすくめる。「わかった、降参だ。近所の人には、兄の子どもがシャーロットから遊びにきていると言っておこう」

イヴはほっと胸をなで下ろした。「ありがとう」

サンドラが首を振る。「あなたは自立心が強すぎて、誰にも助けを求めようとしない。たまにはあなたの役に立てて嬉しいわ」

イヴはおそるおそるロンの顔を確かめた。

「気にするな。気は進まないが、しかたがない」ロンはサンドラの腰に腕を回した。「ただし、その殺人鬼が牢獄行きになるまで、彼女には近づかないでくれよ。いいな？　サンドラまで危険に巻きこまれるのはごめんだ」

「異論はないわ。ママ、携帯電話の電源を切らないようにしていてね。ときどき電話して、様子を確かめるから」イヴは立ち上がった。「さて、ジェーンを探して帰ることにしましょう」

「私ならここよ」ジェーンが戸口に立っていた。「マイクはまたパンケーキを食べてるわ、ミセス・ダンカン。そろそろ止めないと、あとでお腹をこわすと思う」

「また？　驚いた、もう六枚も食べたのに」サンドラは急ぎ足でキッチンに消えた。

ジェーンがイヴに歩み寄った。「帰るならいまのうちよ。マイクには事情を説明したけど、あたしがいなくなるってことをよく考えたら、きっとぐずぐず言い出すと思うの」ジェーンはロンのほうを向いた。「マイクをお願いします。初めはあなたを怖がるかもしれないけど。お父さんもあなたみたいに大きな人だから」

「ああ、任せなさい」

ジェーンはロンをまじまじと見た。「本当は引き受けたくないのね」イヴを見上げる。「もしかしたら、別の人に頼んだほうが――」

「ちゃんと面倒を見ると言ってるだろう」ロンがそっけなく言った。「引き受けたいかどうかは問題ではない。約束をした以上はちゃんと果たすさ」

　ジェーンはまだ不安げな顔つきをしている。

　さっさとここを出ないと大変なことになりそうだ。「行きましょう、ジェーン」イヴはジェーンを玄関のほうに押しやった。「私たちはいないほうがよさそう」

「でも、なんだか心配――」

　イヴはジェーンの手を引いて廊下に出ると、玄関を閉めた。「マイクなら大丈夫。ママがちゃんと面倒を見てくれるわ」

「だけど、料理はあんまり上手じゃなかった。パンケーキはべちゃべちゃだったし」

「たしかに料理の才能はないわ。だけど優しい人よ。あなたもママをよく知ればきっと好きになる」

「好きなことは好きよ。ちょっとだけ……フェイに似てる」

「フェイはとても面倒見のいい人だったでしょ？」

「そうね」沈黙。「あの男の人は？」

「彼はいい人よ。マイクにいやな思いをさせたりはしないわ」

「でも好きになれない」

　イヴにしても、初めて会ったときの好印象はいくらか怪しくなっていた。しかし、完璧《かんぺき》な人間などいない。それに母をあそこまでかばおうとしてくれることに感謝すべきだろう。

「母のことを心配してくれてるのよ。少しでも心配だったら、私がマイクを預けると思う？」

ジェーンは眉間《みけん》に皺《しわ》を寄せてイヴを見つめていたが、やがてうなずいた。「そうね。で、これからどこに行くの？」

「まずはアトランタを出て、どこかにモーテルを見つけてひと眠りしましょう。私はくたくた。あなたは？」

「疲れたわ」

ジェーンが疲れきっていることは見ればわかる。やつれ、青白い顔をしているが、マイクの落ち着き先が決まるまではと頑張っていたに違いない。

エレベーターに乗ったところでようやくジェーンは口を開いた。「どうして？」かすれた声で言う。「どうしてこんなことに？」

「ちゃんと話すわ。でもいまはやめておくわ。とにかく私を信じて」

「信じる根拠は？」

なんと答えたらいいだろう。この二十四時間にジェーンが経験したことを思えば、他人を信用しろとは言えない。「わからない。私があなただったら、やっぱり誰のことも信用しないと思う。たぶん、私を信用するのがいちばんましな選択だからというのが根拠ね」

「頼りない根拠」

いらだちから、イヴの口調がつい険しくなる。「そうだとしても、それ以上の答えは出てこないわよ。それ以上の答えはないもの」

「怒らなくてもいいじゃない」

「そうかしら。怒りたい気分よ。ほんとに頭にきてるし、だいたいね――」イヴは唇を噛《か》んだ。「ごめんなさい。一度にいろんなことがあったから」

アパートの玄関に着くまで、ジェーンはずっと無言だった。「謝ることないわ。そうやって怒ったり、思ったとおりのことを言ってもらえるほうがいいから。猫なで声ですり寄ってくるめそめそしたケースワーカーのほうがよほど嫌い」

子どものころ、イヴもそういうケースワーカーが大嫌いだった。しかし大人になってみると、なぜか彼らの弁護に回らなくてはいけないような気がした。「あの人たちだって、あの人たちなりに――」やめよう。口先の偽善を貫く元気はない。「猫なで声なんて出さないって約束するわ」イヴは車の後ろのドアを開けた。「さあ、乗って。ここから出ましょう」

マークが振り返った。「おや、恵まれない子どもが一人減ったらしいぞ」

「母が預かってくれたわ」

「で、次はどちらへ？」

「とりあえず車を出して。急いでね。警察が最初に考えることの一つは、母に事情を訊くことでしょうから。警察より先に来られて運がよかったわ。とにかくアトランタから出ましょう。どこかのモーテルに連れていって」

「どこかご希望の場所は？」

イヴは首を振った。「安全ならどこでも」

「ドンから安全な場所？　それともジョー・クインから？」

ジョー。

マークが目を細め、リアビューミラー越しにイヴを見つめた。「いつかはジョーに見つかるよ、イヴ」

イヴにもそれはわかっていた。時間の問題だ。とすると、それまでの時間を精一杯有効に使わなくてはいけない。「ジョーとはあとで話し合うわ」

マークが低く口笛を鳴らした。「僕はごめんこうむりたいがね」

どれだけ気が進まなかろうと、少なくともあと一度はジョーに連絡しなくてはならない。路地の段ボール箱の血染めの文字と、子どもの骨のことを伝えるために。ひょっとすると、ドンは些細な手がかりをあそこに残しているかもしれない。

いまのところ、明らかなミスは一つも犯してはいないが。

だが、あの一件は、ドンが破れかぶれになりはじめている証拠ではないだろうか。フェイ・シュガートンを殺《あや》めたほんの数時間後に、現場からわずか数ブロック先にあの骨を置くという、警察に見とがめられかねない危険を冒したのだ。

彼も不落ではないのかもしれない。今回こそ、正体を暴く手がかりを何か残しているかもしれない。

だからジョーに連絡して、非難に堪え、あのことを彼に伝えるのだ。

マーク・グルナードはジョージア州北部の町エリジェイの〈モーテル6〉に二人を案内し、自分のためにシングルの部屋を、イヴとジェーンにはツインの部屋を取った。

「ご希望どおりのお部屋をご用意いたしました」そう言ってイヴに鍵を渡す。「じゃ、また明日の朝」

「ありがとう、マーク」

「何の礼だ？　あの子を救うためにやっていることだと言いたいところだがね、本心を言えば、僕の関心はスクープのほうにある」

「いずれにしろ、お礼を言うわ」

イヴはジェーンを連れて部屋に入ると、鍵を閉めた。「バスルームに直行しなさい。シャワーを浴びて」それにしても寒い。イヴはサーモスタットの設定温度を上げた。「今夜は下着で寝てちょうだい。明日、着るものを買いましょう」

ジェーンはあくびをした。「わかった」

ベッドの一つにもぐりこんだジェーンが眠ったのを確かめてから、イヴはジョーの携帯電話の番号をダイヤルした。

「ジョー？」

「いったいどこにいる？」

「私なら元気だから。ジェーン・マグワイアも一緒にいる。彼女も安全よ」

「アトランタじゅうを探しまわったんだぞ。サンドラも何も教えてくれないし」

「警察は母を困らせてる？」

「当たり前だろう。ほかにどうしろと言うんだ？」

「母の力になってあげて、ジョー」

「できるだけのことはする。警察が捜してるのはお母さんではないからな。いまどこにいるんだ？」

イヴはその質問には答えなかった。「電話したのはね、ルーテル通りの路地に、有益な証拠があるかもしれないことを伝えるためなの。段ボール箱にドンから血染めのメッセージがあるわ。地面の上には子どもの骨がある」

「そのメッセージは骨の主について何か言っていたか？」

「いいえ」

ボニー。

そのことは心から締め出して。ボニーのことを考えてはいけない。

「血液も誰のものかわからないわ」

「僕にはわかる。きみがジェーンを連れ出した保護施設の警備員のものだよ」

「まさか」ドンはあの時点ですでにジェーンを襲う準備を始めていたのだと思うと、背筋が震えた。「死んでからどのくらい経過してた？」

「まだわからない。今夜は寒かったろう。気温の低い場所に放置されていた死体の死亡推定時刻を特定するのは困難な場合が多いからね。警備員が最後に目撃されたのは、午後八時十五分ごろだ」

つまり、警備員が殺されたのは夜の早い時刻、彼女が現場に行く何時間も前である可能性が高いということになる。ジェーンの部屋の窓を見上げたときに背後に感じた不気味な気配は、やはり気のせいだったのだろう。

「というわけで、きみは誘拐犯であり、殺人の容疑者にもなったわけだ」ジョーが言った。

「殺人の？」

「きみは現場にいた。まあ、きみが殺人犯だなんて、誰も本気で疑ったりはしないだろうが」

「心強い励ましだこと」

「しかし、少なくとも重要参考人とされるだろうし、事情聴取のために呼ばれるだろうな。それに誘拐の件もある。きみは全国指名手配犯だ」

「ジェーンをあそこから連れ出さなくてはいけなかった理由はわかるでしょう。ドンに脅されたのよ。やらなければジェーンを殺すと」

「そんなことだろうと思った」ジョーの声にはなんの感情もこめられていなかった。「僕に電話して、相談してくれてもよかったろうに」

大変だ、相当に怒っている。「私一人でやるしかなかったの」

「そうかな。僕の記憶では、僕は首までどっぷりこの件に浸かっていた。それなのになぜ、急にきみのリストから除外されることになったのかな」

「わかってるくせに。私は法を犯してもジェーンをあの施設から連れ出さなくてはいけなかった。あなたは警察官なのよ、ジョー」

「警察官だからってだけで、僕がきみに力を貸すのを渋ると思ったのか？　きみの頼みなら、手伝ったさ」

「わかってる」イヴは喉を締めつけるものを呑み下そうと、唾を呑みこんだ。「でも、そんなことさせられなかったの」

「きみが――」ジョーは怒りをこらえるようにいったん言葉を切った。「僕の意思決定をする権利をいったい誰がきみに譲り渡した?」

「私よ」

「そして僕を締め出した」

「ええ、締め出したわ。この件には関わらないで、ジョー」

「いや、関わらせてもらう。きみはもう何度も僕を目立たないところに押しやってきた。それは我慢できても、僕から逃げようとするのは許せない」

「あなたのいい友人でいたいの、だからこの件には――」

「友情なんて糞食らえだ」ジョーの声からは爆発寸前の荒っぽさがうかがえた。「もう死ぬほど飽き飽きしてる。何もできずに指をくわえて見てるのにはうんざりだし、ときどき頭をなでてもらえればそれで満足する老いぼれの猟犬みたいな扱われ方をされるのにもいやけがさした」

イヴは腹を殴られたような衝撃を覚えた。「ジョー」

「もうそんなのはごめんだよ、イヴ」

「そんな扱いをした覚えはないわ」

「いや、あるはずさ。きみ自身は意識していないだけだ。きみはなんだって締め出そうとする。締め出さないものは、自分に都合のいい解釈をする。今夜、この電話を切ったあとも、自分の見たくないものの向こう側は見ずにすませようとするに決まってる」

「あなたがいてくれて当然だなんて思ったことはないわ」イヴは震える声で抗議した。「それに、いつだってとても大切な友人として接してきたつもり」

「だったら、なぜ僕に相談しなかった？　なぜ居場所を教えようとしない？」深呼吸をする気配がして、ジョーは説得するように声をひそめた。「最後のチャンスだ。いますぐきみのそばへ行かせてくれ。そのあとは背景に引っこんでいるよ。きみがいやなものは見たくないというなら――」

「教えられないわ。あなたでは私の力になれない。今回だけは」

ジョーはしばらく黙っていたが、その沈黙に彼の怒りが滲み出ているのがイヴにはわかるような気がした。「きみが選んだことだ。なんだか安心したよ。いずれにしろ、きみを見つけてみせる。きみが僕を締め出すのも許さないし、あのいかれた糞野郎がきみを殺すのだって許さない」

「私を捜したりしないで。電話をかけてきても切るわ。わかった？」

「いや、見つけてみせる」電話は切れた。

イヴは震える指で終話ボタンを押した。ジョーは彼女の人生の岩盤の一枚だった。その岩盤が足もとで粉々に砕け散ったような気分だった。怒っているジョーを何度も見たことがあるが、今度ばかりは違う。ジョーは怒りを彼女に向けた。思いやりのない、見当違いの悪口《あっこう》を並べた。彼を軽んじたことなど一度もない。ジョーのいない人生など考えられなかった。彼のために最善と思われることをしているだけなのに、彼はなぜわかってくれないのだろう。

心の痛みは忘れて。眠らなくちゃ。忘れるのよ。

イヴはナイトスタンドの明かりを消した。

――見つけてみせる

彼の言葉はまるで脅しのように響いた。今夜の威圧するようなジョーは、タフな警察官、もと特殊部隊員のジョーだった。容赦なく、揺るぎなく、危険な。馬鹿なことを。ジョーが彼女を脅すはずがないではないか。ジョーは兄よりも近しく、父よりも頼りになる存在だ。

　――ときどき頭をなでてもらえればそれで満足する老いぼれの猟犬みたいな扱われ方

　ジョーのことを考えるのは辛い。これ以上、悩みが増えるのはごめんだ。

　――きみはなんだって締め出そうとする

　そう、そのとおりだ。いまはジョーを締め出そう。罪の意識なんか感じてなるものか。

　イヴは目の奥の痛みを封じるように目を閉じた。眠ろう。明日はジェーンをドンから守る手段を探さなくてはならない。ジョーの傷ついた気持ちや理解のなさよりも、そのことのほうが切迫した問題だ。ジョーの問題はあとで解決すればいい。いま大事なのはジェーンだ。

　――何もできずに指をくわえて見てるのにはうんざりだ

　だからといって、ジョーを大切でないと思っているわけではなく――

　ジョーのことを考えるのはやめよう。あの言葉に隠されたメッセージは、いまにも爆発しようとしている火山のように心をかき乱す。いつも存在を意識していたのに、目を向けるまいとしてきたもの。いまそちらを見ることはできない。

　寝返りを打ち、眠れと自分に言い聞かせる。

　――見つけてみせる……

電話が鳴っている。イヴはその音で目を覚ました。もう議論はたくさんだし――

ジョー？　絶対に出てやらないから。

まだ鳴っている。

しかたがない。出ないとジェーンを起こしてしまう。

イヴは小声で応えた。「もしもし？」

「ルーテル通りの路地には行ったかね？」

ドンだ。

「行ったわ」

「では、可愛いジェーンはきみと一緒だということだな。きっとあの小さなお友だちを助けに行くと言い張るだろうと思ったよ。あの子をずいぶんと気にかけている様子だったからね。きみも子どもだったら同じことをしていただろう？　まだ言っていなかったかな？　きみたちは本当にそっくりだと」

「警備員を殺したのね」

「きみの仕事を少し楽にしてやっただけさ。あの警備員はきみの邪魔をしただろうからね。どうやってあの子を連れ出した？　雨樋か？　私も考えてはみたが、あれは――」

「どうして電話してきたの？」

「きみの声を聞きたいからさ。きみの声が緊張と怒りに満ちていることに自分で気づいているかい？　私には微妙な感情の起伏まで聞き取れる。わくわくするよ」

「切るわ」

「では、さっさと本題に入ったほうがいいな。私の望む方角にきみを導くという本題に。このままアトランタにいるのは、きみにとっても私にとっても危険が大きすぎる。きみが誘拐容疑で逮捕されれば、すべて台無しだ。きみはジェーンと絆を育む機会を持てず、となると私はあの子の喉を切り裂くしかなくなる。きみはあの子の周囲を警護の者で固めようとするだろうね。なかなか挑戦しがいのある殺しになるだろう」

イヴは電話を握りしめた。「もし私が逮捕されたら、ジェーンを殺す理由はなくなるはずよ。あなたの下らないシナリオは破綻《はたん》するんだもの」

「殺すと言ったろう」彼は穏やかな口調で言った。「私はやると言ったことはやる。だからせいぜい用心して、捕まらないようにするんだな。そのためにも、アトランタを離れろと勧めている」

「私がアトランタにいたら、自分が捕まるかもしれないと怖いの？」

「それどころか、きみに希望を与えられて嬉しいね。きみが私を捜していると思うだけで、ぞくぞくするよ。こんな興奮を味わうのは、久しぶりだな。いつも殺しを完璧にし、正体を暴かれないことにばかり気を遣ってきた。追い、追われるというスリルがあるほうが快感だとは気づかなかったよ」

「私がどこかに身を隠したら、その快感も消えるわね」

「きみに隠れてくれとは言っていない。アトランタを出ろと言っている。そろそろフェニックスに旅行してもいいころだよ」

「え？」

「フェニックスは私のお気に入りの町でね」

「知ってるわ。フェニックスでも殺しをしてるんでしょう」

「知ってるのか」

「FBIは、何年か前にあなたがフェニックスで二件の殺人事件を犯してることをつかんでるのよ。つまり、あなたは自分が思っているほど利口ではないってこと。かならず捕まえてみせるわよ、ドン」

「あの殺しからは無理だな。一切の証拠は見つからないはずだ。とても用心したし、残ったものがあるにしても、歳月が消してくれただろう。過ちを犯すほど退屈するようになったのは、ごく最近のことでね。ついこのあいだ起きた殺しを当たれば小さな手がかりが見つかるかもしれないぞ」

「なんの話?」

「きみと私を結びつけた女を探すことをお勧めするよ。あまり楽しい獲物ではなかったが、あの殺しでついに悟ったんだ。何かがとんでもなく間違っているとね。おかげできみを探し当てることができた。あの女は光を与えてくれた。そこで私も女に光を与えた」

「フェニックスで?」

「おや、気乗りしてきたかな?」

「名前はなんと言うの?」

「覚えていないな。どうだっていいことだ」

「いつ?」

「たぶん五ヵ月か六ヵ月前だな。覚えていない。もっと前にも私が抱える問題を示唆してくれた殺しがあったが、行くべき道を照らしてくれたのはあの女だった。行く手に光があるかないかは重要だろう？　女を探せ、イヴ。そうすれば私を見つけられるかもしれない」

「彼女がどこにいるのか教えて」

「訊いても無駄だと知ってるだろう。自分の力で探すんだな」しばしの沈黙。「たしか、美しい声をした女だった。ソプラノだ」

「歌手だったの？」

「フェニックスに行け。ジェーンを連れて。あの子を抱きしめろ、愛情を注げ……あの子の母親になれ。骨は見つけたかい？」

「卑劣な男ね」

ドンは笑った。「そのうち全身ぶんが揃うよ。そうなったらまた振り出しだ。ジェーンの骨格はなかなか興味深いとは思わないかね？」

癇癪《かんしゃく》を起こしてはいけない。彼は彼女の怒りを引き出したくて、言葉で揺さぶっているのだ。「好きなだけ骨を撒き散らすといいわ。あれはボニーのではないもの」

「いいぞ、なかなかうまい芝居だ。本気で言っていると勘違いするところだった。フェニックスへ行け、イヴ」

「どうしてあなたなんかの言うとおりにする必要があるの？」

「フェニックスだ。この件に関しては、それが私の最後の言葉だよ」電話は切れた。

最後の言葉。あの残酷な男は長い年月のあいだにいったいいくつの最後の言葉を耳にしてきたのだろう。いくつの悲鳴を、いくつの命乞いを聞き流してきたのだろう。フェニックスの女性も、殺される前に命乞いをしただろうか。

「犯人からね。違う?」暗闇からジェーンの声がした。

しまった。

「フェイを殺した犯人からでしょう? どうして電話をしてきたの?」

「話せば長い話なのよ、ジェーン」

「その人があたしを殺したがってるってあなたは言ってたわね。どうして? あたしはその人に何もしてないのに。フェイだって何もしてない」

「彼はまともじゃないって言ったでしょう」

「でもどうしてあたしを殺したがってるの?」ジェーンは責めるように言った。「話してよ、イヴ」

イヴは迷った。可哀想な少女を怯えさせずに、どこまで説明できるだろう。

「話して」

気を遣ったり、なだめたりするのはもうよそう。ジェーンにも脅迫の内容と、脅迫の主を教えておくべきだ。世間をうろついている獣《けだもの》についてきちんと教えていたら、ボニーはいまも生きていただろう。

「いいわ」イヴは明かりをつけた。「みんな話すわ、ジェーン」

「書くのに指を使っていなかったよ」スパイロは、路地の入口に停めた車のそばで待っていたジョーに告げた。「指で書いていたらかえって疑うところだが。段ボール箱のそばに血の付いた棒きれが落ちていた。箱の血からも木片が発見されるだろう。繊維が付着していないか棒きれを分析する。おそらく犯人は手袋をしていただろうからね。だいたい、犯人はこんなところで何をしていたんだろう」

「見当もつかない」ジョーはあいかわらず段ボール箱の周囲を右往左往している四名の捜査官をじっと眺めていた。「イヴは何も話してくれない。箱と骨の在処《ありか》を聞かされただけだ」

「よほど震え上がっているんだな」

「ああ、そうだろう」ジョーは車に乗りこんだ。「分析はどのくらいでできる?」

「二日かな」

「あの血はおそらく警備員のものだろう」エンジンをかける。「わかりしだい、連絡してくれ」

「彼女はどこにいるんだ、ジョー?」

「知らない」

「誘拐は重罪だぞ」

「わかってる」ジョーは目を上げてスパイロを見つめた。「だが、彼女がなぜあの子を連れていったか知ってるだろう」

「それは私には関係ない。裁判所が気にすることだよ。私の仕事は彼女を捕まえることだ」

「あんたの仕事はドンを捕まえることだ。頼むよ、優先順位を勘違いしないでくれ」

スパイロはかすかな笑みを浮かべた。「勘違いなどしていないさ。イヴを捕まえたいのは、彼女がドンを捕らえるための最大の切り札だからだ」目を細めてジョーを見返す。「彼女はどこだ、ジョー？」

「言ったろう、僕は知らない」

スパイロが驚いたように眉を吊り上げた。「おやおや、本当に知らないらしいな」

「見つけてみせるさ」ジョーはスパイロから目をそらし、ぎこちなく続けた。「何か情報があれば教えてくれると助かる」

「ほう、いまのはきみにとってはさぞ言いにくい台詞《せりふ》だったろう。よほど焦っているんだな」

「彼女をぜひとも見つけないと」

「彼女に対する全国指名手配を取り下げるよう、市警を説得しなかったのはなぜだろうと不思議に思っていた。たとえ彼女が刑務所に放りこまれることになっても探し出したいということか」

「あんただって口を出さずにいたじゃないか。彼女が逃げまわったり、どこかに隠れたりして連絡がつかなくなったら困るってわけだろう？」

スパイロは答えなかった。

「何かわかったら教えてくれないか」

「考えておく」スパイロは肩をすくめた。「わかった。といっても、きみから見返りがあるとは期待できないだろうな」

ジョーは車を出した。「わからないぞ。イヴが行くところドンあり、だ。あんたの力が必要になるかもしれない」

ジョーの車が走り去ったあとも、スパイロはその場を動かなかった。まばゆいヘッドライトに照らし出された彼の顔はいよいよ険しく、ますます疲れて見えた。イヴの行方について情報が入ったら、約束どおり連絡してくれるだろうか。自分だったら連絡しないかもしれない。だとしたら、スパイロにも期待しないことだ。

まあいい、ここでやれることはやった。

そろそろ心でなく、頭で考えなくてはならない。

考えがまとまったら、狩りの開始だ。


「全然筋が通ってない」ジェーンが言った。「あなたとはなんの関係もないもの。フェイだって同じだわ」

「そうね」

「そんなのいやよ。あなたのことも大嫌い」

イヴはたじろいだ。ジェーンのこの反応は予期していたとおりであるはずなのに。「そう言うのも無理はないわね。でも、ドンがあなたをつけ狙っているという事実は変わらない。だから私にあなたを守らせて」

「あたし、あなたの言うとおりになんかしないからね」

「いいわ、好きにしていいわよ。逃げれば、ドンに見つからずにすむかもしれない。児童相談所に駆けこんで、警察に保護してもらうこともできる」イヴはしばし間をおいた。「でも、警察は信用できないってあなた言ってたわね」

ジェーンはイヴをにらみつけた。

「私と来て、私と一緒に自分の手で自分を守ることもできる」

「あなたとなんかどこにも行かないから」ジェーンはしばらく考えていた。「フェニックスに行くんでしょう？　そいつの言うなりになるのね」

「ほかに選択の余地がある？　彼を捕まえなくちゃ、ジェーン」

「そうね」ジェーンはベッドの上で棒のように身を固くしている。「フェイを殺したんだもの。フェイはそいつに何もしていないのに、そいつはフェイを殺したのよ。憎いわ。そいつが憎い」

「私だって同じ気持ちよ。これで一つは共通点が見つかったわね」

「あたしがあなたの娘だって、本気で信じてるのかな。頭がおかしいのね」

「私があなたを娘のように感じるように仕向けたいだけだと思うわ」

ジェーンはしばらく黙っていた。「ボニーとあたし、似てる？」

イヴは首を振った。「いいえ。ボニーのほうが年下だったし、甘えん坊だったし、夢見るような子だった。あなたはどちらかというと、小さいころの私みたい」

「あなたと似てるところなんかない」

「そう思うならそれでいいわ」

「ええ、そう思う」

「だけど、私といるほうがあなたは安全だと思うの。彼は私たちが一緒にいることを望んでる。一緒に来てくれるでしょう、ジェーン？」

ジェーンはイヴに背を向けた。

無理強いをしてはだめ。考える時間を与えるべきよ。この子は頭がいいんだもの。

イヴは明かりを消した。「朝になったら返事を教えて」

返事はない。

ジェーンが一緒に来ることを拒んだらどうするか。その事態を思うと、イヴを猛烈な不安が襲った。

いざそうなったときに考えればいい。

――いやなものは見たくないと言うなら
ジョーのことや、彼の筋違いの非難を思い返すのもやめよう。心がちくちくと痛む。

ジョー……

「どういう意味？　甘えん坊だったって」

「え？」

「ボニーのこと」

「私はあの子を愛しすぎた。あの子の周囲を甘い、陽の当たるものだけで固めようとしたの。でも最近になって思うようになったわ。もしあの子にちゃんと――いえ、いいの」

「自分は愚かだったって言いたいのね。あたしがフェイに話さなかったのと同じように」

「そうね、そういうことだわ」

またしても沈黙。「あなたはめったに愚かなことをしない人だと思うけど」

「一度で充分よ」

「ほんと」

違う。どれもこれも子どもに言うべきことではない。ただでさえジェーンは罪の意識に苛《さいな》まれているというのに。「フェイの死はあなたのせいではないわ、ジェーン。ドン以外に責められるべき人間がいるとしたら、それは私よ。だから、あなたまで傷つけられずにすむように私に守らせて」

返事のないまま時間が過ぎていく。

眠りなさい。待っていても答えは返らないわ。

「一緒に行くわ」ジェーンが言った。

イヴは心から安堵の溜息をついた。「よかった」

「あなたが好きだからじゃないわよ。あなたのことなんてなんとも思ってない。殺されちゃってもかまわないわ。だけど、そいつが憎いの。そいつがフェイにしたことが憎いの。あたしにしようとしてることも。誰かがそいつの喉を掻き切ってくれたらいいのに」

「わかるわ、その気持ち」

そう、ジェーンの心に生まれた憎しみと無力感なら、まるで自分のもののように理解できる。

ジェーンが自分の一部であるかのように。

イヴは即座にその考えを意識から遠ざけた。それこそまさにドンの狙ったものではないか。親近感と共感。ドンの思いどおりになってたまるものか。ジェーンとのあいだに距離を保たなくては。簡単なことだ。ジェーンは頑《かたく》なで、イヴと関わりを持ちたくないと思っているのだから。

しかし、マイクに対してはこれほど頑なではなかった。ジェーンがマイクに見せた微笑みは、どこかボニーの笑みを思い起こさせた。同じ明るさと優しさにあふれた笑み……

どうかしてる。

ボニーとジェーンは似ても似つかない。

その点は神に感謝すべきだ。

だからどちらのことも考えるのはよそう。代わりに、フェニックスに行ってからどうやってジェーンの安全を守るかを考えよう。

それから、ドンの言うなりになるのもこれきりにしよう。

こちらが狩る側に転じる潮時だ。

また電話が鳴っている。

放っておけばいい。

「フェニックスだって？」マークは考えこむような調子で訊き返した。「アトランタからずいぶん遠いな。まあ、向こうに行ったほうが、あの子を隠しやすいかもしれない」マクドナルドの店の外に立ち、マークは店内で朝食を食べているジェーンを見やった。

「そうかしら」イヴは反論した。「現代では、遠く離れた場所なんてものは存在しないわよ。それについては、あなたがたマスコミの人たちも大いに貢献してると思うけど」

「テクノロジーの進歩も一因だね」マークはコーヒーをひと口飲んだ。「フェニックスに行くのは大きな賭けだな」

「ここに留まるほうが大きな賭けよ」

「あの子の安全はどうやって確保する？」

「ちょっと思いついたことがあるの」

「だが僕には教えられないんだな？」

イヴはうなずいた。

「ということはつまり、僕はフェニックスに連れていってはもらえないというわけだ」

イヴはふたたびうなずいた。「ジェーンを連れ出すのにあなたがひと役買ったことは誰も知らない。もう充分力を借りたわ」

「立派な理由があったからさ。僕はスクープが欲しいんだ、イヴ。貸しは返してもらうよ」

「いよいよとなったら連絡するから」

「僕はきみを信頼して待てと？」

「ええ、約束は守るわ」

マークはイヴの顔をまじまじと見つめた。「いや、きみは約束を破ると思うな」マークは肩をすくめた。「まあいい、僕は仕事に戻ろう。ひょっとしたらきみに有益な情報が偶然手に入るかもしれない。落ち着き先を連絡してくれるね？」

「ええ、知らせるわ」

「どうやってフェニックスに行く？」

「あなたの車を借りられるとありがたいんだけど。バーミングハムまで車で行って、空港で乗り捨てるわ」

「しかし、正体を見破られずにどうやって飛行機に乗る？　トイレに行くのにも身分証明書が必要な時代だぞ」

「なんとかするわ」

「フェニックスまで僕が車で送ってもいい」

「いいえ、これ以上あなたに迷惑はかけられない」

「ま、一か八か言ってみただけさ」マークはふたたびジェーンに目をやった。「あの子はおとなしくしていてくれそうかい？」

「そうは思えないわ。あの子は他人を信用していない。それには私も含まれてるの。今朝、目が覚めたときから、口をきいてくれたのはせいぜい二度くらいね。だけど、少なくとも話してわからない子ではないわ」イヴは手を差し出した。「いろいろありがとう、マーク」

マークはその手を握り、それから車の鍵を彼女に渡した。「忘れるな。きみは僕に借りがある。いますぐとは言わないが、独占インタビューはさせてもらう」

「ええ、約束するわ」イヴはジェーンの座っている席へ戻ろうとした。

「イヴ」

イヴは振り返った。

マークはいぶかしげに目を細めて彼女を見つめた。「今朝はやけに自信ありげだな」

イヴは顔をしかめた。「見かけどおりならいいんだけど」

「昨日よりは顔色もいい」

「朝日は万物を明るく輝かせるのよ」

「それだけかな。僕が思うに、きみは何か奥の手を思いついたんだ。ただ僕には教えようとしない」

イヴは手を振った。「さよなら、マーク。また連絡するわ」

マークの読みは的外れだった。自信などかけらもない。怯えて、途方に暮れている。マークが自信と見間違えたのは、ほんのかすかな希望のきらめきだろう。

しかし、彼女にはそれにすがるしかなかった。


彼はバーミングハム空港の駐車場で待っていた。

「きみは馬鹿者だ」ローガンはイヴを抱き寄せ、力強いキスをした。「それに、きみがこんなことに巻きこまれるのをただ見ていたジョーは、輪をかけた大馬鹿者だ」

「ジョーは関係ないわ」イヴは一歩下がってつくづくと彼を眺め、深い安らぎを覚えた。彼は思いやりにあふれ、強く、懐かしく見えた。「このことは何も知らせてないの」

「あのいまいましい男を徹底的にかばうつもりか」

「ジョーの話はもういいわ」イヴは車のなかのジェーンに手招きをした。「身分証明書は用意してくれた？」

ローガンは革の小袋を差し出した。「現金、偽の出生証明書、クレジットカード二枚、それに運転免許証」

「この人、詐欺師？」ジェーンが訊いた。

ローガンはジェーンにちらりと目を向けた。「誰に尋ねるかにもよるな」

「よく道端で誰彼かまわず偽造の身分証明書を売ってる人がいるわ」

「私は売らないよ。買う側だ。こんな短時間で揃えられたことに感謝してもらいたいな」

「ジェーン、この人はジョン・ローガンよ。犯罪者じゃないわ。業界では一目置《いちもく》かれているビジネスマンなの」

「あたしたちを助けてくれるって人？」

「ええ、偽の身分証明書がなければ飛行機に乗れないもの」

「きみたちの宿泊先を用意した――フェニックス郊外の家だ。うちの会社でもっとも優秀なボディガードが二人、きみたちの警護に当たる」ローガンはイヴの腕を取った。「さあ、行こう」

「ここでお別れよ」イヴはあとずさりした。「あなたと一緒にいるところを見られたくないの、ローガン」

「お別れするのはフェニックスに着いてからだ。自家用のジェット機を待たせてある。それなら身元を見破られる心配はない」

「だめよ」イヴはその場を動こうとしなかった。「昨日電話したとき、たしかにあなたの力を借りたいと言ったわ。だけど、これ以上あなたを巻きこみたくないの」

「いまさら遅い」ローガンはにやりと笑った。「あとのことは私がなんとかする。見ていてくれ」

「見ていたくないわ。私のせいで誰かがこんな事件に深入りすることになるなんていやだもの」

　ローガンの笑みが消えた。「聞きなさい。きみが困っているときに、引き下がるわけにはいかないんだよ。アトランタの同僚を経由して私の耳に入る前に、きみ本人から電話をもらいたかった」

「同僚？　まさか、私を監視してたの、ローガン？」

「状況を見守っていただけさ」ローガンは唇を引き結んだ。「きみを引き止めるためにジョーが何をしでかすかわからなかったからね」

「ジョーは私の友だちよ。それに彼は――」

「わかった」ローガンは片手を上げて彼女の言葉をさえぎった。「彼にではなく、私に連絡をくれたことを純粋に嬉しく思っている。奴に会えないのが残念だ。奴の鼻先にその事実を突きつけてやりたかったよ」

「彼はあなた以上に失うものが大きいの。警察官でしょう。だけどあなたは――」

「実利主義の企業家だ」ローガンはイヴの背を押し、駐車場の出口に向かった。「しかも不利な足跡を消せるだけの金を持っている。だから、せいぜい私を利用すればいいじゃないか」ローガンは二人のあとを追って歩きだしたジェーンを振り返った。「筋が通った話だと思うだろう、お嬢ちゃん？」

　ジェーンは彼をまじまじと観察した。「ええ。この人を利用しましょ、イヴ」

　ローガンはわずかに驚いたようだった。「その調子だ」

「私は他人を利用したりしないわ」イヴは言った。「利用せずにすませられるものなら」

「どうして？」ジェーンが訊き返す。「本人が利用してくれって言ってるのよ。それに、あとでこの人が必要になるかも」

「頭の回転の速いお嬢さんだ」ローガンは首をかしげた。「どうだろう、うちの社の幹部研修プログラムに参加しないか。うちには山ほど――」

「それ、お世辞のつもり？」ジェーンは呆《あき》れたようにローガンを見た。「この人を利用しましょ、イヴ」

「このお嬢ちゃんの意見では、私は利用する以外に使い道のない人間らしいぞ」ローガンはつぶやいた。「私を利用しろ、イヴ」

「フェニックスまではお言葉に甘えることにするわ」イヴは言った。「でも向こうへ着いたら私から離れてね、ローガン」

「その話はフェニックスに行ってからすることにしよう」

10

ローガンの運転する車が、スコッツデール郊外に建つ赤い瓦屋根のこぢんまりとした家の門前に停まったのは、夕暮れどきだった。豊かに茂った木立とスペイン風の錬鉄の門の隙間から、家の様子がかろうじて見て取れた。

ローガンはいったん車を降り、門の傍らのパネルに暗証番号を打ちこんだ。両開きの門がすっと開く。ふたたび車に乗りこんだローガンはイヴに言った。「ロビーの抽斗《ひきだし》に、リモコンが二つ入っている。それを使えばいちいち車から降りずにすむ。家の北側のコテージにボディガードが二人いる。ハーブ・ブッカーとファン・ロペスだ。定期的に敷地の見まわりをするが、警報ボタンを押さないかぎり、向こうからきみの邪魔をすることはない」

「で、その警報ボタンはどこに?」

「キッチン、主寝室のバスルーム、主寝室、居間。それぞれ電話の脇だ。家のどこにいても数フィート以内にかならず一つある」

「この家のことをよく知っているようね」

「フェニックスに仕事で来たときは、いつもこの家を使う。ちょっとした防犯設備があって困ることはないからね」

「この人、ほんとに裏の世界のボスじゃないの？」ジェーンがイヴに尋ねた。

「可愛いお嬢ちゃんだ」ローガンは面白がっているふうだった。

「ほんとよ」イヴは車を降りた。「どちらかと言えば政治家ね。政治家も、いつもボディガードに囲まれていないと安心できない人たちだもの」

「ひどい言われようだな」ローガンは正面玄関の鍵を開けた。「きみが政治家をどう思っているか知り抜いている身としては、裏の世界のボスと思われるほうがましだよ。清廉で正義感の強い政治家もちゃんといるって、何度言ってもわかってもらえないのはなぜなんだろうな」

「意見の相違を認めようって点で意見が一致したはずよ」イヴはジェーンの肩を押して先に家に入らせると、ローガンのほうを振り返った。「どうもありがとう。さよなら」

「客用寝室は二つある」

「さよなら」

「キッチンを探して、サンドイッチを作るわ」ジェーンはさっさと廊下を歩いていく。

「ほら、あの子は私が放り出される姿を見るのが辛いんだよ。どうやら好かれたらしいな。見る目のあるお嬢さんだ」

「無関心を愛情と解釈できるならね」イヴは腕組みをして繰り返した。「さよなら」

「無関心なわけじゃないさ。よく知り合えば仲良くなれる。初めて見たとき、どことなくきみに似ていると思ったよ」

「あの子は私とはまるで似ていません」

ローガンは低く口笛を鳴らした。「どうやら、タブーを口にしてしまったらしい」

「早く行って、ローガン。お願いだから」

ローガンは微笑み、指先でイヴの頬を軽くなでた。「行くさ。きみがそこまで意地になって私をかばってくれるなんて、無上の喜びだね」

ジョーは喜びはしなかった。ジョーは憤り、まるで理屈に合わないことを並べた。まったく腹が立つ。

「ほかにお役に立てることは？」

「コンピューターと検索ソフトウェアひと揃いくらいはもともと備えてあるんでしょう」

「おいおい、私はコンピューターを作って売ってるんだぞ。書斎には立派な図書室もある」

「そう、それだけあれば文句ないわ」

「二つの主寝室に、きみたち二人分の着替えを用意させた。ジェーンの分はサイズが合うか少し不安だが。あの子は十歳にしては小柄だからね」

「体のわりに存在感は充分だけど」

「たしかに」ローガンは軽く腰をかがめ、イヴにキスをした。「じゃ、私はこれで。もし用があったら、私は〈キャメルバック・イン〉に宿泊しているから」

「よして、ローガン。モントレーに帰ってと言いたかったのに」

「ああ、知ってたよ」ローガンは階段を下りていく。「このレンタカーはおいていくから使ってくれ。私はコテージに回って、ボディガードの一人にホテルまで送ってもらう」

「ねえ聞いて、ローガン。あなたには充分すぎるほどいろいろしてもらったわ。あなたを面倒に巻きこむことになったら、それこそ悔やんでも悔やみきれない」

「嬉しいね。利口な男の手に渡ると、後悔は利用し甲斐のあるものだ。それに、きみが私を気にかけてくれている証《あかし》でもある」

「その点に異論はまったくないし、あなただってわかってるでしょう。あの辛い経験を一緒に切り抜けたあとよ。もしあなたをなんとも思っていないとしたら、私はロボットみたいに心のない人間だということだわ」

ローガンは肩越しにイヴに微笑んでみせた。「そこに私は一縷《いちる》の望みをかけているわけだ」

「ローガン」

彼は首を振った。「無理だよ、イヴ。同じ家に住むのはあきらめさせることができても、私を遠くに追い払うことはできない」そう言って片目をつぶってみせる。「それに、きみの窮地を救ったのがこの私だということをジョーが発見する瞬間に立ち会いたいからね」

反論する隙をイヴに与えず、ローガンは家の脇を回って消えた。

そもそも彼の力に頼るべきではなかったのだろう。ローガンは適当なところでやめておくという言葉の意味を理解しないに違いないのだから。

いや、それは違う。ローガンはこれまで、イヴが二人のあいだに引いた線を侵さないよう、注意深く振る舞ってきた。焦ることもせず、無理強いすることもなかった。支配欲の強い性格を考えれば、彼にとってはむずかしいことだったろう。そのことがあるからこそ、イヴには彼がますます大切な存在と思えた。

少なくとも今回は、部分的な勝利をもぎ取った。相手がローガンだということを思うと、それは偉業に等しかった。フェニックスを離れるよう説得できるかどうかは、あとで心配すればいい。いまは目の前の仕事を片づけなくてはいけない。しかしその前に、母に電話をして様子を確かめるべきだろう。

ロビーのテーブルに歩み寄り、母の携帯電話の番号をダイヤルする。三度めの呼び出し音でサンドラが出た。

「変わりはない？」イヴは尋ねた。

「イエスとノーの両方ね。あなたが話してた殺し屋は現れていないけど、ロンが自分の手でマイクの首を絞めてしまいそうな雲行きよ。マイクは一度もお風呂に入れられた経験がないみたいね。あの分ではまた路地で寝起きするといって飛び出していきそう」

「困ったわね」

「心配しないで。そのうち仲良くなるでしょう。ロンは困難を克服するのが好きなの。どうやら買収工作に成功したようよ。お風呂に入ったら、一度につき一食、〈マクドナルド〉のご馳走を買ってきてやると約束したの」母はおかしそうに笑った。「マイクは飛びついたわ。私は侮辱されたような気がしてるけど」

「子どもはみんな〈マクドナルド〉が好きなのよ」

「あら、慰めてくれなくても結構よ。私の料理下手はあなたも私もよくわかってることだもの。あなたは元気？」

「元気よ。これからはひと晩おきに電話するわね。何かあったら、少しでも怪しいことがあったら、電話して」

「わかったわ」サンドラは少し間をおいて続けた。「あなたがどこにいて何をしてるか、ジョーはまるで知らないみたいだけど」

「そのほうがいいと思ったの」

「触ったら火花が散りそうなくらいぴりぴりしてるわ。あんなジョーを見るのは初めて」

「彼には何も話さないでね」

「でもあの人は私たちの友人でしょう。あなたが彼と一緒にいてくれたほうが、私としては安心だわ。どう、私から――」

「だめよ、ママ」

「わかった」サンドラは溜息をついた。「だけど、あれこれ責められるのは私なのよ」

「ママは強いわ。乗りきれるわよ」

「ジョーのほうがもっとタフよ。でも、私を好いてくれているようだし、ひどい意地悪をされることはないでしょうね。ところで、いまどこにいるか私には教えてくれるでしょう?」

「フェニックスよ」

「でもジョーには内緒なのね」

「ええ、黙ってて」

「話したほうが無難よ」

「もう切らなくちゃ、ママ。体に気をつけてね」

「あなたこそ用心しなさい」

イヴはゆっくりと受話器を置いた。ジョーは彼のもっとも得意なことを始めている――狩、り、を。彼は次に何を――

「サンドイッチ、食べない？」ジェーンの声が背後から聞こえた。「ターキーよ。二人分作ったわ」

「ありがとう」空腹ではなかったが、フェニックスに来ることに同意して以来、ジェーンのほうから声をかけてくれたのは初めてだった。「いただくわ」イヴはジェーンに案内されて、廊下をキッチンに向かった。「食事に関しては、自分たちで用意するしかないみたい。だけどあいにく私は料理は苦手なの」

「でもきっとお母さんよりはましでしょ」ジェーンは朝食用のカウンターのスツールにちょこんと腰かけた。

「そう言ってくれるのはいまのうちだけだと思うわ。料理はほとんどしたことがないんだもの」

親しみの漂う沈黙のなか、二人はサンドイッチを食べた。

「手伝うわ」ジェーンがふいに言った。「前にいた家の一軒で、食事の支度をほとんど一人でしてたことがあるから」

「カーボニー家のこと？　ミセス・アイズリーの話では、あなたはとても辛い目に遭ったって」

「別になんでもなかった」ジェーンはサンドイッチを食べ終えた。「片づけ、手伝おうか？」

「いいわ。簡単にすみそうだから。私一人で大丈夫」イヴはふと思いついて続けた。「本がたくさん揃った図書室があるとローガンから聞いたわ。あなたが読むような本があるかどうかわからないけど、よかったら——」

「図書室?」ジェーンの顔が輝いた。「本がたくさんあるの?」

「と、ローガンは言ってたわ」

顔に表れた興奮を、ジェーンはたちまち押し隠した。「見てみようかな。ほかにすることもなさそうだし」スツールから下り、自分の皿を流しに運ぶと、蛇口をひねった。「ローガンはあなたが好きなのね。あの人と寝たの?」

イヴは目をしばたたかせた。わずか十歳の子どもの口からそんな質問が飛び出すとは。いや、十歳とはいえ、子どもではない。たった十年生きただけだが、三十歳の女性以上にいろいろなものを見てきたに違いない。「あなたには関係のない話だわ」

ジェーンは肩をすくめた。「あの人、いろんなことをしてくれたでしょ。だから、あなたがお礼をしなくちゃいけないのかなと思って」

通貨としてのセックス。貧しい街の一つの側面だ。イヴは子どものころ、売春婦の姿を日常的に目にしていた。そして言うまでもなく、ジェーンも同じものを見てきたのだ。「いいえ、ローガンは私の友人なの。友人は代償など求めないものよ。あの人はいい人なの」イヴは笑みを浮かべて付け加えた。「それにあの人はね、裏の社会のボスではないわ」

「本気でそう思ったわけじゃないわ。ただそう言ったらあの人、怒るかなと思っただけ」

「ジェーン」

「だけど怒らなかった。結構いい人なのかな。ところで、図書室はどこ?」

「さあ、どこかしら」

ジェーンは出口に向かった。「じゃ、探してみる」

「悪いけど、本を選んだら別の部屋に行って読んでくれる？　コンピューターを使いたいの」

「どうして？」

「地元の新聞のバックナンバーを検索したいのよ」

「ああ、例の殺された女の人の記事を探すのね」

イヴはうなずいた。「手がかりは少ないけれど。ドンはあまりたくさんの情報を教えないように用心してたわ。その事件は五ヵ月か六ヵ月前に起きたこと、被害者が歌手だったこと、遺体が見つかっていないこと。つまり、探すのは殺人事件ではなくて、行方不明事件ってことね」

「邪魔しないようにするから」ジェーンはそう言って廊下に消えた。

あの子が退屈していないか心配せずにすむのはせめてもの救いだった。ジェーンが読書家であること、図書室を見つけたくてうずうずしていることは明らかだ。その隙にざっとシャワーを浴びてジーンズとTシャツに着替え、コンピューターに向かおう。

「コーヒー飲む？」ジェーンはそう言ってポットとカップを机に置いた。「すごく濃いからね。ほかの淹《い》れ方を知らなくて」

「濃くても大丈夫」イヴは背もたれに体を伸ばし、目をこすった。「気を遣わなくてよかったのに」

「やれと言われたらやってないわ」ジェーンは書斎の奥の革張りの椅子に腰を下ろし、膝を胸に抱き寄せた。「何も見つからないんでしょ」

イヴはうなずいた。「七カ月前までさかのぼったんだけど。あの話は嘘だったのかもしれないわね」コーヒーをカップに注ぐ。「もう真夜中すぎよ。寝なさい」

「どうして？」

「疲れたでしょう？」

ジェーンは顎をあげた。「そっちこそ」

意地の張り合いをする気力はない。イヴは顔をしかめた。「そうね、記事探しはあなたに任せて寝ようかしら」

「代わってあげてもいいよ。だけど、学校のコンピューターはみんなマッキントッシュなの。それはどんなコンピューター？」

「ローガンよ」イヴの幼いころにくらべ、最近の子どもは進んでいる。

「ローガン？」

「ジョン・ローガンはコンピューターの製造会社を経営してるの」

「ビル・ゲイツみたいに？」

「まあ、そんなところね。ただしハードウェアだけ。ソフトウェアは作っていないの。それにビル・ゲイツとローガンはまるで違うわ。何かいい本はあった？」

ジェーンはうなずいた。「トロイの遺跡を探してる科学者のことを書いた本。結構面白い」

短い沈黙。「それから、復顔像製作についての本。言ってたじゃない、それがあなたの仕事だって。あの本、あなたの？」

「違うわ。前にローガンの依頼で復顔をしたことがあるの。ローガンは事前のリサーチを徹底的にする人だから」

「気持ちの悪い写真がいっぱい載ってた」

イヴはうなずいた。

「ほんとにあんなことできるの？」

「ええ、できるわ」

「どうして？」

「仕事だからよ。それに、子どもを失ったご両親の気持ちをほんの少しだけ軽くしてあげられることだってあるのよ」

「死んだ人のことは忘れて生きていったほうがいいんじゃないかな」

「あなたはそうなの？」

「そうよ。当然じゃない」ジェーンは挑むような目でイヴを見つめた。「フェイが殺されてから、フェイのことは考えてない。もう死んだんだもの。考えてどうなるの？」

イヴは疑いのまなざしをジェーンに向けた。

「本当よ。あんなことをした変質者のことは考えても、フェイのことは思い出したりしない」ジェーンは立ち上がった。「もう寝るわ」そう言いおいて足早に書斎を出ていく。

まるで哀しみの塊だ。傷ついた子どもが周囲に張りめぐらした壁をみずからの手で壊させるには、どうすればいいのだろう。その障壁をこちらから強引に乗り越えようとしてはいけない。それはいま考えうる最悪の選択だ。

いちばん安全な道は、二人で行方不明の女性を探すことだ。ドンが本当にその女性を殺したと仮定してのことだが。ジェーンにも言ったとおり、イヴをアトランタからおびき出すための餌だった可能性もあるのだ。

しかし、なぜフェニックスに？

フェニックスという街が気に入っていると彼は言った。ひょっとすると、フェニックスに漂う雰囲気が引き金の役割を果たして――

あれこれ考えるのはやめて目の前の仕事を片づけよう。五カ月から七カ月前の新聞記事をしらみつぶしに当たっても、何の手がかりも得られなかった。もっと前の記事を探すべきなのかもしれない。いや、そうとはかぎらない。それよりも最近の新聞を……

一月三十日。一カ月と経過していない。

デビー・ジョーダン。三十代初めの既婚女性、二人の息子の母親。聖歌隊の練習に行くといって家を出たまま、行方不明になっている。

――美しい声をした女だった。ソプラノだ

イヴは行方不明事件を最初に報じた記事を読み、後日掲載された補足記事にも目を通した。行方不明になったあと、デビーの車が教会の駐車場に停めたままになっているのを夫が発見している。

捜索が行われたが、手がかりは見つかっていない。

教会は二千ドルの報奨金を用意し、情報を募っている。

聖歌隊のメンバーがインタビューに答え、デビーは親切な女性で、美しい声をしていたと話している。「天使の声のようなソプラノでした」

無事を祈る夫と二人の幼い息子たちの、胸を引き裂かれるような写真の数々……

デビー・ジョーダンか。

イヴは椅子の背もたれに寄りかかり、目を閉じた。ドンにしてみれば、嘘の情報や紛らわしいヒントを並べ立てるのはさぞかし楽しかったろう。なかなかむずかしい謎々だったけど、彼女を見つけたわよ、ドン。ざまあみろだわ。

イヴはほんのわずかでも達成感を覚えた自分に嫌悪を感じた。幸せに暮らしていた女性が殺されたのだ。死んだ女性を蘇《よみがえ》らせることはイヴにはできない。しかし、彼女の命を奪った男を捕らえることはできる。そのための第一歩は、デビー・ジョーダンの遺体を見つけることだ。

そうか。ドンがまさにそのとおりのことを望んでいるのであれば、おそらく別のヒントも何気なく口にしていたに違いない。考えてみよう。デビー・ジョーダンに関して彼が言ったことを思い出そう。

――あの女は光を与えてくれた。そこで私も女に光を与えた
――行くべき道を照らしてくれたのはあの女だった
――行く手に光があるかないかは重要だろう?

イヴは背もたれからゆっくりと体を起こした。

ありえないことではない。ドンがイヴを欺こうとしているのでないかぎり。

——インディアンはあの滝を〝月光がきらめき落ちる場所〟と呼んでいたそうだ
タラディーガの滝。

フェニックスで起きた二件の殺人について、スパイロはなんと言っていただろう。

——フェニックス郊外のサン-ルスという町で二体の人骨が発見されている
イヴは跳ねるように立ち上がると、早足に書棚に歩み寄った。辞書。ローガンがスペイン語-英語の辞書を持っていますように。あった。イヴは逸《はや》る気持ちを抑えて辞書をめくった。

〝サン〟は〝聖なる〟。

震える指でページをめくる。

〝ルス〟は——〝光〟。

やっぱり!

光だ。

イヴは深々と息を吸った。

わかったわよ、ドン。わかったわ。あとはもう少し時間をくれれば、デビー・ジョーダンを見つけてみせるわ。

イヴは机に身を乗り出し、インターネットの検索エンジンにアクセスした。そして、ある単語をタイプした。

〝死体〟。

「ねえ、どこに行くの？」ぽつりぽつりとサボテンが立つ風景を車の窓から見つめながら、ジェーンが尋ねた。「ここ、砂漠じゃない」

「もうじき着くわ」

「どこに？」

「デビー・ジョーダンを捜す手伝いをしてくれる人が必要だって話したわよね。この先に、うまくいけば手伝ってくれそうな人が住んでるの」

ジェーンは振り向いた。「誰か尾けてくる」

「知ってるわ。ローガンのボディガードの一人よ」

「なんだ」ジェーンはまた窓の外を見つめた。「いやな風景。平らで、真っ茶色で。アトランタのほうがいいな」

「そうね。でも山に近づくにつれて、緑も増えてきてるわよ」

「少しだけね」

どこを曲がるのだろう？　インターネットの広告に掲げられていた地図は詳しかったが、どこまで行っても見えるのは――あった、あれだ。

木製の看板に、矢印と、名前がぽつんと書かれていた。

〝パトリック〟。

左に曲がると、凸凹の砂利道が続いていた。あと一マイルで目当ての訓練場に着くはずだ。

「パトリックって？」

「手伝ってくれそうな人の名前よ。サラ・パトリック。犬の調教を専門にしてる人なの」

ジェーンの顔にぱっと明るい笑みが浮かんだ。「犬？」友だちのマイクのそばを離れて以来、ジェーンが初めて見せた笑顔だった。

「犬の訓練をしてるのよ、ジェーン。ペットではないの」

「どんな訓練？」

「服従訓練よ。少し調べたらね、サラに関する新聞記事がいくつか見つかったわ。ツーソンに本部があるボランティアの捜索救助隊に参加していて、アルコール《A》・タバコ《T》・火器局《F》とも契約してるわ。何年か前に起きたオクラホマシティの連邦ビル爆破事件のときも、サラは犬を連れていってるし、ミッチ・ハリケーンの被害に遭ったホンジュラスのテグシガルパや、去年大地震があったイランにも行ってる」

「行って何をするの？」

「瓦礫《がれき》の下に生き埋めになった人を捜すの」イヴはためらってから続けた。「もう少し時間がたってからは、遺体を捜すのよ。ミズ・パトリックの犬の鼻は、とっても鋭いのね」

「臭いで死体を捜すってこと？」

「そうよ。捜索救助犬はそのための訓練を受けてるの。頭もいいわ。アトランタ市警でも、ときおり死体捜索犬の力を借りてるのよ」

「だけど、その犬に何をさせるの？　ドンが殺した女の人を捜してもらうの？」

イヴはうなずいた。「ほら、訓練場が見えてきた」

それが訓練場と呼べるなら、だが。丸太造りの山小屋風の小さな家が一軒、広々とした鉄格子の檻《おり》がいくつか、それに子どもの遊び場で見るような器具が並んだ運動場。緑色の塗料がはげかけた古いジープが家の脇に停まっている。

「犬はいないわ」ジェーンが肩を落とす。「運動場はみんな空だし。きっとあまりいい調教師じゃないのよ。だから誰も雇わないんだわ」

イヴは家の前に車を停めた。「結論を急いではだめよ。たまたま暇な時期なのかもしれないもの。どんな商売にも――」

玄関が勢いよく開いて、薄茶色のショートパンツと格子縞《こうしじま》のシャツを着た女性が現れた。

「道に迷ったの？」

「あなたがサラ・パトリック？」

女性はうなずいた。「当てさせて。〈パブリッシャーズ・クリアリング・ハウス〉の人でしょ。花と六フィートの特大小切手はどこ？」

イヴはわけがわからず目をしばたたかせた。

「あら、違ったみたいね」サラ・パトリックは溜息をついた。「残念。お金は私を堕落させるからいやだけど、花のほうは喜んでもらったのに。このへんでは何も育ちやしないわ。砂だらけの土壌だから」微笑みを浮かべて車に一歩近づくと、窓からジェーンを見つめた。

「でも、小さな子どもは花と同じくらい好き。私はサラよ。あなた、名前は？」

「ジェーン」

「暑かったでしょう。なかに入ってレモネードでもいかが、ジェーン？」サラはそう言ってイヴを振り返った。「あなたもどうぞ、よかったら。国税庁の人ならお断りだけど。その場合には犬をけしかけるわ」

イヴは微笑んだ。「イヴ・ダンカンです。逃げなくても大丈夫よ。仕事をお願いしたくて来たの」

「国税庁から逃れられる人はいないわ。モンティと二人で生活するのがやっとの収入しかないのに、個人事業主だからって、所得申告書にかならず物言いがつくの。モンティは扶養家族だって言い張っても、絶対にわかってくれない」

イヴはサラ・パトリックのあとから家のなかに入った。「モンティ?」

「あれがモンティよ」女性は暖炉のほうを身振りで指した。

床の上に長々と体を伸ばしたゴールデンレトリーバーが頭をもたげ、一つあくびをしてから尻尾を振った。

「だらしない子」サラは冷蔵庫を開けた。「五マイルのジョギングからちょうど帰ったところなの。私のほうはあんなふうに座りこむほど疲れていないのに」

「だって、あなたは毛皮を着てるわけではないじゃない?」ジェーンは憤慨したように言うと、犬のそばにしゃがみこんだ。「きっと暑かったのよ」

モンティはもの悲しげな目でジェーンを見上げ、彼女の手を舐《な》めた。

ジェーンたら、とろけそう――イヴは驚きとともに少女を見つめた。サラのほうを向く。

「きれいな犬ね。だけど、国税庁が文句を言いたくなるのもわかるわ」

サラは微笑んだ。「言い分が通るかどうか、面白いから試してみたの。会計検査が入るまでは何も言われなかったわけだし」サラはグラスを二つ出してレモネードを注いだ。「ジェーンはしばらくああしていたそうね。どうぞ、かけて」そう言って流しに背を向けて立ち、寄りかかる。「お客さまに気を遣って、風下にいるようにするわ。まだシャワーを浴びてないから」

そう言われてよく見ると、サラの日に焼けた顔や脚には汗の粒が光っていた。年齢はおそらく二十代後半、背の高さは平均くらい、短く切った黒っぽい茶色の髪、ほっそりとした筋肉質の体。美しい顔立ちとは言えないものの、きらきらと輝く大きな瞳と、整った唇が魅力的だった。しかし何よりも強い印象を与えるのは、全身から滲み出るような強烈なエネルギーだった。

「あなたのお子さん?」サラはジェーンを見つめている。「とても優しい子ね。優しいのは素敵なことだわ」

ジェーンはたしかに優しい顔つきをしていた。あのジェーンがレトリーバーには弱いなんて、誰が想像しただろう。

「いいえ、娘ではないの」

「子どもは好きよ」

「あなたはお子さんは?」

サラは首を振った。「まだ夫もいないのよ」彼女の目が茶目っ気たっぷりに輝く。「ありがたいことだけど。厄介ごとはもう充分抱えてるもの」

「じゃ、一人暮らし?」イヴは顔をしかめた。「広告に住所を載せるのは危ないわ」

「寂しくなることもあるわ。だけど、自分の面倒は自分で見られるから」サラはレトリーバーを見やった。「頼りになる番犬もいるし。気づかなかった?」

その頼りになる番犬は降伏するように腹を見せて転がり、前足でじゃれるようにジェーンの手を挟んだ。くうん、くうんと鼻を鳴らし、首を伸ばしてジェーンの手首に鼻先を押しつける。

「ええ、頼りになりそう」イヴは疑わしげにつぶやいた。

サラはくすくすと笑った。「私の訓練プログラムが信用できるか不安になったのね。モンティはあまりいい例とは言えないわ。心にちょっとした傷を抱えてるの。それに私と自分のどちらが犬か、わかってないみたい」

「それにしても、ほれぼれするような犬だわ」

サラは頬をゆるめた。「犬を見る目があるのね」そう言ってグラスを流しにおく。「誰の紹介で来たの？」

「インターネットの広告を見たのよ」

「あら、広告を出したのも忘れてたわ。もう何年も前だし、一件も反応がなかったから。でも、ここまでの道順を見たら、頼む気も失せるかもしれないわよね」サラは探るような目でイヴの顔を見つめた。「あなたはよく来る気になったわね」

「あなたの力が借りたいから」

「近所にも犬の調教師くらいいるでしょうに」

「死体捜索犬を探してるの」

サラがぎくりとした。「そういうことだったのね。あなたどこの人？　ＡＴＦ？　マッデンに言われて来たの？」

「ATFじゃないわ。国税庁でもない。マッデンという人も知らない」

「私も知らなければよかったと思うわ。これであなたの一点リードね」サラは首を振った。

「その仕事には興味がないわ。警察の人なの？　警察の仕事も請け負っている調教師を紹介してあげてもいいわよ」

「あなたにお願いしたいの。新聞記事によれば、この業界の第一人者はあなただから」

「違うわ。モンティが第一人者なのよ」

「だとしても、彼が私と取引をしてくれるとは思えないし」

「私もしないわ」

「お願い。ほんの数日で終わる仕事よ」

サラは首を振った。

「仕事が立てこんでいる様子でもないじゃないの。割増料金を払ってもいいわ」

「断ると言ってるでしょう」

「なぜ？」

「死体を捜すのはいやなの」

「それが仕事でしょう」

サラは目をそらした。「ええ、そうよ」

「じゃあ、仕事を受けて」

「そろそろ帰ってもらえるかしら」

イヴは立ち上がった。「お願い、考えてみて。どうしてもあなたが必要なの」

「私にはあなたの仕事は必要じゃないわ」サラはジェーンと犬のほうを向いた。「いらっしゃい、モンティ。道化を演じる時間はおしまいよ」そう言って指を鳴らす。

そのとたん、驚くべき変化が起きた。モンティは体の向きを変え、跳ねるように立ち上がると、次の瞬間にはサラの傍らにいた。物腰は一転していた。緊張し、エネルギーをみなぎらせ、一心にサラを見上げている。

「従順なのね」イヴは言った。「その様子なら、どちらが犬でどちらがボスか、疑いようがないと思うけど」

「私はボスじゃないわ。私たちはパートナーなの。モンティが私の指示に従うのは、私を信頼して行動しなければ二人とも命を失いかねない状況におかれる場合があることを知ってるからよ」サラが玄関に向かうと、モンティはそのすぐあとをついていった。「帰って。何度頼まれても仕事は受けないわ」

「残念だわ。いらっしゃい、ジェーン」

ジェーンは険しい表情でサラを見上げた。「暑いときにモンティを走らせないで。体に悪いわ」

「いいえ、モンティのためなのよ。一日に二回、五マイルずつ走ることにしてるの。雨が降ろうが、陽射しが強かろうが。どんな気候にも耐えられる体を作っておかなくちゃいけないの。とても大事なことなのよ」

「でもモンティが疲れちゃう」ジェーンは手を伸ばし、犬の頭をなでようとした。「モンティが――」モンティは後ずさりをしてジェーンの手から逃れようとしていた。「どうしてよけるの？　あたしのこと、好きだと思ったのに」

「ええ、あなたのことは好きよ。いまは仕事のモードに入ってしまっただけ」

「行きましょう、ジェーン」イヴは車に向かった。

ジェーンはしぶしぶといった様子でイヴのあとをついて歩きながら、ときおり振り返ってはモンティとサラ・パトリックを見ている。「あんなモンティは嫌い。さっきと全然違うわ」

死体を捜す話を持ち出したとたん、犬もサラも態度を変えた。いま戸口で二人を見送っているのは、少し前に客を歓迎したときとは別の犬と女性のようにさえ思えた。サラの顔には、ユーモアや温もりは微塵も感じられない。サラはひたすら頑なな表情を浮かべ、そのサラにぴたりと寄り添うモンティは魔女の手下か何かのように超然として見えた。

「とても大切なことなの」イヴは大きな声でサラに言った。「考えてみて」

サラは首を振った。

「またあとで電話してもいいかしら。気が変わるかもしれないでしょう」

「気が変わったりはしないわ」

イヴはエンジンをかけた。

「待って」サラはジェーンのがっかりした様子に気づき、犬に目配せをした。「さよならを言ってきなさい、モンティ」そう言ってぱちんと指を鳴らす。

まるでメタモルフォーゼだ。モンティは家から駆け出すと、助手席に前足をかけて立ち上がり、開いた窓からジェーンに顔を近づけた。するとモンティは鼻を鳴らし、まるでジェーンを押し倒そうとするかのように、文字どおり彼女の膝に乗って鼻先を頬にすりつけた。ジェーンはモンティの首に顔を埋め、両腕でしっかりと抱きしめた。

「もう充分よ」サラが言った。

　モンティは最後に一度ジェーンの頬を舐めると、後ずさりをした。その場に座ったものの、尻尾はドラムを連打するように地面を叩いている。

「ありがとう」イヴは礼を言った。

　サラは肩をすくめた。「負けたわ。子どもと犬には弱いの」

「だったら、私の話を聞いて。ぜひ力を――」

　サラは黙って家のなかに戻り、ドアを閉めた。

　頭にかっと血が昇り、イヴは思わず歯ぎしりをした。頑固な人だ。

「モンティを外においたまま行っちゃったわ」ジェーンが言った。「逃げたりしてうちに帰れなくなったらどうするの？」

「道に迷ったりしないわよ」イヴは車を出し、リアビューミラー越しにモンティの様子をちらりと確かめた。もはや魔女の手下などではなく、ジェーンの拒絶の壁を溶解させた人なつこい犬に戻っていた。やがて向きを変え、家の玄関に歩いていくと、前足でドアを叩いた。すぐにドアが開いて、犬は家のなかに消えた。「サラはモンティをよくしつけてるわ」

「でもモンティを走らせるんでしょう」ジェーンはむくれた。「あの人、好きになれそうもない」

「あら、私は好きよ。あまり甘やかすと、かえって相手のためにならない場合もあるの」

「でもモンティは犬よ。犬にはそんなことわからないわ」

そうだろうか。サラがモンティの目をのぞきこみ、さよならを言っていらっしゃいと命じる様子を見た瞬間に覚えた不思議な感覚を思い出す。まるでおたがいの心が読めるかのようだった。

魔女の手下……

馬鹿げている。あのゴールデンレトリーバーには不気味なところなどない。仕事モードに入っているときでさえ、威嚇的というよりは超然としていたではないか。

「あなたが頼んだ仕事をしてくれないのに、好きなの？」

「ひょっとしたら気が変わるかもしれないわ」

ジェーンはまさかと言いたげな顔つきでイヴを見た。

イヴ自身も、楽観的に考えてはいなかった。「あとで電話してみるわ」それまでのあいだにもう一度インターネットを検索して、別の候補を探しておいたほうがいい。

サラ・パトリックの決意を覆すのはほとんど不可能に近い――イヴはなんとなくそんな予感を抱いていた。

イヴが家に入っていくと、電話が鳴っていた。

「雇えたかい？」電話を取るなりローガンが尋ねた。

「尾《つ》けさせたのね」

「あの子を守りたいんだろう」

「私が誰に会いに出かけたか、ボディガードから報告がいったわけ？」

「サラ・パトリックだろう。死体捜索犬か。考えたな」

「断られたわ」

「報酬ははずむと言ったんだろうな？」

「そこまで話が進む前に断られたの。モンティに死体の捜索を頼みたいと言ったとたん、態度が冷たくなって。ATFの人間かとか、マッデンとかいう人の手先かと問い詰められたわ。マッデンという人を毛嫌いしてるみたい」

「力を貸そうか？」

「いいえ。関わらないでちょうだい。サラがだめなら、ほかの人を探すわ」

「だが、サラ・パトリックに頼みたいんだろうに」

「もちろんそうよ。業界一と言われてるし、一匹狼だから。私を警察に突き出したりはしなさそう」イヴはそっけなく付け加えた。「国税庁も大嫌いだそうだから、あなたと気が合うんじゃない？」

「それは間違いないな」

「でも彼女には頼めそうもないから、同じくらい優秀な人を探すわ」

「私なら——」

「やめて。よけいな手出しはしないで、ローガン」イヴは電話を切った。

「もうモンティには会いに行かないってこと？」ジェーンが訊いた。

驚いた。あの残念そうな言い方。「犬を飼ってたことがあるの？」

ジェーンは首を振った。

イヴは少女が愛《いと》おしくなった。モンティにすっかり心を奪われている。無理もない。あの犬を見たら誰だって夢中になる。

「あなたが行きたいなら。あの犬、結構可愛かったけど、あたしは別にどっちでもいいわ」

ジェーンは廊下を歩きだした。「そうだ、本でも読もうかな」

ええ、ええ、どっちでもいいんでしょうね。ジェーンはまた壁をめぐらそうとしている。短い人生のあいだに幾度となく裏切られてきた子どもの反応としては、しごく当然のものだ。しかし、ジェーンが優しさや他者との触れ合いを実感できるまたとない機会を逃すわけにはいかないとイヴは思った。

どうにかしてサラ・パトリックとモンティを雇わなくては。それが叶わないなら、モンティに負けず劣らず賢く、人なつこい犬を訓練している別の調教師を探すまでだ。

しかし、そんな調教師がはたしているだろうか。

しかたがない。

イヴは受話器を取り、〈キャメルバック・イン〉の番号を調べようと番号案内に電話をかけた。

11

砂漠の夜は肌寒く、冷たい微風がジョギングをするサラの頬を刺す。モンティはサラのペースに合わせて傍らを走っている。心臓が血液を血管にせっせと送り出すのがわかるような気がした。一歩足を踏み出すごとにふくらはぎの筋肉が伸縮を繰り返す。

モンティは焦《じ》れている。サラにはそれが伝わってくる。サラの許可なしには決してしないだろうが、モンティは全力疾走したくてうずうずしている。

丘のなかほどで、サラのペースががくりと落ちた。

モンティが振り返る。

サラは含み笑いを漏らした。「どうぞ。せいぜい差を見せつけるといいわ。行きなさい」

モンティは飛ぶように走り出した。

斜面を猛然と駆け上っていくモンティの金色の毛を月光が銀色に輝かせる。美しい……生物学者は犬は狼の子孫であると信じているが、あの姿を見ていると、モンティを獰猛《どうもう》な野生動物と結びつけて考えることはとてもできない。

丘のてっぺんでモンティがサラを待っている。

モンティの得意げな表情が目に見えるようだった。

——だらしがない

「私には二本しか脚がないの。四本ではなく」サラは足を止め、弾む息を整えた。「それに実はあなたは岩山羊なんじゃないの？」

——言いわけ

モンティは跳ねるように駆けてくると、友だちをいたわるように体をすりよせた。

静寂。風。夜。

サラは目を閉じ、その一つ一つを味わった。なんて気持ちがいいんだろう。

モンティが鼻を鳴らした。

目を開け、モンティを見下ろす。「どうしたの？」

モンティは何マイルも彼方のサラの家を見つめている。

「モンティ？」

斜面の際に近づいてみると、彼女にも見えた。明かりだ。車が彼女の家に向かっている。

サラの表情が硬くなった。またあのイヴ・ダンカンかしら。昨日、あんなにはっきり断ったのに。しかし、イヴはいかにも意思の強そうな女だった。あらためてサラを訪ね、もう一度頼んでみようと考えたのかもしれない。

イヴがあきらめて帰るまで、丘の上でじっと待っていようかとも思った。

だがモンティとは意見が合わなかったらしい。

すでに小道をたどって斜面を下りはじめている。

「帰るとは言っていないでしょう」

——子ども
モンティは無類の子ども好きだ。ジェーンという少女のことを覚えているのだ。

しかたがない。イヴ・ダンカンに会い、手短に話を切り上げ、追い返そう。

サラは小走りに小道を下りはじめた。「待って。おいていかないで」

——子ども……

車はイヴ・ダンカンのものではなかった。

マッデンか？

サラはふいに立ち止まった。心臓が早鐘のように打ちはじめる。「モンティ」

モンティがサラの声に不安を感じ取り、足を止めた。振り返る。——怖い？

そのとおり、サラは恐怖を感じていた。

——子どもはいない
「そうね、いないわ」

どうしたらいいだろう。逃げるか。マッデンに会うか。

たとえサラとモンティがこのまま何日も家に戻らなかったとしても、マッデンはじっと帰りを待っていることだろう。過去の経験から、マッデンはどこまでもしつこい男だということは知っている。

よし、覚悟を決めて会おう。逃げるのはいつでもできる。

サラは足を踏み出した。モンティは不安げな様子でその脇を小走りについていく。

——助ける？

「いいえ。大丈夫よ」

モンティが鼻を鳴らした。

「大丈夫と言ってるでしょ、馬鹿ね」

「ミズ・パトリック？」玄関の脇に一人の男が立っていた。「少しお話をさせていただければと思いましてね。ジョン・ローガンといいます」

マッデンではない。

サラの安堵を察したのか、モンティが尻尾を振った。

「まったく、楽観的なんだから」サラはつぶやいた。「借金取りかもしれないでしょ」

「ミズ・パトリック？」

サラはつかつかと男に歩み寄った。「もう夜の九時すぎよ。モンティと私は早寝早起きなの。明日の朝、電話して」

「はるばる車で来たんです。急ぎの用件で」ローガンは微笑んだ。「妙な真似などしませんからご安心を」

男の服も靴も高級品だったが、ドラッグの売人の多くも一流の品を身に着ける。「夜遅くに突然訪ねてくるような人種は嫌いなの」

「あなたは気むずかしい方だとイヴから聞いています」

そういうことか。「イヴ・ダンカン？　彼女があなたをここへよこしたの？」

「厳密には違います。こうして来たのは私の思いつきですが、イヴに力を貸してくれと頼まれたことは事実です」男は感心したようにモンティを見つめた。「美しい犬ですね」

ローガン自身が美しい獣のようだった。クーガーのような身のこなしだ。そしてクーガーは敵と見れば牙《きば》をむきかねない。「ええ、いい犬でしょ」サラはドアを開けた。「でも疲れてるの。お休みなさい、ミスター・ローガン」

「待って」ローガンの顔から笑みが消えた。「なかに入れていただけますか。電話がかかってくるはずなので」

「うちの電話に？」

「ええ、ご迷惑かとも思いましたが。あなたもご存じの人物からです。トッド・マッデン上院議員ですよ」

サラはその場に凍りついた。

「入ってもよろしいですか」

サラは家のなかに入り、乱暴にドアを閉めた。

ローガンがノックする。「マッデンから電話がある前に、ぜひ私から話を聞かれておいたほうがいいと思いますよ。怒らせると非常に厄介な人物と聞いていますからね」

マッデンに関わることがらは何から何まで厄介だった。落ち着け。面倒を避けては通れない。

サラはドアを開けた。「入って」揺り椅子に腰を下ろす。「さっさと用件を話して、帰ってちょうだい」

「ええ、できるだけ早く退散しますよ。イヴはこのあたりのどこかに埋められている遺体をあなたに捜してもらいたいと考えています」

「ほかの人に当たってと伝えて」

ローガンは首を振った。「あなたにお願いしたいんです。イヴがそう考えるのもわかりますよ。部下にあなたの身辺を調査させました。あなたは素晴らしい腕をお持ちのようだ」

「あら、そう?」

「オクラホマシティでもみごとな貢献をしている。昨年、二千人の死者を出したイラン大地震でも——瓦礫に埋もれていた生存者を七十二人も救出している」

「六十八人の死者も発見したわ」

「数を覚えていらっしゃるんですな」

「数はうろ覚えのときもあるわ。でも顔は一つずつみんな覚えてる」

「イヴの仕事では死体の顔を見る必要はないはずですよ」

「その死体という言い方は嫌いなの。尊厳を損なう言葉だわ」

「あなたとモンティにお願いしたいのは、遺体が埋まっている場所を特定するところまでです。そのあとは、砂漠のまんなかのこのこぢんまりとしたお宅にお帰りになってかまいません」

「そう単純な話ではないのよ」

「以前にも、警察に協力して死——遺体の捜索をなさってる。ソルトレイクシティ市警もあなたには一目置いているとか」

「光栄ね」

ローガンは微笑んだ。「レヴィッツ巡査部長は、あなたは犬の心が読めると信じているそうですよ。あなたとモンティは、気味が悪いほどたがいに理解し合っていると」

「レヴィッツが鈍いだけよ。犬を飼ってる人なら誰でも言うはずだわ。自分の犬は、言葉がわかるみたいだって。モンティと私のように長いあいだ一緒に暮らしていれば、相手の考えていることがわかるようになるものよ」

「それでも、あなた方のあいだには並はずれて強い絆《きずな》があることは否定できないでしょう?」ローガンはサラの足もとに寝そべったモンティを見つめた。「私にもそのことはわかる」

サラは答えなかった。

「いろんな経験を一緒になさった」

「ええ。だから遺体の捜索はいやなの」

ローガンは溜息をついた。「どうしてもあなたにお願いしたいんです。申しわけないが、あきらめませんよ」

「いやだって言ってるでしょ」

ローガンは腕時計を確かめた。「マッデンは時間に正確なほうですか? だとしたら、そろそろ——」

電話が鳴りだした。

サラは受話器を持ち上げた。

「ローガンが来てるだろう?」マッデンの声だった。

「ええ、来てるわ」

「ローガンは財界の実力者でね、サラ。政界にも強いコネを持っている。ローガンを敵に回すのは気が進まない。とくに、ちょっとした恩を売るだけで味方につけられるというときには」

「あなたにはちょっとしたことでしょうけど」

「事前にローガンと話をした。ローガンは、その仕事にはほんの一日か二日しかかからないと言っている」

「それでも長すぎるわ。生か死かという差し迫ったケースでもなければ、たとえ一時間だって長すぎる」

「きみが死体捜索を好まないのは知っている。だがやってもらうしかない」

「犯罪がらみではないって誰か保証してくれるわけ?」

沈黙。「ローガンは一流の実業家だ」

それも政治家のコネつきの。サラは受話器を握りしめた。「関わりたくないわ、マッデン」

「それでもきみは引き受けるだろう」マッデンはおもねるように声をひそめた。「さもないとどうなるか、きみもよく知っているはずだからな、サラ」

くそったれ。

「二日。二日間だけよ」

「私がローガンに約束したのも二日だ。さよなら、サラ。楽しい狩りを」

電話は切れた。

サラはローガンのほうを向いた。「二日間よ」

「イヴが喜びます」

「彼女が喜ぼうが、どうだっていいわ。私のことなんか見つけないでいてくれればよかったのよ。私は断ったのに、あの人はあなたを呼んで汚れ仕事を押しつけたわけね」

「マッデンに接触するというのはイヴの思いつきではありませんよ。マッデンが鍵《かぎ》だという話を彼女に聞かせてさえいませんからね。たとえ知っていても、彼女ならそれを利用しようとは思わなかったでしょう。イヴが私に頼んだのは、あなたが仕事を引き受けてくれるような条件を見つけて提示してくれということだけで」

「だけどあなたは利用した」

「ええ、私はイヴと違って非情な人間ですから。イヴよりも深く探り、マッデンという武器を掘り当てた。イヴはあなたを欲しがった。だから私は手に入れてやった」ローガンは室内を見まわした。「テレビやラジオはないんですか?」

「必要ないもの」

「世間の情報にちょっとずつ遅れてしまいますよ」

「ええ、ありがたいほど遅れてるわ」

「家にテレビはなかったとイヴからも聞いていました」ローガンはマニラ紙の封筒を差し出した。「あなたも雇い主のことを知っておかれたほうがいいと思いましてね。イヴ・ダンカンの身上書と、タラディーガ事件と児童保護施設の警備員が殺害された事件に関する新聞記事が入っています。それですべてわかるとは言いませんが、とっかかりはつかめるでしょう」

「イヴ・ダンカンについて勉強すれば仕事を断ってもいいというんでもないかぎり、彼女には興味はないわ」

ローガンは首を振った。「知れば進んで仕事を引き受ける気になると思いますよ。イヴはある子どもの命を救おうとしているんです」

「いやがる相手に遺体の捜索をさせると子どもが救われるの？」

「ええ、残念ですが、そういうことです」ローガンは玄関に向かった。「ところで、私があなただったら、警察に電話をかけてイヴの居場所を知らせたりはしませんね。私を怒らせることになる。私を怒らせると、マッデンに電話が行く。私の印象では、マッデンという男は自分の保身以外のことに興味はないようですね。当たりでしょう？」

「警察？」

「その書類を読めばわかります」ローガンはドアを開けた。「喜んで仕事を引き受けるとおっしゃってくれたとイヴに伝えておきます」

サラは悪態をついた。

「イヴから連絡させます」ローガンは唇を引き結んだ。「とにかく遺体を捜してください。あなたがやりたかろうがやりたくなかろうが、そんなことは問題ではない」

サラは帰っていくローガンの後ろ姿を見送った。揺り椅子の肘《ひじ》掛《か》けをぐいと握りしめる。怒ってはだめ。やけを起こしたってなんの役にも立たない。たった二日のことではないか。そもそも遺体なんか初めから存在しないのかもしれない。

しかしもし本当にあるなら、モンティは捜し出すだろう。

モンティが鼻を鳴らして立ち上がり、サラを見上げた。

サラは腰をかがめ、両腕でモンティを抱きしめると、毛に顔を埋めた。「ごめんなさいね」モンティの耳もとで囁く。涙があふれそうになる。「やるしかないのよ、どうしても」


その夜更け、サラ・パトリックからイヴに電話があった。

「ローガンから聞いたわ。引き受けてもらえるのね。ご親切にありがとう」

「さっさと終わらせたいの」サラは言った。「捜索は明日から始めましょう。だいたいの場所はわかってるのね？」

「たぶん。自信はないけど。何カ所か捜索して――」

「二日間だけよ」サラがさえぎった。「できれば被害者の衣類を用意して。遺体そのものではなく、衣類の匂いにモンティが反応することもあるから」

「それには少し時間がかかるわ。だって――」

「あなたしだいよ。必要なものは伝えたわ。その人が見つかっても見つからなくても、私は関係ないもの。見つからないほうがいいくらい。服が手に入ったら電話して。捜索の現場で落ち合いましょう」電話は切れた。

イヴはしばらくぼんやりと考えていたが、やがてローガンに電話をかけた。「サラ・パトリックにいったい何をしたの？」

「仕事を引き受けてもらったのさ」

「どうやって？　まるで氷みたいに冷たい態度だったわ」

「取引は取引だ。二日間だけ、きみの仕事をしてくれる。せいぜい働いてもらえ」

サラの首を縦に振らせるためなら、ローガンはどんなこともしかねないとわかっていたのに。イヴに仕事を依頼してきたときも、あれほど執拗だったのだ。「サラの気持ちを傷つけたくはなかった」

「傷ついてなどいないさ。きみも傷ついていない。ジェーンも傷ついていない。心配ばかりしていないでサラの力を存分に発揮してもらえば、きみたちみなが生きてぴんぴんしていられるんだぞ。大事なのはそこだろう？」

認めたくはないが、ローガンの言うとおりだ。大事なのはそのことだ。「デビー・ジョーダンの衣類が欲しいんですって。デビーの家に忍びこんで家族を怖がらせたりせずに、なんとか手に入れられないかしら」

「やってみよう。それにサラの件に関しても礼はいらないぞ」

イヴは自分が恥ずかしくなった。ローガンを責めるなんて。ローガンがあれこれ動いてくれたのは、イヴが電話をかけたからだ。そして彼女が電話をしたのは、ローガンなら彼女が頼んだ以上のことをしてくれるのではないかと、心のどこかで期待していたからなのかもしれないではないか。「ごめんなさい。ちょっと気が滅入っていたの。サラが遺体を見つけてくれるか不安だし。だいいち、本当に埋まっているかどうかも自信がないの。いちばん可能性のありそうなことをしてみようと思っただけで」

「明日は私も一緒に行きたいな。だめか？」

「あなたはもう充分力になってくれたわ。あなたが私といるところを人に見られたくないの」

「力になりすぎていけないということはないよ」

「同じ台詞をサラ・パトリックに言ってよ。たった二日しかくれないんでしょう」

「向こうのやり方に合わせるしかないさ。また締め上げるのは気が進まない。あのでかい態度を大目に見ればだが、だんだん彼女が好きになってきていてね」

「まあ、あなたの片思いでしょうね。デビー・ジョーダンが見つかったら、入れ違いに私とあなたが穴に放りこまれることになると思うわよ」

「私は一緒に連れていってもらえないらしいから、きみ一人で頑張って抵抗するんだな。被害者の服は、明日の朝までに届ける」


届いたのは、アリゾナ・ダイアモンドバックスのロゴが前面についた、白いベースボールシャツだった。

サラ・パトリックはよく見もせずにシャツを受け取った。「最後に着たあと、洗濯したかしら」

「いいえ、ローガンの話では、行方不明になる前の晩にこれを着て眠ったそうだから」

「そんなもの、どうやって手に入れたの？」

「訊かなかったわ」

「ホームレスに配る古着の袋から盗んできたのかも」

「あなたが思ってるような悪い人ではないのよ」

「ええ、たぶん、思った以上の悪人ね」

「服を用意してくれと言われるとは思わなかった。だって被害者はひと月以上も土中に埋められているのよ。体臭がそんなに――」

「死臭に似た臭いを発する薬品を使ってもいいけど、それだとモンティが動揺するわ。このシャツを使ったところで事情はそう変わらないけど」サラは肩をすくめた。「まあ、やってみましょう」サラは広々とした野原を見渡した。「どうしてここなの？」

「この野原はデザートライト分譲地の裏手にあるからよ」

「だから？」

「遺体はほかにも三ヵ所の〝光《ライト》〟を連想させる地名のついた場所で発見されてるの。この前の電話で、ドンは何度も光という言葉を繰り返したわ。私に何か伝えようとしていたんだと思う」

「その女性が埋められている場所をはっきり言ったほうが早いのに」

「それでは面白くないからよ。私に自分で捜させたいわけ」

「つまり、モンティと私にってことね」

「彼はあなたたちの存在を知らないわ」知らないと言いきれる自信はイヴにはなかったが。フェニックスに到着して以来、ドンからの連絡は一度もない。しかしだからといってドンが近くにいて、彼女を見張っていないとは言いきれない。

「分譲地の名前だけを根拠にこの野原を捜索しろっていうこと？」

「ここはデビー・ジョーダンが消えた教会にも近いのよ」

サラは疑わしげな目でイヴを見つめた。

「そうね、たしかに根拠が薄いわ」イヴは唇を結んだ。「でも手がかりはそれしかないの」

「まあ、いいわ。二日間、当てずっぽうで捜索しろというならそうするだけのこと。それ以上のことは期待しないで」サラはジープからキャンバス地のバッグを取り出し、モンティのそばにしゃがみこんでいるジェーンに目をやった。「どうして連れてきたの」

「ドンがそう望んでるから。それにあの子を一人にするのは不安だもの。あなたの邪魔はしないわ」

「邪魔だとは言ってないわよ。頭のよさそうな子だもの。だけど、モンティは相手をしてあげられないからそのつもりで」サラはジェーンに歩み寄り、微笑みかけた。「ごめんなさいね。モンティは仕事の時間なの」

ジェーンはのろのろと立ち上がった。「一緒に行ってもいい？」

サラはイヴを振り返った。

どうせここまで連れてきてしまったのだ。車のなかでぼんやり待たせておいても、一緒に捜索させても同じことだ。少なくとも、退屈させずにすむ。イヴは迷ったあげくにうなずいた。

サラがジェーンに向き直る。「すごく速く歩くわよ。それに、見逃したものがないか、いつも二度同じところを歩くことにしてるの」

「ついていけるわ」

「じゃ、好きになさい」サラは地面に膝をつき、キャンバス地のバッグを開けた。革ひもを取り出し、モンティの首輪に結ぶ。

モンティが身動きを止めた。

「何か始まるってわかるの？」ジェーンが訊いた。

サラはうなずいた。「何かが始まることしかまだわかっていないけれどね。革ひもをつけるのは私のためよ。歩く速度を調節しやすいようにね。ふだんはモンティをひもでつなぐことはないわ。よく知らない土地で捜索をするときとか、革ひもでつないでいないと怖がる人がいるような場合だけ」

「怖がる？」

「大きな犬だもの。大型犬が嫌いな人も世の中にはいるのよ」

「信じられない」ジェーンが言った。

サラは微笑んだ。「ほんとよね、ジェーン」サラはもう一度バッグに手を入れ、今度はいくつもポケットがついたデニムのベルトを取り出した。

モンティの体が緊張する。

「仕事だってわかったのよ」サラはベルトを腰に巻きつけた。「これが合図になるの」

モンティは頭をもたげた。目が輝き、熱を帯びる。

サラは腰をかがめ、ベースボールシャツの匂いをモンティに嗅がせた。「この人を見つけて、モンティ」

イヴは車のフェンダーに寄りかかり、野原を歩くサラとジェーンとモンティを見守った。

サラの言うとおり、歩く速度は速かった。しかし野原は広く、隅々まで二度歩くにはかなりの時間がかかった。

モンティは鼻を地面にすりつけ、全身の筋肉を緊張させて進む。二度立ち止まり、迷ったが、先へ進んだ。サラがモンティを連れて車に戻ったのは午後になってからだった。「何もないわ」

「断言できる？」イヴは肩を落とした。

「モンティは断言してる。私にはそれで充分だけど」

「モンティの鼻は確かなの？」

「ええ、素晴らしく確かよ」

「じゃ、二回立ち止まったのはどうして？」

「死臭を嗅いだからよ」

イヴは身をこわばらせた。「なんですって？」

「でも人間ではなかった。モンティにはその違いがわかるの」サラは犬の首輪から革ひもをほどき、自分のベルトを外すと、ジェーンのほうを向いた。「休憩よ。モンティと遊んできたら？　モンティも喜ぶと思うわ」

「わかった」ジェーンは即座に飛んでいった。

サラはモンティを連れて野原に駆けだしていくジェーンを見つめた。「モンティはあの子が好きみたい」

「ジェーンのほうもモンティに夢中よ」

「あの子と一緒に歩いてくれてありがとう。これまでずっとひどい目に遭わされてきた子なのよ。モンティと触れ合うのは、あの子にとっていいことだと思うの」

「趣味がいいわ」

「私がこんなことに巻きこまれたのは、あの子のせいじゃないもの」サラはイヴをまっすぐに見つめた。「あなたを恨むわ」

イヴはたじろいだ。「そう言われてもしかたないわ。だったらめいっぱい働いてもらったほうが得ね。恨まれついでってところ」

「ほかにも心当たりがあるのね？」

「あと十一カ所ほど。みんな地名に〝ライト〟という言葉が入ってる」

「十一カ所も？」

イヴは市街図を出し、丸印をつけた地域を指さした。「十二カ所かもね」

「二日では捜索しきれないわ」

「デビー・ジョーダンが通っていた教会に近い場所から潰していきましょう。モンティの体力の限界は時間的にはどのくらい？」

「限界はないわ。テグシガルパでは、短い休憩を何度かはさんだだけで、七十二時間ぶっ通しで捜索した。でもこの野原だけでどんなに時間がかかるか、あなたにももうわかったでしょう？」

「じゃ、さっそく移動開始ね」イヴは地図をたたんだ。「次のムーンライトクリークは車で十五分くらいのところよ。川の両岸を捜索しなくちゃ」

「両岸を捜すとなると、この野原より時間がかかるわよ」

イヴは車に乗りこんだ。「モンティとジェーンを呼び戻して」

サラは束の間イヴの顔を見つめていたが、やがて苦笑いを浮かべた。「あなた、あきらめるってことを知らないのね」

「あなただってそうでしょ?」

サラは野原のほうを向いて声を張り上げた。「ジェーン、モンティを連れてきて。仕事の時間よ」

午前零時近くまで捜索を続けたが、除外できたのは四ヵ所だけだった。まだ七ヵ所残っている。

「ここまでね」サラはモンティの首輪から革ひもを外した。「今日はこれで引き上げるわ。疲れたし、暗くて足もとが見えない」

「見えなくたって平気でしょう。モンティが匂いさえ嗅げれば」

サラは呆《あき》れたように首を振った。「あなたって人使いが荒いのね」

「しかたがないでしょう?」イヴは後部座席で眠りこんだジェーンを振り返った。

サラがイヴの視線を追う。「犯人は本当に子どもまで殺すの?」

「ええ」

「卑劣な男ね」

「あと一時間だけ」

サラは首を振った。「見えないからだめよ。私のせいでモンティに怪我をさせることになりかねない。私にはそんな権利はないわ」

「ホンジュラスではもっと長く捜索を続けたと言ったじゃないの」

「人の命を救うためだからよ。遺体を捜すためでなく」サラがモンティに合図すると、犬はジープに飛び乗った。「今夜はここまで」

「期待していたほど進まなかったわ」

「無理だと言ったはずよ」

「わかってる。ただ……もっと日にちをくれたらと思って」

「残念ね」

「ええ、残念だわ」

サラはジープに乗りこんだ。「明日は日の出とともに始めましょう」

「日の出から？」

「まる一日ほしいんでしょ？」

「もちろん。だけど疲れたと――」

「モンティと私は銀行みたいに定時で営業してるわけじゃないわ。二日間、捜索すると約束したでしょ。その約束を果たすだけよ」

イヴに答えるいとまを与えず、サラのジープは砂埃《すなぼこり》をあげて走り去った。

イヴは自分の車に乗りこみ、帰路についた。

サラは頑固には違いないが、最初に思ったほどではなかった。精根尽きるまで根気よく捜索を続けたというのに、ほんの数時間の睡眠をとるだけで早朝から再開するという。どうやら子どもには弱いらしい。もう何日か捜索を続けてくれるよう説得して——

携帯電話が鳴った。

「遅くまでご苦労なことだね」ドンだった。「少々焦ってきているということかな、イヴ?」

「いいえ。眠っていたのよ」

「運転しながら眠っていたとでも?」

慌ててはだめ。当て推量で言っているのかもしれない。「電話は久しぶりね。あなたと縁が切れたかと喜んでいたのに」

「ほんの数日じゃないか。美声の女を必死に捜すきみの姿を眺めるのはなかなか楽しかった」

「はったりね。私の居場所さえ知らないくせに」

「ああ、たしかにしばらく見失った。いつの間にかアトランタから消えたからね。しかし、きみが私のソプラノの身元を突き止めるのは時間の問題だと思った。だから、デビー・ジョーダンの家を見張っていた」

「彼女の家には行っていないわ」

「ジョン・ローガンの部下は現れたよ。その男とローガンを、ローガンときみを結びつけるのは簡単だった。きみをアトランタから逃がす算段をしたのはローガンだな」

「なんの話かさっぱりわからないわ」

含み笑い。「ローガンをかばうつもりか。ローガンを邪魔者とは思っていないよ。それどころか、ゲームをますます面白くしてくれた。まあ、きみが悲嘆に暮れる夫にあれこれ質問をしに現れないのはなぜかと考えさせられたのは事実だがね。しかし、そんな人目につく行動をするはずがないのは当然だ。サラ・パトリックを雇ったのはなかなか独創的な思いつきだな。捜索した場所がどれも外れだったのは気の毒だが」

「見つけてみせるわ」

「あまり急がなくていいぞ。狩りはなかなか楽しいからね」

「ねえ、いっそのことどこに埋まってるのか教えなさいよ。彼女を見つけてもらいたいんでしょう、私に」

「まだだ。日ごとにきみは疲れ、緊張は増し、怒りが募る。その調子だよ」

「明日には見つかるわ」

「そうなったらがっかりだ。少なくとも一週間は捜索していてもらいたいからね」

「だったら、彼女を掘り出して別のところに埋め直したら？」

「死体の移動は殺人者にとってもっとも愚かな過ちだ。移動しているところを見られるかもしれない。証拠が残るかもしれない。その他もろもろの危険がある。だめだな、ほかの方法できみの捜索を遅らせよう。どこへでもジェーンを連れていくきみを見ていると嬉しくなると話したろう？　いまも一緒だ、違うかね？」

イヴは黙っていた。

「だんだん絆が深まっているのではないかな？　年齢がいくほど子どもは賢くなる。話をすれば理解できるようになる。ボニーは小さすぎて――」

「やめて」

「ほら、神経が張りつめている証拠だ。この狩りは実に愉快だよ。そろそろジェーンが目ざわりになってきたように思えるんだがね。あの子を殺せば捜索は遅れる。そうだろう?」

「そうなったら捜索を中止するわ」

「だめだ。きみは私を憎んでいる。途中では放り出せまい。怒りと悲嘆は、恐怖と同じくらい美味《うま》いものだ」

吸血鬼め。「もう切るわ」

「今夜のうちにあの子を殺すとするかな」

電話を握るイヴの手に力がこもった。

「そうだ、そうすればきみの捜索はとどこおる。リアビューミラーを見てみろ」

ヘッドライト。

「私が見えるだろう?」

「あなたじゃないわ。ローガンのボディガードの一人が朝から晩までついてきていたもの」

「ボディガードなら、最後の捜索現場できみを見失ったようだな。しかし、きみが一人では心細いだろうと思ってね」

「出まかせを言わないで」

「あの家に着くまであとどれくらいかかるだろうね」

イヴは答えなかった。

「急いだほうがいいぞ」

イヴはアクセルペダルを踏みこんだ。

「さて、ジェーンの命をいただくとするかな」

はったりだ。

いや、そうだろうか。後ろの車もスピードを上げた。

鼓動が激しい。心臓が破裂しそうだ。

もっとスピードを上げなくちゃ。

家まであと十ブロック。

後続車のヘッドライトは迫ってきているだろうか。

迫ってきている。

イヴは片輪を浮かせて角を曲がった。

車が激しく揺れ、後部座席でジェーンがなにごとかつぶやく。

「どうやって子どもを殺すか話したことがあったかな？　時間をかけてやるんだ。子どもが発散する感情は純粋で、美しい調べのようだからね。白を受け取る価値があるのは子どもだけだ。大人とは違って、曇りのない恐怖や痛みをそのまま感じ取る。ジェーンはボニーのように勇敢かな？」

ドンを殺してやりたかった。

あと四ブロック。

「息遣いが荒いな。怖くてしかたがないんだろう？」

リアビューミラーが反射するヘッドライトがいよいよ眩《まぶ》しくなる。

イヴは携帯電話をシートに放り出した。

アクセルペダルを踏みつける。

門が見えてきた。

リモコン。門を開けなくちゃ。

あの開き方では遅すぎる。後続車のヘッドライトがそこまで迫っている。

門を破るようにして通り抜けた。

そのまま私道を突っ走る。

ヘッドライトはやはりすぐ後ろに見えている。門を通り抜けようとしている。

急ブレーキを踏んで玄関前に車を停め、全体重をかけるようにして警笛を鳴らした。

来て。誰か来て。あの男が来る前に——

窓をこつこつと叩く音。誰かの顔が窓に押しつけられる。

「ミズ・ダンカン。大丈夫ですか?」

ハーブ・ブッカーだった。

イヴは窓を下ろした。

後ろに停まった車のヘッドライトがあいかわらず眩しい。運転席側のドアが開いている。

「イヴ?」ジェーンが寝ぼけまなこで体を起こす。

「大丈夫よ」イヴはステアリングホイールを握りしめた。「ハーブ、あれはあなたの車?」

「そうですよ。一日じゅう、後ろにいたでしょう。どうかしたんですか。急にすごいスピードで走りだすから、心配しましたよ」

イヴはゆっくりと電話を耳に押し当てた。「いやな男ね」

「からかっただけさ」電話は切れた。


「やつれた顔してる」サラはいぶかしむようにイヴを見つめた。「平気？」

「よく眠れなくて。あなたはどう？」

「元気よ。モンティと私は睡眠不足にも慣れてるから」

イヴは地図を広げた。「昨日は教会の南側を当たったわ。今日は西側を捜索しようと思うの」そう言って地図の一点を指先で突く。「まずはここね。ウッドライト貯水池」

「そこからでいいの？ 捜索範囲がかなり広そう。いちばん可能性の高そうなところから行くべきよ」サラが言った。「今夜零時までしか時間はないんだから」

「時間延長はなし？」

「なしよ」サラはイヴに背を向け、モンティの革ひもをジェーンに渡した。「行きましょ。ショーの始まりよ」

イヴは失望とともにサラの後ろ姿を見つめた。昨夜の一件を境に、捜索が空しく思えてきていた。なぜ遺体など捜しているのだろう。あの卑劣な男を愉しませるため？

違う。捜索を始める前と理由は変わっていない。ドンが小さなミスを犯した可能性を探すためだ。

どうか彼が何かを見逃していてくれますように。

「ここまでね」サラは静かに言った。「悪いけど」

イヴは拳を握りしめた。「まだ零時になっていないわ」

「もう午前一時半よ」サラの合図でモンティがジープに飛び乗る。

「残業してくれたことに感謝すべきだわね」イヴはぼんやりと言った。

「でも、私に唾を吐きかけたいところなんでしょ」

「まさか」絶望感にとらわれてはいても、サラの仕事ぶりには文句のつけようがなかった。夜明けから始め、モンティに水を飲ませて休ませるための短い休憩を幾度か取っただけで、夜中まで捜索を続けてくれたのだ。「せめてあと一日でももらえないかと思ってるだけ」

「それはできないわ」サラはイヴの目を見ずに言った。「あなたが捜索を続けたい気持ちはわかるけど、私には関係のないことだもの。私の仕事はね、モンティを守ること。この仕事は気が進まなかったけど、約束どおり二日間捜索したわ」

「二日では足りない」

「できるだけのことはしたわよ。この二日、その女性が見つかりませんようにって片時も忘れず祈りながらね」サラは首を振った。「だから、私なんかにはもう頼まないほうがいいんじゃないかしら。あなたが望んでいるほど一生懸命に捜索していなかったかもしれないでしょ」

「そんなことはないわ。あなたは手を抜くような人ではないもの」

「他の人を探して」

「時間がないのよ」

「残念だけど」

「私は力になれないわ」サラはジープのエンジンをかけた。「残念だと思ってくれるなら、力を貸して。遺体を捜すのは楽しい仕事ではないでしょうけど、あなただって――」

「楽しい？」サラは硬い声で言った。「あなた、自分が何を言ってるかわかってないのね」

「あと一日や二日だというのに、どうしても引き受けてくれない理由がなんだか知らないけど、ドンを捕まえ、ジェーンの命を守ることのほうがよほど大事だってことはわかるわ」

「それはあなたの考え方でしょう。そう思うのはあなたの勝手よ。私だってね、あなたが自分の世界を守ろうとするのと同じように、自分を守らなくちゃいけないの」沈黙。「悪いけど」

遠ざかっていくテールライトを見送るイヴの目に涙がにじんだ。少し時間がたてばまた頑張れる。いまは疲れて、気落ちしているだけだ。あの家に戻り、インターネットにアクセスして、新たなサラ・パトリックを探そう。

12

モンティが鼻を鳴らした。

「うるさいわね」サラはアクセルペダルをぐいと踏みこんだ。「あれでよかったのよ」

――悲しい

「あの子が悲しそうだからって、どうしようもないでしょ。私たちのことも考えなくちゃ」

――独りぼっち

「生き物はみんな独りぼっちなの」

――僕らは違う

サラはモンティの耳の後ろをかいてやると、囁《ささや》くように言った。「そうね。私たちは違うわ」

モンティがまた悲しげに鼻を鳴らす。

「だめと言ったでしょう」

――あの子

あの少女のことを思うと、サラも胸が引き裂かれるようだった。

「私たちには何もできないのよ。あの子のことはイヴに任せればいいの」

——悲しい

「眠りなさい。いつまでもぐずぐず言わないの。もうすんだことよ。ここまでは幸運だったわ。また一日びくびくするのはいや」

モンティはシートに体を丸め、前足に頭をのせた。——子ども……

「彼女はどこだ、マーク?」ジョーは訊いた。

受話器の向こうに沈黙が流れた。「どうして僕の番号がわかったのかな」

「一筋縄ではいかなかったよ。あんたの携帯電話番号を教えろといっても、局が渋ってね。二日前に番号を変えたろう。どうしてだ、マーク?」

「いやがらせの電話が多くてね。この業界の人間はみんな悩まされてる」

「そのうえ二週間の休暇を取った」

「疲れてたんだ。だからこうしてフロリダでのんびり日光浴をしている」

「僕が探してるのを知ってたからだろうに」

「いいか、ジョー、きみと顔を合わせたくないからって程度の理由で、フロリダくんだりまで逃げたりはしないさ」

「あんたならやりかねない。イヴはどこだ、マーク?」

「僕が知るわけがないだろう」

「イヴは児童保護施設の住所を知らなかった。アイズリーから聞き出すのに、僕でも十五分かかった。それなのにイヴは保護施設へ行き、ジェーンを連れ出した。ちょっと考えればおのずと答えは出る。あんただよ、マーク」

「アイズリーが保護施設の場所を僕に教えると思うのかい？」

「僕が思うに、あんたはこの街のどことどこにやばい死体が埋まっているか、知り抜いている」

「こういうときにそういう比喩《ひゆ》を使うのは不吉だよ」

「イヴはどこなんだ、マーク？」

「僕はこの取材に膨大な時間と労力を注ぎこんだ。イヴ本人も、きみには居場所を知られたくないそうでね」

「かならず見つけてみせる」

「悪いが僕は力になれないよ」

「それはどうかな。彼女が見つかるのが先か、あんたを見つけるのが先か。彼女が先であることを祈ったほうがいいぞ」

「それは脅しかな、ジョー？」

「そうさ。彼女はどこだ？」

「ドンの案内に従っているとだけ言っておこう」

「案内？」

「それは僕だけが知っていればいいことさ」マークは気取った口調で言った。「脅されるのは気分のいいものじゃないな、ジョー」電話は切れた。

ジョーは椅子に体を預けた。恐怖が骨まで染み通っていく。

くそ。

恐怖に負けてはいけない。彼女を見つけなくては。情報の最後の一滴を絞り取るまで、マークを締め上げろ。

もう一度マークの番号をダイヤルする。

とにかくイヴを探し出せ。

モンティが遠吠えをしている。

サラはベッドではっと身を起こした。

モンティは遠吠えなどめったにしない。

ベッドサイドの明かりをつけ、足を床に下ろす。

またしても遠吠えが聞こえはじめたが、ふいに途切れた。

どうしたのだろう。

サラは玄関を飛び出した。「モンティ？」

返事はない。

居間の電灯をともし、ドアを開けっ放しにしてふたたび外へ出る。

「モンティ？」

静寂。サラは拳を握りしめた。

「モンティ、どこなの――」

水飲み用の皿の脇に何か転がっている。

大きな肉の塊だ。ひと口かじった跡がある。

モンティに赤身の肉を食べさせたことはない。

「まさか」

サラは暗闇に駆けだした。「モンティ！」

何かふわりとしたものにつまずいた。何か力ないもの――

まさか。そんな。お願い。

「モンティ！」

誰かが警笛を鳴らしている。全体重をかけてホーンボタンを押しているように、やかましい音が夜の静寂を引き裂いている。

なんの騒ぎだろう？

イヴはコンピューターから離れ、立ち上がった。

机の上の電話が鳴っている。

「門に侵入者です」ハーブ・ブッカーが告げた。「こちらで確認するまで家から出ないように」

「きっと酔っ払いよ。この近所の住民をたたき起こしてから入ってくる侵入者なんているわけないわ」

「とにかく家から出ないでください」

「だめよ、ジェーンが目を覚ましてしまう」

イヴは玄関に向かった。

私道を歩いて門に着いたときも、警笛はまだ鳴っていた。ファン・ロペスがイヴより先に到着していた。

門の前にサラ・パトリックのジープが停まっていた。「入れてよ、ねえ」

「開けてあげて」イヴはロペスに言った。

ロペスがリモコンを操作し、門が勢いよく開く。

ジープはイヴのすぐ脇を走り抜け、玄関前で停まった。

「任せて」イヴはボディガード二人にうなずいた。

イヴがジープに駆け寄ると、ちょうどサラが降りてくるところだった。イヴはサラの顔をひと目見るなり尋ねた。「何かあったのね？」

「何かあったじゃすまないわ」サラが言った。「許せない。卑怯な奴だわ。殺してやりたい」

「ドンのこと？」

「ほかに誰がいるの？　あんなことするのは――」

ふいに寒気がイヴの全身を襲った。「サラ、モンティはどこ？」

「卑怯な男」

「サラ」

「殺そうとしたのよ」サラの頬を涙がぽろぽろとこぼれ落ちた。「モンティを殺そうとしたのよ」

「殺そうとした？」

「死ぬほど怖かったわ。モンティが——」

「サラ、何があったの？」

「モンティの水の皿のそばに、牛肉の塊を置いていったのよ。毒入りの肉を」

「ほんとなの？」

「食べたのはコヨーテだった。見つけたときは死んでたわ」

「モンティじゃないのね、よかった」

「モンティが食べるわけがないの。私が用意するもの以外は食べないように教えてきたから。だけど、もしかしたらと——そのうえ、呼んでも返事がなかったから」サラは涙に濡れた頬を手の甲で拭った。「怖かった」

イヴはうなずいた。「わかるわ」イヴはドアを開けた。「入って」

「待って。後部座席からモンティを降ろさなきゃ」

犬の姿は見えない。「どこにいるの？」

「床の上」

「どうして？　毒を舐《な》めてしまったとか？」

「違うわ」サラはジープのそばの地面に膝《ひざ》をついた。ふいに穏やかな、優しい口調で話しかける。「いらっしゃい、モンティ。降りるのよ」

モンティは泣くように鼻を鳴らした。

「わかってる。とにかくジープから降りてなかに入りましょ」サラは首輪に革ひもを結んだ。

「さあ、いらっしゃい、モンティ」

犬はようやく立ち上がると、ジープから飛び降りた。尾を後ろ足のあいだに入れたまま、おずおずと玄関のほうに歩く。

「ほんとに毒にやられていない？」

「ええ、それは大丈夫よ」

「じゃあ、どうしちゃったの？」

「どうしたんだと思うの？　悲しいのよ。コヨーテの死体からこの子を引き剝がすのは大変だったわ。モンティが見つけたときはまだ生きていたんだと思う。モンティはね、死にうまく対処できないの」サラは肩をすくめた。「誰でもそうだと思うけど」

「犬が心理学的な問題を抱えてるってこと？」

サラはイヴを睨みつけた。「だとしたら、何か変？」

イヴは降参するように片手を上げた。「いえ、ちっとも」別の犬のように様子が変わってしまったことは、モンティをひと目見ればわかる。耳はぺたりと寝ているし、打ちひしがれたような顔つきをしている。「どうしてあげればいいの？」

「そのうち元気になるわ。ちょっと時間が必要なだけ」サラはモンティの先に立って玄関に入った。「ジェーンは眠ってるわよ」

「ジェーンの部屋に連れていってもいいかしら」

「起こしたりしないわ」

「だったら、連れていって意味があるの？」

「子どもほど死から遠い存在はないわ。ジェーンのそばにいるだけで安心するはず」

「セラピーってこと？」

サラはつんと顎をあげた。「ジェーンは迷惑だとは言わないと思うけど。モンティに夢中だもの」

誰だってモンティを見れば夢中にならずにいられない。あの優しい大きな目が、いまはひどく悲しげで、見ているイヴの胸まで痛んだ。「階段を上って一つめの部屋よ」

「ありがとう」

イヴはモンティを連れて階段を上っていくサラを見送ったあと、キッチンに行き、コーヒーを淹《い》れた。

コーヒーができ上がるころ、サラがキッチンの入口に現れた。

「モンティは落ち着いた？」

サラはうなずいた。「ごめんなさいね。ジェーンを起こしてしまったわ」

「またすぐ眠るわよ」

サラはおずおずと言った。「モンティがジェーンのベッドに潜りこんでしまったの。でも、不潔じゃないから安心して。今夜、家に帰ってから体を洗ってやったから」

「クリームや砂糖はいる？」

サラは首を振った。

イヴはコーヒーの入ったカップをサラに渡した。「そうやって申しわけなさそうな顔をするのはよして。たいしたことじゃないわ」

「いいえ、たいしたことよ。モンティと私は、他人に頼るのが嫌いなたちなの」

「モンティはあなたほど気にしていないみたいだけど」

「そうね」サラは顔をしかめた。「私より環境に順応してるかもしれない」

「どうしてここへ？　モンティのセラピーのためだけじゃないでしょう」

「頭に血が昇ったわ」サラは唇をきつく結んだ。「犯人を殺してやりたいと思った。いまも思ってる」

「ドンの仕業だというのは間違いない？」

「あなただって彼だと思ってるんでしょ？　近所には誰も住んでいないもの、犬嫌いの隣人の腹いせなどではないわ。それにデビー・ジョーダンの捜索を始めるまで、あの子が狙われたことは一度もなかった。捜索をやめさせたがっている人間の仕業よ」

イヴは首を振った。「いいえ、遅らせるためだわ。ドンはいま楽しくてしかたがないわけだから、やめさせようとはしないはずよ。あなたが協力してくれるのも今夜かぎりとは知らなかったのね」

「だからモンティを殺そうとした」

イヴはうなずいた。

カップを持つサラの手に力がこもった。「許せない。そいつを捕まえて吊るし、さらし者にしてやる」

「もう関わりたくないんじゃなかったの？」

「馬鹿なこと言わないで。そいつは私の犬を殺そうとしたのよ。きっとまたやるに決まってる。モンティを守る唯一の方法は、そいつを捕まえることだけだわ」サラはもうひと口だけコーヒーを飲むと、カップを置いた。「そろそろ寝るわ。せいぜい数時間しか眠れそうもないもの。夜明けと同時に捜索開始よ」

「ほんとに?」

「ここに泊めてもらうわ。そのほうがモンティも安全だし。部屋は空いてるかしら。なければ、いったん家に帰って寝袋を取ってくる。野宿には慣れてるの」

「私の寝室の向かいの部屋を使って」

「ありがとう。車から着替えとモンティの荷物を取ってくるわね」サラはキッチンを出ていった。「先に寝ていて。戸締まりはしておくから」

イヴはサラの後ろ姿を見つめた。憤り、自分の犬を守り抜く決意を固めたサラ・パトリックが頼れる味方であることは間違いない。

イヴは明かりを消し、階段を上りはじめた。これで願いが叶ったではないか。サラに捜索を続けてくれるよう懇願していたところなのだから。ただ、彼女が向こうから乗りこんできてイヴの手から主導権を奪い取るなどという事態は予想もしていなかった。

イヴはジェーンの寝室の前で足を止め、ドアを開けた。ジェーンはまた眠っていた。一緒にベッドの上に横たわったモンティの体に、しっかりと腕を回している。

よしとしよう。サラ・パトリックとも対等にやっていけるだろう。犬の存在はジェーンのためになるだろうし、モンティが危ない目に遭ったということは、ドンがすぐ近くに迫っている証だ。彼は背景に溶けこみ、監視し、じっと待っているだけの自分に退屈しはじめている。

そう考えて身震いしながらジェーンの寝室のドアを閉めた。サラとモンティが同じ屋根の下にいるというのも悪いことではないかもしれない。いまのイヴには、自分がひどく孤独に思えた。

「もう寝なさいよ」サラがそう声をかけて追い越していった。

「命令するのはよして」

サラは自分の部屋の前で足を止めた。「ごめんなさい。いつも指示する立場だから、つい。それに、ここ最近は自分がひどく無力に思えて。気をつけるわ」

イヴはかすかに笑みを浮かべた。「ええ、気をつけて」

何も心配はいらない。サラともうまくやっていけるだろう。なんと言っても、いまや共通のゴールができたのだから。

一つミスを犯したわね、ドン。あなたは完璧ではない。あなたが何もせずにいれば、サラはもう私には協力してくれなかったはずよ。だけど、私には強い味方ができた。

デビー・ジョーダンを殺したときも、何かミスをしてくれた?

「まただめ?」イヴは肩を落とした。

サラがうなずく。「気配すらないわ」そう言ってモンティに合図をする。犬はジープに飛び乗った。「モンティはあの倒木の下に何かあると疑ってたけど、違ったみたい」

「もう一度行ってみない? モンティも私たちと同じくらい疲れてるでしょう。判断を誤ったのかも」

「モンティの判断が間違っていたことはないわ。目当てのものを見つけたら、そうとわかるはず」

「もう三日も捜してるのに」

「被害者はここにはいないって言ってるでしょ」サラは口をつぐみ、語気をゆるめた。「ごめんなさい。長い一日だったから」

この三日は本当に長かった。夜明けから真夜中まで、ときには真夜中を過ぎても捜索は続いた。サラがいらだつのも無理はない。イヴは車に座って眺めているだけだが、サラとモンティはそのあいだずっと狩りをしているのだ。あれほど精力的に動けるのが不思議なくらいだった。

サラは押し黙っていたが、家に着くころになってようやく口を開いた。「あと何カ所？」

「四カ所よ」

「たいして残っていないのね。ドンは嘘をついたのかしら」

「あの人ならどんなこともしかねないわね。だけど、もし私たちが見当違いの場所を探しているとしたら、モンティを殺そうとした理由がわからない」

「シナリオの信憑《しんぴょう》性を増すためとか？」

「ありえるわね」イヴはうなずいた。「私がただ堂々めぐりをしているのを見て面白がってるのかも」

「内心ではそうは思っていないでしょ」

「ええ。かならずなんらかの成果があると信じてるわ。彼は刺激を求めてるのよ。浮いたり沈んだり。希望と失望。緊張と解放。もし私たちがデビー・ジョーダンを見つければ、彼はこのうえない解放感を味わうでしょうね」

「まるで彼をよく知ってるみたいな言い方ね」

イヴ自身もそんな気がすることがあった。ドンのことがつねに頭を離れない。素早く振り返ったら、彼の姿をちらりとでもとらえられるのではないかと思うときさえあった。気のせいだ。車で走っているときに携帯電話で脅されたあの晩以来、ファン・ロペスとハーブ・ブッカーはなおも警戒を強め、彼女を尾けていた車はなかったといちいち報告してくれている。

たぶん、そのとおりなのだろう。

角を曲がると、すっかりお馴染みになった門が見えてきた。「明日にはきっと見つかるわ」

イヴはサラに言った。「あの人は嘘はついていない。だって――」

「危ない！」

行く手に一人の男が立ちはだかったのを見て、イヴはブレーキペダルを思いきり踏みつけた。「なんなの？」

すぐ後ろの車からロペスが降り、銃を抜いて男のほうに駆けていく。

「だめ！」

次の瞬間、ロペスは通りの真ん中に組み伏せられていた。

どうしよう、ロペスが殺されてしまう。

イヴは車から飛び出した。

「イヴ、何する気?」サラの叫び声。

「やめて。聞こえないの? やめてったら。その人に手を出さないで」

「あいにく誰かを殴りたい気分でね」ジョーはロペスの喉から手を離して立ち上がった。

「いきなり突進してくるほうもくるほうだ」

「私を守ろうとしてくれたのよ」

「あれじゃ守れないな。ローガンは金を無駄遣いしている」

「いいえ、とても優秀なボディガードだわ」

門が開き、ハーブ・ブッカーが飛び出してきた。

ジョーがさっと振り向き、即座に身がまえる。

イヴは彼の前に立った。「大丈夫よ。この人なら知り合いだから、ハーブ」

ハーブは地面に伸びたパートナーを見やった。ロペスはゆっくりと体を起こそうとしている。次にハーブはジョーを見つめた。「俺には納得がいかないな」

「この人は刑事よ」

「いつから刑事はランボーみたいな戦術を使うようになった?」

「ジョーはふつうの刑事とは少し違うの」イヴはジョーのほうを振り返った。「先に家のほうに行ってて」

ジョーは自嘲気味に微笑んだ。「へえ、家に入れてもらえるのか」

「うるさいわね。ほんと頭にくる。ファンを殴り倒す必要がどこにあったのよ」

「銃を持ってた」

「もう少しで殺すところだったじゃない」

ジョーは肩をすくめた。「言ったろ。むかっ腹が立ってね」

「奇遇ね、私もよ」イヴは車に戻った。「招かれざる客のくせに」

「ああ、どうやらそうらしいな」ジョーはイヴに背を向けると、さっさと家の門のほうに歩いていく。

「誰なの、あれ」サラがイヴに尋ねた。「ハーブの言うとおりよ。まるでランボーみたいだったわ」

「ジョー・クインよ」イヴは車を私道に乗り入れた。「旧《ふる》い友人」

「ほんとなの？　あの顔つきを見るかぎり、親しげというよりはいまにも爆発しそう」

「私に腹を立ててるの」イヴは唇を引き結んだ。「だけど、こっちも負けずに腹が立ってるわ」

「フェイの家に来た人ね」ジェーンが後部座席から言った。「あたしに飛びかかってきた」

「あなたが先に彼に飛びかかったのよ。野球のバットを振りかざして」

「やけにかばうのね」サラが指摘する。

「つい癖で」イヴは車を停めて降りた。「さあ、みんなベッドに入って。彼のことは私に任せて」

「ええ、よろしくね」サラがつぶやく。「モンティと私には加勢する元気はないし、ジェーンはバットを持っていないし」

ジェーンがおかしそうに笑った。「今晩もモンティと一緒に寝てもいい、サラ？」

「今夜はだめ。昨夜みたいなのは特別のときだけよ」サラは玄関の脇で待っていたジョーに軽くうなずいた。「イヴをあまりいじめないことね。犬をけしかけるわよ」

サラはジョーの返事を待たず、ジェーンとモンティを連れて家のなかに消えた。

「あれは誰だ?」ジョーがイヴに尋ねる。

「サラ・パトリックよ。モンティは彼女の犬。私の居場所を突き止めたくせにサラのことは知らなかったなんて、意外ね。ローガンはこれまでの経緯を何も話さなかったの?」

「冗談だろ」ジョーはイヴを追うように家に入った。「ローガンは必要最小限のことしか話さなかったよ。きみは安全だということ、二人のボディガードに警護させてること。あとは、僕にとっとと消えろと言ってたな」

「じゃ、どうやってここがわかったの? きみはフェニックスに向かったの?」

「マークから聞いたのさ。きみはフェニックスに向かった、何か切り札があるようだったとね。即座にローガンの顔が思い浮かんだよ。だからローガンの行方を追った。するとモントレーを発って、〈キャメルバック・イン〉に滞在しているとわかった。ついでにこの家を所有していることもわかってね。というわけで、ローガンがきみとジェーンをかくまっているのは間違いないと確信した」

「ご明察ね」

「僕ならそういう皮肉を言うのはやめておくね」ジョーはしゃがれた声で言った。「ドンに先を越されていやしないかと心配しながらきみを探す日々はまるで地獄だった。あとどのくらい忍耐が残っているか」

「その顔つきから判断するに、残りわずかといったところかしら」

「さっきの騒ぎが気にさわったのか？　それは残念だ。しかし、暴力と聞いただけできみがいやな顔をするのはいまに始まったことじゃないよな。きみはあまりにも多くの暴力を見てきた。だから僕は自分のその一面を見せないようにしていた。だが、もう限界だよ、イヴ。ありのままの僕を受け入れろ」ジョーはロビーを見まわした。「いい家じゃないか。居心地がよさそうだ。ローガンの得点だな」

「彼はとてもよくしてくれてるわ」

ジョーは目を細めてイヴを見つめた。「へえ？　どのくらいよくしてくれてる？　多大なる同情と、親しみのこもったおしゃべり？」

「もちろん、話はするわ。機会があれば電話して、進み具合を報告してる。サラを口説き落としてくれたり、いろんなことで力を貸してくれたりしたというのに、私がローガンを切り捨てると――私ったら、何を言いわけしてるのかしら。あなたには関係のない――」

「僕の知りたいことは一つだけだ。きみがこの家に来て以来、ドンから連絡はあったか？」

「ええ」

ジョーは小声で悪態をついた。「奴はどうしてそんなことができる？　まるできみにべったりくっついて歩いているみたいじゃないか」

「いまさら驚くようなこと？　ドンはストーカー歴何十年かのベテランよ。あらゆるテクニックを知り尽くしてるはずだわ。私の脈拍数まで把握できるくらいでなきゃ、彼にとっては面白くもなんともないでしょうね」イヴは居間に入ったところで振り返った。「疲れてるのよ、ジョー。早くベッドに入りたいの。だから言いたいことがあるならさっさと言って。明日も夜明けには起きて、捜索を始めなくちゃいけないの」

「それだけか？」

「それだけよ」イヴは焦《じ》れったくなって言った。「ねえ、ジョー、あなたが首にならずにすむように気を遣ったことを謝れと言うの？　悪かったなんて思ってない。これは私の問題なの。あなたは関係ないのよ」

「初めて会った日から、きみの問題は僕の問題に変わったんだよ。それはこれからも――」

ジョーは首を振った。「きみは僕から離れていこうとしている。僕を締め出そうとしている。そんなことは言われなくてもわかるよ。いったいあとどのくらい僕が――」ジョーは二歩前に出ると、イヴの肩をつかんだ。「こっちを見ろよ。頼むから僕の顔を見ろ。ありのままの僕を見ろよ。きみが望む僕ではなく」

　彼の目……

　胸が締めつけられる。息ができない。

「そうだ」ジョーの熱のこもった声。

「離して」彼女の声は自分の耳にも届かぬほど弱々しかった。

肩に置かれた彼の手に力がこもったが、まもなくその手は離れた。「僕だって馬鹿じゃない。これだけ長いあいだ待ったんだ。いまさら慌てたりはしないさ。しかし、きみは僕を同情という鎖でがんじがらめにしてきた。そんなのにはもううんざりだ」

「同情ですって？　あなたに同情を求めたことなど一度もないわ」

「同情せずにいられると思うか？　僕は心を痛めてきた。同情を食い、同情を抱えて眠ってきた。砂のように味気なかったが、それでも何もないよりはましだった。もうあと一分だって我慢するものかと思っても、すぐにまた僕はきみのために心を痛め、僕は囚《とら》われる」ジョーはイヴの目をまっすぐに見つめた。「もう同情はうんざりだよ、イヴ」

「寝るわ」イヴは後ずさりしてジョーから離れた。「明日の朝、もう一度話しましょう」

ジョーは首を振った。「いや、その必要はない。ここまで来たら焦ることはない」ジョーは長椅子にちらりと目をやった。「僕はそこで休ませてもらおう」

「予備の寝室が一つ空いてるわ」

「明日案内してくれればいい。ほら、もう逃げていいんだぞ」

一刻も早くその場を逃げ出したかった。混乱し、狼狽《ろうばい》し、そのうえみぞおちのあたりに奇妙な感覚がわきあがってきている。それにジョーは、いまいましいジョーは、彼女を知り尽くしていた。おそらく、いまこの瞬間の彼女の気持ちを正確に見通しているに違いない。

「じゃ、また明日」

「なるようにしかならないよ、イヴ」ジョーは静かに言った。そしてこのとき初めて、かすかな笑みが彼の顔に浮かんだ。「考えてもしかたがない。しばらくは何もせず、成り行きにまかせろ。僕はいまでもきみがこの十年間知っていたとおりの男だよ」

しかし、その瞬間、イヴを見下ろしている彼は、まるで別人のように思われた。

彼の手に触れられると……

この十年間、幾度彼に抱きしめられただろう。友情の、共感の、慰めの抱擁。苦悩と孤独の夜をともに乗りきるための抱擁。

こんな彼は初めてだ。

「お休みなさい」イヴは小さな声でつぶやくと、逃げるように居間を出た。

どうかしている。そう考えながら服を脱ぎ、ベッドにもぐりこむ。こんなことになるなんて。あなたを恨むわ、ジョー。そんな気持ちでいたなんて。

私をこんな気持ちにさせるなんて。

乳首がぴんと立ち、冷たいシーツにこすれて痛い。ぞくぞくするような感覚が下腹部に広がっていく。

いやよ。

ジョーはだめ。ジョーに対して、こんなふうに獣じみた欲望を感じるなんて。彼女の人生の、ジョーのために仕切られた場所に、そんなものが入る余地はない。

仕切られた場所？　どこからそんな言葉が出てきたのだろう。彼を失うのが怖いがために、意識や心の一部にジョーを押しこめ、そこからはみださなければ大丈夫と安心しきっていたということだろうか。われながらなんと傲慢《ごうまん》なのだろう。

いや、そんなはずがない。そうだと認めたくはなかった。それでも、エリジェイのモーテルに泊まったあの晩、彼とのあいだにはそれだけではすまない何か、表に出てきてもらいたくはない何かが存在していることに、彼女はすでに気づいていたのではなかったか。

おそらく今夜のことは、ジョーの一時的な気の迷いだろう。朝になったら、もとのジョーに戻っているかもしれない。

しかし、彼女のほうはどうだろう。以前と同じようにジョーを見ることができるだろうか。彼の手に触れられ、熱を帯びた目で見つめられた瞬間、彼女の瞳に彼は別人に変わったように映った。あの瞬間、ふいに彼が見えた。性的魅力を備えた、異性としてのジョー・クインが。広い肩、引き締まった腰、唇……

手を伸ばし、あの唇に指先を触れてみたいと思った。

熱。うずき。欲望。

彼のことをそんなふうに考えるのはよそう。心のバランスを取り戻して、未知の方角へ足を踏み出せば二人の関係が壊れてしまうと、ジョーを説得しなくてはいけない。冷静に、客観的に……

イヴは激しく動揺していた。冷静に、客観的になどとてもなれそうもない。

あなたを恨むわ、ジョー。

翌朝、イヴが一階に下りると、ジーンズとスウェットシャツに着替えたジョーが玄関ロビーで待っていた。シャワーを浴びたばかりらしく、髪が湿っている。「コーヒーを淹れたよ。サラとジェーンとモンティはキッチンだ。遅刻だぞ」そう言って笑う。「眠れなかったのか？」

イヴはどきりとした。「いえ、よく眠れたわ」

「嘘だな」ジョーはキッチンに向かって歩きだした。「サラから捜索の進み具合を聞いたよ。いや、まるで進んでいないことを、かな」

　ジョーの物腰はふだんどおりだった。そう気づいてイヴは胸をなで下ろした。これこそ彼女の知っているジョーだ。昨夜のあの一件がまるでなかったかのようだった。「まだ可能性はあるわ」

「ドンが嘘を教えたのでなければな。それに、たとえデビー・ジョーダンが見つかったとしても、手がかりが残っているとはあまり期待しないほうがいい。スパイロの話では、タラディーガの現場からも、手がかりと呼べるようなものは何一つ発見できなかったそうだ」

「路地の段ボール箱はどうだった？」

「成果なし。血液は、児童保護施設の警備員のものだった」

「人骨が二体出たというフェニックスの現場は？」

「スパイロがチャーリーに調べさせている。いまのところ何も出てきていない」

「だからといって、この先も何も見つからないとはかぎらないわ」

「ドンがきみにデビー・ジョーダンの話をしたのは、自分と彼女を結びつける証拠を残していない自信があるからだよ」

「いいえ、それは違うわ。彼はスリルがないことに退屈してるのよ。彼が求めているのは——彼が何を望んでいるのか私にはわからないけれど、私がその一部であることは確かだわ。それに、私がこちらに来てから、ドンは少なくとも一つミスを犯した」

「サラの犬に毒を盛った件か」

　イヴはうなずいた。「一つ間違いをしたということは、ほかにもミスを犯してるかもしれない」

「もし一つもなかったら?」

「ほかの方法で彼を捕まえるだけよ。こんなことをいつまでも続けさせるわけにはいかない。こそこそ暮らすのも、彼の玩具《おもちゃ》にされるのもごめんだわ」イヴは顔をしかめた。「絶対に許せない。あの男は私を食い物にして喜んでるのよ、ジョー」

「まあ、そうかもしれないな。デビー・ジョーダンが鍵を握っているのかもしれない」ジョーは少し間をおいて付け加えた。「というわけで、朝食をすませて出発だ」

「一緒に来るの?」

「ジェーンは一緒に行くんだろう。どうして僕はだめなんだ?」

「ジェーンは私と一緒にいなくてはいけないからよ」

ジョーはキッチンのドアを開けかけたが、イヴはその手をつかんで止めた。「あなたには一緒に来てもらいたくないの」

「いや、行くよ。また厄介払いしようったって、そうはさせない」

「ねえ、ここまでずっと用心してきたのよ。人目につかないように行動してきたわ。捜索しているあいだに誰かが近づいてきて、何してるんだって訊く人たちの相手も全部サラに任せてきた。それでも警察に発見される可能性はつねにつきまとうわ。万一そうなったとき、その場にあなたが居合わせるような事態は避けたいの」

ジョーはにやりとした。「そうなったら、僕が素早くきみを逮捕するよ。きみに言うのを忘れてたかな。部長をそそのかして、二州合同捜査班のアトランタ市警付き連絡係として僕をフェニックスに派遣したのは、部長本人の発案だったと思いこませてあるって。だから、きみがそうまで心配している僕の首は安泰だよ」

「そうは思えない。あなたは危ない綱渡りをしてる。それにあなたの――」

「それはさっきも聞いた」

「ちっとも聞いてくれないじゃないの。あなたの力を借りる必要はないのよ」

ジョーはまっすぐにイヴを見つめた。「ローガンの力は借りたじゃないか」

「できれば借りたくはなかったわ」

「それでも力を借りたことには変わりない」

「いまとは状況が違った」

「ああ、そうだろうよ。きみが僕を捨ててローガンに助けを求めたと知って、きみを絞め殺してやりたいと思った」ジョーは微笑んだ。「まあ、僕としてはきみが心配してくれるのはいい兆候と解釈しておこう。考えておいてくれ」

イヴは考えたくなかった。急に胸が締めつけられ、前の晩と同じように、ふいに彼を意識した。まったく、ジョーといるだけでこんな気持ちになるなんて。彼はいちばんの親友であり、兄のような存在だというのに。「そういうことは言わないで。何もかも台無しになってしまう」

ジョーはイヴの脇をすり抜けてキッチンに入った。「慣れるんだな」

「待ちなさい、モンティ。そう焦らないの」サラは革ひもをぐいと引いた。ドーンズライト小学校の裏手に広がる野原の捜索を開始して以来、モンティは体に緊張をみなぎらせ、全速力で歩き続けている。

勘だろうか、それとも焦れったいだけだろうか。もう何日も捜索を続けているのに、何一つ見つかっていない。顔にこそ出さないが、サラも疲れ、焦りはじめていた。

もう六時近いだろう。夕闇が迫り、ぎざぎざの歯のような木立がほとんど草の生えていない野原に落とす影が、見る間に長くなっていく。

「あとどのくらいかかる？」ジョーが野原の端に停めた車から大きな声で尋ねた。

「十五分ってとこ」サラは自分とモンティの双方に息を整える機会を与えようとしばし足を止め、イヴとジョーのほうに目を凝らした。あの二人はよくわからない。古くからの友人らしいことは明らかだ。最後まで言い終えなくても何を言わんとしているのかたがいに察するような気安い雰囲気がある。その一方で、あの二人のあいだには、見ているこちらを落ち着かない気持ちにさせる、ぴりぴりとした空気も感じさせた。人間は複雑で理解しがたい。犬は単純でいい……たいがいの場合には。

「もう少しでおしまい？」ジェーンが尋ねた。

「ええ、もう少しよ」サラはまた歩きはじめた。「車に戻って、サンドイッチでも食べていたら？　お腹が空いたでしょう」

ジェーンは首を振った。「終わるまで待ってる」そう言って嬉しそうに微笑む。「モンティはずいぶん急いでるみたい。どうしてだと思う？」

「私に訊かないで。私はついていっているだけなんだから」

ジェーンが顔を曇らせる。「何か怒ってるの？」

「別に」サラは大股に歩きだした。「車に戻っていなさい。あなたにこのスピードは無理だわ」

「いつもついていけてるわ」

「車に戻っていなさい」サラは険しい口調で繰り返した。「あなたがいてもしかたがないわ」

ジェーンは立ち止まり、しばらくサラの後ろ姿を見つめていたが、やがて振り返ると、離れていった。

子どもの気持ちを傷つけてしまった。だが、ああするしかなかった。いまはモンティ以外のものに気を配る余裕はない。

速度が上がる。

左へ。

さらに速度が上がる。

モンティが革ひもをぐいぐいと引っ張る。

――近い

――意気込み

――期待

――見つけた！

モンティが地面を掘りはじめた。

「よしなさい、モンティ」

――見つけた

サラはそれ以上モンティを止めようとしなかった。いずれわかることだ。

モンティの動きが止まった。

――死んでる？

「死んでるわ」

モンティは後ずさりをした。――死んでる
鼻を鳴らす。

ああ、彼は悲しんでいる。

サラは地面に膝をつき、モンティの首に腕を回した。

――子ども？

「いいえ、違うわ」

――でも死んでる
モンティの体をそっと揺らすサラの目に涙がにじんだ。「そうね」

「どうしたの？　モンティの具合でも悪いの？」イヴがすぐ傍らに立っていた。

「ええ」しかもサラのせいで。この瞬間のことは考えまいとしてきたが、いつか訪れることはわかっていたのだ。「ええ、具合が悪いのよ」

「獣医に診てもらう？」

サラは首を振った。「診てもらってもしかたがないわ」お願い、悲しそうに鼻を鳴らすのはやめて。私まで泣きたくなるじゃないの。

――死んでる

「どうした？」ジョーが犬のそばにしゃがんだ。「応急手当が要るのか？　応急処置の訓練なら受けてるから――」

「見つけたのよ」

「ここで？　デビー・ジョーダンなのか？」

「ええ、彼女だと思う」サラはぼんやりと言った。「人間よ。死んでる」立ち上がる。「モンティを車に連れていくわ。もうこの子の仕事は終わったもの」そう言ってそっと革ひもを引く。「いらっしゃい、モンティ」

モンティは動こうとしなかった。

「もう手の施しようがないのよ、モンティ。ほら、行きましょう」

モンティはその場に寝そべったまま、鼻を鳴らしている。

「手伝おうか」ジョーが静かに言った。

「彼女のそばを離れようとしないわ。死んでることは理解してるけど、認めようとしない」サラは声の震えを止めようとしながら続けた。「このお馬鹿さんは、絶対に認めようとしないのよ」

「そういうことなら、とにかくこの場から離れさせたほうがいいな」ジョーはレトリーバーを抱き上げた。「暴れるなって、モンティ。何もしやしないから。サラが車に戻ろうって言ってるぞ」

「一緒に行きましょうか」イヴが訊いた。

「あなたはここにいて」サラはジョーの後ろを歩きだした。「正確な位置がわからなくなったとしても、モンティにもう一度探させるわけにはいかないわ」

ジョーがモンティを抱き上げたのを見て、ジェーンが駆け寄ってくる。「どうしたの？モンティはどうしちゃったの？」

「大丈夫だ」ジョーはモンティをそっと後部座席に下ろした。「車に戻りたくないって意地を張っただけさ」

「どうして？」

ジョーがサラに尋ねた。「僕はイヴのところに戻って、あそこに印をつけてくる。きみは大丈夫かい？」

サラはうなずいた。それから後部座席に乗りこむと、モンティの頭を膝にのせた。

ジェーンはサラの様子を見つめていた。「モンティ、病気みたい」

「病気じゃないのよ。悲しいだけ」

「どういうこと？」ジェーンは目を上げてイヴの立っているほうをさっと振り返った。「捜してた人を見つけたのね？」

「ええ、とにかく誰かをね」

ジェーンは身震いをした。「なんとなくね、見つかりっこないってどこかで思ってたの。その女の人を捜すのは正しいことだとわかってはいたけど、まさかほんとに――」

「わかるわ」サラは笑みを浮かべようとした。「本当に見つかってしまったらって、私も複雑な気持ちでいた」

「モンティが落ちこむかもしれないって心配だったから？」

「この子を傷つけることになるとわかっていたの」

「前にもこうなったことがあるってこと？」

「いつもそうよ。テグシガルパから帰ったときなんか、一カ月も家に閉じこもっていたわ。七ポンドも痩《や》せて。なだめすかしてどうにか食事をさせてたくらい」

「今回も同じようになる？」

「そうならないことを願うわ」サラはモンティの頭をなでた。

「そんなところに連れていかなければよかったのに」

「この子はたくさんの命を救ったわ。それもやめさせたほうがよかったと思う？」

ジェーンは眉間に皺を寄せた。「ううん、そうは思わない。でも可哀想」

「ええ、ほんとね」

「犬はみんなこうなの？」

「ゴールデンレトリーバーは優しい犬だから、ペットに向いているし、介助犬としても優秀なの。愛に満ちているから。だけどモンティは、どうやらふつうの倍も愛情を持ってるみたい」

ジェーンは体の脇で拳を握りしめた。「こんなに悲しそうなモンティは見ていられない。あたし、何をしてあげたらいい？」

過去の経験から、即効薬は一つとしてないことをサラは知っていた。しかし、ジェーンもモンティに負けず劣らず傷ついている。何かしてやらなければいけない。「ここへ来て一緒に座って。モンティをなでてあげて。あなたがそばにいるって教えてあげて」

「それでよくなる？」

「この子は子どもが大好きなの。とくにあなたが好きみたいよ、ジェーン。だからきっと喜ぶわ」

ジェーンはよじ登るようにして後部座席に乗りこむと、モンティをそっとなではじめた。

「まだ悲しそうにしてる。ほんとにこうしていればよくなる？」

たしかなことは何も言えない。ただ、愛や、子どもの生命力は、それ自体が奇跡だ。サラ自身もその生命力を分けてもらいたいくらいだった。「悪いことはないはずよ。とにかく続けて」

車内に物音一つしないまま、数分が過ぎた。「どうしてこんなことするの？」ジェーンがかすれた声で訊いた。「モンティが好きなんでしょう。あなただってこんな仕事は嫌いなはずだわ」

「この仕事をできる人はそういないのよ」サラは咳払《せきばら》いをした。「でも、モンティの使い方には気を遣わなくてはいけないわ。この子に責任があるもの。私がこの子と私の両方を守らなくてはいけない」

「どうして？」

「だって、モンティは変わらないし、私を愛してくれている」サラの手がそっと犬の頭を愛《あい》撫《ぶ》する。元気を出して、モンティ。そんなに悲しまないで。私まで辛くなる。二人で乗り越えなくちゃ。「それに、私には絶対にいやと言わないから」サラはそう小声で付け加えた。

この下にデビー・ジョーダンが横たわっている。イヴはサラが指し示した場所をじっと見下ろした。墓のようには見えない。

「ここか？」気づくとジョーがすぐそばに立っていた。車のトランクから持ち出してきたらしい、赤い非常用の旗を手にしている。

イヴは手で墓の位置を指した。「モンティが見つけたなんて、信じられない。もう半分あきらめてたから」

「きみがあきらめるとは思えないが」ジョーは地面に旗を固定し、立ち上がった。「これで大丈夫だろう。次にどうするか、考えていたかい？」

「自分たちで掘るわけにはいかないわ。手がかりをだめにしてしまうでしょうから。地元の警察に知らせる？」

「その手もある」ジョーはしばらく考えた。「スパイロに電話するのも手だ」

「私は誘拐容疑で指名手配されてるのよ。ジェーンを渡すわけにはいかないわ」

「だったら、何か取引を持ちかければいい。そうだろう？」ジョーは唇を結んだ。「きみをおとりに使わせるという以外の取引を考えよう」

「ここに埋められているのがデビー・ジョーダンだという確証さえないのよ」

「だが、きみの勘ではそうなんだろう？」

「ええ、彼女だと思うわ。ドンは私に彼女を捜せと言い、こうして私たちは見つけた。だけど彼はゲームをもっと長引かせようとしたわ。だから、こうすぐに発見されて慌てているはずよ。次にどう出るか、予測がつかない」

13

「モンティの様子は？」その晩、イヴが階段を下りていくと、ジョーが尋ねた。

「サラは心配してるわ。夕食を食べなかったらしくて。ジェーンはモンティにかじりついてる」イヴは首を振った。「あの子のためになるだろうと思ったけど、こんなことになるとは予想していなかった」

「いや、あの子のためになっているんじゃないかな。他者を思いやって悪いことはない。この世には思いやりが足りないよ」

ジョーは思いやりを持っている。レトリーバーを抱き上げて車に運んでいったときの彼の優しい手つきをイヴは思い出した。屈強な男の優しさをかいま見ると、こうも心を動かされるものだろうか。「スパイロに連絡は取れた？」

「ああ、いまこっちに向かってる。いずれにしろ来るつもりだったと言ってたよ。ほかの二件を調べていたチャーリーが、何か重要な手がかりを見つけたらしい」

「どんな？」

「話してくれなかった」

「情報交換するんじゃなかったの？」

「いずれ聞き出すさ。いまのところ向こうは僕らに恩を売っているつもりでいる。立場が対等だってことをわからせればすむ話だ」

電話が鳴った。

イヴはぎくりとした。

ジョーがイヴの顔色をうかがう。「僕が出ようか」

ドンからであるはずがない。彼はいつも携帯電話にかけてくる。「いいえ、私が出るわ」

イヴは受話器を取った。

「きみの声が聞けて嬉しいよ、イヴ」マーク・グルナードだった。「もっと早く聞けていればもっと嬉しかったが。連絡をくれる約束だったろう」

「連絡する理由がなかったの。何も新しいことはわかっていなかったから。どうしてここにいるとわかったの？」

「ジョーと取引をしてね。彼は約束を守ってくれている。ジョーと代わってもらえるかい？」

「ええ」イヴは受話器をジョーに差し出した。「マーク・グルナードよ」

イヴは腰を下ろし、マークと話をするジョーの顔を観察した。表情はない。いつもの用心深く冷静なジョーが戻ってしっかりと腰を据えている。

「こっちに来るそうだ」ジョーは電話を切って言った。「何か展開があったときにその場にいられるように」

「取引をしたそうね」

「そうでもしなければ、きみの行き先を聞き出せそうもなかったからね。この家のことがわかってすぐ、マークに連絡した」

「私に相談もせず？」

「きみは逃亡する前に僕に相談したか？」ジョーは穏やかに付け加えた。「僕はきみを捜すために悪魔と取引したのさ。きみを手放さずにすむのと引き換えに僕が何をしたか、知りたいかい？」

その思いがけない言葉に、イヴは驚き、たじろいだ。「いいえ、知りたいとは――」

「思わないだろうな、きみなら」ジョーはイヴに背を向け、玄関に向かった。「いまはこの話はやめておこう」

「どこに行くの？」

「遺体が埋められている場所に戻るのさ。見張りもつけずに放っておく気にはなれない」

イヴは目を見開いた。「ドンが舞い戻ると思うのね？」

「奴がきみを見張っているなら、墓を見つけたこともう知っているだろう」

「遺体を移動したりはしないはずよ。それは愚かな行為だと自分で言っていたもの」

「それならそれで、僕は空しく見張りをするまでさ。害はない」

「いつまでいるつもり？」

「明日の朝、スパイロが現場に現れるまで。待っていないで先に――」

「一緒に行くわ」

「寝ていろ。きみは招かれていないよ」ジョーはドアを開けた。「これは僕の仕事だ、イヴ。

きみとサラはすでに役目を果たした」

「今夜またあそこに戻るなんて馬鹿よ。だってもし彼が――」

イヴは宙に向かって話していた。彼は消えていた。

まったく、人を動揺させたうえに、今度はデビー・ジョーダンの墓に戻ると言い出して怯えさせるとは。それでどうしてイヴが眠れると思うのだろう？　きっとあの野原にぽつんと座る彼の姿を思って、ひと晩じゅう眠れないに違いない。

いや、眠ろう。彼のことは考えたくない。舞い戻ったドンと遭遇する危険を冒したいなら、勝手にすればいい。いい気味だ。あのモンスターとの対決をせいぜい楽しめばいい。ロペスのときと同じように空手チョップでドンを倒し、無事に帰ってくるだろう。

イヴの心臓は激しく打っていた。よそう。彼のことを考えるのはやめよう。

ベッドに入り、眠るのだ。


ジョーは墓から数ヤード離れた場所に座っていた。近づくにつれて彼の視線を感じたが、闇に包まれた彼の表情をうかがうことはできなかった。おそらく、なんの表情も浮かんではいないだろう。彼の気持ちを探ろうと思ったら、ほんのかすかなまつげの震えや唇の形の微妙な変化を見逃さないようにしているしかないのだ。

とはいえ、最近の彼は自分の気持ちを必要以上にはっきりと表しすぎるきらいがあるが。

「来ると思ったよ」ジョーは傍らの地面を手で叩いた。「まあ、座れ」

「来るつもりなんかなかったんだけど」イヴは腰を下ろし、膝を胸に抱き寄せた。「言ったでしょ、ドンは来ないって」

「しかし、僕が一人で危険にさらされていると思うと我慢できなかったわけだ」

「あなたは友だちだもの……友だちのときもあるもの」

「いつだって友だちさ。一人でこんなところに来ちゃいけない」

「絶対に一人にはなれないわ。ガードマンの一人がしっかりついてきてる」

「僕がローガンにほんのわずかながら感謝を抱いている唯一の理由がそれだな」

「彼はいい人よ」

「ノーコメント」

目印の赤い旗がはためく墓を黙って見つめた。そこにいるの、デビー・ジョーダン？　そう願うわ。なんとしてもあなたを家族のもとへ返してあげたい。

「二人子どもがいたって？」

「ええ、小さな男の子がね。新聞によると、彼女は何もかも持っていた。良き伴侶《はんりょ》、家族、友人。善良に生きようと努力する善良な人だった。ところがある日、家を出たきり帰らなかった。なんの予告もなく。なんの理由もなく。ドンが彼女を見、殺したいと思っただけ」イヴは首を振った。「なんと言ってもおぞましいのはそこよ。一生懸命に生き、道徳的な生活をしていても、関係ない。頭のおかしな男に目をつけられたとたん、すべてを奪われてしまう。とても納得できないわ」

「だからこそ、人は一瞬一瞬をせいいっぱい楽しみ、自分に正直に生きるべきなんじゃないかな」

彼はもはやデビー・ジョーダンのことを言っているのではない。「私は自分に不正直なわけではないわ。ただ私の人生に必要なものを選び取ろうとしているだけ」

「だったら、選択肢を広げるべきだよ。きみの選択範囲は狭すぎる」

「いまのままで満足しているの」

「嘘だ」

「ねえ、どうしてそうすべてを変えたがるの？」

「僕は自分勝手だからさ。もっと欲しいと思うからさ」

「私には——私には考えられないのよ、その——」

「セックスするなんて？」

イヴはどきりとした。できれば持ち出さずにすませたい話題がそれだった。前の晩、ベッドに横たわって、何度その考えを押しのけようとしたことか。

「きみはセックスを求めているんだと思うよ」ジョーは目をそらしたまま言った。「ボニーが死んで以来、きみは何人かの男と関係を持った。だが、本気で相手を愛したことはない。相手が真剣になるときみは重荷に感じた。仕事の邪魔になるからだ」

過去の気まぐれのような恋愛について、ジョーが口にするのは初めてだった。彼が知っていたことさえイヴは気づかずにいた。「いまでもそれは変わらないわ」

「だとしたら、うまく対処する術を学ぶしかない」ジョーはぶっきらぼうにも聞こえる口調で言った。「僕はこうして死ぬほど真剣にきみを想っているんだから。僕はきみを見守り、待った。嫉妬《しっと》や怒りや失望を隠すのがうまくなったよ。きみがほかの男とつきあうのをやめさせようと思ったことはない。そういう一つ一つのことがきみの心を癒すとわかっていたからだ。しかし、きみが僕に求めたのは別のものだった。そして手に入れた」

「ジョー……」

「きみに会って以来、僕は何もかもきみを中心に考えてきた。きみが僕の人生の核になったんだ。どうしてだかわからない。僕が望んだことでもない」ジョーはようやく振り返ってイヴを見た。「しかし、ボニーや、行方不明の子どもたちの向こう側をのぞいてみれば、僕もやはりきみの人生の核にごく近い場所にいることがわかるはずだよ」

「あなたは友だちよ、ジョー」

「永遠のな。だが、僕はそれ以上のものにもなれる。きみの肉体を悦ばせることができる」

ジョーは間をおいて続けた。「きみに子どもを与えることができる」

「いやよ」

「きみが怯えている理由はそれだ。考えるのも怖いんだろう。しかし、きみを癒せる可能性があるのはそれだけだ。いいか、だからといってボニーを裏切ることにはならないんだよ」

「いやよ」

ジョーは肩をすくめた。「無理にとは言わないさ。そこに行き着くまでに、僕らは長い道のりを進まなくてはならない」

イヴはジョーを見つめた。悲嘆と困惑がわきあがる。「ジョー、うまくいくわけがないわ」

「うまくいくさ。僕が保証する」ジョーは微笑んだ。「最初の関門は、兄ではなく、セックスの対象として僕を見てもらうことだな。ベッドでの僕がどれだけ優秀か、話してやろうか」

冗談を言っているのだ。いや、冗談だろうか。イヴの心は乱れ、もはやジョーの真意を読み取れない。

「話すより、実演するほうが早いかな」ジョーの笑みが消えた。「いまはそんな時でないのはわかっている。ただ、僕らは一緒に過ごした歳月のほとんどを、墓穴の際でバランスをとることに費やしてきたような気がする」彼は手を伸ばし、イヴの頬に触れた。「僕がきみを見ているとき、僕の目に映っているのは友人の姿などではない場合のほうが多いってことを考えてみてくれ。僕の目に映っているのは、ベッドのなかのきみ、僕の上になったきみ、きみの手が――」

「やめてよ、ジョー」頬が燃えるように熱かった。「そんなこと考えたくない」だが、きっと考えるに決まっている。彼の言葉を心から追い払おうとしても、できないに決まっている。

そしてジョーはそのことをわかって言っている。

「気にするな」ジョーは頭をのけぞらせ、笑った。「そんなに目を丸くして見るなよ」

ジョーはあいかわらず微笑みながら、彼女を片腕で抱き寄せた。「肩の力を抜いて。泣くとき寄りかかるのに便利な肩だと思われるのも、たまにならかまわないさ。ただ、僕らの関係のこれからに、もっと興味深い可能性を加えたかっただけだよ」

彼にそうやって慰める資格などない。矛盾している。それに議論の焦点が曖昧《あいまい》になってしまう。それにしても、議論の的はいったいなんだろう。セックス？　恋愛？　友情？　なんにしろ、もっと冷静に考えられるようになるまでは、深入りしないほうがいい。

それでも、ジョーとは幾度となくこんなふうに時間を過ごしてきた。触れ合い、意見と沈黙を分かち合って。それなのに、彼を拒絶することなどできるはずがない。さぞ心が痛むことだろう。自分の一部を引き裂かれるようなものだ。

「悩んでもしかたがない」ジョーがつぶやいた。「僕らのこの部分は永遠に変わらないさ。きみから何かを奪い取るつもりはない。僕ら双方にもっと何かを与えようとしているだけだ」

「私のことを自分勝手な女だと思ってるでしょうね」イヴは口ごもりながら言った。「あなたはすでにいろいろなものを与えてくれたわ。私の命を救い、正気を失いかけたところを救ってくれた。あなたの望むものをあげたいと思う。でもあなたを傷つけることになったらと怖いの。セックスくらいなんでもないわ。でもあなたはそれ以上のものを求めるでしょうし、私は男女の関係に無知なの。ボニーを身ごもった相手は、中絶はしないと告げたとたんに去っていった。そんなの、あまりいい練習とは言えないでしょ。だから真剣な恋愛が自分にできるかどうか、自信がないの」

「できるさ。きみならなんだってできる」

「そうかしら。あれ以来、性的な関係をうまく維持できたためしがないのよ」

「それは相手が僕でなかったからだろう」

ふいに笑いがこみあげた。「自信満々ね」

ジョーは笑った。「事実なんだからしかたがない」そう言ってイヴの額を自分の肩に押し当てた。「ひと眠りしろよ。運がよければ、夢に僕が出てくるかもしれないぞ」

「そんなことであなたを喜ばせるのは癪《しゃく》だわ。あなたみたいに自惚《うぬぼ》れの強い人を」少しずつ肩の力が抜けていく。眠気を覚えながら、彼女は考えた。あんな話をしたあとで、こんなふうに以前と同じ気楽な関係に戻ることができるなんて不思議だ。しかしジョーはなんの苦労もなく二つの関係を行き来できるようだった。しかもイヴを一緒に連れて。「眠るわけにはいかないわ。ここに来たのは、万が一ドンが――」

「わかってる。きみが現れた瞬間、ああ、これで安心だと思ったよ」

「うるさいわね」

「うるさいなら黙るよ」

「ええ、黙りなさいよ。あなたを助けようと私が飛んでくると思ったら大間違いだから」

「いや、きみなら助けてくれる」

そのとおりだ。なんの疑問も抱かず、何も考えず、ジョーを助けようとするだろう。ジョーが怪我をしたり、殺されたりなど、考えるだけで恐ろしいからだ。

ジョーのいない人生なんて……


翌朝、十時十五分にスパイロは野原に現れた。

「どうも、イヴ。最後にお会いしてからずいぶんお忙しかったようで」スパイロの視線が赤い旗に飛んだ。「そこがそうかね？」

ジョーがうなずいた。「そうだ」

「その死体捜索犬の鼻が優秀であることを願うのみだな。リスの死体だったりしたら、笑い者にされるのは私だ」

「優秀な捜索犬なのよ」イヴは言った。「サラによれば、違いがわかるんですって」

「サラ？」

「サラ・パトリック。調教師よ」

「そうか、ジョーから聞いたよ」スパイロはジョーのほうを振り向いた。「これがデビー・ジョーダンでなかったらどうする気だ？」

「一から捜索をやり直すさ」

「そのうえ、イヴとあの子どもがここにいるというのに、知らぬ顔をしろというのかね。それは過大な要求というものだよ。私は職を失いかねない。しかも、重罪犯隠匿の容疑で告発される可能性さえある」

「ごねるのもそのくらいにしておけよ、スパイロ。取引に応じる気がないなら、あんたは初めからこんなところに来ていない。フェニックス市警のパトロールカーを迎えに差し向けていたはずさ」

「では、市警を迎えにこさせるべきでない理由を聞かせてもらおうか」

「重要な手がかりを提供する。これからももっと情報を渡せるかもしれない」

スパイロはしばし沈黙した。「子どもはだめだ。あの子を児童相談所に引き渡せ。そうしたら――」

「だめよ」イヴはそっけなく言った。「その件については交渉の余地はないわ」

スパイロはイヴのほうを向いた。「交渉の余地がないものなどない」

「ジェーンは返さない」イヴは間をおいて続けた。「その代わり、罪の意識を少し軽くしてあげる。あなたの条件を呑むわ」

「だめだ」ジョーがぴしゃりと言う。

「黙ってて、ジョー。結局はこういう話になるだろうと覚悟してた」イヴはスパイロの目をまっすぐに見つめた。「私を好きなように利用していいわ。約束する。ただし、私をおとりにするしか打開策がない場合にかぎって」

「ほかに策があるかないか、誰が判断する？」

「私よ」

「それではきみに都合がよすぎる。気に入らん」

「それでも取引には応じるくせに」イヴは皮肉な笑いを浮かべた。「そうせずにはいられないものね、スパイロ。私と同じくらい、ドンを捕まえたいと思っている」

「きみ以上にだよ。奴がどんな人間か、何をしかねない人間か、知っているからだ。きみはきみの個人的な観点からしか奴を見ていない」

「そのとおりよ。私と彼の関わりは、このうえなく個人的なものだもの。取引成立？」

スパイロは迷った。「いいだろう」

「僕の意見を申し上げてもよろしいでしょうか」ジョーがにこりともせずに言った。「またしても僕は相談一つしてもらえないらしい」

「彼の力が必要なのよ、ジョー。ドンを捕まえるにはこうするしかないの」

「せめて先に別の提案をする機会をくれればよかったのに」ジョーはスパイロのほうを向いた。「全力を尽くして奴を追いかけたほうが身のためだぞ。さもないと僕が交渉を決裂させてやる。それもできるだけ荒っぽい方法で」

ジョーの声がスパイロには聞こえていないかのようだった。目を上げ、ふたたび墓をじっと見つめる。「フェニックス市警に連絡して遺体を掘り返してもらおう。つまり、きみたち二人にはこの周辺にいてもらいたくないということだ。市警には、この墓に関するたれ込みがあったと弁解しておくよ」そう言ってイヴを見た。「きみの滞在している家に誰か行かせて、ドンの電話を逆探知し、録音する機材を設置させる。たいして期待はできないが、やるだけやってみよう」自分の車に向かって歩きだす。「これから市警に電話をする。さっさと消えてくれ」

「結果はいつ知らせてもらえる?」イヴは尋ねた。

「今夜、仮の報告書ができ上がりしだい、電話する」スパイロは肩越しに冷ややかな笑みを見せた。「私が必死に働いていることを証明するためにね。それならいいだろう?」

「いいわ」イヴはジョーを振り返った。「じゃ、帰りましょうか」

「僕はしばらく戻らないよ。市警に寄ってファイルを見せてもらい、チャーリー・キャザーと話をしてみようと思う。どうもいらいらする。何かしていないと落ち着かないよ」

スパイロからの電話は、その夜八時四十五分にかかってきた。「デビー・ジョーダンだったよ」

「断定されたの?」イヴは訊き返した。

「DNA鑑定の結果はまだ出ていないが、歯形が一致した」

「歯が残っていたの？」

「ああ、私も驚いた。いや、驚くようなことではないのかな。見たところ、遺体はちぎれんばかりに切り裂かれていた。奴は相当逆上していたようだ」

「歯を抜くのさえ忘れてしまうほど？」

「わかったことをそのまま伝えているだけだよ」

「ほかには？」

「被害者は右手に蠟燭《ろうそく》を握っていた。細長いものだ。薄いピンク色の」

――あの女は光を与えてくれた。そこで私も女に光を与えた
「蠟燭の出所は突き止められるかしら」

「やってみる。問題は、このところ蠟燭が流行しているおかげで、製造業者が爆発的に増えたことでね」

それは事実だった。母サンドラでさえ、入浴のとき、バスルームで蠟燭を灯す。「検視報告書はいつ出る？」

「早くて明日」

「さよなら。また何かわかったら連絡して、スパイロ」

「おやおや、情報を絞り取るだけ取ったらお払い箱ってところかな。では、また明日連絡するよ」電話は切れた。

蠟燭。

光。

——そこで私も女に光を与えた

ドンにとってどんな意味のある行為なのだろう。

逆上。ドンが逆上するなど想像もつかない。あれほど冷静沈着な男なのに。しかし、デビー・ジョーダンは転機となったと言っていたではないか。

「イヴ」

振り返ると、戸口にジェーンが立っていた。「あら。モンティの様子はどう?」

「さあね」ジェーンは肩をすくめた。「元気なんじゃない。たぶん。お腹が空いたわ。あなたもサンドイッチいる?」

何か変だ。あまりにもそっけなさすぎる。どうしてモンティのそばを離れたのだろう。

「いただくわ」

「一緒に来なくていいから。できたらこの書斎に持ってくる」そう言いおいてジェーンは廊下に消えた。

モンティが心配なのだろうか。怖いのか。ジェーンの気持ちを推し量るのはどんなときもむずかしかった。ただ、いまジェーンは自分からイヴに近づこうとしている。こういうときこそ受け止めてやらなくてはいけない。

イヴはソファに体を預け、目をこすった。考えなくてはならないことが多すぎる。あまりにも多くの役割を求められている。いや、嘆くのはよそう。少なくとも事態は前に進みはじめている。

「寝ちゃった?」

イヴは目を開いた。ジェーンがトレーを手に立っていた。「いえ、目を休めていただけ。昨夜、あまり眠れなかったから」

ジェーンはコーヒーテーブルにトレーを置いた。「あたしの分も持ってきたけど、あたしがいると迷惑みたいね」

これまで他人の存在を迷惑がっていたのはジェーンのほうだった。「あら、ちょうど人恋しくなりはじめてたところよ。座ったら」

ジェーンはソファの反対端に座り、膝を抱いた。

「食べないの？」イヴは尋ねた。

「あ、食べる」ジェーンは自分のサンドイッチを取り、少しずつ食べはじめた。「しょっちゅう淋しがってるんだね」

「たまによ」

「だけどお母さんもいるし、ジョーもミスター・ローガンもいるじゃない」

「そうね」イヴはサンドイッチをひと口かじった。「あなたも淋しくなることはない、ジェーン？」

ジェーンはつんと顎をあげてみせた。「あるわけないじゃない」

「ちょっと訊いてみただけ。最近、マイクの様子を気にしないのね」

「あなたのお母さんが、マイクをお父さんから引き離そうとしてくれてるって聞いたから。そうなればマイクはもう大丈夫だもの」ジェーンはふと目を上げてイヴを見つめた。「どうして？　何かあったの？　あの検事さんがマイクを追い出したとか——」

「いいえ。ママの話では、あの二人は大の親友になりそうですって。心配ないわ」マイクのほうは心配はないが、イヴとしてはジェーンが心配になりはじめた。「友だちと遠く離れて会えないのは辛いものよね。マイクとは仲良しだったんでしょう。いつも思うんだけど、油断しているときにかぎってふっと淋しくなるものじゃない？」

「そう？」

別の角度から攻めよう。「モンティと一緒じゃないなんて、どうしたの？　モンティにはあなたが必要だと思うけど」

沈黙。「あたしはいらないみたい。サラはあたしも慰めになってるって言うけど、モンティに必要なのはサラ一人なの。あたしがいることにも気がついてないみたい」

ああ、ふさいでいる理由はそれか。「何言ってるの、ちゃんとわかってるわよ」

ジェーンは首を振った。「サラの犬だもの。サラのものなのよ」イヴの顔を見ようとしない。「あたしのものになってほしかった。あたしがたくさん愛せば、モンティのほうもサラよりあたしを愛してくれると思ったの」そう言ってから、挑むように付け加える。「サラからモンティを取っちゃおうと思ったのよ」

「そうだったの」

「それはいけないことだってお説教しないの？」

「しないわ」

「いけないことなのよ。あたし……サラが好きだから。だけど、モンティはもっと好きなの。あたしのものにしたかった」ジェーンは拳を固めた。「自分のものと言えるものが欲しかった」

「モンティはあなたを愛してるわ。ただ、サラのことをもっと愛してるの。自然なことよ。モンティが最初に愛した人だから」

「あなたがボニーを最初に愛したように？」

イヴは愕然《がくぜん》とした。「モンティの話じゃなかったの？　どうしてボニーが出てくるの？」

「ボニーはあなたのものだった。だからあたしを助けようとしてるんでしょ、違う？　ボニーのためなのよ。あたしのためじゃない」

「ボニーは死んだのよ、ジェーン」

「でもいまもあなたを独り占めしてる。先にいたから」ジェーンはサンドイッチをかじった。「どうでもいいけど。気にもならない。あたしには関係ないもの。ただ、おかしなものだと思っただけ」

どうしたことだろう、ジェーンの目に涙が浮かんでいる。「ジェーン」

「どうでもいい。全然気にならない」

「私は気になるわ」イヴはジェーンの傍らに座り直すと、少女を抱き寄せた。「あなたを助けたいのはね、あなたが特別な人だから。理由はそれだけよ」

イヴの腕のなかで、ジェーンの背中はこわばっている。「あたしのことが好き？」

「好きよ」子どもとはこんなにも小さく、愛《いと》おしいものだったろうか。「とても好きよ」

「あたし……もあなたが好き」ジェーンの体からゆっくりと力が抜けていくのがわかる。

「いいの。あたしが一番にはなれないのはわかってる。だけどあたしたち、友だちにならなれるかも。あなたはモンティみたいに誰かのものじゃないし。あたしの――」ジェーンはふいに口をつぐんだ。

「きっと友だちになれるわ」イヴは囁いた。胸が張り裂けそうだった。弱みを見せまいと意地を張って、強情で、それでも愛に飢えて。「なれないわけがないじゃない」

「そうよね」ジェーンはイヴにぴたりと寄り添っていたが、やがてイヴをそっと押しのけた。「いいわ。これで決まりね」ジェーンは立ち上がると、急ぎ足でドアに向かった。「モンティに何か食べるものを持っていく。それから寝ることにするから」感傷に浸る時間は終わりらしい。いまジェーンは、彼女にとってはさぞ居心地の悪いであろう状況から、一刻も早く逃げ出そうとしている。

とはいえ、イヴにしても同じくらい戸惑っているではないか。この数分間のできごとは、ジェーンにとってもイヴにとっても不慣れな種類のものだった。似た者同士ね、とイヴは自嘲気味に考えた。「モンティはあなたを必要としていないんじゃなかったの?」

「でも、食べ物は必要よ。サラに食事の用意をさせたらモンティのそばを離れることになるし、そうしたらモンティが淋しがるでしょ」ジェーンは部屋を出ていく寸前に付け加えた。「しかたないわよね、あたしのことがいちばん好きなわけじゃないんだもの」

順応と妥協と受容。ジェーンのこれまでの人生はひたすらその連続だった。だからそれ以上のものを求めることを怖がっているのだ。イヴは立ち上がりながらそう考えた。それでも今夜は一つ進展があった。誰かにそばにいてもらいたいということをジェーンが認めたのだ。そしてその隙間を埋めるものとしてイヴが選ばれた。

階段を上りながら、イヴはつい頬をゆるめた。妥協を迫られているのはジェーン一人ではない。イヴはゴールデンレトリーバーの次点として選ばれたのだから。

その夜のできごとの重大さにようやく思い当たったのは、ベッドに入り、明かりを消してからだった。

ドンは望みのものを手に入れたのだ。

イヴの防衛線をジェーンはいつの間にか突破し、ついに彼女にとってかけがえのない存在となってしまった。

落ち着こう。大丈夫だ。ジェーンはイヴにとってボニーほどの重みはない。イヴがジェーンに抱いている愛情は、まったく別の種類のものだった。ジェーンは娘というより、親友に近い存在だった。

しかし、ドンはそれで充分と見て次の手を打ってくるかもしれない。

そう考えた瞬間、恐怖がイヴの全身を貫いた。まだ遅くはない。ジェーンを遠ざけることはできる。書斎でのあの親密なひとときなどなかったふりをすればいい。

いや、できるはずがない。そんなふうにジェーンを傷つけることはできない。

しかし、二人のあいだに変化が起きたことをドンは知らない。そうだ、このまま隠し通せばいい。一歩この家を出たら、用心してジェーンと距離をおいて振る舞うことにしよう。

ドンに真実を悟られないようにすればいい。

「おはよう」ジョーはキッチンに入ってくるなり、椅子にどさりと腰を下ろした。「コーヒーが飲みたい気分だな」

「淹《い》れてあるわ。カウンターの上」イヴは自分のカップに口をつけた。「昨夜、帰らなかったのね」

「よく知ってるな」ジョーは立ち上がってカップにコーヒーを注いだ。「ひと晩じゅう、僕の帰ってくる気配に耳を澄ませてでもいたのか？　いいぞいいぞ」

「ドアをノックしても返事がないから、あなたの部屋をのぞいただけよ。電話してくれればよかったのに」

「起こしちゃ悪いと思ってね」ジョーはにやりと笑った。「まるで老夫婦の会話だな」

「どうして帰らなかったの？」

「チャーリーと一緒に彼のホテルで軽く飲んでたからだよ」ジョーは顔をしかめた。「いや、しこたま飲んだ、だな」

「チャーリーを潰そうとしたの？」

「ちょっと舌の滑りをよくしてやろうとしただけさ。チャーリーはこのところ口が堅くてね。上司を差しおいてVICAP報告書を受け取ろうとした一件以来、スパイロの目が厳しい」

「チャーリーに迷惑がかかったら申しわけないわ。先にフェニックス市警に当たればよかったのに」

「当たったよ。だが、石の壁にぶつかった。市警はスパイロを目の敵にしている。デビー・ジョーダンの遺体が埋められている場所を知らせた情報屋の名前を頑として教えないからだ」

「それとあなたとなんの関係があるの？」

「市警にしてみれば、僕はチャーリーやスパイロと少々仲がよすぎるように見えるんだろう。というわけで、チャーリーかスパイロから聞き出さないかぎり、僕は誰からも情報をもらえない」

「で、どうだったの？」

「さんざん時間をかけて、例の二体の人骨に関してチャーリーがフェニックス市警からどんな情報を得たか、どうにか聞き出せたよ」

「蠟燭？」

「蠟燭のものらしい蠟のかすが付着していたのは確かだが、その件じゃない。その二体は、タラディーガのものよりはるかに長期間、土中に埋められていた」

「どのくらい？」

「二十五年から三十年」

「そんなに？」あまりの長さにイヴは愕然とした。いったい何人殺したの、ドン？　いくつの墓があるの？「その間、彼はずっと捕まらずにきた。信じられないわ」

「スパイロが言っていたように、おそらく初めのうちは運がよかっただけだろう。だが、そのあとはしだいに利口になったんだ」ジョーは少し考えてから続けた。「しかし、僕らにも幸運がめぐってきたようだぞ。どうやらその二体は、ドンのごく初期の犠牲者らしい」

「だからどうだと言うの？　それだけ時間がたっていては、手がかりなど見つかるわけがないわ」

「遺体の身元が判明した」

「どうやって？　歯は抜かれていたんでしょう」

「DNAだよ。検査結果は二週間前に出ている」ジョーはカップを持ち上げてコーヒーをひと口飲んだ。「市警は古い記録をひっくり返して、行方不明者を四人まで絞りこんだ。いまも生存している親類縁者を訪ねて、最終的にジェイソン・ハーディングとイライザ・ハーディングと断定した。それぞれ十五歳と十六歳の姉弟だ。一九七〇年九月四日に失踪している。ふつうの子どもだった。少々奔放すぎたようだがね。ジェイソンはギターが好きで、いつかサンフランシスコに行くんだと口癖のように言っていたらしい。姉弟が行方不明になったあと、父親はヘイトーアシュベリー（六〇年代にヒッピー文化の中心だったサンフランシスコの一地域）かロサンゼルスあたりを捜してみてくれと市警に話している。ジェイソンとイライザはある少年と出歩いていた。人好きのする子だったというが、ミスター・ハーディングは、失踪前、その子が姉弟に悪影響を与えていると考えはじめていたという。その少年と二人の兄は、その数週間前に町にふらりと現れたそうだ。兄二人は物静かで、どちらかといえば陰気な感じだったが、ケヴィンという少年は話好きで、元気の塊だった。西海岸のライブハウスでひと旗揚げたグループやミュージシャンたちの話ばかりしていたそうだ。典型的なほら吹きだな」

「それがドン？」

「名前はケヴィン・ボールドリッジ。ジェイソンとイライザが行方不明になったのと同時期に、ケヴィンも兄たちも姿を消した」

「その後の行方は？」

ジョーは首を振った。「ただし、ケヴィンの写真が手に入るかもしれない」

「ほんとに?」

「あまり期待するな。当時ミセス・ハーディングから市警に提出されたはずなのに、捜査資料のファイルから消えていた」ジョーは微笑んだ。「だが、ハーディング一家がいま、ここの北隣りのアゾーラという小さな町に住んでいることをチャーリーが突き止めた。そんな大事な写真を母親が捨てるとは思えないだろう?」

「そうね」ジョーの言うとおりだ。あまり期待してはいけない。ただ、大きな前進には違いない。「姉弟の遺体が発見されたことはもう知らせたの?」

「まだだ。ようやく現住所がわかったばかりのところでね。明日、訪ねてみると言っていた」

「一緒に行きたいわ」

「そう言うと思ったよ。あいにくそいつは無理だ。チャーリーが誘拐犯と一緒に行動しているのを目撃されるのはまずい。ただし、証拠物件として手続きがすんだら見せてくれるという約束はとりつけた」

「写真が見つかったなんて」

「ドンではないかもしれない」

「そうかもしれないのよ」

明日、彼の顔を見ることができるかもしれない。

ジョーはカップをテーブルに置いた。「さてと、シャワーを浴びてひと眠りするとしよう」

そう言って立ち上がる。「そのあと、食事に出かけよう」

「え？」

「スパイロかチャーリーから連絡があるまで、何もせずにじっと待っていたら、爆発しちまいそうだろ？　ほかにまだ掘り返したい死体があるっていうなら話は別だが」ジョーはドアに向かった。「正午に出かけるぞ」

まったく、威張り屋なんだから。「私は食事になんか行きたくないと言ったら？　あなただって、誘拐犯と一緒にいるところを見られたらまずいんじゃない？」

「じゃ、来なければいい。モンティを誘うよ。モンティなら喜んでつきあってくれるだろう。スパイスのきいたメキシコ料理を食わせたら、サラに怒られるだろうけど」ジョーはキッチンを出ていった。

モンティの次点に選ばれるのは、この十二時間で二度目だ。イヴは笑い出しそうになった。これがコンプレックスになったとしてもおかしくない。

しかし少なくとも、ジョーの物腰はさりげなかった。彼と話しているあいだは、心に重くのしかかる問題に頭を悩ませずにすんだ。とはいえ、彼女には選択の余地など——もうその心配はやめよう。ジョーの言うとおりだ。何かしていなければ、頭がどうにかなってしまいそうだ。

「コーヒーをいただける？」サラがモンティを連れて戸口に現れた。モンティに負けず劣らず、サラの顔はやつれている。

「どうぞ」イヴは跳ねるように立ち上がった。「座って。何か食べる？　デビー・ジョーダンが見つかって以来、何も食べていないんでしょ」

「やはりそうだったの？」サラがテーブルにつくと、モンティはその足もとに伏せた。「身元が確認されたのね？」

イヴはうなずいた。

「よかった」サラはモンティの頭をなでた。「終わったのよ、モンティ。もう捜さなくていいの」

「卵は？」

「シリアルだけでいいわ。ありがとう」

イヴはシリアルの箱とボウル、それにミルクをサラの前に置いた。「モンティは何か食べた？」

「昨夜、少しだけね。だいぶ元気が出てきたみたい」シリアルにミルクをかける。「手がかりはあった？　犯人を捕まえられそう？」

「有望な手がかりが一つ見つかったの」イヴは写真のことをサラに話した。「ずいぶんいろんなことがわかってきたわ」

「そうね」サラはしばらく黙っていた。「明日にでも家に帰ろうかと考えていたところなの。捜索は終わったわ。もうモンティが狙われる理由はない」

――奴は相当逆上していたようだ

「ドンには理由など必要ないわ。あなたは彼が想定していたより短期間でデビー・ジョーダンの遺体を発見したのよ。ここにいて」

「自分たちの身の安全くらい守れるわ。この前はふいをつかれただけ」サラはモンティの耳の後ろをかいた。「それに、私たち二人だけのほうが気楽」

「お願い。ここにいて。あと数日のことだから。もうじき事件解決の糸口が見つかりそうなのよ」イヴは間をおいて続けた。「それにジェーンがモンティのことを心配すると思うの。わかるでしょう」

「そうね」サラは肩をすくめた。「わかった。あと二、三日ならいいわ。モンティは家に帰ったほうが早く回復するとは思うけど」

サラの生活は、モンティの幸福という基準ですべて決まるのだ。「ありがとう」

サラはシリアルを食べ終えると立ち上がった。「モンティを連れてそのへんを走ってくるわ。運動させなくちゃ」そう言って顔をしかめて見せる。「私も運動不足だし。モンティも私も、屋内でじっとしてるのは苦手なの」

どうやらその点では全員の意見が一致しているらしい。動き続けろ。ドンのことは考えるな。とにかく何かしていろ。「ジョーと食事に出かける予定なの。その間、モンティとあなたでジェーンから目を離さないようにしていてくれる？」

「いいわよ。どちらかと言えば、ジェーンのほうが私とモンティから目を離さないって感じだけど」サラは朗らかな笑みを浮かべた。「でもいい子よね。会えなくなるのは淋しいわ」笑みが消える。「あの子を殺したがってるモンスターがいるなんて、とても信じられない」

「現にいるのよ」

「ええ、そうだったわね」サラはドアに向かった。モンティがそのあとを追う。「モンスターに関しては、オクラホマシティでいやというほど学んだわ」

「よく耐えられるわね」

「簡単なことよ。今日のことだけを考える。目の前のことだけを考える。それだけよ。そして、正気を保つための気晴らしをあいだにはさむの」

「たとえば犬を連れてジョギングに行くとか」

サラの顔にかすかな笑みが浮かんだ。「またはジョーと一緒に食事に出かける。気晴らしになればなんでもいいの」

イヴはうなずいた。「そう、なんでもいいのよね」

14

ジョーと食事に行く車のなかで、イヴの携帯電話にローガンから電話があった。「デビー・ジョーダンを見つけたそうだな」

「ええ」

「連絡くらいくれてもよかったろう。私が新聞でそのことを知る前に」

「言ったでしょう。あなたを巻きこみたくないの」できれば大切な人を誰一人として巻きこみたくなかった。しかし何をしても彼らのほうから首を突っこんでくる。イヴの心は沈んだ。

「クインはまだあの家に居座っているのかい？」

「ええ」

「ハーブから報告があってね。きっときみはすぐにでも彼を追い出すだろうと期待して電話せずにいたが、どうやらのけ者にされているのは私らしいな」

「できるだけ早い機会にジョーを追い払うつもりではいるのよ」イヴはジョーの顔をちらりと見た。「だけど、てこでも動きそうもない」

「ああ、そうだろうな。あの家のことも、初めから隠しとおせるわけがなかった。ところで、いまも一緒なのか？」

「そうよ」

「くそ、追い払うのを手伝ってやろうか」

「結構よ、ローガン」

沈黙が流れた。「きみは私から離れていこうとしている。それをひしひしと感じるよ」

「そうする以外にないのよ」

またしても沈黙。「それはいろんな意味を含んでいる。違うかな」

「言葉どおりの意味しかないわ」

ローガンは何やら小声で悪態をつき、電話を切った。

イヴは終話ボタンを押した。

「怒ってるんだな」ジョーが訊いた。

「ええ」

「いいぞ」

「黙りなさいよ」涙がこぼれそうになる。ローガンが彼女に腹を立ててくれてよかったとも言えるかもしれない。たぶん、彼女がずっと彼に連絡しなかったのは、向こうから離れていってほしい気持ちがどこかにあったからだろう。ローガンはプライドが高い。そのプライドを傷つけてしまいたくなかった。

——きみは私から離れていこうとしている
その言葉にどきりとさせられた。自分はローガンから離れようとしているのだろうか。彼と距離をおこうとしているのだろうか。いつからだろう？　ジョーが彼女の人生にふたたび現れた瞬間から、すべてが一変してしまった。ローガンは私のためにあれほど力を尽くしてくれたけれど、私のやり方に口を出したりはしない。誰かさんとは大違いよ」

「そこが奴の甘いところさ。ローガンはきみのこととなると、時間のかかるお上品なアプローチを選択する」

「知的なアプローチと言って」

ジョーは黙って微笑んだ。

イヴは平手打ちを食らわしてやりたい衝動をこらえた。

「気を悪くしたかな。実を言うと、ローガンを寛大な目で見られるようになってね。彼のあら探しをしてはいけないよな。何年もずっと、僕は同じ間違いを繰り返してきた。ローガンと僕の違いは、たった一つだけだ」それまで何気なかった彼の口調がふいに変わった。「ローガンにはきみを想う気持ちが足りない。あいつの人生はきみを中心には回っていない。何を犠牲にしてもきみを手に入れてやろうとまでは考えられないんだよ。だから、あいつはきっと負ける」ジョーはステアリングホイールを回し、車はこぢんまりとした公園のゲートをくぐった。「だから、きっと僕が勝つ」道の片側に車を寄せて停める。「さて、考えるのはこのくらいにしてリラックスしよう。着いたぞ」

イヴは驚いてジョーを見つめた。「どこに？」

「昼食の時間だ」彼はそう言って、数メートル先の子どもの遊び場近くの屋台のほうにうなずいてみせた。「〈ガリンド〉の屋台だよ。ハーブによれば、フェニックス一美味《うま》いファヒータを食わせてくれる」グラブコンパートメントからサングラスと黒い麦わら帽子を取り出す。「これを着けろよ。マドンナ級の有名人に見えるぞ」

「本気なの？」

「腹が減ってるだけさ。ほら、あそこに見えるベンチに座ってファヒータを食いながら、人間観察をするのも悪くないと思って」ジョーは車を降りた。「いい天気だ。家に閉じこもっているのはもったいない」

素晴らしい陽気なのは確かだ。それにジョーと口論するのもいやだった。いまはローガンのこともドンのことも忘れてリラックスしたかった。明日はすぐに訪れる。明日は写真を見ることになるかもしれないのだ。

イヴとクインは公園のベンチに座ってメキシコ料理を食べている。まるでなんの悩みもないような顔をして。イヴは微笑みながらクインのほうに身を乗り出し、唇の端を拭ってやっている。

今日のイヴはどこかいつもと違っている。

希望のせいか？

おそらくそうだ。デビー・ジョーダンを見つけたからだ。

希望を持つことが悪いとは思わない。ドンとしてはもう少し捜索を長引かせたかった。焦りをかきたて、ジェーン・マグワイアとイヴのあいだの絆を強めるために。しかし、見方を変えればそう悲観することもない。頂上に近づけば、転落する距離もそれだけ長くなるではないか。こんなに早くあの遺体が見つかったのも、かえってよかったのかもしれない。このあとの展開が速まり、彼は綱渡りを迫られる。そう思うと、彼の全身が期待に震えた。

しかし、そのことよりもイヴ・ダンカンとの知恵くらべのほうがなお刺激的だった。イヴは進化している。強くなっている。彼が変わったように、彼女も変わろうとしている。その様子を見守り、変化を強いているのは彼自身なのだと再確認するのは、なかなか楽しかった。だから希望を持つのは大いに歓迎だった。

しかし、彼女には何か別の変化も起きはじめているような気がする……

よく見ろ。たいがいのことはボディランゲージに表れるものだ。彼女を観察していれば、そのうちにわかるだろう。彼女のことをすでに深く理解できるようになっている。

こうして見ていればわかるだろう。

家に帰ったイヴとジョーを、サラとジェーンが私道で出迎えた。

イヴが車のドアを開けると、モンティは尻尾を振りながら駆け寄ってきた。

モンティの頭をそっとなでてやる。「だいぶ元気になったのね」

「ええ。ほっとしたわ」サラが合図すると、モンティはサラのところへ駆け戻った。「食事はどうだった？」

「とても美味かったよ。ファヒータにチリだ」ジョーが答えた。「モンティでなくイヴを連れていって正解だった。モンティにおみやげを持ってきてやろうかと思ったが、イヴに反対されてね」

「そんなことをしたら、あなたを殺してたでしょうね。モンティのお腹にガスが溜まってしまうわ」

「ずっとジョギングしてたの？」

「いいえ、ジェーンと一緒に庭でお昼を食べたの」サラはジェーンに微笑みかけた。「最後にピクニックをしたのは、思い出せないくらい昔だって言うから」

ジェーンは肩をすくめた。「たいして楽しいものじゃなかったわ。サンドイッチに蟻《あり》と砂がどっさり入っただけ」

サラが首を振った。「強情ね」

「だけど、モンティは楽しかったみたい」

「あなたのローストビーフをもらったからよ」

「サラだってもらっていいってモンティに言ったじゃない。それに、モンティにはちょうどよかったのよ。このところほとんど食べていなかったもの」ジェーンは玄関のほうに向かった。「おいで、モンティ。水をあげるわ」

モンティは動かない。

サラがまた手で合図をすると、モンティは跳ねるようにしてジェーンを追いかけ、家のなかに駆けこんだ。

「あの子の相手をしてくれてありがとう」イヴは言った。

「あの子といると楽しいわ」サラはかすかに眉間に皺を寄せた。「だけど、せめて――あの子は辛いのね」

「なんのこと？」

「モンティを共有することはできないもの。あの子は独り占めしたいみたいだけど、それは無理よ。二人の主人に仕えるのはモンティのためによくないから」サラは顔をしかめた。

「それに、私とモンティは長いあいだずっと一緒にいるでしょう。それだけで他人はもう入りこめなくなる」

「あの子は妥協するということを知ってるわ。すでに順応してる」

「妥協なんてしたくないものよね」

「同感だ」ジョーはそうつぶやき、玄関に向かって歩きだした。「チャーリー・キャザーに電話して、そのあと市警に行くよ。また夜に会おう」

「チャーリーに電話？　どうして？　一緒に行くのは断られたって言ってたじゃない」

「もう一度頼んでみても損はない」

サラはジョーの後ろ姿を見送った。「ずいぶん長い食事だったわね。そろそろモンティと二人で捜しに行くべきじゃないかと思いはじめてたところよ」

イヴは微笑んだ。「ジョーは私には何もしやしないわ」

「そうかしら？」

「彼と話していると時間を忘れてしまうの」イヴは首をかしげた。「ジョーが嫌いなのね？」

「そうは言ってないわ。あの人のことは好きよ。モンティに優しくしてくれたもの。モンティに優しくしてくれる人はだいたい好きになれる。ただ、ジョーはブルドーザーみたいな人よね。ああいう人には気をつけないと踏み潰されてしまう。ブルドーザー男を相手にした経験なら私にも何度かあるから」

「ねえ、お昼を一緒に食べただけよ。踏み潰すも何もないわ」

サラは意味ありげな視線をイヴに向けた。「あなたが望めば別じゃないかしら」そう言って片手を上げると、足早に玄関へ向かった。「まあ、私が口を出す問題ではないわね。さてと、私はジェーンとモンティの様子を見にいきましょう」

イヴはゆっくりと歩いてそのあとを追い、家のなかに入った。キッチンからジェーンとサラの笑い声が聞こえる。ジョーは書斎で電話をかけているのだろう。

ジョー……。

――あなたが望めば別じゃないかしら
もちろん、イヴは望んではいない。何もかもが以前の状態に戻ることを望んでいた。もし心がぐらつくようなことになれば――

内線電話が鳴った。

「ミスター・グルナードという方が正面の門にお見えです」ハーブ・ブッカーからだった。

「あなたがお待ちのはずだと」

「ええ、通してあげて、ハーブ」イヴは小波《さざなみ》のようなかすかな安堵を覚えて受話器を置いた。マーク・グルナードの到着は、最優先すべき問題へとイヴの心を引き戻した。

マークが呼び鈴を鳴らす前にイヴは玄関を開けた。

「おや、きみにそこまで歓迎してもらえるとは思わなかったな」マークはそう言って車を降りた。「門を破って入る覚悟を決めていたのに」

イヴは微笑んだ。「あなたをお払い箱にする気なんかなかったわ。とくに話すようなことがなかっただけ」

「僕はジャーナリストだ。食料品店に買い物に行ったというだけの話でも、番組に仕立て上げられる」

「それが怖いんじゃないの」イヴはそっけなく言った。「入って。いままでのことを話すわ。ただしオフレコで」

「オフレコでね」マークはイヴの案内で居間に入った。「クインは?」

「書斎にいると思うけど。あとで市警に行くと言ってた」

「そうそう、何やら小細工をして連絡係に任命されたとか聞いたな。利口な奴だ。僕にとっては便利な相手でもあるが」

イヴは振り返ってマークの目を見つめた。「取材には協力するわよ、マーク。でも、ジョーを困った立場に追いこんだら承知しないわ」

「クインは自分の面倒くらい見られる男だよ」

マークには言うだけ無駄だ。こうして事件の現場に乗りこんできた以上、望みのものが手に入るまで引き下がらないだろう。「あなたには悪いことをしたと思うわ、マーク。約束を破るなんて、考えただけでもいやだもの。だけど、ジョーが職場に居づらくなるようなことを番組でちらりとでも言ったら、その瞬間に私は抜けさせてもらうわ」

マークは微笑んだ。「わからないかな、僕がクインを困った立場に追いこむわけがないだろう? 結局のところ、僕らはみな同じものを追いかけているんだ。ホテルにチェックインしたら僕も警察署に行こうと思っているが、クインの邪魔はしないよ」マークは室内を見まわした。「いい家だ。そうか、ローガンがきみのために用意したとクインが言っていたっけ」

イヴはじっとマークを見返した。「なんの話かしら」

マークは含み笑いをした。「きみは否定するだろうとも言ってた」

「ローガンはこの一件とは関係ないわ。彼の話は――」

「ミルクを持ってきたわ、イヴ」ジェーンが戸口に立っていた。「ミセス・カーボニーがよく言ってたの。辛い料理を食べたあと、ミルクを飲むとお腹が落ち着くって」

「ミセス・カーボニーとは一緒にされたくないわ」イヴは微笑みを浮かべてミルクを受け取った。「でもありがとう」

「気を悪くしないで」ジェーンが微笑み返す。「ミセス・カーボニーが食べるものに、いつも片端からハラペーニョソースを入れてた。スパゲティのソースに入れちゃえばわからないもの。ミルクくらいじゃ効かないときもあって、ひと晩じゅう吐いて苦しそうにしてた」

イヴは笑った。「やるじゃない」

「このミルクは安全よ。あなたにはそんな意地悪はしない」

「驚いたな」マークが小声で言った。「こちらのお嬢ちゃんは人間が円くなったらしい」

ジェーンが冷ややかな目でマークを見た。

「おっと、失言だったかな」マークは微笑んだ。「元気かい、ジェーン？」

「お嬢ちゃんって呼ぶのはやめて」ジェーンは居間を出ていった。

「おやおや」マークは鼻に皺《しわ》を寄せた。「あの子はきみ以外の人間の相手をするのには我慢できないらしいな」

「あんなふうに子ども扱いされたら、私だってひじ鉄を食らわせるわよ。あの子は思った以上に機嫌よくしてくれているわ。よく耐えてる」

「わかった、わかった」マークは降参するように両手を上げた。「きみたち二人で統一戦線を張ってるってことはよくわかった。これまでの経緯はクインから聞くことにするよ。そのほうが無難だ。書斎はどこだい？」

「左手の二つめのドア」イヴはそっけなく言った。

マークは戸口で足を止めて振り返った。「ドンの狙いどおりになったな。あの子ときみは絆で結ばれた」

「勘違いよ。おたがいに慣れただけのこと。一緒に暮らしてるんだもの」

マークは首を振った。「だとしたら、あの子と一緒のところをドンには見られないようにしたほうがいい。僕と同じ勘違いをしないともかぎらないよ」

背筋を寒気が駆け抜けた。絆が強まりつつあることがひと目でわかるとでもいうのだろうか。「あの子と一緒にいるところは見せないわ」

「それなら安心だ」マークは出ていった。

安心ではなかった。マークがあれほど簡単に見抜いたのだ、誰の目にも明らかだということだろう。絶対にドンに見られてはいけない。ジェーンを決してこの家から連れて出ないようにしよう。そう考えてもなお、体の震えは止まらず、イヴは恐怖とかすかな吐き気を覚えた。温もりと力を誰かからもらいたい――

ジョー。

だめだ。ジョーに頼るわけにはいかない。

ジェーンとサラがキッチンにいる。キッチンに行ってテーブルに座り、二人のおしゃべりと笑い声を聞いていよう。モンティをなでたり、そうだ、母に電話をかけてもいい。気を紛らわせて、写真のこともドンのことも一切を忘れ、人生の大切なもののことだけを考えよう。そうすれば、この震えもすぐに止まるだろう。

赤毛の人形が、茶色いガラスの目でじっとイヴを見上げていた。陶製の首は、耳から耳まで切り裂かれている。

「私道に落ちていました。誰かが門から投げこんだんでしょう」ハーブ・ブッカーは穏やかに言った。「門を監視するビデオカメラの映像が消えたので、ファンが様子を見にいってみると、その人形が落ちていたそうです。カメラのレンズは砕かれていました。おそらく、ライフルか何かで遠くから撃たれたんでしょう。人影は映りませんでしたから。ミスター・ローガンに報告する前に、あなたにお見せするべきだと思って」

「そうね」イヴはぼんやりと答えた。

「ミスター・クインやミスター・グルナードが出ていかれたときにはありませんでした。私が自分で門を確認しにいったんですが」ハーブは口ごもった。「女の子の人形ですね」

ボニー。

「言われなくてもわかるわ」

ジェーン。

「たちの悪いいたずらだ。誰かに知らせたほうが」

「私がなんとかするわ」

「お言葉ですが、ひょっとするとあのお嬢さんが――」

「私に任せて、ハーブ」イヴは人形をぐっと握りしめた。「お気遣いありがとう」

「いいえ、考え直してください――」

「かまわないで」イヴは口をつぐみ、穏やかな口調で続けた。「ごめんなさい。動転していたものだから。一人で考えてみたいの。誰にも知らせないで。ローガンにもね。わかった？」

「わかりました」

ハーブはローガンにも黙っているとは言わなかった。言うわけがない。ハーブに給料を支払っているのはローガンなのだ。

「ローガンにも内緒にして」イヴはそう繰り返したが、一つ逃げ道を示した。「せめて明日まで黙っていて。それならいい？」

ハーブは肩をすくめた。「いいでしょう。今夜はファンと二人で敷地内をパトロールしますよ。心配はいりません」

「ありがとう」

心配するなですって？　ドンはすぐそこまで来て、文字どおりイヴの家の戸口にこの無惨な人形を投げこんでいったというのに？

ハーブはまだ立ち去ろうとしない。

「またあとでね、ハーブ」イヴは居間に逃げこんだ。まもなくハーブが出ていく気配がして、玄関のドアが閉まった。

イヴはソファに腰を下ろし、携帯電話を取り出すと、目の前のコーヒーテーブルに置いた。

そして、ドンからの電話を待った。

電話が鳴りだしたのは、真夜中近くになってからだった。

「大事なものは何か、思い出させてやろうと思ってね」ドンが言った。

「いったいどうしたの？　骨を送りつけてくるのにはもう飽きたの？」

呆気にとられたような沈黙があった。「怒ってるらしいな」

「ええ、そうよ」

「興味深い展開だ」

「あら、私が暗闇で震えてるとでも思ったの？」

「いや、とくに何も考えていなかったよ。言ったろう、人生で大切なものは何か、きみに思い出させてやろうとしただけのことだからね。きみは忘れているようだったから」

「大切なものって？　あなた？」

「そうさ。いまのきみにとって私ほど大切なものはほかにない」

「勝手にそう思ってたら」イヴは電話を切った。

五分後、また電話が鳴った。

イヴは黙殺した。

それからの一時間で、四度電話がかかってきた。

イヴは一度も応えなかった。


ジョーが帰ったのは午前二時すぎだった。

彼が居間に入ってきたときも、イヴはまだソファに座って人形を握りしめていた。

ジョーは人形に目を留め、次に彼女の表情に気づいた。「くそ。何があった？」

「ドンがこれを門から投げこんでいったの。ハーブから聞いてない？」

ジョーは首を振った。「車で帰ったとき、どうして二人とも門の番をしてるのかと不思議には思ったが。電話はあったのか？」

「ええ」

ジョーはイヴの前の床に膝《ひざ》をついた。「ひどいことを言われたのか」

「あの男はいつだってそう。そういう男なのよ」イヴの声が震えた。「私が彼を軽んじていると思ったそうよ。自分はまだちゃんといるってことを私に誇示したかったわけね」

ジョーはイヴの額に落ちた髪をそっと払いのけた。「きみが忘れるわけがないのに」

「彼にしてみればそれでは足りないのよ。私の人生を支配したいのね。いえ、私の人生そのものになりたいんだわ」イヴは人形を見つめた。「彼がこの醜いものを投げつけてきたのは、私に思い出させるためよ。ボニーやジェーンや、そのほかたくさんの――」

「もういい」

「よくないわ。ちっともよくない」イヴはふいに立ち上がった。「あなたは私が可哀想だと思ってるのね。ドンは私が哀れな犠牲者になることを望んでる。私は哀れな犠牲者になんかならないわ。彼に人生を乗っ取られるなんていやよ」

「落ち着けよ」ジョーも立ち上がる。「噛みつく相手を間違えてるぞ、イヴ」

「わかってる」イヴはジョーのほうに一歩近づき、彼の肩に額を押し当てた。「抱いて」

ジョーはそろそろと彼女に腕を回した。

「そうじゃなくて」イヴは彼に体をぴたりと押しつけた。「抱いてほしいの」

ジョーが身動きを止めた。「きみが言いたいのは、僕が思っているとおりのことか?」

「彼のことを考えたくない。死を考えたくない。彼は私に考えさせようとしてる。でも私は生きたいの」

「で、セックスと生を同列に並べようとしているわけだ」

「同じことじゃない?　違うなら、みんなが大騒ぎする理由がわからない」

「セックスは人生の大きな一部分かもしれないな」

「彼のせいでこんな気持ちになるなんて許せないの。彼がやってきてドアをノックするのを、あるいは私にあれこれ指図をするのを、じっと待っているだけなんていやよ。私は私のしたいようにするわ」

「きみは変わった求愛のしかたをするんだな」

「あなたに失礼だってことくらい、私だってわかってる。だけど、あなただってしたいんでしょう。したいと言ってたじゃない。それとも気が変わったの?」

「まさか」ジョーは唇を引き結んだ。「ただ、こういう成り行きは予想していなかった」

「私だって同じよ。だけど、彼に――」いったい何をしているのだろう？　相手はジョーだ。あれほど心に固く決めたのに。ふいにイヴの頰を涙が伝った。「ごめんなさい。いまのは忘れて。何を考えていたのかしら。何も考えていなかったのね。感情に流されていた。お願い、許して。少しどうかしてたみたい。彼のせいで――」

携帯電話が鳴った。

「出ないで。きっと彼よ。話している途中で私がいきなり切ったから、しつこくかけてきてるの」

「電源を切れよ」

「そんなことをすれば、彼の勝ちだと宣言するようなものよ」

「本当に奴からかな」

「ドンに決まってる。怒ってるのよ。私から望みどおりの反応を引き出せなかったから」イヴはあいかわらず鳴り続けている電話を拾い上げ、バッグに押しこんだ。「人形の効果をもっと期待してたのよ。これはスパイロに渡して」イヴは人形をジョーに手渡した。「何か手がかりがないか、販売経路をたどれないか、調べてもらって」

「わかった」ジョーは目を細めて彼女の顔色を探った。「大丈夫か？」

「一時的に精神に異常をきたしている以外は、ぴんぴんしてるわ」イヴはぎこちなく答えた。それから、ジョーに背を向けた。「もう寝るわ。また明日ね」

「ああ」

シャワーを浴び、ベッドに入るころには電話のベルはやんでいた。きっとあきらめたのだろう。彼のせいで大変なことになりかけたと知られずにすんでよかった。いや違う、大変なことになりかけたのは彼女のせいだ。自分の行為には責任を負わなくてはいけない。怒りや焦りは言いわけにすぎない。

イヴは手を伸ばし、明かりを消した。

「消すのはまだ早いよ。きみを見たかったのに」

ジョーが戸口に立っていた。廊下の薄明かりに、黒っぽい輪郭が浮かび上がっている。明らかに裸の輪郭が。

「だめ」イヴはかすれた声で言った。

「もう遅い」ジョーが近づいてくる。「僕は招待状を受け取ってしまったからね」

「間違いだったと言ったでしょう。後悔していると言ったでしょう」

「僕は後悔していない。さっきは急なことだったし、自尊心が傷つけられた。しかし、あれからゆっくり考えてみたら、これぞ待ち望んでいたチャンスだということに気がついた」

「あなたの自尊心を傷つけたくて言ったことではなかった」イヴは口ごもりながら言った。

「あなたが少しでも傷つくようなことはしたくないわ、ジョー。だから、こうなってはいけないの」

「いや、きみはそれを望んでいる」

「だめ」

「きっかけを作ったのはたしかにドンかもしれない。だが、きみはどこかでこうなることを望んでいたんだよ。でなければ、あんなふうにぽろりと口から出たりはしないさ」

「もちろん、ずっと考えてはいたわ。あなたがそうさせたんじゃない。私だって人間なのよ」

「僕はそこを大いに利用するつもりさ。今夜は思いがけないことがいくつも起きた。きみは生きたいと言い出した。きみの口からそんな言葉を聞くのは初めてだよ」ジョーは毛布をはぐった。「ほら、そっちに詰めて。僕も入れてくれ」

ジョーのむき出しのももが彼女の脚に触れた。

イヴは体をずらした。「後悔すると思うわ、ジョー」

彼の掌が彼女の乳房を包んだ。「しないね」

イヴは息を呑んだ。「やめて」

彼の手が彼女の股間に伸びる。「僕らは一度もちゃんとキスをしたことがないって、気づいてたかい?」

彼の親指が彼女をとらえ、イヴは背中を弓なりにそらした。「いまだってキスはしていないじゃない」

「そのうちたどりつくさ。一つずつ順番に――驚いたな、もう濡れてるじゃないか。僕の予想では――」

携帯電話が鳴りだした。

ジョーが悪態をつく。

イヴは囁《ささや》いた。「電源を切って」

ジョーはいったんベッドを下りかけてやめた。「その必要はない」そう言って彼女の上に戻る。「じきにあの音さえ聞こえないようにしてやるよ」

彼に深々と貫かれた瞬間、イヴの唇からあえぎ声が漏れた。

電話が鳴っている。

速く、強く、彼が動く。

電話が……

彼は彼女の腰を抱え上げ、彼女を引き寄せるようにしながら、さらに深く、速く動いた。

電話はまだ鳴っているのだろうか。

もう何も耳に入らなかった。聞こえるのは、耳もとに響く彼の心臓の音だけだった。

「どうして電源を切らなかったの？」イヴは物憂い口調で訊いた。

「どうしてだと思う？」彼が乳房に口づけをする。「忙しかったからさ。その時間も惜しかったってところかな」

「教えて」

「自尊心のためだよ。きみにとってドンより大切な存在だと証明したかった。奴に勝ちたかった」今度は彼女の鼻の頭にキスをする。「きみには自尊心を少しばかり傷つけられたから」

「それでも断念しなかったくせに」

「相当な災難が降りかからないかぎり、僕を止めることはできないさ。ドンでは力不足だ」

「充分だと思うけど」

「だが僕には勝てなかった。したがって、奴は競争から脱落だ」

いまのところは。

「奴のことを考えるのはよせ」ジョーは手を伸ばし、明かりをともすと、携帯電話の電源を切った。「きみをじっくり見たい」

イヴは頬を赤らめた。「お願い、毛布をかけて、ジョー」

ジョーが首を振る。「ずっと前からこんなふうにきみを眺めたいと思っていた。少しくらい楽しませてくれよ」

彼の視線に触れられたところがとろけていくように感じているいまはだめだ。「明かりを消して。お願い」

「いや、もうちょっと――」ジョーはイヴの表情に気づき、電灯を消した。「お預け、かな」

「ええ」

「きみがこの分野ではさほど場数を踏んでいないことを忘れていたよ」ジョーはイヴを抱き寄せた。「だが、よかったろう？　僕はよかったろう？」

イヴは答えなかった。

ジョーはしばし無言だった。「十年待ったんだ。何か言ってくれてもいいだろう」

十年。イヴの目に涙がこみあげた。「あなたが自信過剰になる心配さえなければ、なかなかよかったと言ってあげたいところだけど」

「なかなかよかった？」

「とてもよかった」

「足りないな」

「最高だったわ。まさに種馬よ。ブラッド・ピットとキアヌ・リーヴスとカサノヴァを足したみたい。どうしてダイアンがあなたを手放す気になったのか、理解に苦しむわ」

「頭のいい女だからさ。僕が与えられる以上のものを受け取る資格が自分にはあると知っていた。初めから間違いだったんだ」

イヴは片肘をついて上半身を起こし、彼の目を見つめた。「だったら、どうして結婚したの、ジョー？」

「それを話せばきみは僕がいやになる」

「そんなことあるわけないでしょう」

沈黙。

「どうしてなの、ジョー？」

「きみのためさ。きみのために結婚したんだ」

「どういうこと？」

「きみは孤立していた。だから同性の友だちが必要だと思った」

「冗談よね」

「僕がいやになると言ったろう」

「そんな理由で結婚する人なんか――」

「ここにいる」ジョーはそっけなく言った。

イヴは呆気にとられて彼を見つめた。

「きみは僕の中心だった。すべてがきみを中心に回っていた。あのころの僕は、自分もきみの中心になりたいという希望をなかば失っていた。きみには話し相手が必要だった。僕はそれにぴったりの人物を選んだつもりでいた。ダイアンは僕が与える何不自由ない生活を気に入っていたし、僕もうまくやっていこうと真剣に努力した」ジョーは肩をすくめた。「だが、僕の期待どおりにはならなかった」

「聞いたらたしかに怖くなったわ」

「何かにのめりこんだ人間は人をたじろがせるものさ」ジョーはイヴの下唇にそっと指先を触れた。「きみもよく知っていることだろうが、ダーリン」

イヴはぎくりとした。

「ダーリン」ジョーはゆっくりと繰り返した。「そう呼ばれるのに慣れろよ」

「慣れる必要はないわ」

「必要はないが、慣れたほうがいい。僕ら双方にとってそのほうが気楽だ」ジョーは間をおいて続けた。「僕を愛することを怖がるなよ、イヴ。僕はきみの手から奪い去られそうな無力な子どもとは違う。タフだし、あと五十年は死にそうもないしぶとい男だ」

「怖がってなどいない」

「いや、怖がってる」ジョーは顔を近づけた。彼の唇が彼女の唇にかろうじて触れる。「まあいいさ。僕を愛してると言ってくれなくてもかまわない。気長に待つよ」

「愛してはいないわ。あなたが望むような愛情は抱いていない」

「そんなことはないと思うよ」ジョーの唇が繊細な愛撫をするようにイヴの唇に触れ、離れた。「愛していないと言うなら、それでもいい」

「よくないわ。ちっともよくない。私は傷を負ってる。そのことをいちばんよく知っているのはあなたじゃないの。あなたにはきっと私以外の――」

「傷を負ってる？　きみが？　この十年、片思いに悩まされてきたのは僕のほうなんだがな」

「そういう傷じゃないわ。私は――」

「いいから」ジョーはふたたび彼女の上に重なった。「考えるな。分析するな。成り行きにまかせろ。楽しめ……」


目が覚めたとき、彼はいなかった。

失望。

孤独。

馬鹿げている。初めて男と寝たわけでもあるまいに。セックス、快楽、別れ――いままでは彼女のほうからそれを望んでいたではないか。未練がなければ、仕事にも響かない。

「ほら、起きろ」ドアが開き、ジョーがベッドに近づいてくる。「もう正午近いぞ。チャーリーに電話したら、アゾーラから帰るところだと言っていた。写真が手に入ったそうだよ」

イヴは上半身を起こした。「私も見られるのよね？」

「スパイロに自分で確かめるといい。いまこっちに向かってる」

「何をしに？」

「人形を受け取りにさ」

そうだった。「朝のうちに電話したの？」

「ああ、目が覚めてすぐにね。ボディガード二人には、スパイロが来たら通してやってくれと伝えてある」ジョーはクローゼットの前に立った。「シャワーを浴びてこいよ。服は持っていってやろう。何を着る？」

「なんでもいいわ。ジーンズと……シャツ」イヴは小走りにバスルームに飛びこみ、シャワーを浴びはじめた。ジョーの態度は冷静そのもの、事務的とさえ思えた。まるで昨夜のことがなかったようではないか。とはいえ、腹は立たなかった。彼の物腰がいつもと違っていたら、居心地の悪い思いをしただろう。昨夜だって——イヴは首を振った。このうえなく官能的なジョーとの数時間を、いま思い返したくはない。

「急げ。スパイロが来る前に何か食べておかないといけないからな」シャワー室のガラスのドアの向こうにジョーが立っていた。「早くしろよ」

「言われなくても急いでるわ」

イヴはドアを開けた。するとジョーが大きなバスタオルでイヴの体を包み、そっと水気を拭いはじめた。

イヴはタオルをつかんだ。「やめて。それくらい自分でできるわ」

ジョーはイヴの胸に視線を落とした。「楽しいからやってるんだ」

楽しむ……

体が熱くなる。

「青い格子縞《こうしじま》のシャツにしたよ。きみは青が似合うからね。いいだろう？」

「ええ、いいわ」やめさせなくては。柔らかなタオル越しにゆっくりと動く彼の手は、ひどくエロチックだった。どういうわけか、それはセックスそのものと同じように親密な行為に思えた。イヴは唇を湿らせた。「青が好きだなんて、初めて聞いたわ」

「きみに話していないことはまだたくさんある」ジョーは首をかがめ、イヴのうなじに口づけをした。「失われた時間をこれから取り返そうと思っている。ベッドに戻って、僕の半生記を聞くかい？」

ベッドに戻りたかった。「話してくれると約束するならね。あなたのことを聞き出そうとして成功したためしがないもの」

ジョーはおかしそうに笑った。「今回も失敗だな。時間がない」そう言って一歩下がると、タオルを差し出した。「服を着ろ。向こうで待ってるから」

「服は自分で着させるわけね。バスルームにまでおしかけてきたくせに――」

「一夜のお遊びの相手ではないことを、念を入れて示しておきたかっただけさ」ジョーは微笑んだ。「しばらくは僕のことをじっくり考える暇はないだろうが、僕は一日じゅう、いつだってきみのそばにいる。そのことを忘れるな」

イヴはバスルームを出ていく彼の後ろ姿をぼんやりと見送った。彼以外の何を考えられるというのだろう？　ジョーは彼女の人生にふたたび官能をもたらした。

これではまるで色情狂じゃないの――。たとえ自分の肉体であろうと、ジョー・クインであろうと、支配されたくない。ほかのことはすべて忘れ、目の前の問題に集中しよう。意思と決意さえあれば、簡単なことだ。

　イヴはタオルを置き、服を着はじめた。

　バスルームを出ると、ジョーはベッドの傍らの椅子に座って待っていた。ジョーの視線がイヴの表情をとらえ、彼はゆっくりとうなずいた。「そういう結論を出すと思ってたよ。まあ、いいさ」ジョーは立ち上がった。「一階に下りて、朝食にするか」

　舌戦の覚悟は決めていた。ところがひとことも発しないうちに勝ちを譲られて、拍子抜けした。「お腹は空いていないわ」

「そうか、じゃあ、僕が食う姿でもながめていてくれ」ジョーはそう言って手を差し出した。見ると携帯電話を握っていた。「その前に電話の電源を入れ直せ。ドンがかけてくるかもしれないだろう。奴と話をすべきだ」

　イヴはさっと目を上げてジョーの顔を見た。

「奴と対決するときがきた」ジョーは静かに言った。「そうさ、僕はきみを守りたい。だが、相手の姿が見えなくては守るにも守れないだろう。奴を目に見える場所におびき出すしかない」

「私は初めからずっとそう主張してきたわ」

「僕は怖かったから、きみの意見に耳をふさいだ。いまは耳をふさぐほうが怖い。きみは絶対にあきらめようとしない。だから僕もあきらめられない。片をつけるしかないんだ。さあ、携帯電話の電源を入れろ」

イヴは電話を受け取り、電源ボタンを押した。

鳴りだしはしなかった。

ジョーがにやりとした。「あはは、がっかりだな。きみも僕も、シンバルの音が不吉に響くものと身がまえていたのに」彼女の肩を押してドアのほうに歩かせる。「行くぞ、ジョーの始まりだ」

一階に下りると、居間でスパイロが待っていた。「人形はどこだ?」

「箱にしまって、書棚の本の後ろに隠しておいた」ジョーは居間の奥の壁に設《しつら》えられた書棚の前に立った。「ジェーンが偶然見てしまったらと心配でね」

「あの子が震え上がるとは思えないが」スパイロはぼそりと言った。「呼び鈴を鳴らしたら、きみたちの大事なジェーンがドアを開けてくれてね。徹底的に尋問されたよ。ボディガードに電話して、私があの電動式の門を飛び越えて侵入したのではないことを確認したくらいさ」

「で、あの子は?」

「ようやく納得してしぶしぶ私に椅子を勧めたあと、きみに食事を作るんだといってキッチンに行ったよ」スパイロは箱を受け取ってなかをのぞいた。「ひどいな。さぞ肝が冷えたろう」

「いいえ。腹は立ったけど」

「反応を確かめる電話はかかってきたかね?」

「ええ。でもこっちから切ってやったわ」

スパイロが目を上げた。「そいつは賢いやりかたとは言えないな」

「賢く用心深く立ちまわるのには飽き飽きよ。写真はどう？　見せてもらえるでしょう？」

「複製はもらえる？」

「手続きがすんでからだ」

「手続きがすんでからだ」

イヴは爆発寸前だった。「ケヴィン・ボールドリッジの情報は？」

スパイロが微笑んだ。「チャーリーの話では、ミセス・ハーディングはケヴィン・ボールドリッジと兄たちのことをよく覚えていたそうだ。どこから来たかに関しては、ケヴィンの口は堅かったそうだが、兄の一人からディラードという地名を聞いたことがあるとか」

「どこの町？」

「アリゾナ州北部の小さな町だ」

「ケヴィン・ボールドリッジのことを覚えている人がいそうなくらい小さな町？」

「おそらく。住民の記憶力が優秀であることを祈るしかない」

「彼のお兄さんたちはどうなの？　ケヴィン・ボールドリッジはどこかへ消えたのだとしても、お兄さんたちは故郷に帰ったかもしれない」

「考えられる話だ」スパイロは立ち上がった。「そのへんのことも間もなくわかる。チャーリーが写真を持って戻ったら、電話で出生証明や学校の記録などを調べさせるよ。私は今日のうちにディラードへ行ってみようと思っている」

「一緒に行ってもかまわないかしら」

スパイロは肩をすくめた。「まあ、断る理由はない。それにもしドンとケヴィン・ボールドリッジが同一人物なら、自分の縄張りを侵されたと考えて、何か行動を起こすかもしれない」彼はジョーをちらりと見た。「きみが怒り出さないのは意外だな。反論しなくていいのか？ 彼女を利用する気かと責めなくていいのか？」

ジョーはからかうようなスパイロの言葉を黙殺した。「で、いつ出発する？」

「今日の夕方だな。いったん市警に戻ってチャーリーの帰りを待ち、写真が証拠物件としてきちんと手続きされるのを見届けてからだ」短い沈黙。「今朝、私が宿泊しているホテルにマーク・グルナードが訪ねてきた。彼によれば、きみはまだ彼に協力しているそうじゃないか」唇を引き結ぶ。「だからといって、私まで協力すると思うなと言ってやったよ。きみが最初にあの男を巻きこんだときからずっと不愉快に思っていた」

「私に力を貸してくれたのよ」イヴは口をはさんだ。「彼には借りがあるの」

「私はなんの借りもないし、あの男がチャーリーにまつわりついているのも気に食わない」

「ジェーンと私を警察に引き渡すチャンスならいくらでもあったのに、彼はしなかった」

「なぜだね？」

「ドンが捕まったあかつきには独占インタビューを受けると約束したからよ」

「そんなことだろうと思ったよ」スパイロは玄関に向かって歩きだした。「どんな取引があるにしろ、あの男はディラードに来させるな」

「ベーコンと卵のサンドイッチを作ったわ、イヴ」ジェーンが戸口から声をかけた。「来て」

「すぐに行くわ」

ジェーンはスパイロに冷ややかな視線を向けた。「その人の話くらい、食べながら聞けばいいじゃない。サンドイッチが冷めるわ」

「お食事の邪魔をするつもりはございませんよ」スパイロはちゃかすように言ってジェーンにお辞儀をしてみせた。「ちょうど帰ろうとしていたところでね。安心したろう、お嬢さん?」

「待って」

スパイロが振り返る。

「どのくらい家を空けることになるかしら」

「数時間からまる一日かな。チャーリーの事前調査の成果にもよる」

「だったらジェーンを連れていくわ」

スパイロは首を振った。「よしてくれ。ただでさえ首が飛びかねないというのに、誘拐の被害者と一緒にいるところなど見られたくない」

「連れていかなくてはいけないの」

「この家にいれば安全だろう」

「ほんの一、二時間のことなら、おいていくところよ。でも、いつ戻れるかわからないんでしょう」

「彼女を連れていくのが賢明なことだと思うかね?」

「ドンはあの子と離れるなと言ったのよ」

スパイロはイヴから目をそらし、ジェーンを見やった。「しかし、彼女と一緒にいるところを奴に見られるのはまずいのではないかな。きみたちが親しくなったことは傍《はた》から見てもわかる」

「イヴが連れていきたいというなら、あたし行くわ」ジェーンが一歩詰め寄った。「それに、誘拐された覚えはないわよ。あなた、どこまでお馬鹿さんなの？」

「救いようのない馬鹿と言いたいらしいな」スパイロはつぶやいた。「賛成はできないよ、イヴ」

「イヴとジェーンの安全は僕が守る」ジョーが言った。「あんたはケヴィン・ボールドリッジを追うほうに集中してくれ」

スパイロは首を振った。「誤った判断だと思うよ」そう言って玄関のドアを開ける。「夕方四時に迎えにくる」

誤った判断だろうか。イヴとしてもジェーンと一緒にいるところをドンに見られたくはなかったが、ほかにどうしようもない。いまはイヴがジェーンの保護者なのだ。何時間も、ひょっとしたら何日間も、ジェーンのそばを離れるわけにはいかなかった。ジェーンに万一のことがあったら、決して自分を許せないだろう。その過ちはすでに一度犯した。

イヴはジョーを振り返った。「どうしても連れていきたいの」

「わかってるよ」ジョーが微笑んだ。

「あたし、一緒に行くわ」ジェーンはきっぱりと言った。「あの人の言うなりになんかなりたくない。そうだ、早くキッチンに来て朝食をすませて」先に立って廊下を歩きだす。「そのあと、いったいどこに行くのか教えてちょうだい」

15

その夜八時三十分に、小型機はアリゾナ州ディラードの北端のちっぽけな飛行場に着陸した。山間の町には最近雪が降ったと見え、空気は氷のように冷たい。空港に二本しかない滑走路の舗装は荒れていた。ターミナルの外に、タクシーが一台ぽつんと客待ちをしていた。町の中心部に向かうタクシーのなかで、スパイロの携帯電話にチャーリーから連絡があった。通話を終えるころには、スパイロは浮かぬ顔をしていた。

「六年前、裁判所が火事で焼け落ちているそうだ。そのうえ、地元の学校を当たっても、ボールドリッジ家の子どもが在籍していたという記録は一切残っていないらしい」

「近くの町の学校に通っていたのかもしれない」

「いまジェイミソンを当たっている。ここから三十マイル離れた町だ」スパイロは窓の外を見つめた。「しかし、学校は明日にならないと開かない。どこかに宿を取るしかなさそうだが……チャーリーによると、この町にホテルは一軒もないそうだ。ディラードの人口は、たしか四千人を少し超える程度だった」

「六千五百ですよ」タクシーの運転手が訂正する。

スパイロはポケットから手帳を取り出した。「チャーリーは民宿なら一軒あると言っていた。パイン・ストリートのミセス・トルヴェイの家、か」

「あそこはいい」運転手が応じる。「美味い朝食を出してくれますよ」

「じゃ、そこに行ってくださる?」――イヴはダッシュボードの運転免許証を確かめた――「ミスター・ブレンドル」それから、イヴにもたれかかっていたジェーンに腕を回した。「眠れればどこでもいいわ」

「ボブと呼んでください。あそこはベッドもちゃんとしてる。ミセス・トルヴェイはあの民宿をもう二十年も切り盛りしていますがね、五年ごとに全部のマットレスを入れ換えてる」

「そいつは素晴らしい」スパイロが皮肉を言う。

「まあ、マットレスが傷むほど泊まり客がいるわけでもないですから」

「二十年か」ジョーがつぶやき、スパイロの顔を見た。「へえ、偶然とは思えないな」

「チャーリーは優秀な捜査官だ。可能性は低いが、ミセス・トルヴェイから何か話が聞けるかもしれない」

「僕ら全員が泊まれるかな」ジョーは運転手に訊いた。

「六部屋ありますよ。清潔そのものです」運転手はうなずいた。「もうすぐそこですよ。あと二ブロックだ」

目当ての宿は大きな灰色の民家で、広々としたポーチで木製のぶらんこが揺れていた。防風ドアの脇から光が漏れている。

「先になかに入っててください」運転手は車を降りた。「荷物を下ろしましょう」

「ちょっと待った」スパイロが訊いた。「この町にはバーはあるかな?」

「ありますとも。四軒もね」運転手はトランクから旅行鞄《かばん》を次々と下ろした。「まずは一杯ってとこですかね？」

「常連が顔を揃えるような店は？」

「キャル・シムの店だな。三番街の」

「そこまで乗せていってくれ」スパイロはイヴのほうを向いた。「今夜のうちに何かわかれ
ばと思ってね。私の分も部屋を取っておいてくれないか。二、三時間で戻るとミセス・トル
ヴェイに伝えてくれ」

イヴはうなずいた。スパイロは次にジョーに向かって言った。「ミセス・トルヴェイはき
みに任せていいな」

「ああ、話は聞いておくよ」

タクシーは走り去り、ミセス・トルヴェイが玄関に現れた。薄緑色のシェニール織りのロ
ーブを羽織っている。年齢は五十代後半、短い髪は茶色のくせ毛で、にこやかな笑みを浮か
べていた。

「ボブの車が見えたので。ナンシー・トルヴェイです。お泊まりですか？」

「ええ、三部屋頼みたい」ジョーは荷物を持ち、ロビーに入った。「ミズ・ダンカンとその
子にはツインの部屋を、僕にはその隣りのシングルを。あと、少し遅れてもう一人来ます。
その友人の分もお願いします」

「わかりました。ただ、あいにくツインの部屋はありませんの。クイーンサイズのベッドが
あるお部屋でもよろしいかしら？」

イヴはうなずいた。

「イヴとジェーンを部屋に案内していただけますか。僕は残って宿帳に記入しますよ」ジョーが言った。

イヴは自分とジェーンの荷物を手に、ナンシー・トルヴェイの案内で奥に向かった。

部屋は清潔で、クリーム色の地に薄緑色の蔦《つた》の模様が入った壁紙が張られ、明るい雰囲気だった。「バスルームは共同です。廊下の先よ」

「聞いたでしょ、ジェーン」イヴはジェーンを促した。「先にシャワーを浴びていらっしゃい。荷物をほどいたらパジャマを持っていってあげる」

「わかった」ジェーンはあくびをした。「どうしてこんなに眠いのかな」

「高度のせいですよ」ナンシー・トルヴェイが言った。「このへんの方ではないのね」

「フェニックスから来たの」

女主人がうなずく。「フェニックスなら一度遊びにいったことがあるわ。暑くてかなわなかった。生まれたときからずっとここで暮らしているものだから、ああいった気候には馴染めなくて」

生まれたときからずっと……

ジョーはスパイロに、ナンシー・トルヴェイの話は自分が聞いておくと言っていたが、イヴ自身が聞いたって同じではないか。「実はずっと以前にこの町に住んでいたらしいある家族を捜しているんです。ボールドリッジという一家なんですが」

「ボールドリッジねえ」ナンシー・トルヴェイはしばらく考えていたが、やがてかぶりを振った。「覚えがないわ。ここにそういう家はなかったと思いますよ」それから、階段のほうに戻っていった。「予備のバスタオルを持ってきましょうね」

訊いてみるだけの価値はあったはず、とイヴは思った。明日になれば、ひょっとしたら何かわかるかもしれない。

階段を下りてきたナンシー・トルヴェイは、眉間に皺を寄せていた。

「どうかしましたか」ジョーは尋ねた。

女主人はロビーに置かれた年代物の書き物机の前に腰を下ろした。「いえ、別に」宿帳を開く。「ここにご署名を。氏名と住所、運転免許証の番号を書いてくださいな」あいかわらず額に皺を寄せたまま、ジョーの手もとを見つめている。「バスルームはみなさんで共同で使ってください。うちには――」彼女はそこでふと口をつぐみ、目を閉じた。「蠟燭《ろうそく》が……」

「電力くらいは通じているかと思っていましたよ」ジョーはぼそりと言った。

女主人ははっと目を開いた。「いえ、そのことではありませんの。ボールドリッジ一家を知らないかとミス・ダンカンに訊かれて、そういう名前の人たちに心当たりはないと申し上げたんですけど」

ジョーは身動きを止めた。「実は心当たりがあるんですね?」

「そのことは話したくなかったのだけれど、ええ、実は覚えているの」そう言って悲しげな笑みを浮かべた。「忘れられるはずがないわ。それに、黙っていたからといって、あのことが消えてなくなるわけでもありませんわね。もう何十年も黙っていたけれど」

「ボールドリッジ一家はこの町に住んでいたんですね」

女主人は首を振った。「ディラードにではなく、北のほうに」

「というと、ジェイミソンに？」

「いえ、テントは山のなかに張られていました」

「テント？」

「ボールドリッジ家の家長は伝道師でした。地獄の苦しみを強調するタイプのね。山のなかの平坦な野原に巨大なテントを張って、そこで伝道集会を開いていたんです」そう言って困ったような顔をしてみせた。「十代のころの私は、誰とでも寝るようなところがありました。いえ、本当に誰とでも寝ていたわ。父はそんな私を見て、魂を救わねばと思ったのね。ボールドリッジ師の集会の噂《うわさ》を聞きつけて、ある晩、父は私を車に乗せて連れていったんです。聞きしにまさる恐ろしい集会だったわ。師を見て、私はすっかり震え上がりましたよ」

「なぜです？」

「蘇《よみがえ》った死人みたいだったから。青白い顔、脂じみた灰色の髪、それにあの目……」

「当時、師は何歳くらいでした？」

「六十歳くらいだったと思いますよ。私にはものすごい年寄りに見えました。たった十五歳でしたもの」

とすると、その宣教師がドンである可能性はないな、とジョーは考えた。

「彼は私に向かってわめきました」ナンシー・トルヴェイが続けた。「目の前に立って、赤い蠟燭を振りまわしながら、おまえは売春婦だと怒鳴り散らしたんです」

「赤い蠟燭?」

「テントじゅうに蠟燭が灯されていたわ。電気は通じていませんでしたからね。蠟燭をたくさん差した大きな鉄製の燭台がいくつも並んでいました。テントの入口で、全員が蠟燭を渡されるの。小さな子どもは白。それ以外はみな赤かピンクのものを渡されました」そう言って首を振る。「私をあんなところに連れていった父をいまでも許せないわ。ボールドリッジは私を祭壇の前に引きずり出し、私の罪をみなの前で暴き立てたの」

「忘れられないのも無理はありませんね」

「私は泣いて、彼の手をふりほどきました。テントを飛び出して、斜面を駆け下りて車に逃げ戻ったわ。父はすぐあとから追いかけてきて、テントに連れ戻そうとしたけれど、私は抵抗しました。最後には父もあきらめて、家に連れて帰ってくれて。私はそれから六週間後に結婚して、町を離れました」

「その夜、テントにはほかに誰がいましたか」

「大勢の人が集まっていたわ。なぜ彼を探していらっしゃるの? 親戚とか?」

「いいえ。実を言うと、僕らが探しているのは彼の家族なんです」

女主人は首を振った。「家族のことまでは知りませんね。ほかの住民に訊いていただかないと」

「その伝道師のことを記憶していそうな人物を教えてもらえませんか」

「父が彼の噂を聞いたのは、ブルーム通りのバプティスト教会を通じてでした。そこの信者の大部分が、週末になると伝道集会に出かけていました。誰かが何か知っているかもしれないわ」そう言って苦い笑みを浮かべる。「私が洗礼を受けたのはその教会だったけれど、あれ以来、一度も行っていないわ。あの老いぼれ悪魔に罪人と罵られた場に居合わせた人に会ってしまったらと怖くて」

「それきりその伝道師の噂は聞いていないんですね？」

「噂など聞いて、あのことを思い出したくはないでしょう？　私は悪い子どもではなかった。だいいち、セックスしたからなんだと言うの？　あんなことをした彼を許せるはずがありません」彼女は深々と息を吸った。「またなんでもないことで動揺してしまったわ。もう何十年も前の話よ。あれから私は幸せに暮らしてきました。でも、子どものころの体験ほど心に深い傷を残すものはないわ。そう考えると不思議になりません？」

「いいえ、実はそう不思議ではないのかもしれませんよ」

女主人は立ち上がった。「そうだ、余分のタオルを持っていくところだったんだわ。あなたは階段を上がってすぐのお部屋を使ってくださいな。ミス・ダンカンとお嬢さんの隣りの部屋です」

ジョーは廊下を去っていく彼女を見送った。彼は金鉱を引き当てた。

「伝道師ですって？」イヴは訊き返した。「ドンの父親が？」

ジョーは肩をすくめた。「祖父かもしれない。六十歳近かったというからね」

「十五歳の子どもの目には、三十歳以上の人は誰でも老人に見えるものよ」

「たしかに」

「その伝道師にとっては蠟燭はなんらかの意味のあるものだったのね。選民の印？」

「というよりは、罪の深さの象徴だな」

「ドンはいまも断罪を続けているということかしら」イヴは首を振った。「利口ね。なぜ殺すのか、自分でよくわかっているのよ。しかも愉しんで殺している」

「しかし、ナンシー・トルヴェイが言うように、子どものころに受けた傷は永遠に癒えないものだ」

「つまり、なんらかのできごとが彼を大量殺人者に変えてしまったということ？」

ジョーはまた肩をすくめた。「さあな。明日、バプティスト教会に行って、もう少し情報を集めてみよう」

「ドンの父親がいまも生きている可能性はあるかしら」

「ないとは言いきれない。生きていれば相当な高齢だ」ジョーはイヴのほうにかがみこみ、鼻先に口づけをした。「さ、寝ろよ。僕はスパイロの帰りを待って、収穫があったことを伝えるよ」

「期待以上の収穫ね」興奮が全身を駆け抜ける。着実に前に進んでいる。ドンの正体が少しずつ見えはじめていた。「しかも明日にはもっといろいろなことがわかりそう」

「あまり期待するな」

「馬鹿なこと言わないで。ありったけの希望をかき集めて待たせてもらうわ」

ジョーは微笑んだ。「まあ、文句をいう筋合いではないな。希望を持つのはきみのためにいいことだ」

「精神分析医みたいな言い方はよして」

「悪かった。きみの行動をいちいち分析するのが習慣になっていてね。物欲しげな視線を送っているだけの傍観者の悪い癖だ」

「物欲しげなんて、あなたには似合わない表現ね」イヴは慌てて目をそらした。「ジェーンはもう眠ったわ。私がシャワーを浴びているあいだ、見張りをしていてもらえない？」

「きみたちの部屋の前から一歩も動かないようにするよ」

廊下を歩きながらも背中にジョーの視線を感じ、イヴは膝の力が抜けそうな感覚に襲われた。あの家を出発した瞬間から、ジョーはあくまで彼女の旧友役に徹していた。二人の関係に踏みこむようなことは、一切口にせずにいたのだ。だがたったいまの彼の言葉で、前夜の記憶がイヴの脳裏に瞬時に蘇った。

ジョーへの気持ちが、ドンについての情報を得たという興奮をかき消しかけていることに気づき、イヴはひどく落ち着かない気分になった。

翌朝、イヴとジェーンが階段を下りていくと、ジョーはすでに待っていた。「残念ながら、ミセス・トルヴェイの朝食は食いはぐれたよ。タクシーを呼んだ。スパイロが待っている」

「ここにはいないの？」

「ああ。夜中の三時ごろに電話があってね。酒場でボールドリッジ師に関する手がかりを見つけたとかで、ひと晩じゅう駆けまわっていたようだな」

「バプティスト教会に行ってみたほうがいいという話は伝えた？」

ジョーはうなずいた。「その必要はないと言っていたよ。例の大テントでの伝道集会の話を聞いて、ブルーム通りの教会の牧師、パイパー師の住居を探して叩き起こしたらしい」イヴが目を丸くして彼を見つめると、ジョーは肩をすくめた。「いったん臭跡を嗅ぎつけたスパイロが他人の都合など気にしないことくらい、いまさら驚くようなことじゃない」

「それで何かわかった？」

「問題の伝道師が集会を開いていた場所がわかったそうだ。かなり長いドライブになるぞ。スパイロとは現地で落ち合う約束になっている」

スパイロは丘のてっぺんに一人ぽつんと立っていた。斜面にはところどころ雪の名残があり、彼方に連なる山々には灰色の雲がたなびいている。

運転手は丘のふもとにタクシーを停めた。

「料金を払って帰ってもらえ、ジョー」スパイロが大声で言った。「帰りは車で送るよ。パイパー師の車を拝借してきた」スパイロはそう言ってにやりと笑い、少し離れた場所に停めた茶色のフォード車のほうに顎をしゃくった。「たまにはFBIの身分証も役に立つな」

ジェーンが丘を駆け上がり、あたりの景色を見まわした。斜面には草一本生えていない。深々と打たれた無数の黒こげの杭《くい》に、布地の切れ端が巻きついている。「火事？」

「そうだ」スパイロが答えた。

イヴはふいに寒気を覚えた。「ここで何が起きたの？」

「子どもは車で待たせたほうがいいのでは？」スパイロが訊いた。

ジェーンは少し離れたあたりをぶらぶら歩いている。

「いいえ、あの子をのけものにはしたくないわ。私たちと同じだけのことを知る権利があると思うの」

「で、何がわかった?」ジョーが追いついてきた。「この火事が起きたのは?」

「二十九年前だ」

「事故?」

「不慮の火災とされている。大量の蠟燭が灯されていたことは誰でも知っていることだ。いつ火事になってもおかしくなかった」

「死者は?」

「遺体は見つかっていない。礼拝は金曜、土曜、日曜に行われていた。火事は週の頭のほうに起きたんだろう。その週末、集会の参加者が到着したとき、すでにこの状態だったそうだから」

「捜査は行われたの?」

「もちろん。しかし、ボールドリッジ師は最後まで見つからなかった。で、別の場所に移ったのだろうという結論に落ち着いたようだ。伝道師はだいたい旅をしているものだし、もともと警察当局に目をつけられていた。蠟燭は火災の原因になりかねないと、何度も注意を受けていたそうだよ」

「で、実際に別の土地に移ったのかしら?」

「それをわれわれがこれから調べるんだ。そうだろう?」スパイロはあたりを見まわした。

「それにしても、薄気味の悪い場所だな」イヴも同じように感じていた。「火事からそんなに時間がたっているのに、草が元どおり生えていないのは不思議ね」

「ほかには何がわかった?」ジョーが尋ねた。「家族に関しては? パイパー師は、ケヴィン・ボールドリッジについてなんと言っていた?」

「ケヴィンという名の子どもは記憶にないらしい。ボールドリッジ師がここで集会を開いていた当時は、彼の父親がブルーム通りのバプティスト教会の牧師だったそうだ。その父親に連れられてここの集会に参加したとき、彼はまだほんの子どもだった。ミセス・ボールドリッジに一度会ったことがあるそうだが、息子で覚えているのは、エゼキエルとジェイコブの二人だけらしい。ケヴィンという子どもには一度も会っていないと言っていた」

「でも、ケヴィンという息子がいたことはわかってるのよ。ミセス・ハーディングが会っている」

「もしケヴィンがここにいたなら、人目につかないよう隠されていたんだろうな」スパイロは首を振った。「理由は謎だが。老ボールドリッジ師は、集会のとき、家族に手伝わせていた。蠟燭を配ったり、献金皿を回したり……」

「ここ、嫌い」いつのまにかジェーンがそばに立っていた。「まだ帰れないの?」

ジェーンでさえ、このいやな気配を察しているのだ。「もうじきよ。車で待ってる?」

ジェーンは首を振り、イヴにすりよった。「ううん、ここで待ってる」

「そろそろ行こうか」スパイロが言った。「ここにいてもどうなるものでもない。フェニックスに戻ったら、捜査員を何人かここへ派遣して調べさせよう」

「二十年以上も前に起きた火災の現場を？」

「人骨の捜索は一度も行われていない」

「ボールドリッジ師がほかの土地に移っただけだとは思っていないのね？」

「あらゆる可能性を調べる必要がある。老師はあまり人に好かれる人物ではなかったようだからね」

「そうだな」ジョーはテント跡をゆっくりと見渡した。「狂信者というのは大きな悲劇をもたらすものだ」

「もしケヴィン・ボールドリッジがドンだとすれば、単なる狂信者ではすまされないほどの悲劇を生んだ」スパイロは斜面を下りはじめた。「この父にしてこの子あり、だな」

「ひょっとしたらケヴィンではないのかもしれないわ。兄たちのいずれかかもしれない」イヴはスパイロのあとを追って歩きだした。

「それにしても、集会のあいだ、ケヴィンはいったいどこにいたんだろうな。老師に反発でもしていたのか」スパイロはそう言って振り返った。「何をしてるんだ、クイン？」

ジョーは地面に膝をつき、柔らかな土を片手で掘り返していた。「ちょっと気になることがあって」土をつかみ、口もとに運ぶと、舌の先を軽く触れた。「塩だ」

イヴは思わず足を止めた。「え？」

「きみと同じように、草一本生えていないのが気になってね」ジョーは手についた土を払いながら立ち上がった。「火事の前か後かはわからないが、誰かがこの一帯に塩を鋤《す》きこんだ。

そいつは、この土地に生命が蘇ることを望まなかったんだ」

フェニックスに帰り着いたのはその日の夕方だった。スパイロと空港で別れたあと、ジョーとイヴとジェーンは、午後九時過ぎにローガンの家に戻った。

驚いたことに、三人が居間に入っていくと、ローガンがソファに座り、サラとポーカーをしていた。

「ようやく帰ったか」ローガンはカードを放り出して立ち上がった。「町を離れるなら、ひとこと言ってくれてもいいだろう」

「帰ってきてくれて嬉しいわ」サラが言った。「この人に何時間もつきあわされて、モンティも私もうんざりしてたところ。意地でも帰ろうとしないし、一緒に暇つぶしをしてくれとうるさいのよ」

ローガンがサラをにらみつけた。「きみはずるをしたじゃないか」

「あなたよりポーカーがうまいだけよ。レスキュー隊が捜索の合間に何をしてると思う?」サラも立ち上がる。「あとはよろしくね、イヴ。モンティも私も、この人の仏頂面はもう見飽きたわ」

「仏頂面などしていない」

サラは反論しなかった。「いらっしゃい、ジェーン。私に負けず劣らず疲れた顔ね。慌ただしい旅だったの?」

「気味の悪いところだった」ジェーンは体をかがめてモンティの頭をなでた。「おいで、モンティ。一緒に寝よう」

ゴールデンレトリーバーは一つ伸びをしてから、サラとジェーンのあとを追って居間を出ていった。

ローガンはサラの後ろ姿を見送った。「あいかわらず恨まれているらしい」

「だがポーカーの相手はしてくれたんだろう」ジョーが言った。

「私を打ちのめしたかったからだろうな」ローガンはイヴに向き直り、攻撃を再開した。「きみがこの家を出たことをブッカーから聞かされれば、私が心配するだろうとは思わなかったのか」

「急いでたの。スパイロが手がかりを見つけて。正直言って、あなたに連絡するのをすっかり忘れてた」だが、本当なら連絡すべきだったのだと思い、イヴは疲れを覚えた。「ごめんなさい、ローガン」

「彼女に当たるなよ」ジョーがイヴのすぐ後ろに立ち、彼女の肩にそっと両手を置いた。「ただでさえ手に余るほど悩みを抱えているというのに、あんたのご機嫌まで取れと言うのか」

「黙ってて、ジョー。ローガンはずっと私の力になってくれてたのよ。心配させた私がいけないの」

「私にも何かさせてもらえていたら、心配するくらいどうってことは――」――ローガンはふと口をつぐんだ。イヴを見、次にその後ろのジョーを見つめた。「終わりなんだな、そうだろう？　そいつの勝ちなんだ」

「え？」

「そいつの勝ちだ。彼はついに望みのものを手に入れたんだな。見ればすぐにわかる」ローガンは苦々しげな笑みを浮かべた。「どうせ負け戦だとわかってはいたんだが。クインとは争えても、きみとは戦えないよ、イヴ。彼が島に現れた瞬間から、きみは家に帰りたいと思いはじめていた」

「ボニーのためにね」

「たぶん」ローガンは長いこと二人を見つめていた。「彼女に何かあったら承知しないぞ、クイン」

「あんたに言われるまでもない」

「いや、言わせてもらうさ。これはただの捨て台詞《ぜりふ》ではなく、警告だからな。何か私にできることがあったら電話をくれ、イヴ」

「あんたの手を借りることはないさ」ジョーが言った。

「それはどうかな」

イヴは耐えられなくなった。このままローガンを帰らせるわけにはいかない。「ジョー、ローガンと二人きりで話したいの」

ジョーは動かない。

「ジョー」

「いいだろう」ジョーは居間を出ていった。

「彼がロビーをうろうろしているような気がするのはなぜかな」ローガンがつぶやいた。

「きっと本当にうろうろしてるからよ」イヴは笑みを見せようとした。「光栄に思ったほうがいいわ」

「そうか？」

「私にとってあなたがどれだけ大切な人か、ジョーにもわかっているのよ。それがこの先もずっと変わらないこともね」

「その程度では納得できないな」

「どうすれば納得するの？　あなたが傷つけば、私も悲しいわ。あなたが幸せなら、私も嬉しい。私が必要なときは、すぐに飛んでいく。それではだめなの？」

「充分だ。納得はいかないが、それで良しとしようじゃないか」ローガンはためらった。

「これは単なる好奇心から訊くんだが、何が決め手になった？」

「わからない」イヴは正直に言った。「私はこうなりたくなかった。どうも落ち着かないの。何かの渦《うず》に巻きこまれたような感じよ。自然とこうなったの」

「クインに関することで、〝自然と〟どうにかなるものなどないさ。あの男はエネルギーの塊だ。彼が舞台の袖《そで》でじっと出番を待っていることは私もずっと意識していた」

「私はしていなかったわ」

「それも知っている。だからあいつが動きだす前にきみを囲いこもうとした。そして失敗した」ローガンはしばし彼女の顔を見つめていたが、やがて軽い口づけをした。「それでも、幸せな一年だった。そうだろう？」

涙があふれそうになった。「ええ、いままでいちばん幸せだった」

「いちばんではないさ。でなければこういう結末にはなっていなかった。だが、とても幸せだった」ローガンは彼女の腕を取り、彼女を伴ってロビーに出た。ジョーは階段の脇で待っていた。「やあ、クイン。こんなところで会うとは奇遇だな」

「そうかい？」ジョーはイヴに歩み寄った。

「そう警戒するな。彼女をさらっていく気などないから。それは私のスタイルではないからね」ローガンは唇をきつく結んだ。「きみの首をへし折ってやりたいところではあるが」

ジョーは首を振った。「だが、あんたはそうしない。僕とあんたの違いはそこだ。あんたはタフだ。しかし、イヴとのことになると、捨て身で突進するということが最後までできなかった。誰が相手でもそうだったんだろうな」

ローガンは一歩前に歩み出ると、穏やかに言った。「きみの思い違いを証明してやりたい気分になってきた」

「ローガン」イヴは引き止めるように言った。

その声はローガンに聞こえていないようだった。しかし、彼はすぐにジョーに背を向けると、玄関のドアを開けた。「さよなら、イヴ。私はいつもそばにいる。私を完全にのけものにしようとは思わないでくれ。いいな？」

「ええ、約束する」彼とのあいだには、断ち切りがたい絆がある。イヴはローガンの頬にキスをした。「誓うわ」

「その誓いを忘れるなよ」ローガンは出ていき、ドアが閉まった。

ジョーが低く口笛を鳴らした。「あの言い方は気に入らないな。つまり、僕はあいつと友だちにならなくてはいけないってことか？」

「何もする必要はないわ。彼は私の友だちなんだから。これからもずっとそれは変わらない」

「そういう意味だったらどうしようかと思ってたよ。僕としても、考えなくては——」ジョーは口をつぐんだ。「泣きそうじゃないか。僕はもう黙るよ。よけいなことは言わない」

「ええ、まずはそこからね」

「本当に悲しいらしいな」ジョーは顔を曇らせた。「大いに嫉妬するよ」

イヴは以前彼に言われた言葉をそのまま返した。「慣れて」

ジョーはにやりとした。「わかった」

「あなたとはなんの約束もしていないのよ、ジョー。私はいまでも——」

「さて、僕は失礼させていただくかな」ジョーがさえぎった。「きみは内省的になっている。危険な兆候だ。僕は市警に顔を出して、写真の件を確かめてくるよ」ジョーは少し間をおいて続けた。「今夜は帰らないかもしれない。一人で考える時間ができて、きみにはちょうどいいだろう」

安堵と失望がないまぜになってわきあがった。「わざわざ外泊することはないわ。ベッドに誘いたい気分でないときは、あなたにノーと言えばすむことだもの」

「僕の傷つきやすい一面を見せておこうとしただけさ」ジョーは身をかがめ、素早く熱いキスをした。「よく眠れよ。じゃ、また明日の朝に」

よく眠れるとは思えない。イヴはそう考えながら階段を上った。ディラードからの帰り道、あの焼け焦げた廃墟のような丘のイメージがずっと頭から離れなかった。あの場所を徹底的に破壊するほどの憎しみを抱かせたものはなんだろう。あの土地はドンの手で切り裂かれ、命を奪われた。彼の餌食《えじき》となった人々と同じように。

そしてここに帰ってみるとローガンが待っていて、彼女は彼を傷つけた。またしても。

ジョーに対する自分の気持ちが変わるとは夢にも思っていなかった。彼から離れ、なすべきことだけに意識を集中するのが賢明というものだろう。仕事に集中しているとき、これほど心が揺れ、気持ちが乱れたことはない。失われた人々を救う努力をしているのだと思えば、それだけで目的意識と充足感が芽生えた。

そうだ。やはりそうするのが賢明だ。仕事のことだけを考えよう。ジョーは心から締め出して……

「無理だよ、ママ」ベッド脇の椅子にボニーが座っていた。「ジョーが許さない。それに、もう手遅れだよ」

「やろうと思えばどんなことだってできるわ」イヴは枕の上のほうに頭をもたせかけた。

「ジョーは私の人生に干渉しようとしている」

「あたしだってそうだよ。だけど、あたしのことは追い出そうとしないじゃない」

「夢を追い払うことはできないわ」

ボニーはおかしそうに笑った。「いつも答えが用意されてるんだね。ママがあたしを追い払おうとしないのは、あたしを愛してるからでしょ」

「ええ、そうね」イヴはかすれた声で答えた。

「同じ理由から、ジョーを追い払うこともできない」

「それは別の話だわ」

「それはそうだね。ジョーは生きてるもの」

「きっと彼を傷つけてしまう」

「ママはローガンのことで憂鬱《ゆううつ》になってるだけだよ。落ちこむことないのに。いつかこうなると決まってた。いつか言ったよね。愛はある形から始まって、別の形で終わるって。かならずしもローガンを失ったわけではないし、ジョーを失うこともないよ」

「嘘よ。愛する人がいつ奪われるか、誰にもわからないわ。私はあなたを失った」

「馬鹿みたい。じゃ、どうしてあたしはこうしてママと話してるの？」

「それは私の頭がどうかしてるからよ。ジョーと距離をおくべきもう一つの理由はそれね」

「反論する気はないよ。ママは賢いから、きっと正しい選択をする」ボニーは椅子の背もたれに背中を預けた。「ただこうして座ってママと一緒に過ごしたいの。しばらくぶりだもの」

「どうしてずっと来てくれなかったの？」

「ママに近づけなかったから。今回もむずかしかった。濃い闇が立ちはだかっていて……彼のまわりに見えるのは暗闇だけだよ、ママ」

「恐ろしい人だからよ」イヴは唇を湿らせた。「彼があなたを殺したの、ボニー？」

「闇に目を凝らしても見えない。ううん、見たくないだけかもしれない」

「私は見たいわ。見なくてはいけないの」

ボニーはうなずいた。「ジェーンを守るためにね。ジェーンは好きだよ」

「私もよ。でも、あなたのためでもあるのよ、ボニー」

「わかってる。でもママはいま、生きるという選択のほうに少しずつ傾いてきてる。それが正解だよ」

イヴはしばらく黙っていた。「ジェーンはあなたの生まれ変わりだと彼は言うの。馬鹿みたいよね？」

「うん、馬鹿みたい。こうしてママとしゃべってるんだもの、別の人に生まれ変わってるわけがないじゃない」ボニーは微笑んだ。「それに、あの子はあたしとはまるで違うってこと、ママにもわかってるくせに」

「ええ、わかってるわ」

「ジェーンとあたしが同じだったら変だよ、ママ。あたしたちはみんな魂を持ってる。だからこそ、一人ひとりがかけがえのない素晴らしい存在なんだもの」

「ドンは素晴らしい存在ではないわ」

「違うね。あいつは歪んで、醜い」ボニーは顔を曇らせた。「ママのことが心配なの。あいつは少しずつ、少しずつ近づいてきてる……」

「それでいいのよ。私は彼を待っているんだもの」

「だめ、悲しそうな顔をしないで。今夜はもうドンの話はよそう。モンティのことを話してくれない。犬は大好き」

「知ってるわ。クリスマスに子犬をプレゼントしてあげようと思っていたのに、あんなことに――」

「それ以来、もっと早く犬を飼えばよかったって後悔してるんでしょ。もうやめて。あたしは幸せだった。ただ、あの事件からママに学んでもらいたいことが一つあるよ。いまを大切に生きるってこと。なにごとも明日に延ばしてはだめ」

「親にお説教をするなんて」

ボニーはくすくすと笑った。「ごめん。じゃ、モンティの話を聞かせて」

「わたしもモンティのことをよく知ってるわけではないのよ。彼はサラのもの。捜索救助犬であり、死体捜索犬でもある。ジェーンはモンティをすっかり気に入って、暇さえあれば……」


チャーリー・キャザーが宿泊しているホテルのロビーに入っていくと、マーク・グルナードがいた。「おや、山歩きからお帰りらしいな」

「ここでいったい何をしてる？」ジョーは尋ねた。

「キャザーと一杯やる約束をしていてね。そろそろ下りてくるころだ。ディラードで何か手がかりは？」

「学校の在籍記録はなかった。いま周辺の町にも当たっているところだ。父親が伝道師で、一家がよく旅をしていたことはわかった」

「くそ、卒業写真が手に入れば、ミセス・ハーディングの提供したスナップ写真と比較できると期待してたのに」

「それは僕らも同じさ」ジョーは腰を下ろした。「あんたがキャザーにまつわりついてるのを知って、スパイロはご機嫌ななめだよ」

「手ごわい男だ。スパイロを攻めても何も出てこないから、キャザーに狙いを定めたわけさ。スパイロにくらべたら、簡単に落ちそうな相手だからね」

「そうやってなめてると痛い目に遭うぞ」

「だが、キャザーはスパイロほどマスコミ慣れしていないから、うっかり口を滑らすかもしれない」マークはそう言って、抜け目なく付け加えた。「写真のことを何か聞いてないか？その件で来たんだろう？」

どうして来たのだろう。少し前に警察署に寄って尋ねると、写真のコピーはまだできていないと言われた。またしても石の壁だ。フェニックス市警は、デビー・ジョーダンの遺体の場所を漏らした情報屋の名を教えようとしないスパイロを目の敵にしている。そのしっぺ返しがこれだ。まるで子どもの喧嘩《けんか》ではないか。

チャーリーを口説き落とし、どんな写真だったかうまく聞き出せたとしても、その情報が突破口になるとは思えない。率直に認めてしまえば、ここに来た本当の理由はイヴと少し距離をおきたかったからだ。忍耐強く待つより、時間をおかずに強引に押しきりたい衝動にも駆られた。だが、それは浅はかというものだ。イヴはローガンと親しくしていた。彼女の落ちこみぶりがあの程度ですんでよかったと思うべきだろう。しかしそうは思えなかった。それに、忍耐強く待つことにもうんざりだった。すでに彼女に近づきすぎている。もはや一歩引いて待つなどということはできない。

「誰からも何も聞いてない」ジョーはマークの問いにそう答えた。「写真が手に入ってからこっち、あんたはチャーリーに会ったのか？」

「昨夜、警察署で会った」マークは少し考えこむようにしてから続けた。「何か気になることがある様子だった。顔に出すまいとはしていたが、隠しごとの上手なたちではないからね」

「スパイロからあんたとはひとことだって話すなと灸《きゅう》を据えられているのかもしれない」

「かもな」マークは肩をすくめた。「しかし、何か隠していると思ったのは、彼がハーディング家から写真を持って帰ったときが初めてだ。きみが来てくれてちょうどよかったよ。あの若造を挟み撃ちにして、何がそう気になるのか聞き出そう」マークは立ち上がった。「噂をすれば、だ」

チャーリーはにこやかな笑みを浮かべてエレベーターから下り、二人に近づいてきた。

「あなたもいらっしゃるとは思いませんでしたよ、ジョー。スパイロによれば、ちょうどディラードから帰ったばかりだという話でしたから。二人揃ってなんなんです？　下心がありそうですね」

挟み撃ちなど糞食らえだ。チャーリーがみずから口を滑らせれば、しめたものと思えばい。だが、強引に口を割らせるのはよそう。ジョーは立ち上がった。「大ありだ。ターゲットはきみだよ」

チャーリーの笑みが消えた。「写真のことなら、スパイロの許可が下りるまで何も教えませんよ。あの人をまた怒らせたら大変だ」

マークの言ったとおりだ。何か気になることがあるらしい。しかし、単に焦っているだけのことかもしれない。「教えられないなら、それでいい。ただし、賄賂《わいろ》を受け取れないというなら、酒代はきみがもってくれよ」ジョーはバーのほうに歩きだした。「で、奥さんは元気かい？」

早朝にドンから電話がかかったとき、イヴは眠っていた。彼の声はおぞましいほど耳ざわりで、ボニーの夢を見たあといつも訪れる穏やかな気持ちがいっきに吹き飛んだ。

「忙しかったようだな。私の子ども時代をかいま見た感想は？」

「どうして行ったことを知ってるの？」

「私は耳を澄ませている。見ている。私に監視されている気分はどんなものだね、イヴ？」

「あなたなんか相手にしていないわ……ケヴィン」

含み笑い。「ドンと呼ばれるほうが好みだね。ケヴィンはもう存在しない。あれ以来、幾度となく進化を遂げていまの私がある。ところで、きみは私を締め出そうとしていたな。それに気づいたときは、腹が立った。しかしその怒りはすでに乗り越えた。結果的にはますます欲望をかきたてられたよ」

「ケヴィンはさぞかし腹黒い子どもだったんでしょうね。両親はどうなったの？」

「きみの考えているとおりさ」

「殺したのね？」

「必然の運命だった。父はまだ幼かった私のなかにサタンを見た。私を立たせ、両手にそれぞれ黒い蠟燭を持たせて、私が立っていられなくなるまで殴った。折檻《せっかん》が終わると、傷に塩をすりこんだ。私のなかに悪魔が棲《す》んでいるという点で父は正しかったかもしれない。人はみな悪の種を宿して生まれてくるものではないかね？」

「あなたは間違いなくそうだったでしょうね」

「その一方できみは、私の頭が狂っているとも考えている。父は狂っていたが、世間は父を聖人と呼んだ。紙一重ということだ、そうだろう？」

「エゼキエルとジェイコブもお父さんが狂っていると思っていたの？」

「いや、あの二人はほかの連中と同じように父を恐れ、父にだまされていた。私は兄たちに真実を見せてやろうとした。家を出たときも兄たちを連れていった。あのころの私は孤独だったからね。連れが欲しかった」

「そして二人をフェニックスに連れてきたのね」

「カリフォルニアに行くつもりだった。ハーディング姉弟をたぶらかして、一緒に来るよう誘った。しかし、エゼキエルとジェイコブは怖じ気づいた。ある晩、荷物をまとめて父のところへ逃げ帰った。猛烈に腹が立ったよ」

「だからハーディング姉弟を殺した」

「あんな快感はほかにない。私の人生を決めた体験だった。私はついに悟ったんだよ。自分が誰で、何をするために生まれてきたかをね。そしてあの丘のテントに戻り、皆殺しにした」

「お母さんも?」

「あの女は、折檻を止めようとせず、ただ傍観した。手を下していないにしても、残酷な行為であることに変わりないだろう?」

「お兄さんたちは?」

「父のところへ逃げ帰った時点で、みずからの運命を選択したんだよ。私はどうしても一からやり直したかった」

「遺体はどうしたの?」

「探しても見つからないよ。解体して、アリゾナ州とニューメキシコ州のあちこちにばらまいたからね。あれも愉快な体験だった」

「そのうえであのテント跡に塩をまいた」

「いま思えば感傷的な象徴にすぎない。しかし、当時の私はまだほんの子どもだった」

「犠牲者の手に蠟燭を握らせるのは? あなたはもう子どもではないのに」

「幼いときに擦りこまれた教えはなかなか忘れられないものでね。父があれだけの意味を持たせた蠟燭を私なりのやり方で使っていることを父に見せつけることで、満足している面もあるかもしれないな」

「あなたのお父さんは死んだのよ」

「父は自分は死んだら天国に行くものと信じていたから、いまごろ天から私を見下ろしていることだろう。それとも、肉体と一緒に魂も切り刻まれただろうかね? ときどき知りたくなることがあるよ」短い沈黙。「ボニーの魂もやはり滅ぼされたと思うかい？」

イヴは下唇を嚙みしめた。「思わないわ」

「まあいい、きみもじきみずからの魂で確かめられる。きみに何色の蠟燭を与えようか、まだ迷っていてね。むずかしい決断だよ。ジェーンには、当然のことながら白だ。しかしきみの場合は、罪の深さに応じて――」

イヴは電話を切った。彼は打ち明け話をしたい気分だったのだろう。我慢して話を聞き出すべきだったのだろうが、それ以上は耐えがたかった。彼は自分を取り囲む暗闇に彼女を引きずりこもうとしている。ボニーの温かな夢を見た直後だっただけに、痛手は大きかった。邪悪なものにとても打ち勝てないという気がし、闘う気力さえ萎《な》えている。じりじりと迫りくる悪を止められない……

――ただ、あの事件からママに学んでもらいたいことが一つあるよ。いまを大切に生きるってこと。なにごとも明日に延ばしてはだめ
ボニーはそう言った。

いまを大切に……

二時間後、ジョーが玄関を開ける気配が聞こえた。イヴは寝室を出て、階段の上で彼を待った。

彼女の顔を見て、彼は足を止めた。「大丈夫かい？」

「だめ。ドンから電話があったわ。彼と話したあとは、いつも何もかももうだめだって気が

してくる」

「何を言われた？」

「不快なこと。醜いこと。あとで話すわ」イヴは手を差し出した。「ベッドに来て」

彼はゆっくりと階段を上り、彼女の前に立った。「あえなく叩き出されたローガンに同情しなかった件については、許してもらえたということかな」

「初めから許すとか許さないとかいう問題ではなかったわ」

ジョーは彼女の手を取った。「では、僕がベッドにいないと生きていけないってことについに気づいたということか？」

「冗談はもうよして」

「冗談だって？」彼は指先でイヴの頬に触れた。「僕は探りを入れてるつもりなんだが。何か重大な変化が起きようとしているという気がしてならない。どうしてだ、イヴ？」

イヴは喉もとにこみあげたものをこらえた。「ボニーに子犬を買ってあげればよかった。欲しがっていたのに、私は先に延ばそうとした。そして手遅れになってしまった」

ジョーは呆れたように眉を吊り上げた。「それとこれとなんの関係がある？　僕をベッドに誘うのと子犬をくれるのは同じなのか？」

イヴは首を振った。「子犬はあなたのためのものではないわ。私のためのものよ。私はただ自分の都合だけを考えてるわけ。あなたのそばにいたい。話を聞きたい。愛を交わしてほしい」イヴはおずおずと笑みを浮かべた。「先に延ばしたくないの。延ばしたあげく、手遅れになるなんていやなの。ベッドに来て、一緒にいてくれるでしょう、ジョー・クイン？」

「もちろんさ」彼はイヴの腰に腕を回した。彼の声も、彼女のと同じようにかすれていた。

「喜んで」

16

その午後スパイロから電話があったとき、イヴはドンから子ども時代の話を聞かされたことを伝えた。「電話の逆探知はできた？」

「いや、それが大失敗でね。しかし、ドンの話は私たちの調査結果と合致する。ジェイミソンの学校に問い合わせた。ボールドリッジ兄弟の在籍記録はどの学校にもない。しかし、ボールドリッジ師を訪ね、子どもたちを学校にやらない理由を問いただしたという記録がいくつか残っていた。息子たちは自宅で教育しているというのが師の言い分だ。公立学校ではキリスト教教育を受けさせることができないと盲信していたらしいな」

「ほかには？」

「もう一つ。訪問記録には、エゼキエルとジェイコブの名しか記されていない。ケヴィンにはまったく触れていなかった」

「ケヴィンが伝道集会に一度も出席していなかったとすれば、学校側は彼が存在することも知らなかったのかも」

「あの破壊された丘の様子から言って、彼は自分の存在を世に知らしめたかったのだと私は思うが」

「それはどうかしら。だって長年にわたって人を殺しながら、注目を集めたいとは思わなかったようだもの。彼が変わったのはつい最近のことよ」

「しかし当時はまだ初心者だったわけだ。何も学んでいなかった。進化の前だった」スパイロは少し間をおいて続けた。「たとえあのあと変わったのだとしても、秩序型殺人者の典型的な特徴をいまも残しているのではないかな」

「たとえば平均以上の知能、でしょ」イヴは言った。「だけど、こうやって話していても何も始まらない。彼の容貌を知ることが先決よ。写真はどうしたの？」

「あまり期待しないほうがいい。写真はなんの解決にもならない可能性だってある」

「どういう意味？」

「言ったとおりの意味さ」

「私たちは味方同士でしょう。そうやってはぐらかすのはやめて。ちゃんと話して」

スパイロは黙っていた。

まったく、頑固で、どこまでもFBI捜査官の典型だ。彼の口をこじ開けるようにしなければ情報一つ引き出せないことに、イヴは疲れを覚えはじめていた。取引に応じたくせに、いまの時点では譲歩する気がないらしい。しかたがない、せめてあと一度だけ押してみよう。

「いつ見せてもらえるの？」

「じきだ」

「いつ？」

「くそ、きみもしつこいな。たぶん、明日には」電話は切れた。

複製した写真がようやく手に入ったのは、二日後だった。スパイロが隠れ家を訪れ、イヴに中判の封筒を差し出した。「ご所望の写真だよ。見たらがっかりすると思うが」

「どうして?」

「見ればわかる」

ジョーがイヴに歩み寄って傍らに立つ。イヴは封筒を開き、写真を取り出した。広々とした庭で撮られた写真らしかった。手前のピクニックテーブルに十代の少年二人が座っている。もう一人は、かなり奥まった位置に見えるポーチの階段を下りてくるところだ。

「ミセス・ハーディングによると、階段にいる少年がケヴィン・ボールドリッジだ」スパイロが説明した。「ピクニックテーブルの二人は、エゼキエルとジェイコブ」

残念なことに、遠く離れているだけならまだしも、いくぶん露出オーバー気味なのと、被写体が動いているせいで、ケヴィン・ボールドリッジの輪郭はぶれ、顔の判別は不可能だった。

「当時、市警がハーディング家からこの写真を受け取らなかった理由もうなずけるわ」イヴは言った。「ぼやけてしまっているもの。これでは容貌がまるでわからない。ジョーの話では、チャーリーはこの写真のことで気を揉んでいる様子だったそうだけど、無理もないわね」イヴはスパイロを見つめた。「この二十五年ほどで、写真技術は飛躍的に進歩したわ。当時の技術ではこの画像を鮮明にするのは無理だったでしょうけど、いまならできるんじゃないかしら」

「たぶんな。別のコピーをクワンティコに送ってある」スパイロは間をおいて続けた。「だが、きみも自分で試してみてはどうかな。写真画像ならふだんから扱っているだろう」

「専門は加齢画像の製作よ。まったく違う技術だわ」

「そうか」スパイロは肩を落とした。「残念だな」

本当に残念だ。イヴはいらだちを覚えた。

「何か手はないのかね?」スパイロが訊く。

イヴは少し考えてから答えた。「なくもないわ」立ち上がり、電話帳を取る。「グローバルコレクションまでやれるラボがこの町にあればの話だけど」

「グローバルコレクション?」

「エアブラシとかそういった画像補正の——ああ、あったわ」イエローページに広告があった。「〈ピクスモア〉。あとは必要な設備と専門家がいるかどうかが問題ね」

「そいつは見合い写真か?」ジョーはイヴの肩越しに、美しい女性のピンナップ写真を掲げた広告を見つめた。「あまり科学的とは思えないな」

「そう言うけど、こういう会社が何をして料金を取ってると思う? 写真から、どんなものだって消すのよ。にきび跡や小皺、分け目にのぞく本来の髪の色まで」イヴは写真をじっと見つめた。「ひょっとしたらやれるかもしれないわね。技術者は、ネガで補正したがるものだけど、とにかくこの写真を持っていって、やれる人がいるかどうか訊いてみましょう」イヴは写真を封筒に戻した。「こういうラボは、何週間分もの仕事を抱えている場合が多いわ。ねえ、FBIの神通力を拝借できない?」

「チャーリーをその〈ピクスモア〉に行かせよう」スパイロは答えた。「作業にはどのくらいかかる？」

イヴは肩をすくめた。「そうね、まる一日といったところかしら。技術者の腕にもよるし、残業覚悟でやってくれるかどうかにもよるわね」

「作業が終わるまでついているようチャーリーに言っておこう」

「ありがとう」イヴは玄関に向かった。「それなら完成が早くなると思うわ」

「車で送ろう」ジョーが申し出た。

「一人で行けるわよ」

ジョーはしかめ面をしてみせた。「いまのところ、ほかに僕が貢献できそうなことは何もないからね。誰かに必要とされたい気分なんだよ」

〈ピクスモア〉はフェニックスから北に車で三十分ほどの場所、曲がりくねった山道を登りきったところにあった。ガラスと石材でできた平屋の建物が陽射しを受けてきらめいている。

ジョーとイヴのすぐ後ろから、チャーリー・キャザーの車が駐車場に入ってきた。

「あの写真をどうにかできそうだと聞いて、ほっとしましたよ」チャーリーは首を振った。「見たときはがっかりしました。写真さえ手に入れれば奴を捕まえたも同然だと思っていましたから」

「ほんと」イヴは言った。「でも、まだ希望を捨てるのは早いわ」

「スパイロもそう言っていました」チャーリーは、ちょうど駐車場に入ってきたトヨタ車のほうに顎をしゃくった。「グルナードも来た」

「どうして彼がここへ？」イヴは訊いた。

「スパイロから電話があったとき、彼と一緒だったんです。情報をよこせって、それはもううるさくて」チャーリーは顔をしかめた。「だけど、悪い人ではありませんし」

「スパイロに怒られるわよ」

「スパイロには了解を取ってあります。前菜《アペタイザー》はやってもいいが、メインコースは食わせるな、だそうです。つまり、写真の補正作業が始まったら追い返せと」

マークが笑みを浮かべて三人に近づいてくる。

「何か訊かれると面倒だから、いまはじろじろ見るなよ。だけどあいつ、デザートはまだかって顔をしてるぞ」ジョーが不機嫌そうにつぶやいた。

「ネガはないんですか」技術者の名前はビリー・サンと言った。二十五歳にもなっていない若い男で、楽観主義者でないことは明らかだった。「先に言っておきますが、僕には奇跡は起こせませんよ」

「ネガはないの」イヴは言った。「ここの所長は、あなたがいちばん優秀だとおっしゃってたわ。あなたならできるでしょう？」

「おだててもだめですよ。こいつは大変な作業だ。このプリントにはいくつもエラーがある。一つなら簡単に修正できますが、全部はちょっと。ロサンゼルスのデジタル画像専門会社か大学の研究所でもなければ、画質を向上させるのは無理でしょう。この〈ピクスモア〉にそんな機材はない」

「見込みゼロ？」

彼は肩をすくめた。「ゼロではありません。大学の教授に、政府から補助金をもらって研究している人がいましてね。まさに最先端の機材が揃っている。いつも使わせてもらってます」

「学生さんなの？」

「ええ、大学くらい出ていないと、西海岸の一流会社には雇ってもらえません。UCLAやらUSCやらを出た神童たちとの競争ですから。ああいう会社は、時代の最前線にいます。コンピューターとソフトウェアがあれば、あっと驚くような映像が作れるんですよ」そう言って問題の写真にふたたび目を落とす。「ただ、使える機材の違いを考えに入れれば、僕はかなり優秀なほうだと自負していますが」

「そうでしょうね」イヴは言った。「その教授の名前と、研究所の場所を教えてもらえない？」

「ダンケイル教授です。ラルフ・ダンケイル。研究所はここから五分くらいの場所ですよ。ブルーマウンテン・ドライブです」

「明日までに仕上げられるかしら」

ビリー・サンは首を振った。

「お願い。とても大事なことなの」

彼はしばし彼女の顔を見つめていたが、やがてゆっくりとうなずいた。「グリスビーの了解を取ってもらえれば。ほかの仕事を中断してもいいとは言わないと思いますけど」

「所長の了解はもう取った」チャーリーが口をはさんだ。「いまから三十六時間、きみを貸すと言ってくれている」

「なんだか奴隷の売買みたいですね」サンは苦笑いをした。「まあ、あの人はもともと人をこき使うタイプの上司ですが。この前の期末試験のときも、辞めてやると脅してようやく休みをもらったくらいで」

「なるべく急いでもらえるとありがたいわ。仕上がったら電話をもらえる？」

「僕から連絡しますよ、イヴ」チャーリーが言った。「ミスター・サンに同行して、手伝いますから」

「手伝ってもらうことはありませんよ」サンは冷ややかな視線をチャーリーに向けた。「政府はただでさえこの業界に必要以上に干渉してきている。FBI、CIA、IRS。それなのに、こうしてやってきては僕の尻を叩いて働かせる」

「なあ、僕は自分の仕事をしているだけだよ」

「ええ、そうでしょう」サンはベンチに腰を下ろした。「その台詞なら何度も聞きました。その台詞のあとには、かならず鞭《むち》を鳴らす音が続くんだ」

「代わりに僕が行ってもいい」マーク・グルナードはサンに微笑みかけた。「ちょっとした宣伝になるんだ、悪くないだろう？　うまくいけばカリフォルニアの会社から声がかかるかもしれない」

サンがまんざらでもないといった顔をする。

「だめだ」チャーリーが断固とした口調で言った。「あんたはこれで帰る約束だろう、グルナード」

「しかし、こちらはきみよりも僕のほうをお気に入りのご様子だ」

チャーリーが親指を立てて出口を指した。「帰って」

マークは溜息をついた。「作業が終わったらまたお邪魔しますよ、ミスター・サン」名刺を差し出す。「電話してください」そう言いおいて、マークはラボを出ていった。

「結果は極秘にしてください、ミスター・サン」チャーリーが釘を刺した。

「わかってますよ」サンは考えこむような顔つきで名刺をながめたあと、ポケットに押しこんだ。「ネバダの核実験も極秘でした。その結果、みんながガンになった」

「できるだけ早く連絡をちょうだいね、ミスター・サン」イヴは言った。「私にとってはとても大切なことなの」

「ええ、終わったら連絡しますよ」

「どう思う？　彼にやれそうかな」ジョーは車に戻るなりイヴに尋ねた。

「たぶん。腕はよさそうだった」イヴはシートの背もたれに体を預けた。「それに、難題に挑戦するのが好きそう。ただ、チャーリーはさんざんな目に遭わされるでしょうね。サンは政府の人間を嫌っているらしいから」

「サラと気が合いそうだな。さてと、これからどうする？」

「帰りましょう。あの家で待つの」

「待つのは辛いな」

「ええ」このところ、ぼんやり座って待つ以外は何もしていないような気がする。「だけど、少なくともスパイロは、長く待たずにすませるチャンスを私たちにくれたわ」

「僕らと接触してることが公になれば、自分の首が飛びかねない。さっさと片をつけようと焦ってるんだろう」

「私も早く終わらせたいわ、ジョー」イヴは目を閉じ、肩の力を抜こうとした。「早く終わらせたい」

ブルーマウンテン・ドライブの大学教授の研究室には、午前三時前になってもまだ明かりが煌々《こうこう》とともっていた。

あの写真の補正にそこまで熱心に取り組んでくれる人間が見つかって、イヴはさぞ満足しているに違いない——ドンはそう考えた。熱意は破滅をもたらしかねない。

しかし、それは同時に刺激ももたらした。イヴが一つ手を打ったたび、危険も増す。

とうの昔にあの写真を処分しておくべきだった。だがそのまま町を離れ、あとで悩まされることになるとは夢にも思わずにいた。しかしいま、あの研究室のなかで行われていることは、実に悩ましい問題だった。

時の流れはすべてを変えた。テクノロジー、倫理、善、悪。彼の求めるものがこうまで変化すると誰に予想できただろう。優先すべき事項は一変した。さもなければ、研究室の外にこうして座っていることもなかったろう。

あそこで何が行われているのだろう。映像は像を結ぼうとしているだろうか。全身の筋肉が興奮に震えた。その調子だ、イヴ。もっとこっちへ来い。私を見つけてみろ……


「コーヒーのお代わりは？」チャーリーが尋ねた。

ビリー・サンは数値を調整した。「いまは結構」

「食事もとっていないじゃないか。そのへんでファストフードでも買ってこようか」

「いらない」もうすぐだ。贅沢《ぜいたく》な機材を揃えたロサンゼルスの野郎ども、糞くらえ。彼のほうがどう考えたって優秀だ。あといくつか調整を施せば、ひょっとすると——

「できそうか？」

「もちろん」サンは目をこすり、画面にかがみこむようにしてふたたび画像を見つめた。

「できるかどうか自信はなかったけど、この分なら——」彼はぎくりとした。「え、嘘だろ」

「できたんだな？」

「ちょっと黙って。シフトを確認してみる」サンは画像を拡大した。

境い目が鮮明になった。なおも少しずつ明瞭になっていく。

間違いない。

イヴの寝室のナイトスタンドの上で電話が鳴りだした。

「もうじきそっちに行きます」チャーリーからだった。

「え？」

「サンが会いたいと言ってまして。やけに興奮してます」

イヴはベッドの上で体を起こした。「できたのね？」

「まだです。でも、もうすぐらしいですよ。シフトがどうの、スペクトルがどうのとぶつぶつ言ってましたが、写真をそちらに持っていくそうです。処理が完了するまでは僕には見せたくないそうですがね、完成したら意地でも奪い取りますよ」

「どうして見せたくないのかしら」

「さあ、知りませんよ」チャーリーは苦々しげに言った。「僕が〝ビッグ・ブラザー〟の右腕だとでも思ってるんでしょう。どこかへ電話をかけてましたが、そのあと、すぐにでもあなたに会いたいと言い出したんです。あなたと彼の問題だと考えている様子ですよ。しかし、これはFBIの事件だし、いつまでも勝手なことは――あ、ちょっと、どこに行くんだ？」チャーリーはすぐに電話口に戻ってきた。「すみません、切ります。完成したらしい。突然、玄関から飛び出していって。三十分くらいでそちらに着くと思います」電話は切れた。

「できたのか？」ジョーが訊いた。

「チャーリーはそう言ってたわ。でも、サンは私と直接話したいらしいの」イヴは受話器を戻し、ベッドから下りた。「三十分後に写真を持ってくるそうよ。着替えをしなくちゃ」

ジョーもベッドの上で起き上がった。「どうしてきみと直接話したいんだろう？」

「言ったでしょ。サンは政府を嫌ってるのよ」

「夜中に人を叩き起こすほど？」

イヴはバスルームに向かった。「あの写真さえ持ってきてくれるなら、サンがここへ来て私たちと一緒にベッドに潜りこんだって私はかまわないわ」

「異議あり」ジョーが言った。「僕としては、一階で彼を待ちたいね」

「どうしたのかしら」イヴはまた腕時計を確かめた。「もう四十分たつわ」

「何か忘れ物でもして研究所に戻ったんだろう」

「それだったらチャーリーから電話があるんじゃない?」

「車の故障とか?」

「慰めてくれなくてもいいわ。チャーリーの携帯電話の番号は知ってるんでしょ?」

ジョーはうなずき、自分の電話を取ってダイヤルした。「出ないな」そう言って電話を切る。「探しに行ってくるよ」

「私も行くわ」

「きみはここにいろ。僕の当てずっぽうの慰めのどれかが当たっていたら、僕と入れ違いに来るかもしれないだろう。もし来たら電話をくれ。急いで戻ってくるから」

たしかにそうだ。イヴはここで待ったほうがいい。ああ、こうしてただ待っているのがどれだけ辛いことか。

四十五分後、イヴの電話が鳴った。

「事故があった」ジョーからだった。「車が一台、道を外れて谷底へ落ちた」

電話を握るイヴの手に思わず力がこもった。「チャーリーたちの車なの？」

「わからない」ジョーはためらってから続けた。「車は大破してる。百フィート以上転がり落ちたんだ」

イヴは目を閉じた。「嘘だと言って」

「救急隊とレスキュー隊が谷に下りて、生存者がいるか確認しようとしているところだ。手間取りそうだな。かなりの絶壁だから」

「そんな距離を転がり落ちて、生きてる人がいるかしら」

「わからないぞ。車はまだ爆発していない。もう切るよ。あとでまたかけるよ。僕もレスキュー隊と一緒に下りてみる」

――車はまだ爆発していない
恐怖で胸が引き裂かれそうになる。「専門家に任せたほうがいいわ、ジョー。あなたは行かないで」

「チャーリー・キャザーはいい奴だからね」電話は切れた。

彼女だってチャーリーに好感を抱いている。しかし、ジョーが大破した車に近づくと考えただけで、背筋が寒くなった。

ジョーの電話にかけ直す。

出ない。すでに斜面を下りはじめているのだろう。

イヴは玄関に走った。

救急車や消防車、半ダースほどの警察車両が点々と停まり、回転灯の光がハイウェイの路面を赤く染めていた。水銀灯のスポットライトが谷底を照らしている。右側車線には黄色いテープが張られ、通行止めになっていた。

ジョー。

イヴは路肩に車を寄せて停めると、ドアから飛び出した。野次馬をかき分けて前に出たものの、何一つ見えない。

「イヴ」スパイロが歩み寄ってきた。見張りの警察官にうなずく。「その人は大丈夫だ。通してやってくれ」

イヴは黄色いテープをくぐり、崖の縁に駆け寄った。

スパイロがあとを追ってきた。「こんなところに来ちゃいけないよ、イヴ。何を考えてる？ ハイウェイパトロールの警官だらけだぞ、誰かが――」

「気づかれたってかまわないわ。レスキュー隊はどこ？」

スパイロは谷底で動く光の列を指さした。「そろそろ車にたどり着くころだ」

車？ ひしゃげた金属の塊にしか見えない。「ジョーも下りたのよ」

「知ってる。彼から連絡があった。しかし私が着いたときには、もう崖を下りはじめたあとだった」

「事故の詳細はわかったの？」

スパイロは首を振った。「目撃者はいない。ほかの車にぶつけられたのか、ブレーキの故障か、まだ何もわかっていないんだ。そもそも、あれがチャーリーのレンタカーかどうかさえ確認が取れていない。ナンバーがわかりしだい、レスキュー隊が無線で知らせてくるはずだ」

「でもチャーリーの車だと思ってるのね？」

「きみは違うと思うのか？」

「いいえ」光の群れが車に近づこうとしている。「あとどのくらいかかるかしら」

「下がどういう状況かにもよるな」スパイロは少しためらってから続けた。「だが、きみにはあらかじめ教えておこう。レスキュー隊は、すでにガソリンの匂いが漂っていると報告してきている。いまごろはもう、気化したガソリンが車の周囲に広がっているかもしれない。火花一つ散れば、大惨事になる」

イヴは凍りついた。「じゃ、早く離れるように言って」

「生存者がいれば救出しなくてはならない」

「爆発に巻きこまれたらどうするの。爆発事故の犠牲者を見たことがあるけど――」

「わかってる」スパイロが静かに言った。「誰だって二次災害は起こしたくない。隊長が危険だと判断すれば、救出作業はただちに中止される」

「ジョーが耳を貸すはずがないわ。彼が他人の命令に従うわけがないもの。なんとしてもあの二人を車から救い出そうとするわ」ああ、いますぐあそこに下りられれば、何かできるのに。

「心配はいらないよ、イヴ。レスキュー隊は、負傷者を出すような判断ミスは犯さない。バッテリーを外し、次に車を安定させる。火花が散らないハーストという工具を使ってドアをこじ開け、なかに入る」

光の群れが動き、大破した車のなかや周囲を照らし出す。

十分が過ぎた。

十五分。

「どうして戻ってこないの？　どうなってるかわからないの？」イヴはスパイロを問い詰めた。

「訊いてみよう」スパイロはレスキュー隊の指揮班のほうに足早に行き、数分後に戻ってきた。「一人を救出した。まだ確認はできていないが、もう一人はすでに死亡したらしい。レスキュー隊長はすでに撤退を決めた」

「なぜ？」

スパイロは口ごもった。「車の前部が潰れている。バッテリーのケーブルを外そうにも手が入らないんだよ。イグニションはオフにしたが、何がきっかけで車が爆発するかわからない。触媒コンバーター、電気系統……」

「全員上がってくるのね？」

「自分で見てごらん」

谷底の光の群れが車の残骸から急速に離れ、崖を登りはじめている。

安全な場所に避難しようとしているあの人々のなかに、ジョーも含まれていますように。

イヴは大破した車にふたたび目を向けた。

ねじれ、もつれた金属のあいだに光が一つ輝いている。

「ジョー」

いやな予感が当たった。馬鹿。どうして？

「信じられない。あいつはどうかしてる」スパイロがつぶやく。

ジョー。そこを離れて。お願い。

一分が過ぎ、二分が過ぎた。

そこにいてはだめ。そこにいてはだめよ。離れて。

次の瞬間、爆発が起き、残骸は火の玉に姿を変えた。

イヴは悲鳴をあげた。

ジョー。

崖のへりに駆け寄る。

スパイロが彼女の腕をつかんだ。

イヴは拳を固めて彼を殴ろうとした。「離して」

「きみが行ったってどうしようもない。無事だという可能性もまだある」

無事？　爆発が起きたとき、あの光はまだ車のなかに見えた。「あそこに下りるわ」

「だめだ」スパイロが彼女の腕をぐいと引く。「もうこれ以上の犠牲者は出したくない。きみがあの崖を転がり落ちるところなど見たくはないんだ」

イヴは膝でスパイロの股間を蹴《け》り上げた。スパイロの手から力が抜ける。イヴは走った。

しかし二人のハイウェイパトロール隊員が彼女の腕をつかみ、地面に押し倒した。

イヴは必死に体をよじり、蹴り、両腕をめちゃくちゃに振りまわした。

ジョー!

暗闇。

「信じられない。彼女を殴る必要がどこにあった?」

「私が殴ったのではないよ」スパイロの声。「フェニックス市警の誰かだ。崖を転がり落ちて死のうとするのを制止するために殴ったんだよ。ひどい怪我はしていない。気を失っただけさ」

「あんたなら彼らを止められたのに」

ジョー。ジョーの声だ。イヴはぱっと目を開けた。すぐそばでジョーが屈みこんでいる。ジョーの顔。油にまみれ、頬骨のあたりに切り傷を一つつけて——だが、生きている。よかった、生きている。

「気分はどうだ?」ジョーは額に皺を寄せた。「痛かったろう?」

生きてる。

イヴは首を振った。

「嘘つきめ。痛くないなら、なぜ泣いていた?」

自分が泣いていたことには気づかずにいた。「どうしてかしら」体を起こし、頬の涙を拭う。「大丈夫よ」

「どこが大丈夫なんだ? 横になってろ」

「うるさいわね、ジョー」イヴの声が震えた。「大丈夫と言ってるでしょう。あなたには威張る資格なんかないわ。ほんと、馬鹿よ。死んだと思ったじゃないの。爆発寸前まで、明かりが車内に見えていた」

「あの車から急いで出るのに、懐中電灯を捨てるしかなかったんだよ」

体の震えを止めなくちゃ。彼は生きてるのだから。「そもそもあんなところにいちゃいけなかったのよ」

「わかってる」ジョーはうんざりしたように言った。「レスキュー隊長はかんかんだ。でも、確かめずには帰れなかったんだ」ジョーはスパイロをちらりと見た。「残念だ。車のなかにいたほうがチャーリーだった。死んでるだろうと思ったが、確かめずにいられなかった」

「やはり死んでいた？」

ジョーはうなずいた。

スパイロが顔をしかめた。

「車から引っ張り出したとき、ビリー・サンはまだ生きていたが、上まで運ぶ途中で息を引き取った」

死んでしまった。二人とも。正義感の強いチャーリー・キャザー。世間をあっと驚かせてやろうと夢を見ていたビリー・サン。ジョーも危うく死ぬところだった。ジョー……

「イヴ？」ジョーが心配そうに彼女を見つめている。

「聞いてるわ。死んでしまったのね。二人とも死んでしまったのね」イヴは両腕で胸を抱くようにしたが、体の震えは止まらなかった。「聞いてたわ」

「寒いんだな」ジョーがイヴを抱き寄せようとした。

「触らないで。大丈夫だったら」イヴは叫ぶように言った。いけない、落ち着かなくては。「私はあそこに行けなかった。なのにあんな馬鹿なこと――」

「おいで」ジョーはイヴの手を取って立ち上がらせた。「帰ろう」

イヴは彼の手を振り払い、自分で立ち上がった。

「そうだ、彼女を連れて帰れ」スパイロがジョーに言った。「警察はいまは事故のほうに気を取られてるが、彼女はいまも指名手配犯だ」スパイロは眉間に皺を寄せた。「電話をしなくてはな。辛い仕事だ」

チャーリーの奥さんに電話をするのね――イヴはぼんやりと思った。チャーリーは命を落とした。ジョーももう少しで命を落とすところだった。ああ、そう考えると吐いてしまいそうだ。「お腹に赤ちゃんがいるのよ。誰か直接行ってあげられないかしら」

「支局から誰かを行かせよう。しかし、まず汚れ仕事を引き受けるべきは私だ」

「電話がすんだら例の家に来てくれないか。相談がある」ジョーはそう言ってジャケットの前を開いた。

ジーンズの腹のところに、中判の封筒が差しこまれていた。

「あの写真か？」スパイロが訊く。

「なかを確かめる暇はなかったが、チャーリーの足もとに落ちていたものだ。ドライブシャフトの下に挟まっていて、逃げなくてはと焦ってむしり取ったものだから、破れてしまったよ」

スパイロが手を差し出した。「渡してもらおう」

ジョーは首を振った。「僕らが見たあとに渡す。ただし、いまここで開けてみるつもりはないよ。イヴを連れて帰るほうが優先だからね。いまにも倒れそうだ」

「私なら平気よ。殺人鬼の顔を見せてくれないなら、わからないけど」イヴは手の震えを気づかれないようにしながら封筒を受け取った。写真を抜き出した瞬間、失望のあまり全身の力が抜けそうになった。「なんてこと」

写真の三分の一がちぎれてなくなっていた。階段を下りてくるケヴィン・ボールドリッジが映っているはずの三分の一が。

二人の命が奪われた。それも空しく。

スパイロが悪態をついた。「どうして肝心の部分だけがちぎれるんだ?」

「マーフィーの法則だな」ジョーが言った。「これはただのプリントだよ、イヴ。何か手はあるだろう?」

イヴは考えた。「そうね。サンがコピーを作っているかもしれない。コンピューターに画像を保存してある可能性もあるわね」

ジョーがスパイロを見た。「ブルーマウンテン・ドライブの研究所に入れるよう、手配してくれないか」

スパイロはうなずいた。「二時間後に現地で会おう」

「さあ」ジョーはイヴの腰に腕を回した。「帰ろう」

「支えていただかなくて結構よ」イヴは彼の手を払いのけ、車に向かって歩きだした。一方の足を前に出し、もう一方をその前に出すだけのこと。彼の顔を見てはだめ。しっかりしないと、ばらばらに崩れ落ちてしまいそう。「じゃあ、また家に戻ってからね」

「きみと一緒に行くと言ってるだろう。いいか、きみはついさっき頭を殴られたんだぞ」

「車くらい運転でき――」

「運転なんかさせられない」

「あなたの車はどうするの？　ここに置いていくつもり？」

「車のことなんか気にするな」彼はドアを開けて彼女を車に乗せようとした。

「私なら――」

「一人で帰れる、だろう？」ジョーがすかさずあとを引き取る。「いくら意地を張っても運転はさせないからな。ほら、乗れって」


居間に入るなり、ジョーは振り返ってイヴの顔を見つめた。「いったい何がどうしたっていうんだ？」

「別になんでもないわ」いまにも爆発しそうだということ以外には。大声でわめき、彼の胸を叩いてやりたかった。馬鹿。馬鹿。馬鹿。

「なんでもないわけないだろう。マラリアにかかったみたいに震えてるじゃないか」

「平気よ」もう我慢できなかった。「顔を洗ってきたら」イヴはきつい口調で言った。「全身が油まみれよ。手にも――」

「見苦しいなら謝るよ」

「ええ、見苦しいわ」大破した車のなかにぽつんと残った光。次の瞬間、世界が爆発した。

「見ていられない」

「だからってそんなに嚙みつかなくてもいいだろう」

「いいえ、嚙みつきたい気分なの」イヴは肩をこわばらせ、彼に背を向けた。「早く行って」

「こっちを向けよ。顔を見せてくれ」

イヴは動かなかった。「顔を洗ってきなさいよ。あの研究所に行って、新しいプリントを手に入れられるか確かめなくちゃいけないいんだから」

「その状態ではどこにも行かせられない」

「なんともないと言ってるでしょう」

「じゃ、こっちを向けよ」

「あなたの顔なんか見たくない。あの写真を見に行きたいの。大事なことなのよ」

「そのくらい僕にもわかる。だが、何か変だぞ。僕にとっては写真なんかよりよほど大事なことだって気がする」

部屋が傾き、足もとで爆発しようとしているような気がした。

あの車と同じように。

しっかりしなきゃ。泣いてはだめ。いまなんの話をしていたのだったろう。そうだ、写真だ。「いちばん大事なのは写真に決まってるわ。あの写真のために二人が命を奪われたのよ」

「僕だって心から残念に思っている。だが、僕を責めてもしかたがない」ジョーは強引にイヴを振り向かせた。「なんとかして助けようと——」

「知ってるわ。車のなかに潜りこんで——向こう見ずで、愚かで——」堰《せき》を切ったように涙がまたしてもあふれ出し、頬を伝い落ちる。「チャーリーはもう死んでたのに」

「まだわからなかった」

「あなたも死んでたかもしれない」

「こうして生きてる」

「危ないところだったわ」

「頼むから泣くのをやめてくれないか」

「いやよ」

「では、きみはまるで筋の通らないことを言っていると指摘してもよろしいでしょうか」

「うるさいわね」イヴは窓際に立ち、暗闇を見つめた。

「イヴ」

背中に彼の視線を感じる。「放っておいて」

「何をそう怒ってるのか、教えてくれてもいいだろう?」

イヴは答えなかった。

「言えよ」

イヴは勢いよく振り返り、ジョーをにらみつけた。「死んだりしたら、ただの嘘つきだからよ。あと五十年はしぶとく生きるんじゃなかったの? 私は心配しなくてもいいんじゃなかったの?」

ジョーはその場に凍りついた。「くそ、そういうことか」

「今夜、あなたは危うく死にかけた」言葉が次から次へと飛び出していってしまう。「あなたにはそんな権利はないのに。あなたは私の人生をひっくり返した。頼まれもしないのに乗りこんできて、私が絶対に抱きたくなかった感情をかきたてた。あと五十年は死なないなんて言っておいて、どう？ 自分からあんな――触らないで」イヴは彼から後ずさった。「今夜、チャーリー・キャザーとビリー・サンが死んだ。だけど私にはあの二人の死を悼むゆとりもなかった。写真だってどうでもよかった。ドンのこともね。そう気づいて、私がどう感じたと思うの？」

「僕がどう感じているかならわかる」

「誇らしく思ってるとでも？ あなたは私に嘘をついた。嘘をついたのよ――」

ジョーが彼女を抱き寄せた。彼女の額を自分の肩に押し当てる。「もう怖がらなくていい。終わったんだ」

「終わってなんかいない。これからだって続くのよ。あなたは絶対に変わらないから。向こう見ずで愚かなことを何度だってするのよ。あなたは自惚《うぬぼ》れの塊で、自分は不死だと信じてるから――」全身が激しく震えた。「とても耐えられないわ」

「僕だって同じさ。こんなきみを見てるのは耐えられない」

「あんなことするなんて。あんなことをするなんて」

ジョーはイヴを抱き上げ、ソファに運んだ。「いいから。きみがそうやって震えるのをやめてくれるなら、どんなことでもする」ジョーは彼女を膝に抱いてそっと揺すった。「あらゆる覚悟ができているつもりでいたが、思い違いだった。こんなことになるとは思わなかった。きみはいつだってボニーを最優先すると思っていたんだ。まさか――」

「あなたの目には自分の鼻より先が見えてないからよ」

ジョーはしばらく黙っていた。「つまり、きみは僕を愛していると告白してるのかな」

「何も告白なんかしてないわよ、勘違いしないで」

「その乱暴な言い方のせいで真意は測りかねるが、きみは僕を愛してると言いたいんだと思う。急に……元気が出てきたな」

「私まで一緒にしないでくれる？」

「わかってる。きみは怖いんだ」ジョーはイヴをそっと揺すった。「きみが安心してくれるなら、永遠に死なないと誓うよ」

永遠に生きられる人間などいない。耳もとに響く彼の鼓動は力強く、規則正しく、だがその心臓は今夜、止まっていたかもしれないのだ。イヴは彼の肩にしがみついた。「馬鹿」

「何も言うな」

「きっとあなたはまた同じことをする。決まってるわ。刑事なんだもの」

ジョーは無言だった。

イヴも何も言わなかった。時間が過ぎていき、イヴは彼の心臓の音にじっと聞き入った。

恋人。親友。人生の核。

体の震えは少しずつおさまった。

こめかみに彼の唇が押し当てられた。「いつかきっと、僕を愛していると言ってくれるね？」

「いいえ、きっと言わないわ」イヴは彼を抱きしめた。「あなたに言うなんてもったいないもの」

「たしかに」ふたたび沈黙が流れた。「これからは無意味な危険は冒さないよ、イヴ。こんなに強く生きたいと思うのは初めてだ。それならいいだろう?」

「いいとか悪いとかの問題ではないんでしょう?　受け入れるしかないのよ。それが生きるってことだわ」

「そう、それが生きるってことだよ。お帰り、イヴ」ジョーは額に落ちた彼女の髪を優しく払いのけた。「ひどい顔だ。きみにも油をつけてしまったな」

「洗えば落ちるわ」しかし、今夜起きた変化を消し去ることはできない。心にまとっていた鎧《よろい》はすべて引きはがされ、イヴはジョーに対する自分の真の気持ちと正面から向き合うことになった。そしてその気持ちは、彼女を押し潰しかねないほど強いものだった。イヴはジョーの腕をほどき、ゆっくりと立ち上がった。「そろそろダンケイル教授の研究室に行かなくちゃ。私は一階の化粧室を使うわ。あなたは二階に行って着替えて。その格好じゃみっともなくてどこにも行かれない」

「すぐに着替えるよ」

　彼が自分から見えないところに行ってしまうことに不安を覚えながらも、イヴはジョーの後ろ姿を見送った。しっかりしなきゃ。人生には、ジョー・クインのほかにも心配しなければならないことが山ほどある。今夜、二人が命を落とした。おそらくはドンに殺されて。彼はいよいよ迫ってきている。

だが、それは彼女のほうも同じだ。

まだ負けないわよ、ドン。あなたの顔を暴く方法をかならず見つけてみせる。

17

イヴとジョーがブルーマウンテン・ドライブの研究所の向かいに車を停めて待っていると、スパイロがやってきた。

「ダンケイル教授が待っているはずだ。サンの訃報を聞いて動揺している」スパイロはイヴの顔色を確かめた。「少し元気が出たようだな」

「ええ、大丈夫よ。ミセス・キャザーには連絡した？」

「ああ」スパイロは唇を結んだ。「長い時間、話をしたよ。取り乱している。彼女もまだほんの子どもみたいなものだから」

「あなたはチャーリーとは親しかったんでしょう」

「もっと親しくつきあっておけばよかったよ。ただ、あいつを鍛えてやらなくてはと思ったものだから」スパイロは首を振った。「ドンの追跡が、いよいよ私的な復讐の様相を呈してきた」

イヴは通りを渡りはじめた。「お仲間として歓迎するわ」

ジョーが研究所の呼び鈴を鳴らし、イヴは息詰まるような緊張を覚えた。

お願い。あの二人の若者の死が無意味ではありませんように。これだけは、ドンの狙いどおりにはなりませんように。

ケヴィン・ボールドリッジの輪郭はまだぼやけていた。コンピューターの画面に亡霊のようにぼんやりと映し出された彼は、まるで光の海を漂う死体のようだった。

しかし、顔を見分けるにはそれで充分だった。

イヴは息が止まるほどの衝撃を覚えた。

「イヴ?」

「ねえ、私の目がどうかしてるんだと言って、ジョー」

ジョーは画面を見つめ、低い声で悪態をついた。

スパイロが息を呑む気配。「グルナードだ」

幼く、痩せてはいたが、少し気取った、人を魅了する笑顔は同じだった。

イヴは椅子の背にもたれた。めまいがした。「嘘よ」

「年齢は合致する。最初からきみの近くにいた」スパイロがゆっくりとつぶやいた。

そう、いつもすぐ近くにいた。「あの児童保護施設の警備員も……」イヴは身を震わせた。

「遭遇したら、適当に気を引いてとは言ったけど」

ジョーがスパイロのほうを向いた。「奴は安全圏にいると信じているはずだ。このことを知られる前に捕まえろ」

「もう知られているかもしれない」スパイロは携帯電話を取り出し、ダイヤルした。「この数日で、市警に何人も知り合いができたようだからね」

イヴはジョーの別荘でスパイロに聞かされた、連続殺人者のプロファイルを思い返していた。

――警察の捜査手順を熟知し、おそらくは警察官と交流がある

ジョーの話では、グルナードはアトランタ市警の刑事たちの行きつけのバーに出入りしていた。

それにレポーターなら、頻繁に旅行しても不審に思われない。コネや情報源には事欠かず、一般人が知ることのできない情報を手に入れることができる。

ジェーンを連れ出すために保護施設に行くのを午後十一時まで遅らせたのもグルナードだ。警備員を殺し、マイクが寝泊まりしていた路地に行く時間は充分あったろう。何年も前、刑務所のフレイザーに接触することも容易にできたはずだ。

「グルナードのホテルにかけたが誰も出ない」スパイロはまた別の番号をダイヤルした。「誰かホテルに向かわせよう」

グルナード。ドン。

昨夜、ラボに残ろうとした。サンに自分の電話番号を教えた。

スパイロが電話を終え、出口に向かった。「さっそくグルナードの経歴を調べてみる。参考になるか、怪しいものだがね。何度名前を変えたかわかりゃしない。きみたちはあの家に戻って、一歩も外に出るな」

グルナード。

家に戻る車のなかでも、グルナードとドンが同一人物だという事実がイヴの頭を離れなか

った。信じがたい話だが、辻褄《つじつま》は完璧《かんぺき》に合っている。彼はずっとすぐそばにいたのに、彼女は一抹の疑念も抱かなかった。それどころか、彼に逐一情報を伝えずにいたことを申しわけないとさえ思った。しかも彼は、フェニックスに現れた日、ジェーンと一緒にいるところをドンに見せないほうがいいと警告までした。

イヴは腹を蹴られたような衝撃を覚えた。「ジェーンが」

ジェーンをおいてきてしまった。

「あとどのくらい――」

「まずいな」ジョーがアクセルペダルを踏みこむ。「心配するな。あと一ブロックで着く」

車は門を破るようにして敷地に入った。イヴは車から飛び降りて家に駆けこんだ。

「イヴ」ジョーがすぐ後ろを走ってくる。

ジェーンはきっと安全だ。ボディガードが二人いて彼女を守っている。サラもモンティもいる。

しかし、ドンはジョーの湖畔の別荘の玄関まで近づいた。

イヴは一段おきに階段を駆け上がった。

ジェーンの部屋のドアを勢いよく開ける。

シーツは乱れ、掛け布団もはぐられている。

ジェーンの姿はない。

「サラの部屋を確かめよう」背後からジョーの声が聞こえた。

二人が寝室に飛びこんでいくと、サラが寝ぼけまなこで起き上がった。「なにごとなの?」

「ジェーン。ジェーンが――」イヴはほっとしてベッドに腰を下ろした。「よかった」

ジェーンはベッド脇の床に敷かれた毛布の上で、モンティに寄り添うように体を丸めていた。

「二、三時間前に来たのよ」サラが言った。「モンティが出てくるいやな夢を見たとかで、ここで一緒に寝たいと言って。かまわないでしょ？」

イヴはうなずいた。心臓を落ち着かせようとする。「かまわないわ。ちょっと心配だっただけ。起こしてしまってごめんなさいね」

「いいのよ」

イヴとジョーは廊下に出た。「ほんと、怖かった」

「僕もだ」ジョーは彼女に腕を回した。「さてと、コーヒーでも淹れよう。気付けにカフェインが欲しい」


一時間ほどのち、サラがキッチンに下りてきた。「ね、何があったの？」あくびをしながらそう尋ねる。「また眠ろうとしたけど、何があったんだろうと考えはじめたら目が冴えちゃって」

「起こすつもりはなかったんだが」ジョーはサラの分のコーヒーをカップに注いだ。

「それでもジェーンとモンティは起こさずにすんだわ。あの二人は寝てる」サラはコーヒーをひと口飲んだ。「赤ん坊のように無邪気に眠ってるわよ。うらやましいことだわ。さてと、どうしてあんなにジェーンを心配したか聞かせてちょうだい」

イヴとジョーが顚末《てんまつ》を話し終えるころにはサラの二杯目のコーヒーも空になっていた。サラが背もたれに背中を預ける。「じゃ、もうすぐ片がつくのね」

「彼が死ぬか、刑務所に送られるまでは終わらないわ」イヴは言った。

「だけど、顔と名前がわかったわけでしょう。FBIの手でも捕まえられなかったら、テレビの『凶悪犯罪捜査ファイル』か何かで取り上げてもらえばいいわ。だいたいの犯罪者はあれで捕まるじゃない」

「ずいぶん簡単そうに言うな」ジョーがそっけなく言う。

「根が単純だから」サラは微笑んだ。「犬と暮らしてるせいね。世の中のものはすべて黒か白だし、ゴールまでは最短距離を一直線。だからあなたみたいに刑事にならず、レスキューで働いているのかも。私にはとても――」

電話が鳴った。イヴは壁の子機を取った。

「そこを出ろ」スパイロからだった。「ジョーに言って、きみとジェーンはいますぐそこを出るんだ」

「どうして？　ドンがここへ向かってるの？」

「いや、ドンは姿をくらました。だが、フェニックス市警がまもなくその家に現れる」

「なぜ？　事故現場で顔を見られたせい？」

「きみの居場所をたれこむ匿名の電話があった。誰がかけたと思う？」

「グルナードね」

「おそらくな。きみを要塞から燻《あぶ》り出そうというんだろう」

「しかも成功した」イヴはしばし考えた。「だけど、私が留置場に入れられれば、さすがの彼も――」

「ジェーンは留置場には入らない。アトランタの児童施設に直行だ」

ジェーンが児童施設に戻れば、ゲームは振り出しだ。「あとどのくらい時間がありそう？」

「ないに等しい。早くそこを出ろ」

イヴは電話を置いた。「フェニックス市警がここに向かってるそうよ。ジェーンと私に関するたれこみがあったとか」イヴはサラのほうを向いた。「モンティを連れて早くここを出て。ローガンに電話して、事情を伝えて」

サラはドアに向かった。「ええ、わかった」

イヴはうなずいた。「私はジェーンを連れてくるわ。いくらかでも荷物をスーツケースに詰めておいて、ジョー」


三人の逃避行は家の門であっけなく終わった。門が開いた瞬間、パトロールカーの回転灯がちょうど角を曲がって通りに現れた。

ジョーが小さな声で悪態をつく。

「降りて」イヴは有無を言わせぬ口調でジョーに言った。

「なんだって？」

「車を降りて茂みに隠れて。あの人たちが追ってるのはジェーンと私よ」

「きみを見捨てろと言うのか？」

「私は留置場行きよ。ジェーンを守れるのはあなた一人しかいない」

ジョーはまたしても悪態をついたが、車のドアから飛び出すと、私道脇の茂みに身を隠した。イヴは運転席に移り、門を抜けた。

警察車両がずらりと並んで行く手をふさぎ、目を射るようなヘッドライトの光をイヴに浴びせかけた。


「それにしても、また面倒な騒ぎに引きずりこまれたものだな」ローガンが言った。「その囚人服みたいなものはきみにまるで似合っていないし」

「こんなところに来ちゃだめよ」イヴは身を乗り出し、ガラスの仕切り越しに彼の顔を見つめた。「これは私の問題よ。あなたのではなく」

「いや、私の問題でもある。ところで、ここの待遇はどうだ?」

「ほかの重罪犯と特別変わらない扱いを受けてるわ。ただ、まだここに来て二十四時間しかたってないし、これからは違反チケット一枚もらわないように、赤信号で道を渡ったりしないように気をつけようとまではまだ思ってない。だけど、考える時間だけはいやというほどあるの」イヴは体の前で両手を組んだ。「グルナードが意図したのはそこだという気がする。たとえ留置場の内と外にいても、私の心を揺さぶれることを誇示したいのよ。私が無力感に苛《さいな》まれながら、ジェーンの身をひたすら案じるよう望んだのね。しかも成功した。昨夜はこのままおかしくなってしまうのではないかと思ったもの。サラから連絡がいったのね?」

ローガンはうなずいた。「たまには役に立て、保釈金を積んできみを救い出せとの命令を

「容疑は誘拐よ、ローガン。どんなにお金を積んでも保釈は認められないわ」

「やってみなければわからない。情状酌量を訴えるとか。バーバラ・アイズリーは意地の悪い人間ではないし、ふだんのきみは危険人物ではない」彼は少し間をおいて続けた。「ただし、クインの居場所くらいは白状したほうがいいだろうな。市警はきみとの関わりについてクインから事情を訊きたがっている」

「どこにいるか知らないもの」

「たとえ知っていても、きみは白状しないだろうがね」ローガンは立ち上がった。「そういうことなら、フェニックスかアトランタの判事のなかに、圧力をかけられそうな人物がいないかさっそく探しに出かけるとしよう」

「ローガン、ジェーンはいまどこに?」

「フェニックスの児童相談所に保護されている。迎えのケースワーカーが到着ししだい、アトランタに帰されることになっている。スパイロから、ジェーンには複数の警護をつけてあるときみに伝えてくれと頼まれたよ」

「その程度では安心できないわ」

「グルナードは逃亡したんだ」

「遠くには逃げないわ。ゲームの終わりはもうすぐそこに見えているんだもの。完全に姿をくらませば彼の負けよ。彼が負けを認めるわけがない」イヴは少し考えて続けた。「私に手出しができないなら、彼はジェーンを殺そうとするはず。彼にしてみれば理に適《かな》った行動よ。

狙いは私たち二人だけど、まずジェーンを殺すでしょう。そうすれば私を苦しめられるから」

「きみを苦しめられるという確信を向こうも抱いているかな」

「ええ、それははっきりしてるわ」イヴは苦笑した。「だって、二人一緒のところをドンに見られないほうがいいと忠告までしてくれたもの」

「それはまた親切に」ローガンはいぶかしむように目を細めてイヴを見つめた。「しばらくきみをここに閉じこめておきたい気もするな。少なくともここなら安全だ」

「ジェーンが狙われるだけよ」

「あの子には大勢のボディガードをつけておく」

「保護施設にいたときも大勢の人に囲まれていたわ。それでも、殺そうと思えばドンはあそこであの子を殺せた」イヴの声が絶望に震えた。「私をここから出せるものなら、出して、ローガン。彼はいつなんどき動き出すかわからない」

ローガンは首を振った。「そうは言うが――」

「お願い」

低い声で悪態をつくと、ローガンは唐突に立ち上がった。「できるだけのことはしてみる。今日というわけにはいかないかもしれない。あと二十四時間かかる可能性もある」

イヴが立ち上がると、独房に連れ戻そうと看守が前に進み出た。「急いで」

――あと二十四時間
長い廊下を歩いて独房に向かうあいだ、彼のその言葉がイヴの耳のなかに繰り返し響いた。

それ以上少しでも延びたらと思うと、イヴは生きた心地がしなかった。グルナードはいつ行動を起こすだろう？

いや、心配することはない。ジェーンにはジョーがついている。彼ならきっとあの子を守ってくれる。

だが、グルナードもジョーを見張っているだろう。ジョーがジェーンを守ろうとしていることを知っているはずだ。つまり、グルナードが先に狙うのはジョーということになる。

猛烈な後悔が彼女の全身を襲った。

——これからは無意味な危険は冒さないよ、イヴ。こんなに強く生きたいと思うのは初めてだ
それなのに、彼女はジョーを恐ろしい危険にさらしてしまった。ジョーを殺しのターゲットにしてしまった。

独房のドアが金属的な響きとともに閉まった瞬間、イヴは恐怖にうろたえた。ここから出ることができない。ここからでは何もできない。

落ち着こう。イヴは目を閉じ、深呼吸をした。ここで取り乱せば、グルナードの術中に陥ることになる。いまごろ彼はどこかにゆったりと座り、独房の彼女を思い描き、彼女の不安と焦りを想像してほくそ笑んでいることだろう。

望みのものを与えてなるものか。彼が欲しがっているのは恐慌だ。ならば冷静さを返してやろう。彼が欲しがっているのは歯止めのきかない怒りだ。ならば道理を返してやろう。

二十四時間。

その時間を味方につけて、グルナードのことを考えよう。この何週間かの出来事の一つ一つ、会話の一つ一つを点検してみよう。彼をしとめる足がかり、利用できそうな弱点を探すのだ。彼のことを、計測して粘土を貼りつけなければならない頭蓋骨の一つだと思えばいい。頭脳と才能と本能を最大限に使うのだ。

イヴは寝台に腰を下ろし、壁にもたれた。

私が愛する人たちには近づかないで、ドン。この独房で震え、悶える私を想像していて。その想像を愉しんでいて。

そうしていてくれたら、もしかしたら、もしかしたらだけれど、あなたの仕掛けたゲームに私が勝つ方法が見つかるかもしれない。

翌日の午後一時四十五分、イヴの保釈が認められた。留置場の外でローガンが彼女を迎えた。「いいニュースがある。きみに対する告発はすべて取り下げられるはずだ。スパイロが控えめながらアイズリーに圧力をかけてくれたらしい」しばしの間。「ただし、それまでのあいだ、きみはジェーンに近づけない。ジェーンから五十ブロック内に近づいてはならないというのが保釈の条件の一つだからね。それに違反すると、また留置場に逆戻りだ」

「そんなことだろうと思ってた。ジェーンは無事なのね？」

「ああ、心配ない。保護施設にはうちのボディガードを張り付けてある」ローガンはイヴの腕を取り、階段を下りはじめた。「アトランタのケースワーカーが今日のうちにジェーンを引き取りにくるそうだ」

「何時に？」

「夜になってからと聞いている」

「だとしたら、ここを発つのは明日の朝ね」

「いえ、落ち着いてなんかいないわ」イヴは車に乗りこんだ。「心底震え上がってる」

ローガンは驚いたように眉を吊り上げながら車のドアを開けた。「やけに落ち着いてるな」

「そうか。昨日とは様子が違って見えるが」ローガンは足早に運転席側に回った。

イヴは携帯電話を取り出し、ジョーの番号をダイヤルした。ああ、彼の声がなんと心地よく耳に響いたことか。

「釈放されたわ」

「よかった」

「きっと彼が動きだすわ。すぐにでも」

「きみが釈放されたんだ、当然動くだろう」

「また連絡する」イヴは電話を切った。

「クインか？」

イヴはうなずいた。

ローガンが苦笑した。「だが、どこにいるのかはまるで知らなかったわけだ」

「いまだって知らないわ。ジェーンの周囲に目を光らせてるってことは知ってるけど」

ローガンは話題を変えた。「さて、どこにお送りしましょうか」

「あの家に戻って。仕事があるの」

「仕事？」

「いくつか電話をかけて、そのあとはコンピューターで調べもの」

「殺し屋を雇ってグルナードを追わせるとか？」

「それも悪くないわね」イヴは首を振った。「でも、そんなことはしないわよ」

「私は手伝わせてもらえるのかな」

「ええ、ぜひお願いするわ」


イヴが玄関ロビーに入っていくと、サラ・パトリックが出迎えた。「お帰り」サラはローガンにちらりと目を向けた。「どうやら正しい行いをしたようね」

「それ以外のことをする勇気はなかったよ。モンティが怖いからね」ローガンはイヴのほうを向いた。「二、三時間のうちにお望みのものを届けるよ。いいね？」

イヴはうなずいた。「ありがとう、ローガン。恩に着るわ」

「友人同士で恩も何もないさ」ローガンは微笑んだ。「そのことを忘れるな」

「でも、感謝するくらいはいいでしょう？」

「答えは同じだよ」ローガンは玄関から消えた。

彼に借りがあることは確かだ。イヴはそう考えながら書斎に向かった。そのうえ、イヴに必要な情報を手に入れてくれれば、さらにもう一つ借りができることになる。

サラがイヴのあとを追ってきた。「そわそわしてるのね。何か手伝えない？」

「保護施設に電話して、ジェーンの様子を確かめてもらえるかしら」

サラはうなずいた。「一日に何度か問い合わせてたわ。面会に行ってみたけど、私もモンティも入れてもらえなかった」

「残念ね。モンティに会えれば、あの子も元気が出たでしょうに」

「そう思って行ったんだけど。ところで、昼食はもうすませた?」

イヴは首を振った。「だけどお腹は空いていないわ。仕事もあるし」

「あらそう?」サラはイヴの顔をまじまじと見た。「何か興奮してるみたい」

「ローガンにはやけに落ち着いてると言われたわ」

「表面はね。だけど、お腹のなかは瞬間湯沸かし器ってとこでしょ。なんなのか、私にも教えてくれない」

イヴは首を振った。「教えることはできないけど、彼を捕まえる方法を見つけたわ」


そういうことか。

イヴは椅子に座ったままコンピューターの前を離れ、震える手で両の目を覆った。

尻尾をつかんだわ、ドン。あなたを見つけたわよ。

携帯電話が鳴った。

「アトランタのケースワーカー、ジェームズ・パーキンソンとジェーンが、たったいま警官二名に警護されてパトロールカーに乗りこんだ。空港に向かうらしい」ジョーだった。「尾行してる」

「今夜のうちに発つなんて、意外だわ」

「たしかに意外だ。パーキンソンは児童保護施設に入っていったと思ったら、十五分ほどで出てきたよ。空港に着いたらまた連絡する」

イヴは考えをめぐらせた。イヴが釈放された以上、ケースワーカーが一刻も早くジェーンをフェニックスから連れ出そうとするのは理解できる。しかし、移動中のジェーンは保護施設にいるときよりも狙われやすい。

谷底でねじれた金属の塊。

あんなことはそうそう起きないはずだ。それにジョーが監視している。

だが、ドンのほうも監視している。

ジェームズ・パーキンソン。

イヴはジョーに電話をかけ直した。「パーキンソンが本物のケースワーカーだとどうしてわかる？」

「パーキンソンを乗せたという報告がパトロールカーから分署にあった。僕は自分の無線でそれを聞いた」

「パーキンソンの容貌は？」

「黒人、がっしりした体つき、丸顔。保護施設で身分証明書の提示を求められただろうし、パトロールカーの警察官も確かめたはずだ」

「身分証明書くらい手に入れるのは簡単だわ。それに、グルナードには計画を練る時間が充分あったのよ」だが、ジョーの話を聞いて少し安心したのも確かだった。「目を離さないでね、ジョー」

「ああ、わかってるよ」

「故郷に帰れるんだ、さぞわくわくしてるだろうね、お嬢さん」リヴェラ巡査が肩越しにジェーンに話しかけた。

ジェーンは答えなかった。

「うちにもきみと同年代の娘がいてね。ソフトボールのチームに入っている」

ジェーンはパーキンソンと二人の警察官を無視して窓の外に目をやった。パトロールカーに乗ってから、まだひとことも口を開かない。可哀想に、とリヴェラは考えた。それからパーキンソンに訊く。「あとのことは大丈夫なんでしょうね？」

パーキンソンはうなずき、微笑んだ。褐色の顔と対照的な白い歯がのぞく。「ええ、ご心配なく」

ジェーンが身をこわばらせ、パーキンソンの顔を見上げた。

「おや、お嬢ちゃん、怖がることはないんだよ」パーキンソンがジェーンの肩を軽く叩いた。

ジェーンは顔を引きつらせ、その手を振り払うようにしてシートの片側に体を寄せた。

「どうした？」リヴェラが訊いた。「ケン、車を停めろ」

「いや、停めなくていい」パーキンソンは静かに言った。

次の瞬間、彼はリヴェラの頭を撃ち抜いた。

くそ。

ステアリングを握るジョーの手に力がこもった。

何かおかしい。

パトロールカーはフェニックス市街を出たかと思うとまた戻り、同じ道を二度通ったりもしている。

どういうことだ？

パトロールカーは列車が近づいていることを告げる信号を無視して猛然と踏切を突っ切っていき、ジョーは踏切の手前に取り残された。

列車が通りすぎるのを待ちながら、ジョーは分署に無線連絡して応援を要請した。「誰でもいい。とにかく誰かよこしてくれ」

何度説明しても話が通じない。ジョーは目を閉じた。「わかった。あのパトロールカーを止める気がないなら、僕を追ってこいよ。こちらはジョー・クインだ」

貨物列車の車掌車が通りすぎるのを待って、ジョーはアクセルペダルを床まで踏みこんだ。

ふたたびパトロールカーを見つけたのは、十分後だった。

しかし、まもなく野球場近くで見失ってしまった。

いや、あれがそうだ。二ブロック先を左折した。

また見失った。

今度は五分かかって追いついた。

パトロールカーは人気《ひとけ》のない通りの歩道際に寄って停まっていた。

「彼女は預かったよ、イヴ」

ドン。

「嘘よ。あの子はいま空港に向かってる」

「ふん、そろそろクインから電話がかかってくるころだろう。ゲームの終わりは近いと、それだけきみに伝えておきたくてね。ここらでいただくものはいただいておかないと」

「信じないわ、そんな話」

「いや、きみは信じている。きみの声を聞けばわかる」

「ジェーンと話をさせて」

「だめだ。いまは話せる状態ではないからね。小さな天使は薬で眠らせた。ちょっとちくりと針を刺しただけさ。退屈で古臭い手だが、有効だ。なかなかうまい変装だったはずなのに、声でわかってしまったらしいからね。それに、かなりの距離を移動することになるから、その間おとなしくしていてもらいたかった」束の間の沈黙。「この子を殺す前に何をする予定か、知っておきたいかね、イヴ?」

「いいえ」イヴは目を閉じた。「その子に手を出さないで」

「いまはまだ何もしないさ。この状態ではちっとも面白くないからね。この子は何も感じない」

激しい怒りがイヴの胸を焦がした。

「おや、怒ったようだな、え? 電話越しにも感情の波が伝わってくるようだよ。実に刺激的ではあるが、そうやって私を甘やかしていてはいけないのではないかね?」

「あなたの狙いはその子ではないでしょう。私のはずよ」

「そのとおり。きみに先に死んでもらうよ。この子を何が待ち受けているか知りながら死んでもらう。この子を助けにくるんだな」

「どこに向かってるの？」

「きみも知っている場所だ。塵は塵に。塩は塩に。ふさわしい場所を選んだよ。私をもっとも満足させてくれた殺しが行われた場所だ。心配するな。連中とは違って、きみを切り刻んだりはしないから。きみには敬意を表さなくては」

「そこに行けばジェーンがいるのね」

「私だって愚か者ではない。きみは私を罠にかけようとするかもしれない」

「ジェーンが生きているとわかるまでは、テント跡には行かないわよ。あの子の声を聞かせてくれるまでは」

「聞かせるよ。明日の夜、九時に来い」電話は切れた。

どうしよう。

もう彼を捕らえたような気でいたのに、それでもなおこうしてドンに足もとをすくわれた。ジョーから電話がかかった。「あの子をさらわれた。パトロールカーの警察官は二人とも死んでたよ。ジェーンは消えた」

「知ってるわ。ドンから電話があった」

「くそ。僕がしくじったせいだ」

「あなたのせいじゃないわ」イヴはぼんやりと言った。「彼は変装していたのよ。ジェーン電話は切れた。

「ジョーが来れば、この不安もいくらか和らぐだろう。一人で立ち向かわなくてもいいのだ。いや、だめだ。ジョーが来れば、一対一で向き合わなくてはいけないと。ドンは罠にかかったイヴを捕らえ、ジェーンと彼女を二人とも殺すつもりでいる。もしジョーが近くにいれば、彼も無惨に殺されるに違いない。

だったら、ドンの計画をくじいてやればいい。ばねが弾け、罠がこちらの足に食らいつく前に、ハンターを捕らえてしまえばいい。

「サラ！　ちょっと来てくれない？」

サラが戸口に現れた。「何？」

イヴは人差し指を立てた。「ちょっと待って」スパイロの携帯電話の番号をダイヤルする。

スパイロは三度めの呼び出し音で応えた。

「ジェーンがドンにさらわれたわ。行き先はわかってるの。向こうで落ち合ってもらえないかしら」イヴは声の震えを懸命におさえようとした。「私をおとりに使いたかったんでしょ？　その時がきたわ。一緒に作戦を考えましょう」

18

翌日　午後八時四十五分

無数の蠟燭《ろうそく》。

どこを見ても蠟燭だ。

燭台に支えられた細い蠟燭の火が、風に揺らめく。ランタンもある。オイルランプもある。

イヴは丘のふもとに車を停め、テント跡を見上げた。

これは私を歓迎するためのものなの、ドン？　そこにいるの？

スパイロの番号をダイヤルする。「いまどこ？」

「ジェイミソンに向かう道路の待避所にいる。そこから二マイルの地点だ。これ以上近づけない。奴に見られる恐れがあるからね。そこの丘からは何マイルも先まで見晴らせる」

「そうだったわね。蠟燭の火はそこから見える？」

「見える。忘れるなよ、ドンがそこにいると確認できたら、すぐに無線で合図を送るんだ。われわれも急行する」

「ジェーンが生きて無事でいることがわかるまでは、そこを動かないで。向こうから連絡があるはずだから」

「安全とわかるまで、車のドアをロックしておけ。少なくとも車のなかなら安全だ。武器は持ってるだろうね」

「リボルバーを持ってるわ」

「クインに渡されたのか?」

「いいえ、彼にはこのことを知らせていないと言ったでしょう。サラが持っていたから、それを借りたの。上着のポケットに入れてあるわ」

「クインがいれば心強かったのに」

「そしてドンに彼を殺させるわけ? 彼をこれ以上巻きこみたくないの」

「きみのその人をかばいたがる癖が、こういう肝心なときに頭をもたげるとはな。いいか、いざとなったらためらわずに銃を使えよ」電話は切れた。

イヴは車に座ったまま、斜面の蠟燭を見つめた。

五分。

七分。

電話が鳴った。

「蠟燭は気に入ってもらえたかな?」ドンが尋ねた。

「ジェーンと話をさせて」

「いいだろう」

「イヴ、こいつの言うとおりにしてはだめ」電話越しにジェーンの大きな声が聞こえた。

「この卑怯《ひきよう》な――」

ドンが電話を奪い返したらしい。「これで納得してもらえたかな？　悪いがこれ以上は聞かせられない。目を覚まして以来、ジェーンには寛大に接してきたつもりだが、そろそろ堪忍袋の緒も切れかけている」

「ええ、納得したわ」

「では、私の客間へどうぞ。十分後に行く」

イヴは終話ボタンを押し、すぐにサラに電話した。「徒歩十分以内の範囲よ」

「相当な広さになるわ」

「あの子を見つけて。たとえ私が殺され、彼が逃げたとしても、あの子のところに行かせるわけにはいかない」

「とにかく最善を尽くすわ」

九分。

車のなかにいよう。あと少しだけ、安全な場所に。こうして座り、丘の斜面で瞬く明かりをながめていよう。

サラはポケット付きのベルトを着けた。モンティの体に緊張が走る。

「そうよ、モンティ。仕事の時間よ」モンティにジェーンのTシャツの匂いを嗅がせる。

「捜してちょうだい」サラは踏み分け道を急ぎ足で歩きだした。すでにこの一帯の様子を調べ、もっとも可能性の高そうな二カ所に的を絞っていた。

ジェーンは見晴らしのいい場所にはいないだろう。あの西の山のふもとに見える木立のなかかもしれない。

あるいは、東側の低木の茂みに覆われた浅い谷かもしれない。

いずれにしろ、早足で歩けば十分以内に丘に来られる。

どっちから捜す？

もう少し近づいてから決めることにしよう。

正解を選べるよう、神に祈るしかない。

モンティが足を速める。ほとんど走りだしている。

——子ども……

十分が過ぎた。

イヴはドアを開け、車から降り立った。ナイフのような冷気が骨まで染み通る。月はなく、いまにも雪が降りだしそうに寒々とした空模様だった。

丘を登りはじめる。

蠟燭。

炎。

そこにいるの、ドン？

頂上に着いた。

誰もいない。

蠟燭と炎と、荒れ果てた大地に揺らめく無数の影だけ。下から見た印象と違って、斜面はさほど明るくなかった。テント跡の片隅に、深い闇に沈む一角が見える。

炎の輪の中心へと歩を進める。

彼は見ているのだろうか。それとも、視線を感じたように思ったのは気のせい？

イヴは勢いよく振り返った。

人影はない。

そうだろうか。

あの影のなかに何かが……

イヴは躊躇《ちゅうちょ》した。やがて光の輪を離れ、闇に包まれた一角へと向かった。

「ドン？　来いと言ったのはあなたよ。早く来て私を殺したら？」

静寂。


決断の時だ。

サラは足を止め、息を整えた。

木立か、谷か。

モンティはすでに決断している。斜面を横切り、木立に突進していく。立ち止まり、匂いを確かめ、また走りだす。

ジェーンの匂いをとらえたのだ。

影のなかの物体は、立っている人間ではなかった。地面の上に、何か……

イヴはそれに近づいた。

まだなんなのかよくわからない。

さらに数歩、近づいてみる。

輪郭がおぼろに見えはじめた。

危うく踏みつけそうになる。

死体?

まさか。

ジェーン?

イヴは悲鳴を漏らした。

男の死体だった。手足を広げ、それぞれに杭を打ちこまれて。両目は見開かれている。その顔は、音のない苦悶の叫びをあげていた。

マーク・グルナードだ。

「父もそうやって磔《はりつけ》にした」

振り返ると、スパイロが立っていた。

彼はにやりと笑った。「ちょっとした歓迎の贈り物だよ。あの小娘をプレゼントするつもりだったが、あの子を救うチャンスがあると確信できないかぎり、きみは来ないだろうと思ってね」

「あなたが」イヴはかすれた声で訊いた。「ドン?」

「決まってるじゃないか」

——モンスターを見つめて日々を過ごす人間彼自身がモンスターだった。「だまされたわ。罠などないのね。いざとなったら私を救いに駆けつけるFBIの捜査官たちなんて、初めからいないのね」

「あいにくだな」スパイロがさらにイヴに近づき、影が彼を呑みこもうとする。「手をポケットに入れるんじゃないぞ。私はナイフを持っている。瞬時にきみに飛びかかることができる。だが、そう早く終わってしまってはつまらない。今回のゲームは実に楽しかった。勝利の味をゆっくりと嚙みしめたい」

「まだあなたの勝ちと決まったわけじゃないわ」

「きみのそういうところがたまらないね。きみは絶対にあきらめない。しかし、もう少し寛容になるべきだな。私はしごく利口に立ちまわった。勝利を手にする資格がある」

「ええ、たしかに利口だった。完璧にグルナードを犯人に仕立て上げた。あとになって私がグルナードと結びつけて考えるように、連続殺人犯の特徴まで話して聞かせた。それがそのままあなたにも当てはまることに、私はまるで気づかなかったわ。グルナードと同じく、あなたも警察の人間と交流がある。それだけじゃない、あなたはFBIのプロファイラーよ。どこへでも自由に移動できる。現場にいるのが好きなんだと言ってたわね。だから誰もが携帯電話でしかあなたに連絡せず、したがってあなたが特定の時間にどこにいたか、誰も知らない。実際にはアトランタにいても、いまタラディーガにいると言えばそれで通る」

「そう、携帯電話は私にとって何よりもありがたい発明品だと思っている。FBIに入局するのはなかなか骨が折れた。身元は徹底的に調査されるし、心理テストでは異常なしと判定されなければならない。出願までに二年もかけて準備した。私の過去を知っているはずの人々との面談調査が最大の難関だったな。駆け引きと贈賄、心理操作。きみも感心してくれるはずさ」

「いいえ、感心などしないわ」

「だが骨を折った甲斐はあった。物的証拠を隠し、手を加えるのに、これほど適した職業はない。どこでいつ私の犠牲者が発見されたか、つねに目を光らせ、記録を抹消するだけでいいんだから」

「だけどVICAPの検索の結果、ハーディング姉弟の事件が明るみに出た」

「検索結果をいじる暇がなかった。あれには腹が立った」

「でも、私がデビー・ジョーダンを発見するようにしむけたわね」

「私は運命論者でね。何もかもが私をルーツに立ち返らせようとしているように思えた。だからきみをここにおびきよせ、私がゼロからやり直す一助になってもらおうと考えたのさ。沸き立つ力を実感し、あのぞくぞくするような興奮を蘇《よみがえ》らせるために」スパイロはにやりと笑った。「その願いは叶ったよ。グルナードを殺したとき、まるで昔に戻ったようだった。だが、きみはあんな男とは違う。きみを殺すのはもっと刺激的だろうな」

「初めからグルナードを殺すつもりだったの？」

「状況を分析し、すべての可能性を考慮したあと、あの男を殺すことで二つの目的が同時に達成されることに気づいた。きみたちの注意をそらすこと、そして私たちのゲームをもっと複雑にすること。そんな誘惑に抗しきれるわけがないだろう？　マーク・グルナードはドンになり、姿を消す」そう言って首を振る。「しかし、ゲームが複雑になるのと引き換えに、私はいまの身分を捨て、新たな私を創らなければいけなくなるかもしれない。グルナードの経歴は隙がないからね。調べれば矛盾点がいくつも浮かび上がるだろう」スパイロは肩をすくめた。「まあ、私の立場にいれば、警報ベルが鳴ればすぐにわかる。そのときのために、すでにモンタナ州に新たな人物をでっちあげてあってね。いい気分転換になるだろう。ロバート・スパイロでいれば何もかもが容易だった。殺しも、証拠隠滅も……それがかえってよくなかったのかもしれない」

「別の土地に移動し、また人を殺すのね」イヴの声が震えた。「繰り返し、繰り返し」

「当然だろう。そのために私はいる」

「何人殺したの？」

「正直言って覚えていない。初めの数年は、快楽に溺《おぼ》れていた。毎晩、狩りに出たよ。そのうち、もう数などどうでもよくなった。三十年以上になるから……千人？　わからないな。もっと多いかもしれない」

「信じられない」

「気を落とすことはないさ。きみはほかの連中とは違う。きみのことは忘れないよ」

「私がこうして来たんだから、ジェーンを解放して」

「それはできないとわかっているだろう。あの小娘は私の顔を知っている。なんとしても私を捕らえようとするだろう。きみを好いているからね」

「でも、あの子はボニーに似ているというあなたの判断は間違いだった」

「だが、なかなか面白いシナリオだったろう？　きみは引きこまれた。骨、その次に可愛いジェーン」

「あの骨は誰のものだったの？」

スパイロは答えなかった。

「教えて。あれはボニーのものだったの？」

「教えないままきみを墓に放りこむこともできる」

「そうね」

「しかし、それでは私の聡明さを教えることもできない。私がいかに利口にきみを罠にかけたかを」

「あれはボニーのものではなかったのね」

彼はうなずいた。「ドリーン・パーカーのだ」

「だとしたら、フレイザーについてあなたが話していたことはみんなでたらめなんだわ」

「すべてでたらめというわけではないさ。あの男と話したのは本当だ。呆れるほど簡単なことだった。私はFBI捜査官なんだからね。彼は私のコピーキャットだった。そのうえ、私の獲物の一部を自分のものとして吹聴した。私たちは実り多き会話を交わし、私は他人の手柄を取るなと警告した。あの男は、私を心から尊敬するという良識を持ち合わせていたからね、私の要求に同意した」

「アイスクリームの件を知っていたわね。警察の記録から知ったの？」

「言ったろう、私たちは実り多き会話を交わした。あいつはボニーについて山ほど教えてくれたよ。あの男がどうやってボニーを殺したか、知りたいかね？」

心の痛みが波のように全身に広がり、イヴは拳を握って耐えた。「いいえ」

「臆病者め」スパイロは目を細めてイヴの顔をうかがった。「しかし、あの男が死体をどこに埋めたか、それは知りたいのではないかね？　ずっと捜していたんだろう」

「あの子を家に連れ帰りたいの」

「もう手遅れだ。きみは娘を見つけることなく死ぬんだよ。実に悲しい話じゃないか。きみのボニーは、チャタフーチー国立公園に一人ぽつんと埋められている。そしてきみはここに埋められることになる。娘から何百マイルも離れたこの場所にね。胸に堪えたろう？」

「ええ」

「きみの痛みを感じるよ」

「しかもそれが快感なんでしょう。卑劣な男ね」

「できるだけ多くを絞り取りたいからね。この楽しみはもうじき終わってしまうんだから」

しばしの間。「きみにはどの色の蠟燭を与えるつもりか、まだ訊かないんだな」

「どうだっていいもの」

「黒だよ。黒は私の蠟燭の色だった。それをきみにも分けてやろう。初めてのことだよ。光栄に思うんだな。蠟燭はグルナードの頭の脇に用意してある。拾うんだ、イヴ。拾って火をともせ」

イヴは動かなかった。

「拾うんだ。さもないと、蠟燭をやる前にジェーンを大いに苦しめてやるぞ」

イヴは束の間ためらったが、すぐにグルナードに歩み寄った。

さぞ苦しかったろう。あの表情……

「拾ったら、こっちへ戻ってこい」

彼は影のなかに立っている。ああして影に隠れているかぎり、こちらに勝機はない。

イヴは黒い蠟燭を拾った。

「さあ、こっちへ来るんだ」

イヴはゆっくりとスパイロのほうに戻りはじめた。

一歩。

二歩。

三歩。

「早く。もう我慢も限界に――」

イヴは彼の顔めがけて蠟燭を投げつけた。

「イヴ！」

彼女は駆けだした。

影から逃れ、蠟燭に照らされたテント跡のまんなかを目指して。

「止まれ。ゲームは終わりだ、イヴ」

イヴは振り返った。スパイロは追いかけてきている。

もっと速く。

追いつかれる。

だめ。

もっと速く。

影から逃れて。

光のなかへ。

一発の銃声が夜の闇を切り裂いた。

スパイロがぎくりと足を止めてよろめき、膝をつく。

ナイフが彼の手から転がり落ちた。

スパイロは信じられないといった顔つきで自分の胸を見下ろした。どくどくと血が流れ出している。「イヴ?」

イヴは振り返った。「どうやらゲームは終わったようね」

スパイロは自分の胸に触れ、その手を遠ざけるようにして見つめた。血にまみれていた。

「誰が……」

「ジョーよ」

「まさか――蠟燭に火をともす前に周囲を確かめた。身を潜められるような場所はどこにも……」

「彼は特殊部隊の狙撃手だったのよ。いつだったか、千ヤード先の的も撃ち抜けると言っていたわ。あの斜面の木までは五百ヤードと離れていない。彼にあなたの姿が見えさえすれば、命中すると私にはわかっていた」

スパイロは目を見開いた。「知ってたのか……」そうつぶやき、ばたりと地面に倒れた。

イヴは彼に近づき、傍らに膝をついた。「ジェーンはどこ？」

「教えるものか」

「あなたは死ぬのよ、スパイロ。いまさら意地を張ることになんの意味があるの？」

「意味は――あるさ。どうして――わかった？」

「あなたは市警に匿名で電話をかけ、私を留置場に放りこんだ。おかげで四十八時間じっくり考えられたわ。最初の二十四時間は、手足をもがれたようだった。あの姿を見たら、あなたはさぞかし喜んだでしょうね。そのあと、あのままではあなたを勝たせることになると気づいた。だから次の夜は朝までずっと考えたわ。グルナードの居場所を突き止める方法を考えるつもりだった。頭蓋骨をもとに復顔をするときのように、客観的な立場から事実やできごとを一つずつ見直していったの。そして、初めて耳にしたとき腑《ふ》に落ちないと思ったのに、写真を見たとたんに忘れていたあることを思い出したのよ。チャーリーの話によれば、ビリー・サンはシフトやスペクトラムがどうのと言って興奮し、どこかへ電話をかけたあと、私に会いたいと言いだした。電話の相手はグルナードかもしれないけれど、もしグルナードが殺人者だとわかったのだとしたら、その張本人に電話をするなんておかしいでしょう？ つまり、電話の相手は別の誰かよ。そこで、ローガンに頼んで電話会社の記録を調べ、サンが誰と話したか突き止めてもらったの。サンが電話したのは〈マルチプレックス〉だった。西海岸にあるデジタル映像専門会社よ。彼は自分の発見の裏付けをとろうとしたの。真夜中だったけれど、ああいった大きな会社では、社員が徹夜で仕事をしていることも珍しくない。

あなたは〈マルチプレックス〉にあの写真を送ってグルナードの顔をはめこませたのよ。あとで私が〝発見〟できるようにね。あなたがなかなか写真を見せようとしなかったのは、その時間稼ぎのためだった」

「成功したろう」

「だけど、サンがあそこまで優秀だとは思わなかったのね。〈マルチプレックス〉のような最先端を行く会社では、独自のソフトウェアを開発しているものよ。色データをどの方向に何ピクセル分シフトして重ねるか、その数値は人間で言えば指紋のようなものなの。サンはその形跡に気づき、写真が合成されていることを見抜いた。〈マルチプレックス〉は特定の仕事を請け負ったかどうかについては答えなかったかもしれないけれど、自社のソフトウェアの技術一般に関する質問に答えない理由はないわ。チャーリーは研究所から私に電話したあと、あなたにも連絡したのね？」

「当然だろう。私が鍛えた捜査官だ」

「だからあなたは彼を殺した。ジョーが谷底に下り、あの写真を持って帰らなかったらどうするつもりだった？　分析のためにクワンティコに送ったと言っていた写真が突然戻ってきたのかしらね？」

彼は答えなかった。息をするのも辛そうだ。

「そこまでわかっても、どれも推測にすぎなかった。ぜひとも証拠が必要だった。〈マルチプレックス〉は私の質問には答えてくれなかったわ。きっと極秘にするようあなたから言われていたせいね。誰だってＦＢＩには従うわ。そこであの写真を使って、自分なりに試してみたの。だけどサンとは違って、私には機材も専門知識もない。だからあなたのお兄さんたちの顔をデジタル合成したのよ」イヴは苦々しげに笑った。「驚いたことに、誰の顔が現れたと思う？　あなたよ」

「嘘だ。私と兄たちは――まるで似ていない」

「ええ、そのとおりね。でもそれで充分だった。もしあなた方兄弟がそっくりだったら、合成した顔はまさに見間違いようのないものになっていたでしょう。でもね、子どもの加齢画像を作るのに、年長の家族の特徴を利用することがあるの。〈失踪児童及び虐待児童情報センター〉で研究をしていたとき、家族のメンバーの写真を合成したらどんな顔ができるか、遊び半分でいろいろ実験したものよ。たとえまったく似ていないメンバー同士でも、合成してみると、驚くほど共通点が多いことがわかった。合成した写真は、まさにあなたの顔とはいかなかったけれど、それでも充分似ていたし、その顔を元にして加齢画像を作ってみると、いよいよあなたそっくりになった。その画像を見たあと、これまでに起きたことを一つ一つ点検し直したの」

「私は――ミスをしていない。一つも」

「ええ、ほぼ完璧だった。けれど、何かが起きたとき、あなたはいつも私と一緒にいたか、すぐそばにいた」

「グルナードだって同じだ」

「そうね。それに、ジョーの別荘で、あなたが私と一緒にいるときにドンから電話がかかったことがあったわね。でもあとでよく考えてみて、あれは会話とは呼べないことに気づいたの。ドンは短い文章をいくつか言って一方的に電話を切った。タイマーで録音テープを再生した偽のアリバイよ。あやうくだまされかけたけど」イヴは首を振った。「あなたがドンだという前提で考え直してみると、たくさんの疑問が氷解した。あなたが私とジョーに与えた誤った情報や嘘がみんな明らかになったのよ。疑うわけがないわよね。あなたはＦＢＩのスパイロなんだもの」

「さぞ鼻が高いだろうな」スパイロの表情は悪意に満ちていた。「だが、おまえはまだ勝っていない。私は死なないよ。こうしているあいだにも、力がわいてきた。私は生き延び、世間は私は狂っているのだと言うだろう」

「いや、あんたは死ぬ」

目を上げると、ジョーがイヴの傍らに立ち、スパイロを見下ろしていた。

「たとえ生き延びるチャンスがわずかでも残されているなら、警察が駆けつける前に僕がもう一発ぶちこんでやる」ジョーは言った。「本当なら、あんたはとっくに死んでいたはずだ。いま生きてるのは、僕が頭を狙うのを思いとどまったおかげさ。あんたはイヴのすぐそばにいたからな」

「私はおまえよりもこの女をよく知っている。誰よりも知っている。この女はいつかおまえを忘れるだろう。だが、私のことは決して忘れまい」スパイロはイヴを見つめた。「あの小娘は死ぬ。私はあの子を隠した。ここの夜の気温は零度近くまで下がる。あの子はコートを着ていない。見つけたときには手遅れだろう」

イヴの胸が不安に締めつけられた。「そうはならないわ。サラとモンティがいま捜しているのよ。かならず見つけてくれる」

「偽の臭跡が残されているとしたら？　おまえがサラとモンティにいつでも捜索を頼めることを私は知っていた。私がものごとを決して軽く見ないことくらい、いい加減にわかっているだろうに。おや、不安になったらしいな。結局、自信など――」

「斜面を下って、車で待っていてくれないか」ジョーがイヴに言った。「この糞野郎にお別れを言う時間だ」

「この女が許さないさ。甘い人間だからな」スパイロは上半身を起こした。「小娘は死ぬ。だが私は永遠に生きる。私は――」胸の傷から血がどっとあふれ出た。「止血してくれ、イヴ。私を見殺しにはできないだろう？」

「できるわ」イヴは立ち上がり、ジョーのほうを向いた。「地元警察に通報して、そのあとサラに電話してジェーンが見つかったか確かめなくちゃ」

「すぐに追いかけるよ」

「だめ」イヴはスパイロを見下ろした。「すぐに終わらせたくないわ。こんな男、このまま失血死すればいいのよ」

イヴは背を向け、歩きだした。

「イヴ！」

彼女はまっすぐ前を見つめ、驚愕と恐怖の入り交じったスパイロの叫びを黙殺した。

「まだ見つからないのよ、イヴ」サラが言った。

「気温が下がりはじめてるわ」

「わかってる。あの男は偽の臭跡を残したようね。それも複数の」

「あの子をどうしても死なせたいのよ」

「モンティがまた別の方角に歩きだしたわ。ついていかなくちゃ」電話は切れた。

イヴはジョーのほうを向いた。「同じところをぐるぐる回らされているみたい」ふいに吹きつけた風に上着を切り裂かれたかのように、彼女は身震いをした。「零度近いわ。縛られているとしたら、ジェーンは体を動かして温めることさえできない」

まただまされた。

偽の手がかりをいったいいくつ残したのだろう。

――子ども？

モンティも混乱している。臭跡を探して、同じところをもう何周も回っている。

ふいにモンティが足を止め、東の方角を振り返った。

――子ども？

「どうしたの、モンティ？」

モンティは頭をもたげ、耳を澄ましているようだった。

大変、モンティの体が震えている。背中の毛も逆立っている。いったい何に気づいたのだろう。

――もう一人の子ども

モンティは東に向けて一直線に走りだした。

——もう一人の子ども。もう一人の子ども。もう一人の……

「見つけたわ」サラが言った。「谷の斜面の大きな石の陰にいた。あやうく通り過ぎるところだったわ」

「無事なの？」

「体は冷えきっているけれど、低体温症の症状はない。モンティが体を寄せて温めてくれてる。私がまともに息ができるようになったら、すぐにそっちに戻るわ」

「こちらから迎えにいく」

「いいえ、体温を上げなくちゃ。ジャケットを着せてやったけれど、歩けばそれだけ早く体温が上がるから」

イヴは丘を下ってくるジョーを見上げた。「ジェーンは無事よ」

「よかった」ジョーはそう言って丘の頂上を振り返った。「残念だな、スパイロが生きていれば地団駄を踏ませてやれたのに」

「あなたが……？」

ジョーは首を振った。「僕を責めるなって。見にいったら、もう死んでたんだ」

「たとえあなたが苦しみを終わらせてやったんだとしても、責めないわ。あの人を逃がす危険を冒すくらいなら、私が自分で殺してたと思うもの」

「ほう、変われば変わるものだな」

「ええ、私は変わったわ」あいかわらず蠟燭に照らされた斜面を見上げる。ドンが彼女を変えた。ただし、彼の望んだようにではなく。彼はイヴを絶望の底に突き落とし、生きることに背を向けさせようとした。だが結果的には彼女に生きることを選択させたとは、最後まで気づかずにいた。気づいていたら、どれほど悔しがったことだろう。

「警察が来たな」ジョーはこちらに近づいてくる二組のヘッドライトをじっと見つめた。ハイウェイパトロールの車だ。「説明して納得してもらうのはことだぞ」

「そうね」イヴは彼の手を取った。その手は温かく、力強く、岩のように揺るぎなかった。あなたが私に何をくれたと思う、ドン？　命よ。愛よ。そして、暗闇を明るく照らす光よ。

あなたは地獄に堕ちるがいいわ。

イヴはジョーの手をしっかりと握り、二人は道を下りはじめた。「大丈夫よ。二人一緒なら、きっと乗りきれる」

エピローグ

「なかに入ったほうがいいよ。もう三月だけど、湖畔の風はまだ冷たいから」イヴが振り返ると、ボニーがポーチの階段に座り、手すりに寄りかかっていた。「寒くないわ。どっちが母親なのかしら？」

ボニーはくすくすと笑った。「ママに同じようなことをさんざん言われた仕返し」

「恩知らずな娘ね」

「そうだよ」ボニーは目の上に手をかざし、湖上のボートを見つめた。「ジョーは自分のセーターをジェーンに着せてあげてる。どうして一緒に釣りに行かなかったの？」

「眠たかったからよ」

「それに、ジョーにジェーンと仲良くなる機会をあげたかったから？」

「答えを知ってるなら、なぜ訊くの？」

「心配しなくても平気だよ。ジョーは心からジェーンを好きになってる。自分の人生に他人を迎え入れるっていうのが苦手なだけ。だけど時間がたてば、ジョーも慣れるよ」

「心配はしていないわ」イヴは手すりに頭をもたせかけた。「生きるって、とても素晴らしいことね、ボニー」

「ようやくそう思ってくれたんだ。なかなかわかってくれなかったけどね、ママは」ボニーはまたボートを見つめた。「あたしのこと、ジョーにまだ話していないんでしょ」

「もうじき話すわ」

「頭が変になったと思われるのが怖いの？　大丈夫だってわかってるくせに」

「もう少しだけあなたを独り占めしたいだけかもしれないわ。それはそんなにいけないこと？」

「あたしはかまわないけど」

「誰かに話したら、二度とあなたが来てくれないと思ってるのかも」

「そんな馬鹿なこと。ママがそんなに幸せそうにしてるときに、あたしが消えると思う？　幸せそうなママを見るのが嬉しいの」

幸福感が金色の波に姿を変えてイヴを包みこんだ。「あなたが見つかりそうなのよ、ボニー。サラがモンティと一緒に来月こちらに来て、チャタフーチー国立公園を捜索すると言ってくれて。いい予感がするの。かならずあなたを家に連れて帰るわ、ボニー」

「あたしにとってはなんの意味もないことだよ。だけど、それでママは幸せになれるんだね」ボニーは手すりから体を起こし、膝を抱いた。「モンティは好き。優しいし、頭もいいもの」

「どうして頭がいいと知ってるの？」

ボニーは答えなかった。

「あの晩、あの丘で、モンティに何か不思議なことが起きたとサラが言っていたわ」

ボニーはまた沖のボートを見つめた。「へえ、そうなの?」

「その件について何か知っていたりはしないわよね」

「おかしなこと言わないで、ママ。知ってるわけないじゃない」ボニーのからかうような笑顔には、愛と茶目っ気があふれていた。「だって、あたしはただの夢なんでしょ?」

訳者あとがき

『スワンの怒り』『真夜中のあとで』など、発表する作品すべてをベストセラーリストに送りこみ、アメリカ本国だけでなく、世界中で熱狂的な読者を獲得しているアイリス・ジョハンセン。

そのジョハンセンが、前作『失われた顔』の巻末に付された読者への手紙での約束通り、復顔彫刻家イヴ・ダンカンを主人公とする新作を届けてくれた。それがこの『顔のない狩人』だ。

『失われた顔』では、全米トップクラスと賞賛された復顔彫刻の腕を生かし、アメリカ政府を巻きこむ巨大な陰謀を暴き、一躍有名人となったイヴ。本作では、そのイヴ個人を次の標的と定めてつけ狙う連続殺人鬼と対決する。

十年前、イヴの一人娘ボニーは無惨に殺された。遺体はいまも発見されていない。ボニー殺しを自白したフレイザーはすでに処刑されている。

ところが、ドンと名乗る謎の連続殺人鬼がイヴの前に現れ、ボニーを殺したのはフレイザーではなく自分であり、遺骨はいま自分の手元にあると主張する。さらに次の犠牲者はおまえだと宣言して、まるでゲームを楽しむように彼女の心をもてあそびながら、自分の猟場に誘い出そうとする。

せめて娘をきちんと埋葬してやりたいと願い続けてきたイヴは、彼の言い分を疑いながらも、彼を捕らえるため、そしてボニーを取り返すため、自らの命を危険にさらしてドンの殺しのゲームにとことんつきあう決意を固める。

ドンとはいったい何者なのか。なぜイヴを次の標的に選んだのか。

果たしてイヴは殺しのゲームを無事に生き延び、邪悪な手からボニーを取り戻すことができるのか……。

サスペンスあり、ロマンスあり、ほろりとさせられるシーンありの、いかにもジョハンセンらしい贅沢な一冊だ。どうか徹夜覚悟で最初のページを開いていただきたい。

次回作"The Search"では、本作後半に登場する犬の調教師サラ・パトリックと捜索救助犬のモンティがふたたび活躍し、前作からの読者にはすっかりお馴染みの実業家ジョン・ローガンと協力して巨悪と闘うという。
一作ごとに、それまでとは一味違った新しい顔を見せてくれるアイリス・ジョハンセン。このあとも続々刊行される予定の新作にも、大いに期待できそうだ。

二〇〇一年二月

ザ・ミステリ・コレクション

顔《かお》のない狩人《かりゅうど》

［著　者］　アイリス・ジョハンセン

［訳　者］　池田 真紀子

［発行所］　株式会社 二見書房
東京都千代田区神田神保町1-5-10
電話　03(3219)2311［営業］
03(3219)2315［編集］
振替　00170-4-2639

［印　刷］　株式会社 堀内印刷所
［製　本］　株式会社 明泉堂

落丁・乱丁本はお取り替えいたします。
定価は、カバーに表示してあります。

ISBN4-576-01001-8
http://www.futami.co.jp